Die Geliebte des Kaufherrn

INES THORN

Die Geliebte des Kaufherrn

Roman

Weltbild

Besuchen Sie uns im Internet:
www.weltbild.de

Steinerne Furt, 86167 Augsburg
Dieses Werk wurde vermittelt durch die Literarische Agentur
Thomas Schlück GmbH, 30827 Garbsen
Projektleitung: Librisco Consult, München
Redaktion: Bettina Spangler, München
Umschlaggestaltung: zeichenpool, München
Umschlagmotiv: Bridgeman, Berlin (Federico de Madrazo y Kuntz);
Shutterstock (© nuttakit)
Satz: Catherine Avak, München
Druck und Bindung: GGP Media GmbH, Pößneck
Printed in the EU
ISBN 978-3-86800-550-9

2014 2013 2012 2011
Die letzte Jahreszahl gibt die aktuelle Ausgabe an.

1

Frankfurt, Juli 1828

»Spute dich!« Die Stimme klang resolut. Holzpantinen polterten die Dienstbotentreppe herab, dann quietsche die Tür zur Küche. Friedrich Bertram Geisenheimer saß indes im Herrenzimmer und starrte in sein Cognacglas. Ein leises Rasseln tönte aus dem Kasten der Standuhr, die sich anschickte, sechs Uhr zu schlagen. In den zweiten Ton mischte sich ein dumpfes Krachen.

»Herrgottnocheins, du Trampel!« Friedrich erkannte die Stimme der Köchin. Die dicke Kathrein hatte selten ein gutes Wort für die anderen Dienstboten übrig. »Pass doch auf. Das kann doch nicht so schwer sein, das bisschen heiße Wasser nach oben zu tragen, ohne dass das ganze Haus darüber Bescheid weiß!«

Wieder klapperten Holzpantinen, diesmal etwas behutsamer, auf der Treppe.

»Heißes Wasser wollen sie«, murmelte Friedrich, »heißes Wasser. Damit könnte man vermutlich sogar ein Geschäft aufziehen. Aber wie?« Zögernd griff er nach der Flasche auf dem Tisch. Die Strahlen der Abendsonne ließen sie funkeln. Er lachte auf. »Unfug. Ich bleibe bei dem, was ich kenne. Und das hier kenne ich schon. Wenn sie oben nach heißem Wasser rufen, wird es ernst.« Er schenkte sich ein und schnupperte genüsslich dem Duft des alten Cognacs entgegen. »Auf dein Wohl, mein Stammhalter. Wenn du denn einer wirst. Sogar ein Mädchen wäre mir willkommen. Hauptsache, du bist gesund. Ach was. Hauptsache, du lebst!«

Unwillkürlich wanderte sein Blick zur Decke des Herrenzimmers. Dort oben waren schwere Schritte zu hören. Dann wurde es wieder ruhig. Wie gerne wäre er jetzt bei seiner Frau gewesen. Aber die Hebamme hatte ihn kurzerhand aus dem Zimmer geworfen.

»Wechen Ihne Ihre Wünsch mache mir no lang kei Ausnahm, Herr.«

Nun saß er hier beim Cognac und versuchte nicht darüber nachzudenken, was sich über seinem Kopf tat. Oder eben nicht tat. Seit dem Morgen schon war die Hebamme im Haus. Nach zwei Totgeburten hatte Friedrich kein Risiko mehr eingehen wollen. Seine Maria Josefa war zwar der Meinung gewesen, dass es nicht recht schicklich sei, wie sehr sich ihr Mann um die Einzelheiten der Schwangerschaft kümmerte, aber auch sie hoffte, dass es diesmal anders werden würde. Schließlich war sie schon über dreißig, wie Tante Lisabeth bei ihren allwöchentlichen Besuchen nicht müde wurde zu betonen.

Frauen, dachte Friedrich, warum nur werden sie so schnell alt? Ich bin schon fast vierzig, doch Männer sind immer noch in den besten Jahren, wenn längst nicht mehr nur ihre Schläfen grau sind. Frauen hingegen altern anders. Sie werden nicht nur grau und gebückt, sie werden auch unausstehlich. Jedenfalls wenn sie geraten wie Tante Lisabeth. Die ist schrecklich alt. Und unausstehlich. Ob du einmal so wirst wie sie? Ach was. Unfug. Nicht meine Maria Josefa. Du nicht. Die Geduld, die du stets aufbringst, wenn Lisabeth uns besucht! Er hob sein Glas. »Wenn du mir nur erhalten bleibst, dann will ich die alte Lisabeth auch gerne weiter ertragen. Halt durch, mein Mädchen, halt durch.«

Friedrich nahm einen tiefen Schluck. Dann schnaubte er ungehalten.

»Was das da oben schon dauert! Über zehn Stunden. Ein ganzer Arbeitstag ist hin. Zum Glück ist heute Sonntag. Da gehe ich ohnedies nicht ins Kontor. Das schickt sich nun wirklich nicht. Selbst für einen Geisenheimer nicht. Obwohl wir ja schon immer getan haben, was wir wollten. Aber ich hätte ohnehin keine Ruhe fürs Geschäft.«

Durch die Balken der Decke drang ein lang gezogener Schrei. Und auch die raue Stimme der Hebamme war zu hören, die Ermunterungen rief. »Wenn du mir nur erhalten bleibst!«, murmelte Friedrich wieder. »Egal, was die alte Lisabeth sagt.«

Versonnen betrachtete er das Porträt, das er von seiner Frau kurz nach der Verlobung hatte anfertigen lassen und das nun über dem Sofa hing. Ihr dunkles Haar war in anmutige Locken gelegt, das hellblaue Seidenband, das diese von der Stirn fernhielt, zeigte den gleichen Farbton wie die zarten Stickereien auf dem weißen Leinengewand. Das war *à la mode* gewesen, der Schnitt direkt aus Paris. Er musste es wissen, kauften doch die wichtigsten Schneider der Stadt ihre Stoffe bei ihm. Und wie schnell sich die Mode änderte! »Zum Glück«, knurrte Friedrich. »Denn Geisenheimer liefert dann den Nachschub. Zuverlässig und schneller als die Konkurrenz.«

Wieder drang ein Schrei durch die Decke. Ein Schrei? Nein, vielmehr ein Quäken, fast wie von einer Katze.

»Gott im Himmel, bitte lass es einen Jungen sein«, flehte der Kaufmann, »ein gesunder Junge, der die Firma übernehmen wird. Und erhalt mir doch bitte meine Marie.«

Er leerte das Glas und warf es mit Schwung in den offenen Kamin, gerade als sich die Tür zum Herrenzimmer öffnete.

Auf der Schwelle stand die Zofe seiner Frau. Mit weit aufgerissenen Augen starrte sie ins Zimmer.

»Herr, es … es …« Sie rang keuchend um Atem.

»Nun sag schon, Fränzi.«

Die Zofe rang weiter um Atem. Ohne viel Federlesens schob

Friedrich sie zur Seite und eilte die Treppe hinauf, dicht gefolgt von Fränzi. Vor dem Zimmer seiner Frau stand die Hebamme.

»Gratuliere, Herr.« Sie grinste breit. »Es ist alles gut gegangen. Ihr habt einen Sohn. Er lebt. Und Eure Frau auch.«

Friedrich Bertram Geisenheimer spürte, wie ihm ein Stein vom Herzen fiel. Er packte die Hebamme an den Schultern und drückte ihr einen dicken Schmatz auf den Mund.

»Den gebt mal besser Eurer Frau, Herr. Die hat viel durchgemacht. Und wir sind noch lange nicht übern Berg.«

Schlagartig wurde Friedrich wieder ernst.

»Wie geht es ihr?«

»Wie soll es einer Frau gehen, die just einen Sohn geboren hat, nach zehn Stunden Kampf? Erschöpft ist sie. Lasst sie besser eine Weile in Ruhe, hört Ihr?«

Vorsichtig trat er an das Bett. Maria Josefa Geisenheimer lag mit geschlossenen Augen da. Ihre sonst so sorgfältig geordneten Locken klebten ihr in wirren, feuchten Strähnen am Kopf, das Gesicht war leichenblass. Friedrich blickte besorgt zur Hebamme, die ihm gefolgt war.

»Schläft sie?«

»Noch nicht. Wir sind noch nicht fertig. Ihr solltet wirklich besser gehen, Herr.«

Maria Josefa krümmte sich im Bett. Ein Wimmern kam über ihre aufgesprungenen Lippen.

»Was ist? So tut doch etwas!« Friedrich ballte die Fäuste.

»Das gehört eben mit zu einer Geburt. Ihr Männer habt ja keine Ahnung! Aber nun fott mit Euch. Mir han zu schaffe.«

Resolut schob die Hebamme Friedrich zur Tür. Er konnte gerade noch »Halte durch, mein Mädchen« flüstern, dann fand er sich draußen auf dem Flur.

»Bitte, Herr!« Hinter ihm stand die Küchenmagd, die mit zwei Kannen in den Händen die Dienstbotentreppe heraufgekommen war.

»Was ist? Ach so.« Hastig gab Friedrich die Tür frei.

Ich habe einen Sohn, dachte er. Auch wenn ich ihn noch nicht mit eigenen Augen gesehen habe, ich habe einen Sohn. Danke, Marie. Nachdenklich ging er die vordere Treppe hinunter und setzte sich wieder ins Herrenzimmer. Dort lag die Zeitung auf dem Rauchtisch. Aber die Nachrichten aus Frankfurt interessierten ihn genauso wenig wie die Berichte aus der weiten Welt. Versonnen betrachtete er die Scherben im Kamin.

»Bertram sollst du heißen, mein Sohn, Bertram Konrad. Gleich morgen gebe ich es bekannt. Geboren am 27. Juli 1828. Mein Sohn ist ein Sonntagskind. Das bedeutet Glück im Leben. Und Scherben bringen ebenfalls Glück. Da reut es mich doch nicht um das Glas.« Kaufmann Geisenheimer lächelte breit, als er daran dachte, wer ihm beigebracht hatte, einen Trinkspruch mit Scherben zu besiegeln. Alexander Iwanowitsch Mendler, der Tuchhändler aus Sankt Petersburg, war mit einem dicken Orderbuch und einem noch dickeren Koffer zur letzten Herbstmesse nach Frankfurt gekommen. Der Russe hatte darauf bestanden, jeden einzelnen Posten mit einem Glas Wodka zu besiegeln. Den hatte er praktischerweise auch gleich mitgebracht und Flasche um Flasche hervorgezaubert. »Ohne Wodka«, hatte er gesagt, »ohne das Wässerchen, das alles Unwichtige wegspült, mache ich keine Verträge. Und wer da nicht mithalten kann, der kann mir auch im Geschäft das Wasser nicht reichen.« Unwillkürlich griff sich Friedrich Bertram an den Kopf. Was hatte er damals für einen Brummschädel gehabt. Tagelang! Und immer wieder hatte neuer Wodka auf dem Tisch gestanden, war ein neuer Vertrag unterschrieben worden, hatte er dem Russen durchaus das Wasser reichen können. Jedes Mal hatte der ihm zugeprostet, mit einem Trinkspruch die Ewigkeit der Handelsbeziehungen beschworen und dann den Wodka in einem Zug hinuntergestürzt. Anschließend war das Glas jedes Mal in hohem Bogen an die Wand geflogen. »Das ist gut fürs Geschäft«, hatte Alexander

Iwanowitsch nur gelacht. »Gut für den Tapezierer«, hatte Friedrich Bertram daraufhin gemurmelt. Am dritten Tag war der Russe endlich so weit gewesen, dass er das Glas wenigstens in den Kamin warf. Aber wenn er ehrlich zu sich selbst war, konnte Kaufmann Geisenheimer gar nicht anders, als zugeben, dass die Kosten für das Neutapezieren des Herrenzimmers schon durch einen einzigen der russischen Verträge mehr als gedeckt waren. Und als Alexander Iwanowitsch als Abschiedsgeschenk auch noch mit einer großen Kiste feinster Kristallgläser aufwartete, war auch das Hausfrauenherz von Maria Josefa versöhnt gewesen.

Friedrich Bertram sah wieder auf die Scherben im Kamin. Ja, eines der russischen Gläser. Ich werde ihm schreiben, dachte er, das soll er doch wissen, dass ihm das Haus Geisenheimer auch in Zukunft noch lange das Wasser reichen kann.

Kaufmann Geisenheimer spürte, wie die Sorgen der letzten Stunden nach und nach von ihm abfielen. Dabei habe ich doch nur warten müssen, dachte er. Die tatsächliche Arbeit und die Schmerzen hattest ja du, mein Mädchen. Aber das hat der Herrgott eben so eingerichtet. Und dafür soll es dir an nichts fehlen. Wieder polterten Holzpantinen auf der hinteren Treppe. »Die ist wirklich ein Trampel«, murmelte er, »da hat die Kathrein schon recht. Und meine Marie braucht Ruhe, hat die Hebamme gesagt. Vielleicht sollte ich die Pantinen im Haus ganz verbieten? Genau. Das mache ich. Sollen sie doch Filzschuhe anziehen. Dienstboten darf man nicht hören, sagt das nicht Tante Lisabeth auch immer?«

Friedrich Bertram nahm ein neues Glas aus dem Schrank und setzte sich in den Sessel, von dem aus er den besten Blick auf das Porträt seiner Frau hatte. Wieder stieg ihm der Duft des alten Weinbrands in die Nase. »Auf Bertram Konrad. Und auf dich, mein Mädchen! Und auf euer beider Gesundheit!«

Glühendem Samt gleich rann der Cognac ihm durch die Kehle. Wie er dieses Gefühl genoss! Das war doch etwas anderes als dieser Wodka. Aber was tat ein Kaufmann nicht alles, wenn es ums Geschäft ging!

Mit den russischen Verträgen in der Hinterhand, hatte sich ganz anders reagieren lassen, als die Arbeiter in der Baumwollweberei mehr Lohn forderten. Die sollen doch zufrieden sein mit dem, was sie haben, dachte Friedrich Bertram. Lohn und Brot. Sollen sie sich eben etwas einschränken, dann geht das schon. Es gibt so viele, die nur darauf warten, bei mir anfangen zu dürfen. Täglich sprechen in Niederrad Weber vor, letzthin sogar einer, der bis von Schlesien hergewandert war. Aber bei Geisenheimer ist man eben gut untergebracht, so etwas spricht sich herum. Auch unter den Armen. Gerade bei denen. Was haben die Kaufleute von der Alten Limpurg gelacht, als ich auf dem Webereigelände eine Schulstube einrichten ließ, in der die Kinder nach der Nachtschicht zwei volle Stunden im Lesen und Schreiben unterrichtet werden! Aber dafür muckt bei mir auch keiner auf, selbst wenn ich wegen der schlechten Zeiten die Löhne senke. Man muss eben wissen, wann sich ein bisschen Investieren in die Zukunft lohnt. Und jetzt habe ich ja eine ganz spezielle Option. Ein Stammhalter, der ist besser als eine Stammaktie. Mein Sohn wird das Haus Geisenheimer führen, wenn ich einmal nicht mehr bin. Wachs du nur recht und gedeihe. Die Richtung gebe ich dir schon. Friedrich Bertram hob das Glas und leerte es bis zur Neige. Mit Schwung warf er es schließlich in den Kamin. In das Klirren mischte sich das Schrillen der Türglocke.

»Herr, der Herr Doktor Mathiesen ist gekommen«, meldete der Hausknecht kurz darauf. »Er ist gleich hoch zur Gnädigen.«

»Das ist gut, Martin. Richte ihm aus, ich ließe ihn anschließend bitten. Ich werde hier auf ihn warten. Und sag der Köchin, sie soll einen Krug Apfelwein bringen, den aus Niederrad, den mag der Herr Doktor besonders gern.«

Gut, dass der Arzt jetzt im Haus ist, dachte Friedrich Bertram. Eine Hebamme mag ja durchaus etwas von ihrem Metier verstehen, aber so recht traue ich dem Weib nicht. Gut, sie hätte wohl nach Mathiesen gerufen, wenn es Komplikationen gegeben hätte. Wie schwierig kann das Kinderkriegen überhaupt sein? Es ist ein Gottesgeschenk, es ist Natur. Die richtet es, zumindest in den meisten Fällen. Und wenn doch einmal etwas fehlschlägt, nun, immerhin haben wir bereits das Jahr 1828. Wir leben ja nicht mehr im Mittelalter. Und wo die moderne Wissenschaft doch noch an Grenzen stößt, vertrauen wir weiter auf Gott. Und der hat es eben so eingerichtet, wie es ist.

Dieser Meinung war im Übrigen auch Doktor Mathiesen, als der sich endlich im Herrenzimmer eingefunden hatte. Nach einem Cognac auf die glückliche Geburt wechselte er sogleich zum Apfelwein.

»Ich weiß, Geisenheimer, heimlich lachen Sie über mich und meine Vorliebe für unseren schlichten, heimischen Äbbelwoi. Aber ich weiß auch nicht, was los ist, ich muss noch zu drei Geburten. Wenn sich die Damen denn endlich dazu entschließen. Irgendwie scheint diese Sommerhitze selbst die natürlichsten aller Vorgänge zu lähmen.«

Doktor Mathiesen hob sein Glas. »Und Äppler erinnert natürlich auch an das Paradies, aus dem uns Evas Naschhaftigkeit vertrieben hat. Da brauchen die Frauen gar nicht nach dem Warum zu fragen, wenn sie bei der Geburt leiden. Steht ja alles in der Heiligen Schrift. Unter Schmerzen und so weiter.«

Wie gut kannte Kaufmann Geisenheimer inzwischen die Gewohnheit des Stadtarztes, stets mit einem Bibelzitat aufzuwarten. Nun gut, Doktor Mathiesen war ein Pfarrerssohn und hatte die Heilige Schrift sozusagen mit der Muttermilch aufgesogen. Und es stimmte ja auch. Im dritten Kapitel, in Moses' erstem Buch, stand es doch, dass das Weib dazu verdammt war, Schmerzen zu leiden. Dafür musste der Mann eben schuften und sich plagen. Auch er. Gleich morgen würde er wieder im Kontor sitzen. Nicht, dass er seinem Sohn etwa einen schlecht bestellten Acker hinterließe.

»Aber eines muss ich Ihnen sagen, Geisenheimer. Das Kind ist schon sehr zart. Ein bisschen schwach scheint es mir auch zu sein. Natürlich müssen Sie Ihre Frau erst einmal schonen. Aber verlassen Sie sich dann nicht zu sehr auf Ihren Stammhalter. Nicht immer ist gleich ein Arzt zur Stelle. Unsere Kunst geht auch nur so weit. Letzten Endes liegt doch alles in Gottes Hand. So auch das Geschick. Hoffen wir, dass alles gut geht und dass nicht das tückische Kindbettfieber eintritt.«

Nachdenklich strich sich Doktor Mathiesen durch den gepflegten Bart. »Man sagt, dass es wohl eine Epidemie sei. Und doch gibt es keinerlei Anzeichen dafür, dass es wieder einmal so weit ist. Hoffen wir also das Beste, mein teurer Freund.«

Während der Arzt sich Apfelwein nachschenkte, griff Friedrich Bertram nach dem Cognac. Er hatte vollstes Vertrauen in Doktor Mathiesen, der da in seinem dunklen Gehrock vor ihm saß. Dessen ärztliche Kunst hatte noch nie versagt. Aber für alles gab es ein erstes Mal. Er seufzte und zuckte mit den Schultern.

»Ich habe vorsichtshalber einen Platz reserviert, auf dem neuen Hauptfriedhof. An der Mauer. Nicht dass ich meine Frau noch in einem Reihengrab beisetzen muss. Was sich die Stadtväter nur dabei gedacht haben!«

»Nun ja, der neue Friedhof wird eben dringend gebraucht. Aber diese Gleichmacherei, einfach ein Grab nach dem anderen, ganz einerlei, wer kommt, der nächste freie Platz ist seiner, das kann ich auch nicht gutheißen. Kein Wunder, dass sie schließlich klein beigegeben haben und die Plätze ringsum an der Mauer für die großen Namen reservieren ließen. Da gehört ein Geisenheimer nämlich hin, nicht zwischen all die Kleinbürger und Krämer. Und schon gar nicht vor der Zeit.«

»Das walte Gott, dass ich die Option noch lange nicht einlösen muss. Letzten Endes sind wir alle in Seiner Hand. Da haben

Sie recht. Aber es ist trotzdem gut, einen tüchtigen Arzt zu kennen. Auf Ihr Wohl!«

»Und auf das Ihrige! Oder trinken wir doch besser noch einmal auf die Kindsmutter und den Stammhalter. Möge er zu einem kräftigen Sohn heranwachsen, der dem Hause Geisenheimer zur Zierde gereicht!«

Lag es daran, dass der Apfelwein einfach nicht genügend Alkohol enthielt, damit den Trinkspruch sich auch bewahrheiten konnte? Oder hätten die beiden Männer die Gläser *à la russe* zerschmettern müssen? Der alte Cognac konnte jedenfalls wohl kaum der Grund gewesen sein, dass sich der Trinkspruch nicht wie gewünscht erfüllte. In den folgenden Jahren war Doktor Matthiesen häufig im Haus des Kaufmanns zu Gast. Zwar blieb Maria Josefa von dem gefürchteten Kindbettfieber verschont, das selbst im modernen Frankfurt noch immer viele Kinder bereits kurz nach der Geburt zu Halbwaisen machte, aber Bertram Konrad war ein schwächlicher Knabe, der häufig erkrankte. Wie anders entwickelte sich da die kleine Stephanie! Die war zwei Jahre nach ihrem Bruder zur Welt gekommen, mitten in einem klirrend kalten Winter. Aber sie wuchs und gedieh, während der Sohn des Hauses ständig kränkelte. Selbst die gefürchteten Pocken überstand das Mädchen ohne Schaden, im Gegensatz zu seinem Bruder, dessen Wangen etliche Narben verunstalteten, die nur langsam verblassten. Manchmal fragte sich Friedrich Bertram, ob Gott ihm ein Zeichen geben wollte. Sollte er sich womöglich nicht allzu sehr in Sicherheit wiegen? Ein Stammhalter im Haus bedeutete ja nicht, dass die Zukunft der Kaufmannsfamilie gesichert war. Nicht, wenn der so war wie sein Bertram Konrad. Der zeigte zwar einen gewitzten Kopf, war flink im Rechnen und erwies sich als anstellig, aber mit seiner Gesundheit stand es weiterhin nicht zum Besten. Keine der üblichen Kinderkrankheiten hatte er ausgelassen, und immer war es eine Sache auf Leben und Tod gewesen. Brachte der Herbstwind die ersten Regentage, konnte man davon ausgehen, dass der Junge bald anfangen würde zu husten. Und auch von sonstigen Unglücken blieb er nicht verschont. Den Fünfjährigen hatte der zitternde Kutscher unter dem Fuhrwerk hervorgezogen, nachdem die Pferde durchgegangen waren. Fast eine komplette Wagenladung Seidenstoffe war bei dem Unfall verdorben worden, als die Ballen bei strömendem Regen im Straßenkot gelandet waren. Und wie Bertram Konrad überhaupt auf die Kutsche gekommen war, hatte niemand zur Zufriedenheit des Kaufmanns erklären können. Dabei wussten doch alle im Haus, dass der Knabe die Zukunft der Firma war. Einen weiteren Sohn würde es für Friedrich Bertram und Maria Josefa nicht geben. Zwei Jahre nach Stephanies Geburt hatte es so ausgesehen, als ob das Glück des Hauses Geisenheimer auf ein solideres Fundament kommen würde. Aber dann war es wieder eine Totgeburt geworden, die Kindsmutter schon am Rande des Grabes gewesen. Nein, Bertram Konrad, so schwächlich er auch war, würde einst die Firma leiten. Wenn er denn nicht zur Unzeit starb. Wie oft saß Kaufmann Geisenheimer am Sonntagnachmittag im Herrenzimmer und grübelte darüber nach!

»Kinder, seid ruhig!«, ermahnte der Hausdiener die Kleinen dann, wenn die beiden wieder einmal durch das Haus tollten. »Euer Herr Vater denkt!«

»Das tut er doch immer«, behauptete Stephanie vorwitzig. »Und was sollen wir machen? In den Garten gehen? Bei dem Wetter? Nachher ist der Bertie wieder krank. Und der Herr Doktor Mathiesen hat doch gesagt, dass er mehr Bewegung braucht.«

»Du kannst der Köchin helfen«, wies Martin sie an. »Die wird dir schon Arbeit verschaffen. Kinder soll man allenfalls sehen. Aber nicht hören. Also, ab mit dir. Und der Bertram, der kommt mit mir.«

Die Köchin war in den letzten Jahren zwar nicht milder geworden mit den Hausmädchen, aber die Tochter des Hauses behandelte sie mit unerschütterlicher Freundlichkeit und befand, dass sie ein »goldisches Kind« sei. Manchmal durfte Stephanie sogar in den Besteckschubladen kramen und anschließend das Silber wieder ordnen. Sie liebte es, ihr verzerrtes Gesicht in der großen Schöpfkelle zu betrachten und sich selbst Fratzen zu schneiden. Die dicke Kathrein war die Einzige, die sie nicht schalt, wenn sie solche Faxen machte.

Martin blickte dem fröhlich davonhopsenden Mädchen hinterher und legte dann den Arm um Bertrams schmale Schultern. »Wir zwei Männer gehen jetzt mal auf den Speicher.«

Der Junge strahlte. »Müssen wir wieder alte Kontorbücher und Korrespondenzen heraussuchen?«

»Genau, mein Junge. Der Herr will sich gründlich auf die Herbstmesse vorbereiten, wie jedes Jahr.«

»Ach, ich weiß, es geht darum, zu sehen, welche Verträge wirklich pünktlich bezahlt wurden und wer welches Gastgeschenk bekommen hat. Darf ich dem Herrn Vater eine Liste machen?«

»So wird es wohl das Beste sein. Du bist ja ein heller Kopf und passt gut auf beim Lernen. Du findest die richtigen Bände bestimmt viel schneller als ich mit meinen schwachen alten Augen.«

Kaufmann Geisenheimer hatte das Gespräch im Gang mitgehört. Es ist ungerecht, dachte er und starrte in sein Cognacglas. Stephanie wächst, blüht und gedeiht. Und der, dem ich alles vermachen will, ist meine größte Sorge. Ich will mich nicht versündigen. Doch wenn es andersherum wäre, weiß Gott, es wäre einfacher. Dabei liebe ich sie beide. Und ich werde Stephanie gut verheiraten. Der Name Geisenheimer hat Gewicht, weit über Frankfurt hinaus. Die Mitgift wird nicht zu verachten sein. Da lasse ich mich doch nicht lumpen! Aber in fremde Hände will ich mein Geschäft nicht legen. Ein Schwiegersohn ist eben kein Geisenheimer. Blut ist dicker als Wasser. Auch wenn es in Bertrams Adern so schwächlich fließt. Und er hat ja Geschick für das Geschäft. Er interessiert sich für alles, will ins Kontor, besucht die Weberei. Wenn er auch nicht richtig anpacken kann beim Aufladen, aber dafür gibt es doch Leute, die wir dafür bezahlen. Aus meinem Jungen wird noch ein guter Kaufmann. Wenn er nur bei besserer Gesundheit wäre! Neun Jahre alt wird er nächste Woche. Und im Herbst kommt er in die Musterschule. Wenn seine Gesundheit nur hält, dann braucht mein Sohn keinen Hauslehrer mehr. Auf dem Realgymnasium lernt er die Söhne der anderen Handelsherren kennen. So knüpft man schon früh Geschäftsbeziehungen, die ein Leben lang halten. »Auf dein Wohl, mein Junge. Und auf das der Firma!«

Auf die Musterschule freute sich auch Bertram, aber noch mehr freute er sich auf die Sommerfrische in Niederrad, zu der er gleich am nächsten Tag aufbrechen sollte. Tante Lisabeth war mittlerweile zu gebrechlich, um ihre regelmäßigen Besuche im Haus der Geisenheimer beizubehalten. Der Kaufmann war damit zufrieden gewesen, und so übernahm es eben Maria Josefa mit den Kindern, die Familienbande zu pflegen. Bei den Besuchen langweilte sich die kleine Stephanie zwar meist von Herzen, aber auch die Großtante hatte eine Küche, in der es immer neue Wunder zu entdecken gab. Außerdem war da eine Tigerkatze, an die das Mädchen sein Herz verloren hatte. Bertram blieb lieber in der Bibliothek, in der die Tante ihre Gäste zu empfangen pflegte. Sie hielt nichts von der Sitte, Damen im Damensalon zu empfangen und Herrenbesuch gar nicht. Wer zu ihr nach Niederrad kam, konnte sicher sein, die neuesten Romane, Reiseberichte und Journale mit Nachrichten aus aller Welt vorzufinden. Wenn ihr danach war, konnte Tante Lisabeth auch überaus unterhaltsam plaudern. Aber besonders gern saß sie mit ihrem Großneffen zusammen, ein Glas Johannisbeersaft von Früchten aus dem eigenen Garten neben sich und jeder mit der Nase in einem Buch.

»Er ist und bleibt ein Bücherwurm, mein Bertram«, pflegte Kaufmann Geisenheimer zu sagen. »Aber trotzdem kommt er auf die Musterschule und nicht aufs Gymnasium. Das fehlte noch, nachher will er studieren. Und ein studierter Kaufmann, wer nimmt den denn ernst?«, hatte er Doktor Mathiesen anvertraut. »Gewiss, er ist ein kluger Kopf, er würde sicher auch an der Universität glänzen. Aber was nützt ihm ein Studium, wenn er nachher doch das Geschäft übernimmt? Nein, er soll sich ganz auf den Kaufmannsberuf vorbereiten.«

»Ja, will er denn überhaupt studieren?«, hatte sich der Arzt gewundert. »Wenn er krank ist und ich nach ihm sehe, scheint es für ihn stets das Schlimmste zu sein, dass er nicht ins Kontor darf. Bücher kann ich immer lesen, sagt er dann. Aber Geschäfte machen, das geht nur, wenn ich gesund bin. In der Hinsicht brauchen Sie also keine Furcht zu haben.«

»Wenn er gesund ist. Und bleibt. Das ist ja gerade meine größte Sorge. Ich frage mich, warum das einfach nicht besser wird mit ihm. Ich bin gesund, mein Vater war es, mein Großvater auch, niemand in meiner Familie war jemals so kränklich wie mein Bertram. Und selbst Tante Lisabeth ist gegen ihn ja fast ein Ausbund an Gesundheit.« Friedrich Bertram hob hilflos die Schultern. »Manchmal denke ich, es muss an Maria Josefa gelegen haben. Wie oft haben wir es versucht, und immer wieder eine Totgeburt. Da kann doch etwas nicht stimmen!«

»Solcherlei kommt eben vor«, versuchte ihn der Arzt zu beruhigen. »Niemand weiß, wie so etwas zustande kommt. Letzthin las ich etwas im *Journal des médecins.* Da berichtete ein Arzt aus Schlesien. Er war für die Rekrutierungskommission unterwegs und fand einfach zu viele Knaben, die nicht tauglich waren für den Dienst. Er nannte Unterernährung als eines der Hauptprobleme. Und er behauptete auch, dass viele Kinder schon kaum lebensfähig geboren werden, weil die Eltern sich falsch ernähren oder der Trunksucht anheimgefallen sind. Schlechter Branntwein, schwache Kinder, so lautete sein Fazit. Eine interessante Theorie. Aber auf Ihren Bertram trifft sie ja nun wirklich nicht zu. Dem fehlt es an nichts.«

»Außer an einer guten Gesundheit«, hatte Kaufmann Geisenheimer eingewandt.

»Das ja. Aber das liegt nun sicher nicht an Ihrem wirklich ausgezeichneten Keller.« Doktor Mathiesen hatte sein Glas mit dem Apfelwein gegen das Licht der Lampe gehalten und eine Weile das wechselnde Farbenspiel betrachtet. »Letzten Endes sind wir doch alle in Gottes Hand«, hatte er schließlich gemeint. »Vielleicht stellen Bertrams viele Krankheiten einfach eine Prüfung dar, die Ihnen auferlegt wird, damit Sie sich nicht allzu sehr in Sicherheit wiegen.«

An dieses Gespräch dachte der Kaufmann, als er am nächsten Tag in seinem Büro saß, welches das Wohnhaus der Geisenheimer mit den Geschäftsräumen verband. Aufmerksam studierte er die Listen, die Bertram mit seiner Kinderschrift für ihn angefertigt hatte. »Es ist mir gleich, dass mein Sohn einen schwachen Körper hat«, murmelte er. »Gerade erst neun ist er, und schon weiß er, worauf es bei den Messevorbereitungen ankommt. Beziehungen sind alles.« Zufrieden ließ er seinen Blick durch den Raum wandern. Auf der Karte gegenüber seinem Schreibtisch waren mit bunten Fähnchen alle Handelsverbindungen markiert, die das Haus Geisenheimer bis ins Zarenreich unterhielt. Auch so eine Arbeit von meinem Bertram, dachte der Kaufmann. So sehe ich doch auf einen Blick, wohin ich mich wenden kann, wenn es irgendwo einen Engpass gibt. Er lächelte noch immer, als im offenen Türrahmen plötzlich Martin auftauchte.

»Herr, Herr«, stammelte der Hausknecht atemlos, »es ist etwas passiert.«

Durch das Haus gellte ein Schrei. Friedrich Bertram erkannte die Stimme seiner Frau. Immer wieder hallte ihr »Nein! Nein!« bis zu ihm. Er starrte den Hausknecht angsterfüllt an, der endlich mit der unheilvollen Nachricht herausrückte. »Es brennt, Herr. In Niederrad.«

In der Weberei kamen immer wieder Unfälle vor. Die Arbeiter waren unachtsam, Kinder träumten vor sich hin oder Material ermüdete ganz einfach. Aber ein Feuer war wahrlich eine weit schlimmere Angelegenheit. Die hölzernen Webstühle, deren mechanischen Teile immer wieder nachgeschmiert werden mussten, gerieten leicht in Brand. Kaufmann Geisenheimer hatte zu diesem Behufe eine Werksfeuerwehr aufstellen lassen, mit eigener Spritze, Eimern und allem, was dazugehörte, um einem Feuer Herr zu werden.

»Aber das ist leider noch nicht alles.« Verlegen zerrte Martin am Saum seiner Jacke. »Es geht um Bertram. Niemand kann ihn finden.«

2

1841

Die letzten Töne der Scarlatti-Etüde verklangen.

»Das war sehr schön, Schwesterherz. Bravo.« Bertram Konrad ließ den Atlas sinken, in dem er geblättert hatte. »Aber was machst du denn für ein Gesicht?«

Nachdenklich blickte Stephanie aus dem Fenster des Salons. Welch ein Sonntag. Grau in Grau. Tiefe Wolken hingen über der Stadt, wie schon die ganzen letzten Tage. Sicher würde es bald wieder regnen. »Ich beneide dich, Bertie.«

Ihr Bruder sah sie erstaunt an.

»Gut, ich weiß recht artig Klavier zu spielen. Aber ist das denn ein Wunder? Was soll ich auch sonst den ganzen Tag tun? Etwa der Köchin helfen oder Mamans Zofe? Das ziemt sich so recht doch wohl nicht. Die Bibliothek ist voll von Büchern, die mich nicht locken. Du hast die Nase im Atlas und weißt, eines Tages wirst du all die fernen Länder und die Städte tatsächlich selbst bereisen, mit denen wir Handel treiben. Als Sohn und Erbe ist das nichts mehr und nichts weniger als deine Pflicht und Schuldigkeit. Ich komme allenfalls nach Niederrad zur Großtante. Aber die große weite Welt und ich? Das passt nie im Leben zusammen.«

»Na, hör mal! Du bist elf Jahre alt. Da würde es mit der großen weiten Welt auch nichts, selbst wenn du ein Junge wärst. Und mit seinem Los zu hadern bringt nichts außer Falten. Sagt Tante Lisabeth doch immer.«

Wider Willen musste Stephanie lachen. »Na, die hat gut reden. Wenn es danach ginge, hat sie genug gehadert für zwei Leben. Ich will mich ja auch nicht wirklich beklagen. Mir ist einfach langweilig. Kein Wunder, bei dem Wetter.«

»Das Wetter kann doch nichts für deine Stimmung, Schwesterchen. Und ich blättere ja nicht einfach so im Atlas. Der Herr Vater hat gesagt, wenn ich schon auf die Musterschule gehe, dann müssen die Noten auch mustergültig sein. Das bin ich der Familie schuldig. Und wenn ich all die Länder und Herrschaften kenne, in die der Kongress das Heilige Römische Reich aufgeteilt hat, dann darf ich ihm eine neue Karte zeichnen fürs Kontor.«

Stephanie legte die Noten zurück aufs Klavier.

»Ich beneide dich. Wirklich. Gut, ich lerne auch, bei den Fräulein. Lesen, Schreiben, Rechnen, Religion und so weiter. Aber bei mir beschränken sich die Höhepunkte im Stundenplan auf Schönschreiben und Handarbeit. Und du? Du gehst auf die Musterschule, hast Französisch, Mathematik und Geographie. All die modernen Fächer. Du kannst lernen, lernen, lernen. Privatunterricht bekommst du auch noch, Englischstunden und sogar Russisch. Und was machst du? Drängst den Vater, dass er dich ins Geschäft nimmt, als gewöhnlichen Lehrling.«

Bertram lächelte. »Ich bin eben ein Kaufmannssohn. All dieses Bücherwissen, was nützt mir das? Kann ich deshalb auch nur einen Ballen Tuch besser verkaufen? Im kommenden Jahr werde ich vierzehn, da sind andere schon auf dem besten Weg zur Gesellenprüfung. Hör mir also auf mit Schule!«

Versonnen rieb er sich das Bein. Es würde bald regnen, das spürte er in der alten Narbe. Aber eigentlich brauchte er sie nicht für eine zuverlässige Wetterprognose. Es genügte, mit Stephanie zu reden. Immer, wenn das Wetter umschlug, wurde sie unruhig und haderte mit ihrem Geschick.

»Der Vater hat es gesagt, die Mutter hat es gesagt. Du wirst ja sowieso heiraten. Ich weiß es, du weißt es. Was willst du also?

Unser Name hat Gewicht, du wirst eine gute Partie machen, einem großen Haus vorstehen. Was willst du da mit Geographie? Oder Geometrie? Den Haushalt musst du leiten können, dass dir die Köchin nicht auf der Nase herumtanzt oder die Dienstboten dich bestehlen. Das musst du können. Alles andere sind nichts als Alfanzereien.«

»Ich weiß doch, Bertie.« Stephanie klang kleinlaut. »Ich will es ja auch so. Ein großes Haus, nicht so zurückgezogen leben wie die Frau Mama. Gut, sie fährt regelmäßig nach Niederrad zu Tante Lisabeth, aber sonst geht sie allenfalls auf die Redoute, wenn die Kaufherrenschaft das Neue Jahr feiert. Nein, ich will mehr vom Leben, als mit der Köchin schelten, Romane lesen und artig auf dem Klavier präludieren. Bei den Geisenheimer hat es doch immer wieder Frauen gegeben, die im Geschäft mithalfen. So etwas will ich auch. Und da komme ich mit meinem bisschen Schulunterricht bestimmt nicht weit.«

»Du interessierst dich doch gar nicht für Mathematik.« Bertram grinste. »Deine Noten lassen es jedenfalls nicht vermuten.«

»Das liegt aber nur daran, dass das Fräulein Weitensteiner so langsam erklärt, dass auch wirklich jede mitkommt beim Rechnen. Bis sie fertig ist mit dem Explizieren, habe ich die Aufgabe schon längst wieder vergessen.« Stephanie lachte. »Also gut. Rechnen ist wirklich nicht meine Stärke. Aber es muss doch irgendetwas anderes geben für mich.«

»Da gibt es sicher etwas. Aber du bist ein Mädchen, vergiss das nicht.«

»Wie könnte ich auch? Und ich will es ja gar nicht. Ich denke nur, ich meine, also, ich finde, zu einer guten Partie gehört eben etwas mehr als eine ordentliche Mitgift und gute Manieren. Für das Erste sorgt der Vater, das andere, darum kümmern sich die Fräulein. Und ich? Ich bin schon elf Jahre alt. Ich kann sticken und stopfen, gehe der Köchin zur Hand, aber natürlich nur so weit, wie es sich geziemt. Ich spiele Klavier, kann die Quadrille tanzen, und ein bisschen Französisch hast du mir auch beigebracht.«

»Aber das langt doch. Völlig. Was willst du denn noch?«

»Ach, ich weiß es doch auch nicht. Ich weiß nur, dass ich elf Jahre alt bin und mich fühle, als wäre ich hundertelf. Nur dass ich nichts erlebt habe.«

»Genau. Du bist elf. Und ein Mädchen. Finde dich damit ab.«

Spielerisch zupfte Bertram an einem der braunen Zöpfe seiner Schwester, der sich vorwitzig aus dem Haarkranz gelöst hatte. »Das mit den elf Jahren hat ja auch nicht mehr lange Bestand. Sechs Monate noch, dann bist du zwölf.«

Stephanie zog einen Schmollmund. »Und dann? Dann werde ich dreizehn. Und vierzehn. Und fünfzehn. Und, und, und. Es ändert sich ja doch nichts. Nicht für mich. Und alles nur, weil ich ein Mädchen bin.«

»Aber das bleibst du nicht ewig. Nur wenn du dich aufführst wie Tante Lisabeth und alle deine Verehrer vergraulst. Aber selbst dann. Bei der Mitgift, die der Vater schon zurückgelegt hat für dich? Da kannst du sicher sein, irgendwann wirst du äußerst vorteilhaft heiraten. Und alles, was du jetzt tust und lernst, bereitet dich darauf vor. Selbst die Quadrille.« Bertram lächelte und schlug erneut den Atlas auf.

»Du nimmst mich nicht ernst. Nicht im Geringsten.« Stephanie zog wieder einen Schmollmund. »Das Geschäft ist dir jedenfalls wichtiger.«

»Ach, Stephanie. Sieh es einmal so. Ohne das Geschäft hättest du kein Klavier, keinen Tanzunterricht, und ganz sicher wäre es auch mit der Mitgift nicht weit her. Und dann könntest du es gänzlich vergessen mit dem anderen Leben. Das gibt es nur, wenn wir einen Mann für dich finden, der dir genau das bieten kann, wonach du dich sehnst. Und der das auch will.«

Manchmal klingt er wie der Vater persönlich, dachte Stephanie. Dabei ist er noch nicht einmal zwei Jahre älter als ich. Und auch, wenn er nicht mehr so oft krank ist, der Unfall in der Weberei, die Brandnarben schmerzen immer wieder. Besonders bei diesem Wetter. Soll er doch mit dem Atlas spielen und seine Karten malen. Noch ist auch er nicht weiter gekommen als bis Niederrad. Wenn er partout Kaufmann werden will und nicht Forscher, was kümmert es mich?

Wieder öffnete sie das Notenalbum. Während sich die perlenden Scarlatti-Arpeggien in das Trommeln der Regentropfen auf der Fensterscheibe mischten, wanderte Bertrams Finger immer weiter nach Osten. Die Grenzen des Deutschen Bundes hatte er bereits weit hinter sich gelassen, Österreich-Ungarn und das Königreich Preußen hielten ihn nicht zurück. Zumindest im Geist folgte er den Spuren Alexander von Humboldts, der auf Einladung des Zaren vor gut zwölf Jahren Russland bereist hatte und bis an die chinesische Grenze vorgedrungen war. Nein, ein Handelsmann war der weltberühmte Forscher beim besten Willen nicht. Aber er verstand trotzdem viel von Geschäftsbeziehungen. Das wäre es noch, dachte Bertram. Über alles und jedes Bescheid zu wissen. Aber eben nicht nur oberflächlich, wie manche es sich aus den Journalen anlesen, sondern richtig. Doch dafür müsste ich wohl studieren. Und ich will einfach nicht weiter die Schulbank drücken. Ich will mit Waren zu tun haben, Stoffe fühlen, Gewürze riechen und schmecken, Farben sehen, hören, wie es klingt, wenn chinesisches Porzellan ausgepackt wird und der Vater prüfend gegen die Vasen klopft, ob sie wohl keinen Sprung davongetragen haben. Abends die Kasse zählen und über all das den Überblick bewahren, das will ich. Wie der Vater. Und der sagt ja auch, dass ich einen Kopf fürs Geschäft habe. Wenn ich nur nicht wieder krank werde. Dann darf ich wirklich bald mittun. Endlich! Und dann wollen wir einmal sehen, ob ich meinem Schwesterchen nicht einen guten Mann finde. Wenn es der Vater nicht schon vorher tut. Sie ist ja noch ein Kind. Und ich, ich bin bald Lehrling und ein junger Mann.

Entschlossen klappte er den Atlas zu. »Es sieht aus, als ob der Regen nachlässt«, verkündete er. »Ich gehe aus.«

Stephanie sah ihm nach. Er darf das, dachte sie. Einfach aufstehen, gehen und Freunde besuchen. Er darf das. Er ist ein Junge.

»Was träumst du?« Maria Josefa Geisenheimer stand in der Tür zum Salon. In dem leichten Hauskleid sah man ihr kaum an, dass sie bereits über vierzig Jahre alt war. Nur die zarten Silberfäden in ihren Locken verrieten ein wenig von ihrem Alter. Zärtlich betrachtete sie ihre Stephanie. »Das war schön, was du eben gespielt hast. An Scarlatti bin ich ja regelmäßig gescheitert. Aber bei dir klingt es federleicht.«

Sie setzte sich auf die Chaiselongue. »Komm einmal her zu mir, Stephanie. Lass den Bertram ausgehen, wie er es nennt. Wir wissen doch beide, dass er zum Assessor Rittershaus geht. Warum er ausgerechnet Englisch lernen muss, ist mir zwar ein Rätsel, aber wenn der Herr Vater das so will, dann wird es schon einen Sinn haben. Dabei spricht *tout le monde* doch Französisch. Vielleicht ist es ja tatsächlich gut fürs Geschäft. Aber das geht uns Frauen nichts weiter an. Hier habe ich etwas viel Interessanteres. Sieh doch mal, Stephanie!«

Maria Josefa Geisenheimer zog die jüngste Ausgabe des *Journal des dames* hervor. »Wie es scheint, werden wir unsere Garderobe wieder einmal *complètement* umstellen müssen. Aber wenn die Frau des Tuchhändlers nicht *à la mode* geht, wer dann?«

Maman und ihre Moden. Innerlich seufzte Stephanie. Aber dann inspizierte sie doch den neuen Faltenwurf.

Unterdessen schwitzte Bertram bei Assessor Rittershaus über den unregelmäßigen Verben. »Es hat doch einfach keine erkennbare Regel, wie das funktioniert. *To last,* dauern, *lasted, lasted.* Aber *to cast,* werfen, *cast, cast.* Wer soll sich da bitte auskennen?«

»Na, jeder, der sich befleißigt und brav die Tabellen lernt, mein Junge!« Assessor Rittershaus nahm den Kneifer von der Nase und rieb sich die entstandenen Druckstellen. »Der Preis für Seide ist ja auch ein anderer als der für Baumwolltuch, wie du sicher weißt.«

»Aber das kann man doch nicht vergleichen. Das eine ist kostbar und schwierig herzustellen, das andere bekommt man fast nachgeworfen. *They cast it at you.*«

»Genau, mein Junge. Und wenn sie es geworfen haben, was sagen wir dann?«

»*They cast it.* Verstanden. Es bleibt trotzdem mühsam.«

»Sei froh, dass du im Französischen schon so gut zurechtkommst. Da geht es zum Teil doch noch viel wilder zu. Aber im Grunde ist alles Gewöhnungssache.«

»Mit wem sollte ich auch Englisch sprechen hier in Frankfurt? Vielleicht kommt ja gelegentlich ein junger Lord auf seiner Europatour vorbei und schaut sich den Römer an. Aber da sitze ich im Klassenzimmer. Und schon ist er wieder fort, lange bevor die Schulglocke geht.«

»Vergiss nicht den Amerikaner, junger Geisenheimer. Der hat doch eines Tages völlig überraschend bei deinem Vater im Kontor gestanden.«

»Wie könnte ich das vergessen! Zuerst haben wir kein Wort verstanden. Er sprach kaum Französisch, Deutsch schon gar nicht. Und niemand im Kontor wusste ein Wort auf Englisch zu sagen, außer *›bless you‹*. Zum Glück kann der Herr Vater ein bisschen Jiddisch. Und am nächsten Tag hat er Sie auch schon gebeten, mich im Englischen zu unterrichten.«

Wohlwollend klopfte Assessor Rittershaus seinem jungen Schüler auf die Schulter.

»Und du machst auch großartige Fortschritte. Glaub mir, mein Junge, wenn du erst einmal die unregelmäßigen Verben gemeistert hast, kann dir keiner mehr etwas vormachen. Dann wirst du sogar Romane auf Englisch lesen, Dickens, Shelley, Polidori und so weiter.«

»Fehlt ja nur noch, dass ich Gedichte lese. Pah, ich bin doch kein Mädchen.«

»Aber Gedichte sind doch etwas Wunderbares! Gerade die aus dem Angelsächsischen. Lord Byron, mein Junge, ich sage nur Lord Byron!«

Mit schwärmerischem Blick musterte der Assessor die Regale in seinem Arbeitszimmer. Dort tummelten sich englische, deutsche, französische Bände, ohne Unterschied. Neben einer Prachtausgabe von Lord Byrons Werken stand auch einiges aus der Feder Augusts von Platen. Aber dafür war sein Zögling doch noch etwas zu jung, vermutete Justus Rittershaus. Der junge Geisenheimer hatte zwar etwas Verwegenes in seinen Zügen, aber daran waren wohl eher die Pockennarben schuld. Diese weiße Strähne an der Schläfe, dort, wo die Haare nach dem Brand in der Baumwollweberei einfach nicht mehr so dunkel wie die übrigen Locken hatten nachwachsen wollen, tat ihr Übriges. Aber der Assessor war entschlossen, trotzdem nichts Unüberlegtes zu wagen. Dem Jungen einmal den Arm um die Schultern legen oder ihn umarmen, wenn die Freude an einer geglückten Übersetzung ihren Tribut forderte, das war das eine. Alles andere hätte seinen Stand in der Stadtverwaltung und der Gesellschaft nur unnötig in Gefahr gebracht. Hätte Kaufmann Geisenheimer seinen Sohn einem Sprachlehrer anvertraut, dessen Leumund nicht einwandfrei war? Aber genug davon.

»Also gut. Wenn die Literatur nicht zu dir spricht, dann brauchst du auch nicht zu antworten. Aber die Grammatik, mein Junge, die wirst du brauchen, also zurück zu den unregelmäßigen Verben, mein Bester! *Come on, young swain, arise.«*

»I arise, you arose, he is arisen.«

»Gut, das heben wir uns dann doch besser auf für den Gottesdienst in der Paulskirche. *Bear with me.«*

Allmählich gewann Bertram an Sicherheit. Als er sich endlich dazu durchgerungen hatte, hinter den unregelmäßigen Verben nicht weiter nach einer alles verbindenden Logik zu suchen, gab es nur noch wenig, was Assessor Rittershaus ihm beibringen konnte. Kaufmann Geisenheimer entschied daher, dass eine Konversationsstunde alle zwei Wochen genügen musste, und ließ dafür den Russischunterricht vertiefen. Wenn Alexander Iwanowitsch im Herbst wieder zur Messe kam, sollte Bertram ihn bereits in seiner Muttersprache begrüßen können. Auf das Gesicht des Händlers freuten sich Vater und Sohn schon sehr. Der junge Geisenheimer brachte seinen Russischlehrer allerdings regelmäßig zur Verzweiflung. Was verstand ein Maler aus Jekaterinburg, der sich am Städelschen Kunstinstitut in der Neuen Mainzer Straße westlichen Schliff holen wollte, bevor es weiterging nach Italien, schon von Tuchen und Handelswaren? Und nun sollte er all die Begriffe kennen, die Bertram Konrad übersetzt haben wollte. Er, Pjotr Nikolajewitsch, dessen Familie nur dann Russisch sprach, wenn die Dienstboten Anweisungen brauchten. *Tout le monde* sprach doch Französisch. Auch im fernen Jekaterinburg, und das schon lange vor der napoleonischen Invasion. Aber die Studien bei Philipp Veit waren teuer. Was schon allein die Farben kosteten! Wenigstens zahlte Kaufmann Geisenheimer gut. Und es machte Spaß, Bertram zu unterrichten. Da steckte ein heller Kopf unter den dunklen Locken. Und die Pockennarben ließen den Knaben durchaus interessant erscheinen, zumindest als Modell für ein Gemälde. Aber wenn Pjotr Nikolajewitsch gewisse Regungen verspürte, ging er doch lieber nach Bornheim, wo sich die jungen Damen den Anschein gaben, als hätten sie trotz seiner schmalen Börse nur auf ihn gewartet. Ob er seinen jungen Sprachschüler auch einmal mitnehmen sollte? Der Maler hatte seine Zweifel. Irgendwann würde der Sohn des Hauses Geisenheimer sicher seine Erfahrungen machen, aber der Kaufherr war dafür bekannt, dass er nur das

Beste akzeptierte. So rasch würden seine Fräulein vom Mainufer sicher nicht Bekanntschaft mit Bertram Konrad machen. Der sah gerade von einem langen Traktat auf.

»Stimmt es eigentlich, dass Sie in Russland eine Platinwährung haben?«

Was für Fragen der Knabe stellen konnte!

»Genau, mein Junge. Der Zar, Gott erhalte ihn, hat darauf bestanden. Obwohl Humboldt ihm davon abriet, damals, als er seine große Forschungsreise machte. Aber im Grunde ist es gleichgültig, worauf eine Währung beruht. Geld bleibt Geld. Die Armen haben es nicht. Und wer es hat, zählt es irgendwann auch nicht mehr, weil sonst der Tag schon herum ist, noch bevor er etwas geschafft hat.« Unwillkürlich blickte Pjotr Nikolajewitsch zum Kaminsims. Dort lag der Umschlag, in dem Bertram Konrad immer das Unterrichtsgeld mitbrachte. Der Farbenhändler wartete schon darauf, der Bäcker wollte seinen Teil und etliche andere auch. Es war an der Zeit, dass das Bild fertig wurde. »Die Auferweckung des Jünglings von Nain«, perfekt im Nazarenerstil gemalt. Philipp Veit hatte es sehr gelobt, und ein Käufer war auch schon gefunden. Bald konnte es losgehen nach Italien. Ich werde dich schon vermissen, mein junger Sprachschüler, dachte Pjotr Nikolajewitsch, auch ohne einen gemeinsamen Besuch in Bornheim.

»Der Vater hat übrigens gesagt, dass ich ab nächsten Monat ins Kontor darf.« Bertram Konrad sah wieder von dem Buch auf und strahlte. »Sind das nicht wundervolle Aussichten?«

»Du verlässt die Schule? Jetzt schon? Dabei bist du ein so heller Kopf. Aber dein Herr Vater wird am Besten wissen, was gut für dich ist, mein Junge. Mit deinem Russisch wirst du ihm im Geschäft eine große Stütze sein.«

Das hoffte auch Bertram Konrad.

* * *

Pünktlich zum 1. August 1842 stand er als Lehrling im Kontor. Es wurde ihm nichts geschenkt, er musste mit anpacken, man schickte ihn als Laufburschen auf Botengänge, und immer hieß es »mach zu«. Aber im Gegensatz zu Fritz und Ludwig, den anderen Lehrbuben, durfte er etwas, was selbst die Gesellen ein bisschen neidisch machte. Wenn es nämlich etwas zu besichtigen gab, eine Tuchmesse anstand oder ein Produzent besucht werden musste, hieß es: »... und der Bertram kommt mit.«

Wie verblüfft war er, als er feststellte, dass sein Vater ihren Aufenthalt in den fremden Städten stets auch dazu nutzte, die Theater und Opernhäuser aufzusuchen, Ausstellungen wie Museen zu besuchen und das Leben zu genießen.

»Weißt du, mein Junge, wer nur das Geschäft im Kopf hat und blind an der Welt vorbeihetzt, der braucht eigentlich gar nicht zu reisen. Die Oper hier in Hamburg, zum Beispiel, die hat eine lange Geschichte. Bürger waren es, die sie gegründet haben, kein Hoftheater steht hier am Anfang. Du kannst davon ausgehen, dass auch der schärfste Pfeffersack sehr genau darauf schaut, wer seinen Kunstsinn zu schätzen weiß. Wer sich geachtet fühlt, behandelt dich anders als einer, der fühlt, dass er dich nicht interessiert. Und sowieso ist so eine Oper schon eine schöne Sache. Hier geht es um Ränke und darum, letztendlich einen Vorteil zu haben, wie im Geschäftsleben auch. Mord und Totschlag gibt es ebenfalls. Aber im Gegensatz zur Politik stehen alle zum Schlussapplaus wieder auf, und alles ist gut.«

Politik war etwas, worüber Bertram Konrad leidenschaftlich reden konnte. Aber nicht mit dem Vater. Der schimpfte zwar über die vielen Zollschranken, die so manche Ware unsinnig verteuerten, noch bevor sie im Kontor ankamen. Oft blieb nur eine schmale Marge, die sich aufschlagen ließ, bevor ein anderer den Preis unterbot und die Kunden weglockte. Aber ansonsten ließ Kaufmann Geisenheimer die Finger von der Politik.

»Haben wir nicht den Deutschen Bund? Es könnte Ruhe im

Land herrschen. Aber nein, die Herren Studenten träumen von Demokratie und einem Reich, machen sich gemein mit den Arbeitern, die auch nicht ohne Vereine auszukommen scheinen. Die Welt ist in Unordnung geraten, das sage ich dir. Und Unordnung im Kontor, das ist der Anfang vom Ende.«

In den kommenden Jahren versuchte Bertram Konrad stets aufs Neue, seinem Vater die demokratischen Ideen nahezubringen, die ihm so am Herzen lagen. Aber der wollte nichts davon hören.

»Demokratie? Hör mir uff. Die ist nun wirklich keine Lösung.« Mit einem Seufzen ließ Kaufmann Geisenheimer die Zeitung sinken, in der die neuesten Nachrichten aus Schlesien standen.

»Ob da nun ein König herrscht oder ein paar Demokraten ihren Debattierclub pflegen, das ändert doch nichts an den Tatsachen. Wer nicht zum Weber taugt, wer sein Geld in Branntwein anlegt statt in ordentliches Garn, der braucht sich auch nicht zu wundern, wenn er nichts verdient.«

So sehr Bertram Konrad auch die Sonntagsgespräche im Herrensalon liebte, beim Thema Politik konnte sein Vater erstaunlich verbohrt sein. Selbst wenn er bisweilen Zugeständnisse machte, blieb er in diesem Punkt hart.

»Aber dort verhungern doch wirklich Leute. Und ihr König, der Herrscher aller Preußen? Der schickt ihnen Soldaten statt Brot.«

Nachdenklich schenkte sich der Kaufherr einen Cognac ein.

»Ich gebe zu«, sagte er schließlich, »den schlesischen Webern geht es wahrlich nicht gut. Über den einen oder anderen Punkt könnte man wirklich einmal sprechen. Aber es wird doch andererseits auch niemand gezwungen, diesen Beruf zu ergreifen.«

»Vielleicht doch, Vater, und sei es durch die Umstände. Wenn ich nicht dein Sohn wäre, hätte ich für meine Lehrstelle hier im

Haus Geisenheimer zahlen müssen. Und wenn mein Vater das Geld nicht aufgebracht hätte, was dann?«

Auch Bertram griff nun zum Cognac. »Vielleicht wäre ich auch gar nicht so weit gekommen. Was, wenn du dir den Arzt nicht hättest leisten können, wann immer ich krank war? Ich mag gar nicht daran denken.«

»Dann tu es auch nicht. Geld ist nicht immer eine Lösung, mein Sohn. Schon gar nicht, wenn die Situation außer Kontrolle gerät und ausgenutzt wird. Dieser Heinrich Heine, der da gemütlich in Paris vor sich hin lebt, wem nutzen denn seine Verse? Dem sind die Weber im fernen Schlesien doch gleichgültig. Oder liest du irgendetwas davon, dass er sich bei einem Spendenaufruf beteiligt hätte? Das Honorar für seine Verse, das ist seines. Aber die Zeche zahlen, das muss er nicht. Von Worten allein werden die Weber auch nicht satt. Und es kann doch nicht angehen, dass im ganzen Deutschen Bund sich die Tuchhändler verantworten müssen für ein paar schwarze Schafe, die womöglich auch nur versuchen, ihren eigenen Kindern die Zukunft zu sichern.« Wütend zerknüllte Kaufmann Geisenheimer die Zeitung und warf sie in den Kamin. »Hast du Lust, mit Frau Geheimrätin Bethmann deine Preise zu diskutieren? Seit wann interessiert sich eine Dame der Gesellschaft überhaupt dafür, was etwas kostet und warum? Das ist doch einfach nicht in Ordnung. Wenn sie sich unsere Ware nicht leisten kann, soll sie doch aufs Land ziehen, dorthin, wo es einerlei ist, wie sie herumläuft.«

Er hob das Glas und betrachtete seinen Sohn durch die Wölbung. Bertram macht sich, dachte er. Mal abgesehen von dieser unsinnigen Passion für die Politik. Die werde ich ihm schon noch austreiben. Er ist ein schmucker junger Mann geworden, trotz der Narben. Er kann geistreich plaudern, wenn er nicht gerade sein demokratisches Steckenpferd zu reiten beliebt. Der ist eine gute Partie. So wie er ist, und als Geisenheimer sowieso.

»Prosit, mein Junge. Darauf, dass sich das Problem als das herausstellt, was es ist. Ein Sturm im Wasserglas. Mehr nicht. Die Rädelsführer sind ja bereits verhaftet. Ein paar Zugeständnisse mag es geben. Und dann? Weiter wie bisher. Bald schon wird das neue *Journal des dames* erscheinen, mit Vorschlägen für die kommende Ballsaison. Dann wirst du sehen, dass sich in Frankfurt kaum noch jemand für Schlesien interessiert. Es waren Baumwollweber, die sich zusammengerottet haben. Wer trägt schon so etwas wie Baumwollstoff zum Ball? Seide, das wird es sein. Wie immer. Und wir werden sie liefern. Wie immer.«

Er wird sich nicht ändern, dachte Bertram. Das Geschäft geht eben vor. Das umfassende Gesamtbild interessiert ihn nur, wenn der Handel im Mittelpunkt steht. Und irgendwo hat er ja auch recht, ohne Handel macht jeder nur seins. Wäre ich nicht aus Frankfurt herausgekommen, hätte ich nie entdeckt, wie wichtig mir die Kunst ist. Dabei hatte ich doch sogar bei einem Maler Sprachunterricht. Nie habe ich mir genauer angeschaut, was er so machte. Wo Pjotr Nikolajewitsch wohl jetzt stecken mag? Sicher nicht bei den Webern. Er wollte ja nach Italien.

»Du wirkst unzufrieden, mein Sohn. Und ich verstehe dich. Ich war ja auch einmal jung. Aber unsere Aufgabe ist es nicht, Politik zu machen. Das überlässt ein Kaufmann besser anderen. Warum, glaubst du, lasse ich mich nicht in den Stadtrat wählen? Nein, mein Junge, ich halte mich da schön heraus. Politik ist und bleibt ein heißes Eisen. Wer sich da festlegt, wacht eines Morgens auf und stellt fest, dass er die Hälfte seiner Kundschaft verloren hat, und das alles nur wegen einer politischen Entscheidung, die er vielleicht gar nicht persönlich teilt, aber trotzdem mittragen muss. Dieses ganze Gerede von Demokratie. Die Mehrheit entscheidet. Und wozu das führt, das siehst du doch am Rat unserer schönen Stadt Frankfurt. Wenn da einer wäre, der seinen Kopf hinhält, wenn etwas nicht gut läuft, dann bitte. Damit lässt sich leben. Aber all dieses Reden und Debattieren bis tief in die Nacht, und unter dem Druck der anderen sich dann festlegen müssen auf etwas, was bei Tageslicht betrachtet nicht den Hauch einer Chance hat? Und schon gibt es Aufruhr, und das Militär wird gerufen. Wenn die Kugeln fliegen, wer kauft denn dann Porzellan? Und wenn es gar ans Nähen von Leichenhemden geht, bleiben wir auf unserer Seide sitzen.«

»Kugeln? So weit wird es nicht kommen, Vater. Nicht hier und nicht in Niederrad. Da stehen die Weber ja immer noch Schlange, um bei uns arbeiten zu dürfen.«

»Dein Wort in Gottes Ohr. Ganz gleich ob Könige oder deine geliebten Demokraten. Wenn es hart auf hart kommt, halten sie alle Kugeln für ein gutes Argument.«

Nur wenige Jahre später sah sich Kaufmann Geisenheimer in seiner Meinung mehr als bestätigt. Zwar schwärmte sein Bertram immer noch für die Demokratie, aber als im Februar 1848 Gewalt die Straßen von Paris beherrschte, wusste er keine Antwort auf die väterlichen Argumente.

»Siehst du, mein Junge, das ist das Resultat. Was bin ich froh, dass uns in Frankfurt so etwas nicht passieren kann. Diesen Franzosen ist einfach nicht zu trauen. Das habe ich schon vor achtzehn Jahren gesagt, als sich die Seidenweber in Lyon zusammenrotteten. Das hat hübsche Wellen geschlagen, nicht nur in Frankreich. Der Handel hatte noch Jahre die Folgen zu tragen, weil es auf einmal eine politische Sache war, ob man französische Seide trug oder nicht.«

»Aber das hat doch nichts damit zu tun, dass ein Mann sein Geschick selbst bestimmen muss! Darum geht es bei der Demokratie nämlich. Und natürlich darum, dass wir Deutschen zusammenhalten wollen. Ein Volk. Auch wenn es viele Landsmannschaften gibt, Hessen, Preußen, Österreicher, Bayern, Schlesier, Rheinländer, Holsteiner, Schleswiger. Und, und, und. Aber wir sprechen doch eine Sprache. Wir sind ein Volk. Es wird Zeit, dass wir gemeinsam entscheiden, wie wir leben wollen.

Gerne auch mit einem Kaiser an der Spitze. Aber keinem, der allein aus Gottes Gnaden über uns herrscht.«

Kaufmann Geisenheimer winkte ab. »Lass gut sein, mein Junge. Da kommen wir zu keiner Einigung. Mit deinen Sprüchen kannst du im Kaffeehaus glänzen. Aber mich überzeugst du nicht.«

Nein, dachte Bertram, es ist keine Frage des Alters. Wie anders denkt da Advokat Reinganum. Der ist auch schon weit über vierzig und zeigt sich doch als einer der hitzigsten Köpfe, wenn es um Freiheit und Demokratie geht. Aber Vater schließt ja schon den Laden, wenn er nur den Namen hört.

»Es ist schon gut. Wenn du deine demokratische Passion unbedingt ausleben musst, dann bitte. Besser, du buhlst um Madame *Liberté,* als dass du für einen Skandal sorgst wie der Assessor Rittershaus.«

»Ich muss doch sehr bitten. Demokratie ist eine Sache des Herzens. Und des Verstandes. Aber nicht der Lenden.«

»Na, hoffentlich, mein Sohn. Denk daran, dass ich deine Schwester noch verheiraten muss. Auch die beste Mitgift hilft nur wenig, wenn ein Skandal die Familienehre trübt. Kann ich mir da sicher sein?«

Bertram Konrad nickte. »Es ist alles in Ordnung. Ich bin kein Rittershaus. Und was in Bornheim passiert, bleibt dort. Meine demokratischen Ansichten teilen übrigens viele. Selbst hier in Frankfurt.«

Er muss ja nicht unbedingt wissen, dass mich Reinganum eingeladen hat, seinem Verein beizutreten, und dass der den Zusammenschluss der Radikaldemokraten mit den Arbeitern plant. Hoffentlich kommt die Sache mit dem Montagskränzchen nicht vor der Zeit heraus. Wenn Vater erfährt, dass der Erbe der Geisenheimer sich gemein macht mit getauften Juden und Arbeitern, dann trifft ihn der Schlag.

3

Ein helles Sirren, ein dumpfes Klacken an der Tür. Bertram schloss die Augen. Nein, so hatte er sich das nicht vorgestellt. Das war alles andere als das, was er gewollt hatte. Wieder klackte es, diesmal am Fensterladen.

»Querschläger«, sagte Prokurist Bednarz, der die letzten Koalitionskriege mitgemacht hatte. »Eindeutig ein Querschläger.«

Von der Gasse her klang Gebrüll, aber Bertram achtete nicht darauf, was gerufen wurde. Leichenblass saß er im Kontor, das ein paar Öllampen erleuchteten, und war heilfroh, dass die Fensterläden und die Tür aus so solidem Holz waren.

Kaufmann Geisenheimer schüttelte den Kopf. »Das hast du nun von deiner Demokratie, mein Junge. Aufruhr auf den Straßen, Barrikaden die Zeil entlang, und keinem Menschen steht mehr der Sinn nach feinem Tuch. Habe ich es nicht immer gesagt?«

Bertram wusste keine Antwort. Der Vater hatte ja recht. Dabei hatte alles so gut ausgesehen. Der Deutsche Bund war endlich zu Reformen bereit gewesen, hatte ein Parlament einberufen, das in Frankfurt tagen sollte. Wo auch sonst, als in der Stadt, in der seit dem Mittelalter die Kaiser gekürt und gekrönt worden waren? Und Frankfurt war bereit gewesen. Hatte Senior Dancker nicht zugestimmt, als ihn im März zwei Anwälte besuchten und um die Paulskirche als Versammlungsort baten? Das war nun einmal der größte und modernste Saal in der ganzen Stadt, erst vor fünfzehn Jahren eingeweiht. Und die evangelische Geistlichkeit hatte geschlossen hinter ihrem Senior gestanden, hatte der Bitte der Herren Binding und Jucho entsprochen. Alles war aufs Feinste hergerichtet worden, die Orgel mit einem Prospektgemälde von keinem Geringeren als Philipp Veit verdeckt, die Kanzel zum Rednerpult umfunktioniert und der ganze Saal mit Sinnsprüchen und festlichen Kokarden geschmückt. Wie hatten die Frankfurter gejubelt, als die Abgeordneten in das Hohe Haus einzogen! Und nun, gerade mal ein halbes Jahr später? Soldaten durchkämmten die Stadt, verhafteten und schossen um sich, räumten Barrikaden, die leidenschaftlich verteidigt wurden. Sogar zwei Abgeordnete hatte man ermordet, Erzkonservative zwar, aber immerhin Abgeordnete. Und einer von ihnen ein Kriegsheld, der gegen Napoleon gekämpft hatte! »Nein, das habe ich nicht gewollt«, stammelte Bertram, »das nicht. Das kann keiner gewollt haben.«

»Und doch ist es so gekommen, mein Junge. Die Demokratie zeigt endlich ihr wahres Gesicht. Und das besteht aus Chaos und Aufruhr, Mord und Totschlag.«

»Wenn nur die Preußen in Malmö anders …«

»Ja, wenn. Wenn. Wenn das Wörtchen wenn nicht wär, dann wär der Bettler Millionär. Du glaubst doch nicht allen Ernstes, dass der Preußenkönig auch nur einen Gedanken verschwendet an Deutschland oder den Bund, wenn es um seinen Vorteil, seine Macht und sein Geld geht. Und wer jetzt bezahlen muss, das werden wieder nicht die Demokraten sein, sondern wir, das Volk.«

Draußen war Hufgetrappel zu hören, das Kommando »Bajonette aufgepflanzt!«. Dann herrschte unheimliche Stille. Nur noch vereinzelt krachten Schüsse. Erneut erklang die Stimme: »Ausschwärmen!« Dann wurde es wieder still, bis schwere Tritte zu hören waren, die vor der Ladentür Halt machten. Die Klinke bewegte sich, aber der Riegel war schon seit den Morgenstunden vorgeschoben. Donnernd polterte es am Holz. »Holla, aufgemacht da drin!«

Bertram blickte zum Vater. Kaufmann Geisenheimer hob die

Schultern und gab dem Lehrjungen ein Zeichen. Der huschte zum Eingang und öffnete umständlich den Riegel und die Tür. Draußen stand ein preußischer Ulan. Ausgerechnet einer von denen, dachte Bertram. Erst verraten sie den Bund und lassen Dänemark über Deutsche herrschen, und dann schießen sie ehrwürdige Frankfurter Demokraten über den Haufen. Wieder schloss er die Augen. Wie durch einen Vorhang hörte er seinen Vater lachen.

»Der Herr Leutnant von Portsch! Na, das ist aber eine Überraschung, kommen Sie doch herein, ich bitte sehr!«

»Guten Tag, Geisenheimer! Moment, bitte.« Der Ulan nahm den hohen Helm ab. »Sonst passe ich ja nicht durch Ihre Ziviltür. Die ist wohl nicht fürs Militär gedacht.«

»Unsere Bürgerwehr hat eben nicht so hohe Helme wie ihr Preußen.« Seine Stimme klingt amüsiert, dachte Bertram. Der hat gut lachen, der Vater.

»Die sollen dem Feind auch schon von Weitem zeigen, dass er sich auf etwas gefasst machen kann. Aber ich muss schon sagen, was sich da auf den Barrikaden getummelt hat, das ist so schnell nicht davongerannt. Respekt. Wenn allerdings richtige Soldaten kommen, da kann so ein Tagelöhner dann schnell einpacken.«

Irrte er sich, oder schwang in der Stimme des Mannes ein Anflug von Bedauern mit? Bertram riskierte einen Blick. Tatsächlich, Leutnant von Portsch. Mit dem hatte er noch vor zwei Wochen über die Rechte eines freien Mannes diskutiert. Und sie waren durchaus eines Geistes gewesen. Und nun lässt er durch Frankfurt schießen, dachte Bertram. Was für eine Welt!

»Bertram! Gut, dass ich dich hier treffe. Ich hatte schon befürchtet …« Ferdinand von Portsch ließ den Satz unvollendet.

»Mein Sohn ist doch kein Aufrührer, Herr Leutnant.« Kaufmann Geisenheimer ließ seinen Blick zwischen den beiden jungen Männern hin und her wandern.

»Aber das weiß ich doch, Herr Geisenheimer. Was ein Mann

denkt, ist seine Sache. Mich geht es nur etwas an, wenn er die Ordnung stört. Und Ihr Sohn liebt den Frieden so sehr wie die Freiheit. Ich kam auch nur, um nach dem Rechten zu sehen. Sie haben ein paar hübsche Einschüsse am Haus. Aber sonst scheint ja noch einmal alles gut gegangen zu sein.«

»Das kann man wohl sagen, Herr Leutnant. In meinem Haus dulde ich keine Aufrührer.«

»Wäre ja auch noch schöner. Das ist ja bekannt, dass Sie sich aus der Politik heraushalten. Da mag Ihr Sohn aus ganz anderem Holz geschnitzt sein, aber das heißt ja noch lange nicht, dass er das Volk aufwiegelt. Der demokratischen Sache hat der Aufruhr jedenfalls nicht genützt. Und es ist zu schade um Lichnowsky und Auerwald. Das haben die beiden nicht verdient, so niederträchtig erschlagen zu werden vom Pöbel. Und das alles wegen der Waffenruhe in einem Krieg, den Frankfurt gar nicht geführt hat. Ich glaube, ich verstehe die Welt nicht mehr.«

Nachdem sich der Ulanenleutnant wortreich verabschiedet hatte, inspizierte Kaufmann Geisenheimer Tür und Fensterläden. »Schau genau hin, mein Junge«, ermahnte er Bertram. »Das ist nun deine Demokratie. Nicht die feinen Herren, die aus unserer Paulskirche einen Tempel des Volkswillens machen wollen, verleihen ihr ihr Gesicht. So sieht sie aus, die Demokratie, wenn der Pöbel seinen Willen durchsetzt. Und solche Leute sollen fortan bestimmen, wer herrscht? Danke bestens.«

Insgeheim konnte Bertram seinem Vater nur zustimmen. Sicher, der Auslöser des Aufstands brannte auch ihm im Herzen. Aber wollte er wirklich, dass für die Frage, ob Holsteiner und Schleswiger nun eine Weile dänisch regiert werden, Frankfurter starben? Das kann es nicht sein, was die Demokratie ausmacht, dachte er. Und wie soll nach dieser Sache das Parlament noch irgendetwas für alle Verbindliches festlegen, wenn es nicht auf die Bürgerwehr vertrauen kann, sondern Österreicher und Preußen zu Hilfe rufen muss?

»Komm einmal mit, mein Junge«, riss ihn die Stimme seines Vaters aus den Gedanken. »Ich will dir etwas zeigen.«

Im Kontor lag ein Brief, den Franz Geisenheimer aus Amerika gesandt hatte. Der Spross des Leipziger Familienzweigs hatte sich vor einiger Zeit recht unvermittelt in die Neue Welt aufgemacht. Tante Lisabeth vermutete, dass er eben ein Hallodri sei und auch über dem großen Wasser so manche brave Maid ins Unglück bringen wolle.

Und nun schrieb der Leipziger begeistert aus dem Land der unbegrenzten Möglichkeiten.

»Das Geld liegt förmlich auf der Straße!«, jubelte er. »Und zwar auf der, welche die Goldsucher nach Kalifornien nehmen. Sie brauchen so ziemlich alles, Proviant, Pferde, Wagen, Werkzeug, Waffen, Munition und so weiter. Und wenn sie Gold gefunden haben, brauchen sie erst recht unsere Hilfe beim Ausgeben. Und ganz gleich, ob Kalifornien oder Ostküste, diese Amerikaner sind einfach verrückt nach allem, was etwas kostet. Wer ihnen europäischen Luxus verschafft, der verdient sich eine goldene Nase, ohne dass er auch nur mit einem Zeh in die Nähe eines Stollens kommen oder gar selbst mit dem Goldwaschsieb im Fluss stehen muss.«

Kaufmann Geisenheimer sah seinen Sohn prüfend an. »Was meinst du, mein Junge? Du bist majorenn, hast ausgelernt und müsstest sowieso ein wenig praktische Erfahrung sammeln. Kannst du dir vorstellen, in Neu York ein Importhaus zu führen, gemeinsam mit dem Leipziger?«

Bertram spürte, wie seine Niedergeschlagenheit von ihm abfiel. Der Vater traute ihm ein solches Unternehmen zu! Und er wollte ihn nach Amerika schicken, in die Heimat der Demokratie, in der jeder Mann die gleiche Chance erhielt, ins Land, das sich eine Verfassung gegeben hatte, die jedem das Grundrecht zusicherte, sein Glück machen zu dürfen. Schon wollte er begeistert zustimmen, als sein Vater mahnend den Finger hob.

»Überleg es dir gut, Bertram. Ganz so einfach, wie Franz die Sache schildert, wird sie sicher nicht werden. Schon die Überfahrt ist kein Sonntagsausflug. Es ist ein raues Land. Und wenn auch die Indianer weit im Westen sind, der Osten mag nicht weniger wild sein. Neu York ist nicht Frankfurt.«

Das war es ganz gewiss nicht. Aber als Bertram miterleben musste, wie die Paulskirchenversammlung nur ein Jahr nach ihrer Einberufung schon kleinlaut ihr Scheitern zugab, hielt ihn nichts mehr in der Heimat.

Mit aufgeregtem Herzen betrat er in Hamburg das Schiff, das ihn in die Neue Welt bringen sollte. Schon bald ertönte das Kommando »Leinen los!«. Versonnen lehnte Bertram an der Reling, während die Häuser vor seinen Augen immer kleiner wurden. Er dachte an die mahnenden Worte des Vaters.

»Denk daran«, hatte der gesagt, »mit Ideen sind unsere Leipziger Verwandten immer schnell zur Stelle. Aber sobald etwas richtig Geld kostet, stehen sie mit dem Hut in der Hand auf unserer Schwelle. Das war schon immer so, seit es die Geisenheimer gibt. Aber sei es drum. Du brauchst die Erfahrung. Und warum nicht Amerika? Vielleicht liegt dort das Geld ja tatsächlich auf der Straße, wie der Vetter behauptet. Hauptsache, du wirfst es nicht erst persönlich dorthin. Geh mit Gott, mein Sohn. Und mach uns keine Schande.«

Die Mutter indes hatte ihn nur ungern ziehen lassen. Erst als er ihr versprochen hatte, den von ihr eigenhändig gehäkelten Schal auch ja zu tragen, war sie bereit gewesen, sich mit der Reise abzufinden. »Ach, mein Junge«, hatte sie geseufzt, »deine Gesundheit ist dein kostbarstes Gut. Und was es in fremden Ländern für Krankheiten gibt, das will ich mir gar nicht erst ausmalen.«

Nur Stephanie war bemerkenswert ruhig geblieben. »Jetzt kannst du also auch ohne den Vater in die große weite Welt ziehen. Du bist ein Mann geworden. Und du wirst dich als ein solcher beweisen, da bin ich ganz sicher. Vor allen Dingen kannst du deine geliebte Demokratie am Werk erleben, und das ganz ohne Raufhändel oder gar Kugeln aus preußischen Gewehren. Aber ohne dich wird es noch langweiliger werden hier im Haus.«

»Ach was«, hatte er gelacht. »Beschwer dich ruhig, dass dir fade ist. Ich weiß doch, dass du nur auf die Ballsaison im Winter lauerst. Da werden sich die Frankfurter Burschen gehörig in Acht nehmen müssen, wenn sie sich nicht samt und sonders das Herz rauben lassen wollen.«

Spielerisch hatte ihn Stephanie in die Seite geknufft und war ihm dann doch um den Hals gefallen. »Mach es gut, großer Bruder«, hatte sie ihm ins Ohr gewispert und etwas in seine Rocktasche gesteckt.

Bertram zog den Mantel enger um sich. Ein kalter Wind blähte die Segel über ihm, und er steckte die Hände in die Taschen. Seine Finger schlossen sich um den kleinen Zinnelefanten, den er Stephanie von seinem ersten Lehrlingslohn gekauft hatte. »Er ist mir das Teuerste, was ich habe. Er soll dir Glück bringen«, hatte auf dem Blatt gestanden, in den die Liebesgabe eingewickelt gewesen war.

»Sieh dich vor, Stephanie«, murmelte er, »wenn mir der große Durchbruch gelingt, kaufe ich dir einen lebendigen Elefanten. Vielleicht darfst du ihn ja bei der Tante in Niederrad unterstellen.«

Bertram lächelte bei dieser Erinnerung und begab sich in seine Kabine.

Eng war sie, und er musste sie sich zudem auch noch teilen. Aber Michael Scherbaum war ein freundlicher Geselle, der keine Seekrankheit kannte und die langen Stunden mit so mancher Schnurre zu vertreiben wusste. Was konnte der Heidelberger nicht alles erzählen, vom Medizinstudium in seiner Heimatstadt, von Gelagen und wiederholten Aufenthalten im Karzer.

Und offensichtlich mochte er den jungen Kaufmann. »Ich sage dir, Bertram, du bist so ein heller Kopf, du wärest meinem Bund eine Zierde geworden.«

Warum er nach Amerika fuhr, statt die Hörsäle oder die Kneipen zu besuchen, erzählte er bereitwillig.

»Wir sind ja längst auf hoher See, und die Büttel können mir nichts mehr anhaben. Ich war dabei, als sich Baden erhob und für ein demokratisches, vereintes Deutschland focht. Männer wie wir, wer sollte uns aufhalten? So dachten wir in unserer Unschuld. Aber dann wurden die Gegner doch zu viele. Wie Hasen haben sie uns gejagt, die Soldaten. Wir vergolten ihnen Kugel mit Kugel, und so mancher Feind der Demokratie musste sein Leben lassen. Bis der Kampf sich als aussichtslos entpuppte. Zu viele waren inzwischen gefangen genommen worden oder gefallen für die Freiheit. Zum Schluss waren wir nur noch zu dritt. Der eine ist auf der Flucht erkrankt und gestorben, den anderen haben preußische Häscher in Köln geschnappt. Und ich, ich bin zum Glück auf hoher See und lasse das alles hinter mir.«

Er hat gekämpft, dachte Bertram, er hat sein Leben aufs Spiel gesetzt. Und ich? Ich habe mich feige im Kontor geduckt, als die Kugeln durch die Straßen pfiffen, und war froh, dass es nur Leutnant von Portsch war, der Einlass bei uns forderte.

»Aber vielleicht war das auch alles ein großer Fehler. Trotz Mieroslawski, Schurz und Struve. Ich kann zwar voller Stolz sagen, ich war dabei. Aber woran war ich denn nun eigentlich beteiligt? Wir haben für Deutschland gekämpft und auf unsere eigenen Brüder geschossen. Dabei muss das Volk sich doch einig sein und gemeinsam für eine Sache kämpfen. Nur so kann es etwas werden, dass diese Zerrissenheit ein Ende hat und dass wir das Heft selbst in die Hand nehmen. Aber die Zeit ist wohl noch nicht reif dafür. Wenn Deutschland mich nicht will, mich nicht und sich selbst schon gar nicht, dann danke für Gehabtes.«

Ein Demokrat. Einer von uns, dachte Bertram. Wir sind viele, ja. Aber viel zu viele von uns verlassen die Heimat.

»Was schaust du so trübe drein? Den Kampf, den brauchst du mir nicht zu neiden. Es mag dir süß und ehrenvoll anmuten, für das Vaterland zu sterben, selbst wenn es eines ist, für dessen Entstehung man erst kämpft. Aber was hat man von all der Ehre, wenn man tot und begraben ist? Und nur die Würmer schmecken, wie weit her es ist mit der Süße.«

Bertram wollte gerade aufbegehren, aber der Heidelberger hob die Hand. »Ich weiß, wovon ich rede. Eine Kugel traf meinen Farbenbruder in den Bauch. Es hat drei Tage gedauert, bis er endlich erlöst wurde und starb. Und von dem, was ich gelernt habe in den Vorlesungen, hat mir nur eines genutzt. Dass er sterben würde müssen, das wusste ich fast zur gleichen Zeit wie er.«

Michael Scherbaum zog eine bauchige Flasche aus dem Mantelsack. »Doch lassen wir nun die trüben Gedanken. Trinken wir auf Amerika und darauf, dass wir dort der Heimat Ehre einlegen.«

»Ein hehres Ziel!« Franz Geisenheimer, der seinen jungen Vetter bei der Ankunft in Neu York am Hafen begrüßte, konnte seinen Spott nicht verbergen. »Wir sind nicht hier für die Ehre, wir sollen und wir wollen tüchtig Geld verdienen. Und dabei nicht vergessen, auch unseren Spaß zu haben. Wo kämen wir denn sonst hin?«

Nach ein paar gemeinsamen Abendessen und Ausflügen in Neu York verabschiedete sich Michael Scherbaum von ihnen. »Es liegt nicht an dir, Bertram. Du bist mir lieb geworden. Es tut gut, auch fern der Heimat eine verwandte Seele zu wissen. Aber ich muss weiter, diese Stadt erdrückt mich mit ihrem Gewimmel. Ich habe einen Arzt kennengelernt, der im Frühjahr in den Westen aufbricht. Da werde ich mitgehen und weiterlernen. Wer weiß, vielleicht lande ich noch bei den Indianern.«

Bertram ließ den Freund nur ungern ziehen. Aber hatte ihm der Vater nicht einen klaren Auftrag mitgegeben? Das Geschäft verlangte seine ganze Aufmerksamkeit, nicht zuletzt, weil Franz kaum Englisch sprach.

»Ja, wann hätte ich das denn lernen sollen? Und es leben ohnehin mehr Deutsche als Engländer und Iren im Land, sollen die doch unsere Sprache lernen.«

Der junge Geisenheimer konnte nur staunen. Mit solch einer Einstellung wollte sein Vetter Geschäfte machen? Aber zunächst ließ sich alles recht gut an. Und warum sollten sie sich auch nicht erst einmal auf die eigenen Landsleute konzentrieren?

»Vertrau mir, Bert«, sagte Franz, »ich habe eine richtig gute Idee.«

Genau davor hat mich der Vater eindringlich gewarnt, dachte Bertram. Die Leipziger planen, die Frankfurter zahlen. Aber vielleicht taugt die Idee ja tatsächlich etwas?

Mit seiner *Neu Yorker Handelspresse* hatte Franz Geisenheimer dann tatsächlich eine Marktlücke gefunden. Die Kaufleute waren sehr interessiert daran, neben den Börsenkursen auch Wirtschaftsnachrichten und Neuigkeiten aus aller Welt zu erhalten. Dass die nun auch noch in Deutsch gedruckt wurden, ließ viele ein Abonnement erwerben.

»Ich habe es dir ja gesagt, Bert. Wir Leipziger Geisenheimer verstehen uns auf die Presse. Komm, lass uns feiern.«

»Wo willst du denn heute hin, Franz? Wieder in den deutschen Verein?«

»Ach was. Wir haben richtig zu feiern. Morgen ist schließlich mein Geburtstag, und dreißig wird ein Mann nicht alle Tage. Lass uns raus aus der Stadt fahren, nach Brooklyn.«

»Nach Brooklyn? Wohl bis nach Coney Island? Da geht es ziemlich rau zu, habe ich gehört.«

Franz lachte. »Bist du ein Mann oder eine Memme? Aber keine Angst. Ich kenne da ein sehr nettes Haus, dort werden wir mit offenen Armen empfangen. Offene Arme, und weiche obendrein. Sehr weiche. Wenn auch ein bisschen dunkel. Aber gute Unterhaltung, die finden wir dort. Ganz bestimmt.«

Manchmal machte es Bertram richtig Spaß, den unerfahrenen jungen Burschen zu spielen. Er ahnte nämlich, welche Art von Unterhaltung Franz im Sinn hatte, ließ sich aber nichts anmerken.

»Ich denke, du sprichst nicht gerne Englisch? Wie willst du dich denn da unterhalten?«, fragte er und lächelte scheinbar arglos.

»O du heiliges Unschuldslamm! Mein lieber Vetter, du willst mir doch nicht weismachen, dass du keine Ahnung hast, wovon ich rede?« Franz starrte ihn so lange verblüfft an, bis Bertram schließlich doch lachen musste.

»Na, du bist mir vielleicht einer. Sitzt da, als könnte er kein Wässerchen trüben. Also gut, wenn du so willst, falls du partout auf Englisch bestehst, das wird sicher möglich sein. Auch wenn ich persönlich Französisch doch vorziehe. Aber Mrs Red führt sozusagen ein internationales Haus. Sogar Griechisch wird dort gepflegt, wenn ein Gast es wünscht, du verstehst? Also, was sagst du? Die Bücher zugeklappt, meine ich!«

Franz war in dem Haus auf Coney Island eindeutig kein Unbekannter. Galant stellte er seinen jungen Vetter der Inhaberin vor, die die beiden Deutschen in ihrem persönlichen Salon empfing.

»Bert? Sie sind seine Cousin? Isch bin so erfreut, zu machen Ihre Bekanntschaft. So sagt man, *yes?«,* vernahm der junge Geisenheimer aus kirschroten Lippen, die rechts und links von zwei entzückenden Grübchen umrahmt wurden. Eilfertig und in seinem besten Englisch versicherte Bertram, dass sich das Vergnügen ganz auf seiner Seite befände, und neigte sich galant über die Hand, die ihm geboten wurde. Der lange, dunkelrote Seidenhandschuh endete knapp unterhalb des Ellenbogens, den ebenfalls ein Grübchen zierte. Nennt man das überhaupt Grübchen?, fragte sich Bertram. Aber ganz gleich, wie es heißt, es ist entzückend.

»*Oh, how charming! You speak English!*« Mrs Red strahlte, und ehe er es sich versah, fand sich der junge Geisenheimer mitten in einem angeregten Dialog. Franz hatte sich längst in den großen Salon begeben. Aus dem Gekicher, das von nebenan klang, schloss Bertram, dass dort mangelnde Sprachkenntnisse anderweitig wettgemacht werden konnten.

Mrs Red interessierte sich anscheinend für alles, was Bertram am Herzen lag. »*But of course, my dear!*«, betonte sie. »Wenn isch weiß mehr von Ihnen, isch kann Ihnen die *right girl* zeigen. Isch bin sicher, *a good time* werden Sie mit alle haben, aber für Sie ich will eine *really great time.*«

Ob sie das zu jedem sagt?, fragte sich Bertram. Vielleicht ist es ihre Art von Kundenbindung, wer weiß? Und vielleicht ist es auch völlig ohne Bedeutung.

Gleichgültig, welches Motiv Mrs Red hatte, es wurde wie versprochen ein wirklich großartiger Abend. Bald schon gehörte auch Bertram zu den Stammgästen des Hauses. Davon gab es einige, nicht nur Deutsche, auch Engländer, Iren, Franzosen und Russen traf er dort an, und zuweilen auch ein paar Amerikaner, die noch einmal einen vergnügten Abend erleben wollten, ehe sie sich in den Westen aufmachten. Und im Rauchzimmer ging es durchaus nicht nur um das Eine, auch wenn sich stets einige Girls in ihren bunten, knappen Kleidern oder nur in Unterwäsche auf den Sesseln räkelten. »So lässt sich doch ganz anders übers Geschäft reden«, befand Franz, »bei einer guten Zigarre, mit kühlem Schampus und warmen Armen in Reichweite.«

Er ist der Ältere, dachte Bertram, er ist schon länger in Neu York. Wenn er sich nur nicht übers Ohr hauen lässt.

Das eine oder andere Mal war das schon vorgekommen, aber Franz hatte es immer gut begründen können, warum ein Geschäft fast wie aus Versehen geplatzt war und ihn keine Schuld traf. Und hatte er nicht Recht behalten mit seiner Idee von der Zeitung? Außerdem leitete Franz die Geschäfte. Seine Entscheidung galt, und Bertram konnte nur alles getreulich dem Vater nach Frankfurt melden. Und während er über den Büchern hing, ging Franz aus und leitete neue Geschäfte in die Wege.

Beim Frühstück las Bertram gerne die Börsenkurse. Er selbst investierte eher vorsichtig, und wenn, dann auch nur eigenes Geld. Franz hingegen entschied kühn, steckte auch Firmenvermögen in Risikokapital und bezahlte seine Anleihen lachend aus der Dividende. »Vielleicht sollte ich auch etwas mehr wagen«, murmelte Bertram. »Er hat eine glückliche Hand, das muss man ihm lassen.«

»Pardon, Sir?«, fragte der Butler, der gerade frischen Toast brachte.

»Nothing, George. Thank you.«

Lautlos verschwand der Butler wieder im Dienstbotentrakt des großzügigen Appartements.

Ich befürchte, ich brauche noch eine ganze Weile, bis ich mich an sein rabenschwarzes Gesicht gewöhne, dachte Bertram. Ich bin nicht wie Franz, der mit dem Personal umspringt, als gäbe es in Neu York immer noch die Sklaverei. Alle Menschen werden Brüder, hat doch schon Schiller gesagt. In einer freien Gesellschaft müssen alle frei sein.

»Morgen, Bert!« Franz kam durch die Tür, mit zerrauften Haaren und einem Frackhemd, dem der Kragen fehlte. »Das war vielleicht eine Nacht. Wo warst du denn, Mrs Red hat nach dir gefragt, und die kleine Beulah auch.«

»Ich hatte zu arbeiten. Der Quartalsbericht an Vater ist fällig, wie du weißt.«

»Immer der brave Sohn, unser kleiner Bert. Dein Eifer ist ja wahrlich lobenswert. Aber ich sage dir, du hast wirklich etwas verpasst.«

»Das sagst du doch jedes Mal. Was war es diesmal, ein Handstandwettbewerb der Girls? Oder sind sich Mattie und Hatty wieder in die Kraushaare gekommen?«

»Ach was. So nett das ist, mit so einem Blödsinn brauche ich dir doch nicht zu kommen. Nein, es hat sich ganz überraschend eine Option aufgetan. Eine Option, ich sage dir, wir werden nie wieder arbeiten müssen. Wir nicht, und unsere Söhne auch nicht, sofern wir mal welche haben. Noch nicht einmal unsere Enkel werden arbeiten müssen.«

Bertram rollte mit den Augen.

»Sag nur, Mrs Red hat in ihrem Gemüsegarten hinter dem Haus Gold gefunden, und du konntest dir die Schürfrechte sichern!«

»Du kommst der Sache schon näher. Aber erst einmal brauche ich Kaffee. Wo steckt nur George, unser schwarzer Teufel?«

Ich kann es nicht ausstehen, wie er mit den Negern umgeht, dachte Bertram. Aber er ist eben unverbesserlich. Solltest mal sehen, wie es denen in den Südstaaten geht, hatte er gesagt, und dass es gegen die Verhältnisse dort das wahre Paradies sei, für die Massas Geisenheimer zu arbeiten. Da hat er vermutlich sogar recht. Aber ich mag es trotzdem nicht leiden.

»Na endlich, George. Kaffee. Hopp, hopp.«

Schweigend und ohne eine Miene zu verziehen, brachte der Butler das Gewünschte. Franz wartete, bis er wieder allein war mit seinem Cousin. Dann zog er mit großer Geste eine Karte hervor.

»Schau mal hier«, sagte er aufgeregt und tippte mit dem Finger auf eine Stelle.

Gehorsam beugte sich Bertram über das Blatt. Berge waren angedeutet und ein schmaler Wasserlauf, der sie durchzog. »Aha. Sehr hübsch. Aber was, bitte, soll ich denn da sehen?«

»Den zukünftigen Reichtum der Geisenheimer. Ein noch unbekannter Goldfund, weit ergiebiger als alles, was in Kalifornien bisher entdeckt worden ist.«

»Sagt wer?«

»Wärst du eben mitgegangen zu Mrs Red. Aber du ziehst es ja vor, im Kontorbuch zu kritzeln, statt Geschichte zu schreiben.«

»Jeder, wie er es mag. Was hat es denn nun mit dieser Karte auf sich?«

Nach und nach entlockte Bertram seinem Vetter die Einzelheiten. Zwei Männer waren gestern am späten Abend bei Mrs Red aufgetaucht und hatten dort ganz groß gefeiert.

»Deutsche, übrigens. Auch so zwei Demokratiker. Die sind gerade noch so davongeschlüpft, als die Landwehr sie verhaften kam. Und weil sie nicht durch Preußen wollten, sind sie über die Schweiz und Frankreich erst nach Spanien und von dort direkt nach Kalifornien.«

Genüsslich schlürfte Franz seinen Kaffee.

»Aah, das tut gut. Wo war ich? Ach ja, die zwei. Sie sind gerade rechtzeitig angekommen, um den ersten Goldfund mitzuerleben. Da haben sie sich angeschaut, Ausrüstung gekauft und sind los. Und jetzt sind wir dran.«

»Womit, Franz?« Bertram hasste es, wie der Leipziger Geisenheimer erzählte. Immer diese Pausen, immer dieses Warten auf neugierige Rückfragen, Applaus und wieder Applaus. Ich bin doch nicht dein Stichwortgeber, dachte er, und wenn schon, du bist ein verdammt lausiger Schauspieler. Raus mit der Sprache!

»Also, die beiden haben sich gedacht, so groß ein Kuchen auch ist, irgendwann wollen zu viele daran naschen. Sie haben sich also an die Geologen gewandt und sie herausfinden lassen, wo die natürlichen Gegebenheiten dem kalifornischen Goldgebiet am ähnlichsten sind. Und was soll ich sagen …«

Wieder hielt Franz inne.

»Sie sind natürlich fündig geworden.«

»Natürlich.« Irritiert sah der Leipziger seinen Vetter an. Er mochte es nicht, unterbrochen zu werden. Er wollte die dramatischen Pausen und ihre Länge selbst bestimmen.

»Co-lo-ra-do. Das wird Kalifornien noch gehörig in den Schatten stellen, mein Bester. Die Geologie ist schließlich eine exakte Wissenschaft, auf sie ist Verlass.«

»Du willst also los und in einer Gegend, die zufällig aussieht, als gäbe es da etwas zu holen, tatsächlich nach Gold schürfen, bis zu den Knien im Wasser stehen und dich durch die Erde wühlen wie ein Maulwurf? Das hätte ich dir nicht zugetraut, Vetter.«

»Blödsinn.« Franz sah Bertram empört an. »Ich doch nicht.«

»Na, ich sicher auch nicht.«

»Eben. Bist ja doch auch nicht blöd. Was die beiden vorschlagen, ist die Gründung einer Gesellschaft. Wir lassen Männer für uns graben, zahlen neben dem Lohn eine Erfolgsprämie und steigen ganz groß in den Goldhandel ein.«

Jetzt wartet er ganz sicher auf meinen Applaus, dachte Bertram. Aber an der Sache ist doch irgendetwas faul. Zögernd suchte er nach Worten. Warum sollte ausgerechnet in einem schwarzen Bordell so eine leuchtende Zukunft beginnen?

»Ich weiß, du suchst schon nach dem Haken an der Sache. Der ist schnell genannt. Wir brauchen erst einmal Geld. Viel Geld.«

»Wir, Franz? Geisenheimer USA ist eine Importfirma. Und gerade da gibt es genug Konkurrenz. Aber genau da haben wir auch die Erfahrung. Hast du etwa Ahnung vom Bergbau?«

»Natürlich nicht. Aber das lernt sich doch schnell.«

Schneller als du Englisch?, dachte Bertram, hütete sich aber, es auszusprechen. Auch wenn sein Vater der Geldgeber war, in Neu York war der Leipziger Chef.

»Ganz ehrlich, Franz, mir ist nicht wohl bei der Sache. Wie war das letzten Monat, als du bei dieser Transkontinentalen Eisenbahngesellschaft einsteigen wolltest? Waren das nicht auch so ein paar Bekannte von Mrs Red, die dich dazu brachten?«

»Das kannst du doch nicht vergleichen.« Franz wurde rot. »Das habe ich doch bald gemerkt, dass die Herren keine offiziellen Vertreter der Gesellschaft waren. Aber jetzt, das ist etwas ganz anderes. Außerdem habe ich schon zugesagt.«

Bertram konnte einwenden, was er wollte. Franz war sicher, dass er es mit seriösen Geschäftsleuten zu tun hatte. Sie hatten Papiere, sie hatten Kopien von Grundbüchern, sie hatten Kredite bei den besten Banken. Da konnte nichts schiefgehen. Nach einigem Hin und Her leistete er die entscheidende Unterschrift und sah sich schon als Bergwerksbesitzer. Bertram durfte ihn immerhin begleiten, als er zur Bank ging und zusätzlich einen hohen Kredit aufnahm. Der junge Frankfurter staunte.

»Wie hast du das nur fertiggebracht«, fragte er, als sie beim Abendessen saßen. »Sie haben dir doch tatsächlich auf unsere zu erwartenden Gewinne des nächsten Jahres einen Kredit gegeben? Gut, du hast die gesamte Ware als Sicherheit verpfändet, aber glaubst du wirklich, dass so ein Risiko …«

»… gut fürs Geschäft ist, Bertie, jawohl«, fiel ihm der Vetter ins Wort. »Während du dich ordentlich ins Zeug legst, um die Umsätze zu schaffen, sorge ich für die Absicherung durch die Gesellschaft. Wenn das erste Gold gefunden ist, und das ist nur eine Frage der Zeit, schaffen wir die Rückzahlung spielend und machen auch noch einen Riesengewinn.«

So dachte Franz. Und Bertram formulierte seine Bedenken in einem Brief an den Vater. Der schrieb umgehend zurück.

»Das ist natürlich eine heikle Sache. Aber die Amerikaner lieben nun einmal das Risiko. Und Franz ist kühn genug, es zu wagen. Es ist gut, dass du bei dem bleibst, was du kennst.«

Nein, dachte Bertram. Ich bin nicht kühn. Da hat der Vater recht. Auch wenn er es nicht so deutlich sagt. Ich habe die Revolution hinter mir gelassen, wie es scheint. Da ist Franz wirklich aus anderem Holz geschnitzt. Je riskanter etwas ist, desto mehr Energie wendet er auf. Und was ihm alles gelingt!

Trotzdem mochte sich Bertram nicht nur auf das Glück, auf Franz und dessen Bergwerksgesellschaft verlassen. Was die nicht einbrachte, musste schließlich hauptsächlich er erwirtschaften. Zwar kamen aus dem fernen Kalifornien mehr und mehr Anfragen nach Luxusgütern, aber Bertram dachte an seinen Vater und dessen Mahnungen. »Vergiss nie, wo du dich befindest. Je weiter die Handelswege, umso wichtiger ist es, dass du dir in deiner Nähe einen festen Kundenstamm bewahrst. Und der darf nicht zu klein sein und nicht aus einer bestimmten Gruppe von Leuten bestehen.« Die Mischung macht's, hatte der Vater gesagt, und der junge Geisenheimer hielt sich daran. Während sein Vetter weiterhin die deutschen Einwanderer umwarb, baute sich Bertram nach und nach einen Kundenstamm von alteingesessenen Neuengländern auf. Die waren zwar stolz auf ihre Vorfahren, die schon mit der Mayflower in die Neue Welt gekommen waren, aber auch sie aßen gern von feinem Meißner Porzellan, tranken französischen Champagner und gingen auf orientalischen Teppichen. Und Geisenheimer USA besorgte ihnen, was sie wünschten.

Als nach drei Monaten die erste Kreditrate fällig war, hatte auch Franz einen kleinen Gewinn erwirtschaftet. Bertram trug die Summe getreulich ins Kontorbuch ein. »Es könnte tatsächlich klappen«, gestand er seinem Vetter zu. »Noch sieht es eng aus, aber die Sache könnte wirklich fruchten. Auch wenn bisher nur Goldstaub auf der Habenseite steht und die große Bonanza noch ausbleibt.«

»Habe ich es denn nicht gesagt? Mensch, Bertie, du alter Pfennigfuchser! Es ist wirklich nur noch eine Frage der Zeit.«

Aber dann gab es unerwartete Rückschläge, und die Außenstände der Bergwerksfirma wuchsen. Bertram warnte, rechnete nach und rechnete neu, warnte wieder, aber Franz lachte nur. »Lass mich nur machen, Bertie!«, sagte er, schob das Hauptbuch mit seinen langen Zahlenreihen beiseite und ging aus. Bertram blieb allein im Kontor zurück. Seufzend machte er sich wieder ans Addieren. Und stutzte. Hatte das nicht bei der letzten Quartalsabrechnung noch anders ausgesehen? Hastig rechnete er noch einmal alles zusammen. Die Zahlen stimmten. Aber er spürte eine plötzliche Unruhe in sich aufkommen, die er sich nicht erklären konnte. Nachdenklich strich er über die Seiten. Irrte er sich, oder fühlte sich das Papier an manchen Stellen rauer an? Prüfend hob er die Tischlampe und ließ den Lichtschein über die Seiten wandern. Er ist mein Vetter. Er ist ein Geisenheimer. Und er ist der Chef. Das kann einfach nicht sein. Hastig suchte er in der Korrespondenzmappe nach der Kopie des Briefs, den er mit der letzten Quartalsabrechnung an den Vater gesandt hatte. Endlich hatte er die Blätter gefunden und verglich die Zahlenreihen.

»Verdammt«, flüsterte er. »Verdammt und zugenäht. Er hat mich doch tatsächlich hintergangen.«

4

Wieder stand Bertram an einer Schiffsreling. Es ist keine Flucht, dachte er. Es ist nicht wie damals, als das Parlament aufgab und ich Frankfurt nur zu gerne verließ. Diesmal will ich nicht, aber ich muss. Seine Hand umschloss den kleinen Glückselefanten in der Hosentasche und zog ihn hervor. »Sieh dich noch einmal gut um, mein Kleiner«, murmelte er. »Das war sie für uns, die Neue Welt. Jetzt geht es heim nach Frankfurt. Wenn auch ohne deinen großen Bruder. Es hat halt nicht sollen sein, Stephanie.« Wehmütig dachte er daran, dass er seiner Schwester einen lebendigen Elefanten hatte schenken wollen, wenn er es in Amerika zu etwas gebracht hatte. »Ich hatte ja auch Erfolg«, versicherte er sich selbst. »Aber Franz musste ja unbedingt die Bücher fälschen, um zu vertuschen, wie sehr ihn die Bergwerksfritzen hereingelegt hatten. All das schöne Geld den Bach hinunter.«

Nach der Entdeckung der gefälschten Einträge im Hauptbuch hatte Bertram seinen Vetter am nächsten Morgen zur Rede stellen wollen. Aber Franz hatte sich mit leidender Miene den Kopf gehalten. »Bitte warte, bis ich meinen Kaffee habe«, hatte er gebeten. »Du weißt, dass ich ohne den nichts tauge.«

»Mit ihm wohl auch nicht.« Bertram hatte mit der Faust auf den Tisch gehauen. »Du verdammter Halunke! Fälschst das Hauptbuch, betrügst die Firma und die Familie, machst einen auf reicher Fatzke und mimst auch noch das Opferlamm. Was glaubst du eigentlich, wer du bist?«

Franz hatte ganz schmale Augen bekommen und zurückgeblafft. »Höre ich da ein Mäuslein pfeifen? Du bist noch nicht trocken hinter den Ohren und willst mir sagen, wie ich meine Geschäfte zu führen habe?«

»Deine Geschäfte. Feine Geschäfte sind das. Und angestellt bist du, genauso wie ich. Glaub ja nicht, dass du dich aus der Verantwortung stehlen kannst.«

Beide hatten schon die Fäuste geballt, als plötzlich George ins Frühstückszimmer gekommen war. *»A visitor, Sirs«,* hatte er gemeldet und auf silbernem Tablett eine Karte präsentiert. Franz hatte sie sich sofort geschnappt. »Kenn ich nicht. Aus Frankfurt. Für dich.« Lässig hatte er den feinen Karton über den Tisch geschnippt und war aus dem Zimmer gegangen.

Michael Felix Schultherr. Von einer Bank aus Frankfurt. War das nicht einer der Ballherren seiner Schwester gewesen, von denen Stephanie ihm geschrieben hatte? *»Please show him in, George.«*

Durch die Tür kam ein junger Mann, der Bertram entfernt bekannt vorkam. Hatte er das Gesicht nicht einmal bei einer der Sitzungen des Montagskränzchens gesehen? Ach, die revolutionären Zeiten waren lange vorbei. Ob Schultherr auch wegen der Politik nach Amerika hatte gehen müssen, wie so viele?

Nein. Der Grund war ein anderer. Mit sorgenvollem Gesicht und so schonend wie möglich überbrachte er die unheilvolle Nachricht aus der Heimat.

»Es ist Ihr Vater. Sie müssen unbedingt heimkehren, er ist schwer krank.«

Bertrams Gedanken rasten. Hier saß er, wusste nicht, wie er dem Vater die Sache mit Franz beibringen sollte, und wie es aussah, war das auch nicht mehr möglich. Ein Schlaganfall, der Vater bettlägerig und nicht ansprechbar. »Können Sie kommen? Ihre Mutter schickt mich. Und Ihre Schwester.«

Bevor Bertram antworten konnte, stand Franz wieder im Raum. In der Hand hielt er die Post.

»Schau, Bertie, es hat geklappt!« Triumphierend hielt er einen Umschlag hoch. »Ich hab doch noch welche bekommen!«

Bertram starrte ihn verständnislos an.

»Wovon sprichst du? Was hast du bekommen?«

»Na, Billets fürs Castle Garden Theatre. Du weißt doch, das Benefizkonzert von dieser schwedischen Singdrossel am 11. September. Da trifft sich *tout* Neu York, ein idealer Anlass für ein paar Extradeals. Und ein paar nette Mädchen, denen du schöne Augen machen kannst, werden sicher auch dort sein.«

Hier bricht alles zusammen, er unterschlägt Geld und faselt immer noch was von Geschäften. Er ist wirklich unverbesserlich, dachte Bertram und hörte sich selbst im heimischen Dialekt sagen: »Halt dei blöde Gosch, du Batschkapp.«

Franz schnappte empört nach Luft. »Was hast du da gesagt?«

Wortlos hielt ihm Bertram die Nachricht hin, die der junge Schultherr soeben überbracht hatte.

»Oh«, sagte der Vetter, »das kommt … überraschend.«

Hatte es erleichtert geklungen? Noch als das Schiff den Anker einholte, wusste Bertram es nicht mit Gewissheit zu sagen. Und er wollte es auch gar nicht wissen.

Der junge Schultherr hatte bereits Plätze für die Rückfahrt gebucht. Für ihn war es so selbstverständlich gewesen wie für Bertram, dass dieser dem Ruf der Familie folgen würde. In Windeseile hatte der gepackt, sich von seinen Freunden verabschiedet und die Kunden informiert, dass er zurück in die Alte Welt müsse und fortan sein Vetter allein für die Firma Geisenheimer USA zuständig sei. Sollte der doch sehen, wie er aus dem Schlamassel herauskam.

»Franz ist nicht zum Hafen gekommen«, wisperte er dem Zinnelefanten zu. »Ich glaube noch nicht einmal, dass er sich schämt. Und es ist mir eigentlich auch egal.«

Er warf einen letzten Blick auf Amerika, dem er mit so vielen Hoffnungen begegnet war, und wandte ihm dann den Rücken zu. Mit langsamen Schritten stieg er die Treppe zu der Kabine hinab, die er mit Michael Felix teilte, und legte sich zu Bett. Er hatte wirklich nicht viel Ruhe gefunden in den letzten Tagen, zu vieles hatte noch geregelt werden müssen. Aber trotz seiner Müdigkeit konnte er lange nicht einschlafen. Die Sorge um den Vater, um die Zukunft der Firma wie um seine eigene ließen ihn lange nicht zur Ruhe kommen. Und das Wetter tat ein Übriges. Heftige, wechselnde Winde sorgten dafür, dass das Schiff immer wieder stark schwankte. »Zumindest machen wir gute Fahrt«, versuchte Bertram den jungen Schultherr zu beruhigen, der verzweifelt gegen die Seekrankheit ankämpfte. »So ein Dampfschiff, das ist doch ein ganz anderes Kaliber als der HAPAG-Segler. Nur noch vierzehn Tage dauert die Reise, statt doppelt so lang wie früher.«

Aber es konnte ihm gar nicht schnell genug gehen, wie viele Seemeilen die »Cumbria« auch am Tag zurücklegte. Er mochte sich nicht wie die anderen Passagiere die Zeit in der Bibliothek verkürzen oder mit Plaudereien im Rauchsalon und an der Bar. Er blieb fast die ganze Überfahrt in der Kabine und grübelte. Wie sollte es nur weitergehen? Wie schwer war der Vater tatsächlich krank? Ein Hirnschlag, davon standen nicht viele wieder auf. Und ich bin gerade erst zweiundzwanzig. Wie soll ich die Firma ohne seinen Rat leiten? Was mache ich aus dem amerikanischen Fiasko, wird es unserem Ruf in Europa schaden? Ach was, das wissen alle, dass nicht ich Geisenheimer USA geleitet habe. Und vielleicht zieht Franz ja nicht nur seinen Kopf aus der Schlinge, sondern bringt die Sache tatsächlich wieder in Ordnung? Träum weiter, rief er sich selbst zur Vernunft. Franz fällt gewiss wieder auf die Füße. Aber Geisenheimer USA, die Firma, die landet auf der Nase. Da brauche ich mir keine Illusionen zu machen. Jetzt muss ich erst einmal einen klaren Kopf bekommen. Dieses Grübeln führt ja doch zu nichts. Ich werde mich nur selbst verrückt machen damit. Und was wird dann aus Maman? Und Stephanie? Die muss sowieso bald verheiratet werden. Sie ist ja auch schon zwanzig und immer noch nicht verlobt. Aber sie konnten tatsächlich den Schultherr schicken, sie und Maman. Es ist eine Frage des Anstands, dass man solch eine Aufgabe übernimmt, wenn zwei Damen in einer Notlage darum bitten. Und immerhin, Amerika. Da ist er mindestens einen Monat fort von seiner Bank. Aber das tut man doch nicht für jeden. Ob die Leute schon reden? Ach was. Natürlich reden sie. Sie reden stets. Ununterbrochen. Doch Vater sagt immer, lass sie reden. Solange sie nicht nur reden, sondern auch kaufen, ist alles in bester Ordnung. Vater hat recht. Wie schwer ist er nun, dieser Hirnschlag? Was fange ich nur ohne Vater an? Ob mir die Leipziger helfen? Ausgerechnet. Wir helfen den Leipzigern und nicht umgekehrt. So ist es doch, ist es immer gewesen. Und Franz hat mich schön an der Nase herumgeführt. Fälscht die eigenen Bücher, die Pappnas! Bertram lauschte auf das Rauschen der Wellen. Wenn er Anstand hätte, der Franz, er hätte sich erschossen. Er ist ja ein Mann, der geht nicht ins Wasser wie ein Mädchen. Reinen Tisch gemacht, und dann peng. So geht das. Aber nicht mit Franz. Warum sollte er auch. Er wird wieder auf die Beine kommen, da ist er sicher. Ich sollte mir ein Beispiel an ihm nehmen. Hat mich nicht der Vater genau deshalb nach Neu York geschickt, damit ich von Franz lerne? Also, Herr Vetter. Lehrt mich. Was soll ich tun? Bertram lachte. Der hat anderes zu tun, der Franz, als mir zu raten. Es ist schon spät, sicher ist er längst bei Mrs Red und lässt es sich gut gehen. Und hier auf dem Schiff kann ich sowieso nichts ändern. »Wie geht es dir?«, fragte er jetzt, an Michael gewandt. Der stöhnte nur. Nein, der kommt sicher nicht mit, dachte Bertram, und das Wort Abendessen erwähne ich besser nicht. Leise stand er auf und kleidete sich an.

»Ah, welch seltener Gast!« Frau von Wenningen lächelte ihm zu, als er mit gestärkter Hemdbrust und tadellosem Frack an den Tisch im Speisesaal trat. Ihre blässliche Tochter kicherte nervös.

»Wie konnte ich mir nur so lange Ihre charmante Gegenwart versagen?« Wenn es darauf ankam, wusste Bertram sich auf dem gesellschaftlichen Parkett durchaus anmutig zu bewegen. »Madame …« Bertram beugte sich über die gnädig ausgestreckte Hand und grüßte in die Runde. Anscheinend hatten bis auf den jungen Schultherr selbst die empfindlichsten Passagiere mittlerweile ihre Seetüchtigkeit wiedergefunden. So nannte es der Steward, der es tunlichst vermied, etwas derart Unerfreuliches wie die Übelkeit zu erwähnen, die viele Reisende bereits beim ersten kräftigen Wellengang befiel. Selbst Baroness Campendonck, die in Begleitung ihrer Gouvernante reiste, saß an der Tafel, und auch Notar Carolus Hirtl aus München, der an den langen Nachmittagen empfindsame Gedichte schrieb und diskret in sein Taschentuch hüstelte.

Bertram studierte die Menükarte. Wieder kein Fisch, dachte er. Dabei sind wir doch auf hoher See. Und wir speisen dennoch, als sei es Weihnachten und Ostern zugleich. Fisch ist sowieso ein Fastenmahl. Noch dazu ein Mahl für arme Leute. Sichert der Vater den Dienstboten nicht im Kontrakt zu, dass sie höchstens zweimal die Woche Lachs essen müssen? Das fehlte noch, dass sie uns den hier servieren. Nicht bei den Preisen. »Ich glaube, ich nehme das Omelette«, sagte er zu dem Steward, der beflissen auf seine Bestellung gewartet hatte, »das Omelette, und anschließend Käse.«

»Stellen Sie sich vor, Herr Geisenheimer!« Frau von Wenningen klang ganz aufgeregt. »Stellen Sie sich vor, als wir hinfuhren nach Amerika, sind wir in einen Sturm geraten, der war so schlimm, dass die Hühner nicht mehr legen wollten. Da war es aus mit Omelettes.«

»Der Himmel bewahre uns vor Schlimmerem«, murmelte der Notar. Bertram hob das Weinglas und lächelte gewinnend. »Trinken wir auf eine glückliche Überfahrt, Madame. Und auf glückliche Hühner.« Carolus Hirtl verschluckte sich und hustete in sein Taschentuch, das er hastig wieder im Frack verschwinden ließ.

Bertram ließ seinen Blick um den Tisch schweifen. Jeder hat einen Grund, hier zu sein, dachte er. Frau von Wenningen wollte ihrer Tochter die Neue Welt zeigen, um ihr ein wenig weltmännischen Schliff zu geben. Petersen, Aldershoot und Borning sind Kaufleute, so wie ich. Und selbst ein Carolus Hirtl fährt nicht einfach so zum Jux über den großen Teich.

Doch genau das war der Fall gewesen, wie sich an diesem Abend herausstellte.

»Wissen Sie«, vertraute er Bertram an, als sie im Rauchsalon einen Digestif nahmen, »eine Erbschaft ermöglicht es mir seit ein paar Jahren, genau das zu tun, wozu ich gerade Lust habe. Und nach Neu York wollte ich schon als kleiner Junge. Da hörte ich, dass Jenny Lind eine Amerikatournee gab. Sie ist Ehrenmitglied in meinem Bund, der Hannovera Göttingen. Die einzige Frau auf der ganzen Welt, die Mitglied einer Studentenverbindung ist, stellen Sie sich das einmal vor! Und das wird wohl auch so bleiben, denke ich. Das fehlte noch, dass Röcke durch die Universitätshörsäle wehen. Aber ich schweife ab. Jedenfalls wollte ich mir das nicht entgehen lassen, das Amerikadebüt meiner schwedischen Nachtigall. Und so bin ich einfach los. Mich hält ja nichts, ich lebe allein, und München wird mir bisweilen doch zu eng. Sie wissen schon.« Bertram spürte, wie ihn der Notar prüfend ansah. Er lächelte unverbindlich und verabschiedete sich bald. Während er zur Tür ging, hörte er Carolus Hirtl einen weiteren Cognac bestellen. »Machen Sie ihn doppelt. Oder, Halt, lassen Sie gleich die Flasche da.«

Ich würde mich auch gerne volllaufen lassen, dachte Bertram. Aber das ist mir zu sehr die Manier von Franz, für mich ist das nichts. Ein klarer Kopf ist mir lieber. Auch wenn die Gedanken darin umherwirbeln wie nicht gescheit.

Als die »Cumbria« endlich in den Hafen von Liverpool einlief, löste die Reisegesellschaft sich bald auf. Frau von Wenningen, die ihren Blick noch einmal wohlgefällig auf dem jungen Kaufmann ruhen ließ, fuhr mit ihrer Tochter als Nächstes in die Schweiz. Die Baroness zog es nach Baden-Baden, die Kaufleute nach Paris und Hamburg. Notar Hirtl hatte die italienische Riviera als nächstes Ziel. Und Bertram wollte so schnell wie möglich nach Frankfurt.

»Schade, dass es noch keine direkte Zugverbindung an den Main gibt«, meinte Michael Schultherr. »Da nimmt man extra das Dampfschiff, ist nur noch zwei Wochen unterwegs, aber sobald man in der alten Welt angekommen ist, dauert es dann doch wieder. Aber das wird schon noch. In der Eisenbahn liegt die Zukunft, sage ich dir.«

In der Heimat wurde er schon sehnsüchtig erwartet. Martin, der alte Hausdiener seines Vaters, hatte ihn von der Postkutschenstation abgeholt. »Es ist aach de höchste Zeit, Herr Bertram«, plapperte er aufgeregt. »Es muss doch a Maa im Haus Geisenheimer sein, aaner, der wo was entscheide kann un will. Und der gnädische Herr, also, es is zu schaad.« Der Schlaganfall seines Dienstherrn hatte den alten Hausknecht offensichtlich tief getroffen.

»Er ist eben bei aller Strenge ein Vater für alle gewesen«, erklärte Stephanie ihm später. »Und nun muss Martin helfen, ihn waschen und pflegen, ihn in den Rollstuhl heben und, na, du weißt schon. Das kann er zwar, und er lässt sich auch nicht gerne etwas anmerken, aber es tut ihm einfach weh, den mächtigen Herrn Geisenheimer so zu erleben. Wie uns allen.« Stephanie seufzte. »Stell dir vor, Vater hat Martin jedes Jahr zum Geburtstag einen Taler geschenkt. Einfach so. Und nun hat er Angst, dass es aus ist damit. Ich habe lange gebraucht, bis ich es aus ihm heraus hatte. Und es ist nicht einmal so sehr das Geld, das ihn dauert. Es ist das Gefühl, dass der Herr des Hauses für ihn sorgt. Du verstehst?«

Ich weiß nicht einmal, wann Martins Geburtstag ist, dachte Bertram. Und nun soll ich Knall auf Fall Vaters Platz einnehmen. Dabei brauche ich selbst seinen Rat, und das nicht zu knapp. Aber wenigstens bin ich jetzt daheim.

»Ich bin gottfroh, dass du wieder da bist«, hatte ihn die Mutter begrüßt. »Hier gehörst du hin, nach Frankfurt. Du hast ja fleißig geschrieben, wie es dir ergangen ist. Aber ein Brief ersetzt einem doch nicht den Sohn.« Zärtlich strich sie ihm über die Wange. »Willkommen daheim, mein Bertram!«

Sie hat ganz weiche Finger, dachte er. Noch weicher als die der kleinen Beulah. Ob die mich ein bisschen vermisst? Was sie wohl von mir denkt, dass ich nicht wiederkomme? Ich sollte mich schämen. Meine Mutter streichelt mir die Wange, und ich denke an mein kleines Mädchen mit dem Milchkaffeeteint. Verlegen drehte er sich fort.

»Ich glaube, es wird Zeit, zum Vater zu gehen.«

»Wenn du meinst, mein Sohn. Aber ich muss dich warnen. Er hat sich sehr verändert.«

Mit langsamen Schritten ging Bertram die Treppe hinauf. Mehrere große Kissen stützten Friedrich Bertram Geisenheimer, sodass er in seinem Bett halb sitzen, halb liegen konnte.

Durch das geöffnete Fenster drang milde Herbstluft ins Zimmer.

»Guten Tag, Vater. Da bin ich wieder.«

Der Kaufmann starrte seinen Sohn lange völlig reglos an. Ein Speichelfaden zog sich von der schlaffen Unterlippe zum Kinn. »Aaaah …«, kam es röchelnd aus seiner Kehle. Bertram erstarrte.

»Aaah … aaaah …«, tönte es wieder, mit einer Greisenstimme, die so gar nicht nach der seines Vaters klang.

»Das ist alles, was er noch sagen kann«, sagte Maria Josefa, die ihrem Sohn gefolgt war. »Wir werden mit der Zeit lernen, was er uns sagen will. Das hoffen wir jedenfalls. Es ist wichtig, ihn zu verstehen. Sonst regt er sich auf. Und das soll er nicht, hat Doktor Mathiesen gesagt.«

Bertram schüttelte verwundert den Kopf. »Damit habe ich nicht gerechnet. Ich brauche doch so dringend seinen Rat. Für die Firma und überhaupt. Er muss doch wissen, wie es weitergehen soll.«

»Vielleicht weiß er es sogar.« Die Stimme seiner Mutter klang zweifelnd. »Das kann niemand sagen. Er nicht, Doktor Mathiesen nicht und wir schon dreimal nicht. Wir werden uns eben irgendwie arrangieren. Und zum Glück ist da ja auch noch der Bednarz. Der wartet im Kontor auf dich.«

Bertram straffte sich unwillkürlich. »Er wird noch etwas warten müssen, fürchte ich.« Meine Stimme klingt anders, dachte er. Ist es, weil ich die erste Entscheidung getroffen habe als neues Familienoberhaupt? Beulah würde sich scheckig lachen, wenn sie mich hören könnte. Aber Beulah und ihr Bert, das ist vorbei. Jetzt beginnt er wirklich, der Ernst des Lebens. Jetzt. Und hier.

»Mutter«, sagte er, »und Vater. Ich verspreche euch, ich werde mein Bestes tun. Das Haus Geisenheimer hat Bestand.« Mit zwei Schritten war er am Bett und legte die Rechte auf die gekrümmte Hand seines Vaters. »Hier hast du meine Hand darauf.«

Die kühlen, schlanken Finger seiner Mutter umschlossen sanft die seinen. »Es ist gut, mein Sohn«, sagte sie.

»Aah … aah …«, röchelte der Fremde mit dem Gesicht seines Vaters. Bertram spürte, wie ihm die Tränen in die Augen schossen. Nur nicht weinen, ermahnte er sich. Du bist jetzt der Kaufherr Geisenheimer. Alles andere findet sich.

»Das Haus Geisenheimer hat Bestand«, wiederholte er. »Ich rede gleich mit Bednarz. Bitte macht euch keine Sorgen. Es wird alles gut werden.« Noch einmal drückte er die Finger seines Vaters. Dann ging er aus dem Zimmer. Während er die knarzende Treppe hinunterstieg, hörte er die Stimme seiner Mutter.

»Siehst du, Fritz, es wird alles gut. Unser Bertram ist wieder da. Alles wird gut.«

»Aah …«, tönte die Antwort.

Am Fuß der Treppe stand Stephanie, mit einem Glas Cognac in der Hand.

»Ich denke, den wirst du jetzt brauchen.« Sie lächelte traurig.

Bertram leerte das Glas in einem Zug. »Bednarz wartet auf mich.«

»Natürlich. Und danach müssen wir reden.« Sie nahm das Glas und ging davon. Bertram straffte wieder die Schultern. »Dann wollen wir mal«, sprach er sich selbst Mut zu und betrat das Kontor. Dort standen die Schreiber an ihren Pulten, die Lehrbuben wuselten geschäftig hin und her, und durch die geöffnete Verbindungstür sah Bertram, dass auch im Laden selbst reger Betrieb herrschte. Georg Bednarz sah von seinem Pult auf. »Herr Geisenheimer! Willkommen daheim!« Er lächelte, und Bertram schien es, als sei der Prokurist ein wenig erleichtert.

»Es ist gut, wieder daheim zu sein. Aber es ist noch besser, Sie zu sehen, Bednarz.« Jetzt bin ich der Chef und nicht mehr der Lehrling, dachte Bertram. Jetzt bin ich der Herr Geisenheimer und nicht mehr der Herr Bertram. Hoffentlich schaffe ich das.

»Sicher wollen Sie wissen, was wir gerade tun und wie es um die Firma bestellt ist. Ich habe schon alles vorbereitet.«

»Das ist gut. Aber lassen Sie mich erst einmal einfach so durch das Geschäft gehen, ja? Und dann erklären Sie mir alles.«

Es hat sich kaum etwas verändert, dachte Bertram und sah sich um. Aber ich war ja auch gerade mal ein Jahr fort. Das Einzige, was sich verändert hat, ist der Schreibtisch meines Vaters. Der war nie so völlig leer. Und der Stuhl dahinter … Ach, Vater. Bertram spürte, wie sich sein Herz zusammenkrampfte. An der Wand gegenüber dem Schreibtisch hing in einem schlichten Rahmen eine sorgfältig gezeichnete Karte, die an den Rändern ein wenig vergilbt war.

Mit einer entschlossenen Bewegung nahm Bertram sie vom Haken.

»Ich glaube, die ist mittlerweile ein wenig veraltet, meinen Sie nicht auch, Bednarz?«

»Ihr Herr Vater hat sie sich immer gerne angeschaut«, sagte der Prokurist zögernd.

»Genau. Und weil er nicht mehr ins Kontor kann, werde ich sie ihm bringen. Vielleicht freut er sich daran.« Behutsam legte Bertram die Karte auf den Schreibtisch. »Und nun lassen Sie sehen, wo das Haus Geisenheimer steht.«

Das ließ sich der Prokurist nicht zweimal sagen. Akribisch legte er jeden einzelnen Geschäftsfall vor. Draußen wurde es allmählich dunkel. Auch nach Ladenschluss ließ sich Bertram von dem unermüdlichen Georg Bednarz weiter die Bücher zeigen, bis er endlich abwehrend die Hände hob.

»Genug für heute. Mir platzt sonst noch der Schädel. Und es ist schon längst Feierabend, nicht wahr?«

»Das Wort gab es für Ihren Herrn Vater so nie«, murmelte der Prokurist und lächelte versonnen.

»Da haben Sie recht. Für ihn nicht. Und für mich auch noch eine Weile nicht. Aber für Sie. Glauben Sie mir, ich weiß, wer das Haus Geisenheimer in den letzten Wochen am Laufen gehalten hat. Und ich danke Ihnen herzlich dafür. Aber jetzt gehen Sie nach Hause und ruhen sich aus. Morgen machen wir weiter. Das versteht sich.«

Georg Bednarz nickte. »Dann gute Nacht, Herr Geisenheimer. Auf morgen!«

Gut, dass der Vater auf ordentliche Buchführung besteht, dachte Bertram, während er auf dem Rückweg noch einmal durch die Geschäftsräume ging. Bestanden hat, verbesserte er sich. Ich glaube, wenn nicht alles so genau notiert worden wäre, würde mir wirklich der Schädel platzen, und das gleich am ersten Abend. Prüfend rüttelte er an den Fenstergriffen und der

Klinke der Ladentür. Alles war gesichert und in Ordnung. Es liegt wirklich nur an mir, dachte Bertram. Wenn ich jetzt keine Fehler mache, oder zumindest keine schweren, dann kann ich mein Versprechen halten. Aber jetzt ist wirklich erst einmal Feierabend. Stephanie wartet auf mich. Unwillkürlich griff er in die Westentasche. Seine Finger strichen über den Glückselefanten.

»Es ist gut, dass du wieder da bist«, eröffnete sie das Gespräch. »Maman kommt zwar erstaunlich gut damit zurecht, wie es um den Vater steht. Und sie hat die Dienstboten wirklich im Griff. Auch wenn das früher nicht so aufgefallen sein mag, bei all ihrer Fürsorge um uns und unsere Gesundheit.«

»Besonders die meine.« Bertram lächelte versonnen. »Aber sie hat mich mit keinem Wort gefragt, ob ich in Amerika auch wirklich immer den Schal getragen habe, den sie mir damals zum Abschied mitgegeben hat. Sie hat jetzt eben ganz andere Sorgen.«

»Glaub mir, Bertie, sie macht sich immer noch Sorgen um dich. Gerade jetzt, wo der Vater darniederliegt und niemand sagen kann, ob er wieder wird. Aber es ist, als könnte sie das aus dem Kopf verbannen. Ich frage mich, wie sie das schafft. Ihre Contenance ist bewundernswert.«

Bertram musterte seine Schwester. »Die deine aber auch«, antwortete er langsam. »Ihr gebt mir beide das Gefühl, dass schon alles werden wird. Aber ich habe keine Ahnung, wie mir das gelingen soll. Das Geschäft steht zwar auf gutem Fuß, doch ich bringe keine guten Nachrichten mit aus Neu York. Und ich weiß nicht, was ich tun soll.«

Stephanie sah ihn mit großen Augen an. »Der Vater war so stolz auf dich! Keine guten Nachrichten? Was ist denn geschehen?«

Stockend berichtete Bertram, wie der Leipziger die Firma betrogen hatte. »Ich muss zugeben, wenn ich nicht so ein schlechtes Gefühl bei der Sache gehabt hätte, wäre mir die Fälschung vielleicht noch lange nicht aufgefallen. Es ist viel Geld fällig, sehr viel Geld. Und wo der Vater nun das Krankenbett hütet, wer weiß, wie es um die Kreditsituation für das Haus Geisenheimer bestellt ist? Ich bin zweiundzwanzig und habe kaum Erfahrung. Welche Bank vertraut mir da?«

Stephanie zuckte mit den Schultern. »Wie soll ich das wissen? Das Geschäft war immer das deine. Du wirst eine Lösung finden, da bin ich mir sicher.«

Ihr Vertrauen ehrt mich, dachte Bertram. Aber es ist auch eine Last. Eine weitere. Und ich habe weiß Gott genug auf den Schultern. Ein Rascheln war hinter ihm zu hören. Die Mutter stand auf der Schwelle zum Salon.

»Ach, da seid ihr ja, Kinder. Schmiedet Pläne, ganz wie früher, nicht wahr?« Sie lächelte matt. »Ganz wie früher, das klingt wie der blanke Hohn. Es ist ja nichts mehr wie früher. Als noch der Vater entschieden hat, was geschehen sollte, und er uns seine Entscheidungen irgendwann einfach nur noch mitteilte. Hast du schon eine Entscheidung getroffen, Bertram?« Sie setzte sich auf das Sofa mit der elegant geschwungenen Lehne. Bertram schenkte sich Cognac in ein Glas.

»Ach, Maman. Das ist alles zu viel auf einmal. Bednarz hat zwar die Geschäfte gut im Griff, aber ich weiß nicht, wie das alles noch werden soll. Die Herbstmesse steht vor der Tür, die Auftragsbücher müssen gefüllt werden, und ich weiß nicht, wo mir der Kopf steht.«

»Du wirst es schon schaffen, mein Sohn. Davon bin ich überzeugt. Ich habe mich immer aus dem Geschäft herausgehalten, da kann ich dir leider keine Hilfe sein. Ich kann dir nur im Haus den Rücken frei halten. Doch es gibt noch etwas, worüber wir reden müssen.«

Was denn noch, um Gottes willen, dachte Bertram. Ich weiß doch sowieso schon weder ein noch aus. Er hörte Stephanie seufzen.

»Ach, Maman. Es ist sein erster Abend daheim. Gönn ihm doch ein wenig Ruhe.«

Maria Josefa schüttelte entschieden den Kopf. »Nein, es ist höchste Zeit. Es geht um dich, Stephanie. Du bist zwanzig. Und immer noch ledig, noch nicht einmal verlobt. Das kann doch so nicht weitergehen.«

Bertram sah ratlos zwischen seiner Mutter und seiner Schwester hin und her. »Ich weiß nicht, was ich da machen kann.«

»Wir haben das mit dem Vater nicht weiter herumerzählt, aber es ist natürlich wie ein Lauffeuer durch die Stadt gegangen, dass den Geisenheimer der Schlag getroffen hat. Wie hätten wir das auch geheim halten können, wo er nicht mehr tagein, tagaus im Kontor sitzt.«

»Wie ist es denn eigentlich passiert, Maman?« Ich spiele auf Zeit, dachte Bertram. Merkt sie das nicht? Anscheinend ist es ihr gleichgültig. Aber ich habe ihr noch nie besonders gut ins Herz schauen können.

»Niemand weiß es. Er hat ja nie etwas gesagt, wenn es ihm nicht so gut ging. Nur manchmal habe ich ihn dabei ertappt, wie er sich die Schläfe rieb, aber das habe nichts zu bedeuten, hat er immer gesagt, und dass Kopfschmerzen Weiberkram seien. Und es war eigentlich ein Abend wie immer. Er hatte lange im Kontor gesessen, Bednarz war schon nach Hause gegangen. Ich glaube, es ging um ein neues Geschäft mit dem Russen. Jedenfalls trank er wieder diesen schauderhafen Wodka und warf das Glas wie üblich in den Kamin. Ich habe nie begriffen, was ihm das bedeutete, Scherben im Kamin zu sehen. Scherben bringen Glück? Dass ich nicht lache.«

Seiner Mutter war es nach allem anderen als nach Lachen, das spürte Bertram nur zu genau. Aber schon erzählte sie weiter.

»Irgendwann ist er dann schlafen gegangen. Ich hörte ihn, wie er auf der Treppe vor sich hin brummte. Er hat mir auch noch eine gute Nacht gewünscht. Und das war wohl das Letzte, was er sagen konnte. Am nächsten Morgen, als ihm Martin das Wasser zum Rasieren bringen wollte, war es schon geschehen.«

Maria Josefas Stimme stockte. Sie holte tief Luft und fuhr fort. »Dann ging alles so furchtbar schnell. Oder, nein, es ging erst einmal gar nichts weiter. Doktor Mathiesen kam. Bednarz kam. Und ohne Stephanie hätte ich gar nicht gewusst, wo mir der Kopf steht. Sie wusste genau, was zu tun war. Wir rufen Bertram heim, hat sie gesagt. Und so haben wir es dann eben gemacht. Aber ohne den jungen Schultherr, was hätten wir da nur getan? Und wie es weitergehen soll, das wissen wir beide nicht. Das hat doch immer alles der Vater entschieden.«

Ich kann meine Mutter nicht weinen sehen, dachte Bertram und starrte in sein Cognacglas. Ohne ihre Contenance, wo bleibt da die meine? Aber ich bin ein Mann. Ich muss Stärke zeigen.

»Hat er denn nichts mit dir besprochen? Ich meine, wegen einer Heirat? Oder mit dir, Stephanie? Das geht dich doch wohl etwas an, möchte ich meinen.«

Stephanie schnaubte geräuschvoll durch die Nase. »Du kennst doch Vater. Er liebte es, Andeutungen zu machen. Aber erst, wenn sein Plan zu Ende gedacht war. Und mir gegenüber hat er bisher nichts gesagt. Wobei, wenn ich es mir recht überlege, doch. Er hat mich letzthin gefragt, wie es denn nun sei. Ob er erwarten könne, dass demnächst ein Verehrer bei ihm vorstellig werden würde. Aber erklärt hat sich ihm noch keiner.«

»Und du? Hast du dein Herz schon verschenkt?«

Stephanie lächelte sanft und senkte den Blick. »Nun ja«, sagte sie zögernd. »Da gäbe es schon jemand. Aber der hätte dem Vater sicher nicht gepasst.«

Maria Josefa lachte leise. »Du meinst den jungen Schultherr, richtig? Der hat keine Gelegenheit ausgelassen, dir den Hof zu machen. Und er war uns wirklich eine Stütze. Fährt einfach mal eben schnell nach Amerika. Aber er wäre dem Vater wohl wirklich nicht recht. Er ist auch einer von denen, die gerne über

Demokratie debattieren. Dabei stammt er aus recht gutem Hause.«

Bertram schüttelte den Kopf. Es war also immer noch so, dass die Politik im Haus Geisenheimer nicht als passendes Gesprächsthema angesehen wurde.

»Der junge Schultherr. Ich habe ihn ja unterwegs ein bisschen näher kennengelernt. Und er ist also ein gern gesehener Gast hier im Haus, der Michael Felix?«

Stephanie wurde tatsächlich ein wenig rot. Oder schien es ihm nur so?

»Für seinen Namen kann er doch nichts.«

»Das stimmt. Aber nun verrate uns doch, wäre es dir recht, wenn er um deine Hand anhielte?«

»Dass du an so etwas denken kannst, während da oben der Vater darniederliegt und nichts mehr dazu sagen kann!« Stephanie funkelte ihn empört an.

»Ach komm, Schwesterchen. Lenk nicht ab. Nun sag schon, wäre er dir denn willkommen, der Michael Felix?«

5

1852

»Guten Tag, Bertram, schön dich nach so langer Zeit zu sehen.«

Ich fasse es nicht, dachte Bertram. Franz wagt es tatsächlich, einfach so hier im Kontor aufzutauchen und völlig ohne Ankündigung vor mir zu stehen. Und gut sieht er noch dazu aus. Der Beinahe-Bankrott von Geisenheimer USA hat ihm eindeutig nicht geschadet.

»Meine Güte, kannst du einen aber böse anfunkeln. So lächle doch wenigstens!«

Franz zog sich einen Stuhl heran und machte es sich vor Bertrams Schreibtisch gemütlich.

»Ich weiß, Vetter, mich hast du nicht erwartet. Aber ich sage dir, mit einem Geisenheimer, einem aus Leipzig, muss man immer rechnen. Auch wenn es so aussieht, als sei er längst abgemeldet. Gerade dann, mein Bester, gerade dann.« Genüsslich streckte er die Beine aus.

»Ich soll mich freuen? Sei froh, dass ich nicht die Gendarmen rufe.«

Franz grinste nur noch breiter. Langsam und mit feierlicher Geste zog er einen Umschlag hervor und legte ihn vor Bertram auf den Tisch. »Na, greif schon zu, der beißt dich nicht.«

Ich hasse es, wenn er sich eine Szene ausgedacht hat und sie unbedingt durchspielen will, egal, wo seine Bühne sich gerade befindet. Doch diesmal lasse ich ihn auflaufen.

»Sag doch einfach, was du willst. Bringen wir es hinter uns, ich habe zu tun.«

»Ach was, der Herr Geisenheimer. Jetzt, wo du der Herr im Haus bist, bestehst du also darauf, dass es nach deiner Mütze geht. Also gut. In diesem Umschlag findest du eine Anweisung, und zwar auf die Hausbank von euch Frankfurter Geisenheimern. Also die Schlehenheim. Und wer zahlt, das ist die Sacramento Valley Railroad Company, vertreten durch ihre Präsidenten. Keine Bange, die Anweisung ist echt.«

Misstrauisch öffnete Bertram den Umschlag. Tatsächlich. Theodore Judah und William Tecumseh Sherman hatten beide unterschrieben. Von den Herren hatte er bereits gehört.

»Schau dir die Summe an. Die ist beim derzeitigen Kurs genau so viel wert wie das, was ihr Frankfurter eingesetzt habt in Neu York. Plus zehn Prozent Dividende.«

Bertram zog spöttisch eine Augenbraue hoch.

»Raus mit der Sprache. Wie hast du das angestellt?«

»Habe ich nicht immer gesagt, du sollst mir vertrauen?«

»Hast du, Franz, hast du. Und ich habe dir ja auch vertraut. Bis zu dem Moment, in dem du die Bücher verfälscht hast.«

»Du verstehst wirklich keinen Spaß, mein Bester, nicht wahr? Ist doch alles gut ausgegangen.«

»Da kannst du sicher sein, dass ich keinen Spaß verstehe, wenn es um anderer Leute Geld und Vertrauen geht. Und nun sag schon, was hast du den Kaliforniern angedreht?«

»Na, die Bergwerksgesellschaft. Wir hatten nicht nur in Colorado Land gekauft, sondern auch bei Sacramento. Und ausgerechnet dort will die Valley Railroad ihre Eisenbahn bauen. Ich habe verhandelt und gemacht und getan. Und hier ist das Geld deines Vaters, von dem du geglaubt hast, dass du es nie wiedersiehst.«

Damit habe ich nicht gerechnet, dachte Bertram. Und gewiss, ich sollte mich freuen. Aber den Gefallen tue ich ihm nicht. Er hat doch sicher wieder etwas vor und will jetzt erst einmal gut Wetter machen.

»Zehn Prozent, sagst du? Komm schon, Franz, wir wissen doch beide, dass die Dividende deutlich höher sein sollte. Wenn du hier auf meinen guten Willen hoffst und meinst, ich vergesse mal eben den Schaden, den du angerichtet hast, dann hast du dich aber geschnitten. Nicht für zehn Prozent.«

Franz lächelte weiter. »Du bist ein richtig harter Hund geworden, kleiner Vetter. Respekt. Aber hätte es auf der Bank mehr gegeben, wenn dein Vater das Geld angelegt hätte? Zehn Prozent sind doch gut.«

»Als Bankzinsen? *D'accord.* Aber nicht für einen Handelsmann. Und das weißt du auch. Doch du hast dir vermutlich gedacht, mit Bertie kannst du es ja machen. Ich sage dir, Franz, damit ist ein für alle Mal Schluss. Du hast die Firma betrogen und in Liquiditätsprobleme gebracht, dass wir beinahe falliert wären. Und du hast noch nicht ein Wort der Entschuldigung vorgebracht.«

Irre ich mich, dachte Bertram, oder wird Franz tatsächlich ein bisschen rot? Aber wenn, dann doch wohl, weil er es nicht erträgt, sich so von mir abkanzeln zu lassen. Ist ja auch nicht schön für einen Mann, wenn der, den er hatte anlernen sollen, ihm auf einmal Vorhaltungen machen darf. Und ich habe ja überhaupt nicht mehr mit dem Geld gerechnet.

Franz setzte sich aufrecht hin. »Ich gebe zu«, sagte er, »ein bisschen mehr wäre möglicherweise schon noch drin. Wenn du dir nur erst meine neueste Idee anhörst.«

»Das wird wieder so ein genialer Einfall sein«, murmelte Bertram und rollte die Augen.

»Ja, ist gut, ich weiß, dass du meine Pläne nicht so gerne hörst. Aber der hier ist gut. Ich will auch wieder in der Heimat arbeiten. Und wir hatten doch Erfolg mit der Zeitung. Wie wäre es, wenn wir so etwas auch hier aufziehen? Du und ich.«

Habe ich mir nicht geschworen, nie mehr mit Franz zusammenzuarbeiten? Bertram erinnerte sich genau an den festen Vorsatz. Doch die Zeitungssache hatte ihm tatsächlich sehr zugesagt.

»Moment, mein Guter, was ist denn eigentlich aus dem Neu Yorker Blatt geworden?«

»Gut, dass du das erwähnst. Nachdem ich Geisenheimer USA abgewickelt hatte und auch die Bergwerksgesellschaft, hat mich eigentlich nicht mehr viel gehalten in Neu York. Und dann wurde ein Konkurrenzblatt ins Leben gerufen.«

»Komm zur Sache, Franz«, mahnte Bertram ungeduldig.

»Also gut. Die Zeitung ist ebenfalls verkauft. Zu einem sehr guten Preis. Der könnte doch auch der Grundstock für ein neues Blatt werden, meinst du nicht? Gib zu, mit dem Geld hattest du doch sowieso nicht mehr gerechnet.«

Franz grinste. Auch als Bertram »Vergiss es!« knurrte, verlor sich sein Feixen nicht. Wie er es von Anfang an geahnt hatte, gelang es ihm, seinen Vetter dazu zu bringen, dass er sich mit seinem Plan beschäftigte. Allerdings hatte er nicht damit gerechnet, dass Bertram zunächst auf fünfzehn Prozent Dividende beharren würde. Erst als die Bank nicht nur die Anweisung bestätigt hatte, sondern dank einer zusätzlichen Zahlung von Franz der Prokurist Bednarz die gesamte Summe auf der Habenseite verbuchen konnte, setzten sich die beiden Vettern wieder zusammen.

Bis weit in die Nacht sprachen sie über die Zukunft des Hauses Geisenheimer. Franz sollte dabei eine Rolle übernehmen, hatte Bertram entschieden.

»Du hast eine glückliche Hand«, sagte er endlich. »Wenn auch eine zu leichte. Ich werde dir genau auf die Finger sehen. Und Bednarz ist gewarnt. Aber wenn du ehrlich bleibst, dann habe ich einen Platz für dich hier in Frankfurt, an meiner Seite.«

Franz sah erleichtert aus. Wenn es ihn auch zurück in die alte

Heimat gezogen hatte, nach Leipzig wollte er auf keinen Fall. Lieber genoss er das Leben am Main. Und die zahlreichen Handelsbeziehungen der Frankfurter Geisenheimer lockten ihn. Er würde schon nicht zu kurz kommen dabei, dessen war er sich sicher. Auch wenn er einstweilen den Plan mit der Zeitung zurückstellen musste.

Allmählich wuchs Bertrams Vertrauen zu Franz wieder. Und der bewies weiterhin eine glückliche Hand. Die Auftragsbücher waren auch außerhalb der Messezeit voll wie nie. »Ich passe auf wie ein Schießhund!«, hatte Bednarz versprochen. Dem Prokuristen war der Grund für das Neu Yorker Fiasko nicht verborgen geblieben. »Aber es ist wirklich alles in Ordnung.«

Nicht nur das Geisenheimer'sche Vermögen wuchs, sondern auch Bertrams Ansehen in der Stadt. Seine demokratischen Eskapaden waren zwar noch längst nicht vergessen, aber allenthalben war man der Meinung, dass er dank der Verantwortung, die er bewundernswürdig meisterte, diese Flausen wohl hinter sich gelassen hatte. Und so manche Mutter, die eine Tochter im heiratsfähigen Alter hatte, betrachtete ihn aufmerksam durch ihr Opernglas, sooft er mit seiner Schwester am Arm im Theater oder bei einem Konzert auftauchte. Immer öfter war Michael Schultherr der Dritte im Bunde. Nur Franz war nie mit von der Partie. »Das ist nicht meine Welt«, pflegte er zu sagen. »Ich mopse mich noch zu Tode, wenn sie stundenlang von Liebe singen, aber nie zur Sache kommen. Nachher schlafe ich noch ein, und du weißt, mein Bester, wie sehr ich schnarche.« Auf die Damen vom Corps de Ballet ließ er allerdings nichts kommen. Für deren Reize war er durchaus empfänglich. »Die singen wenigstens nicht, während sie ihre Reize im Tanz präsentieren. Und niedlich sind sie allesamt.«

Er ist immer noch der alte Hallodri, dachte Bertram. Aber solange ich Bednarz auf meiner Seite habe, wird er sich in Acht nehmen. Zumindest was das Geschäftlich anbelangt. Alles andere geht mich ja nichts an, solange es nicht der Firma schadet. Und ganz so harmlos, wie mich der Frankfurter Mütterreigen findet, bin ich ja nun auch nicht. Wenn die Damen wüssten, dass mich ihre faden Töchterchen langweilen wie nichts Gutes! Kein Wunder, nach der kleinen Beulah. Was die wohl gerade macht? Was wird sie schon tun. Das Gleiche, was sie mit mir immer gemacht hat. Nur eben mit anderen. Gewiss, Coney Island ist weit weg. Doch Häuser wie das von Mrs Red haben wir auch in Frankfurt. Ich muss dazu nicht einmal die Mainbrücke überqueren.

»So ganz in Gedanken, Geisenheimer?« Bertram sah auf. Tatsächlich, auch Maximilian Reinganum hatte die Handelspolitik für einen Abend gut sein lassen und war in das Comoedienhaus am Rossmarkt gekommen.

»Ich sehe Sie erstaunt, mich hier anzutreffen, mein Guter. Als Theaterfreund haben Sie mich nicht in Erinnerung, ich weiß. Aber seit Kapellmeister Schmidt das Orchester übernommen hat, komme ich doch öfter in den Genuss. Von dem können wir noch einiges erwarten. Das hat er ja schon vor ein paar Jahren mit seinem Prinz Eugen bewiesen.« Eine Glocke ertönte. »Schade, die Pause ist schon vorüber. Lassen Sie sich doch wieder einmal bei uns sehen, Geisenheimer! Oder lässt Ihnen die Leitung der Firma dazu keine Zeit mehr?«

Hat er etwa auch Töchter, die er verheiraten muss?, fragte sich Bertram und lächelte. Es ist wirklich zu schade, dass ich vor lauter Arbeit gar nicht mehr dazu komme, mit Reinganum zu debattieren. Dabei ist doch hochinteressant, was er beispielsweise über die Pressefreiheit oder die Handelsschranken zu sagen hat. Vielleicht im nächsten Jahr, wenn wieder etwas mehr Ruhe eingekehrt ist bei uns. Er seufzte. Ich nehme mir eindeutig zu wenig Zeit für mich und meine Interessen. Wie hat das der Vater nur geschafft, früher?

»Kommst du nachher noch mit, Michael?«

Bertram musste nicht lange erklären, wohin es ihn zog. Schultherr war es ja immerhin auch gewesen, der ihn in den exklusiven Club eingeführt hatte, der Bertram an das Haus der Mrs Red erinnerte. Hier herrschte längst nicht ein solches Sprachengewirr wie in dem Salon auf Coney Island, und unterhalten konnte man sich dort daher neben anderen Dingen ebenfalls prächtig. Zunächst jedoch brachten die beiden Herren Stephanie nach Hause. Dann ging es in der Kutsche geradewegs weiter in den Club.

»Sie ist schon ein liebes Mädchen«, bemerkte Michael Schultherr unvermittelt, während die Pferde in Richtung Bornheim trabten.

»Wer?«, fragte Bertram zerstreut. Die Begegnung mit Reinganum hatte ihn wieder einmal an das Zeitungsprojekt erinnert. »Ach so, Stephanie. Ja, das ist sie. Aber es wird allmählich Zeit für eine Verlobung, findest du nicht?«

»Durchaus. Aber wenn ich bedenke, wie es um euren Vater bestellt ist …«

»Da werden wir lange warten müssen, bis sich in dieser Hinsicht etwas zum Guten wendet. Wenn sich überhaupt je etwas ändert. Die Mutter pflegt ihn ja aufopferungsvoll. Sie sagt sogar, dass sie ihn mittlerweile sehr gut verstehen kann. Aber wenn du um seinen Segen bitten willst, dann kannst du lange warten, da wird Stephanie alt und grau, ehe er dir den geben kann.«

»Manchmal bist du erschreckend direkt, Bertram. Ich hätte nicht gedacht, dass du dir so schnell die amerikanischen Sitten angewöhnst. Aber du hast vollkommen recht. Ich hatte gehofft, ganz *comme il faut* beim alten Geisenheimer um die Hand seiner Tochter anhalten zu können. Wenn du allerdings der Ansicht bist, dass er nicht wieder wird …« Michael Felix Schultherr richtete sich auf, bis er kerzengerade in den Kutschpolstern saß. »Nun, dann wollen wir mal. Herr Bertram Konrad Geisenheimer. Wir kennen uns noch nicht so lange, auch wenn wir beide eines Herzens sind, was das Thema Demokratie betrifft. Ich, Michael Felix Schultherr, bitte Sie hiermit in aller Form um die Hand Ihres Fräulein Schwester.« Er lächelte breit.

»Herr Schultherr, Sie überraschen mich!«, ging Bertram auf den angeschlagenen scherzhaften Ton ein. »Ich muss schon sagen, Ihr Antrag ist mir keineswegs unwillkommen. Doch können Sie denn für meine Stephanie auch sorgen und ihr das Leben und die Annehmlichkeiten bieten, an die sie gewöhnt ist?«

»Das will ich wohl meinen. Ich bin von Haus aus nicht unvermögend, wie Sie wohl wissen. Das ist in Frankfurt sicher kein Geheimnis. Wir sind an vielen Unternehmungen beteiligt, so unter anderem an der Schlehenheim-Bank.«

Unsere Hausbank, dachte Bertram. Und ich habe nichts davon gewusst. Das ist wahrlich eine interessante Mischung, viel Geld im Haus und auch noch demokratisch gesinnt. Wie vereinbart er das alles nur? Soll ich ihn danach fragen?

»Ich bin sicher, dass es ihr an nichts fehlen wird, sobald sie meine Frau ist. Wenn sie ein großes Haus führen will, dann kann sie das an meiner Seite. Steht ihr der Sinn eher nach einem Salon für die Künste, auch dagegen habe ich nichts einzuwenden. Ich will sie glücklich machen.« Der Bankierssohn lächelte versonnen. Bertram konnte das trotz der dunklen Kutsche erkennen, da durch das geöffnete Wagenfenster immer wieder der Schein der Straßenbeleuchtung fiel. Ich glaube, er liebt sie tatsächlich, dachte er.

»Sie hat einmal gesagt, dass sie sich als Kind immer gewünscht hat, auf Reisen zu gehen«, fuhr der junge Schultherr fort. »Auch das kann ich ihr ermöglichen. Mit den Eisenbahnen und den Dampfschiffen ist das ja inzwischen alles viel bequemer geworden. Übrigens haben wir auch Besitzungen in Übersee. Und in Amerika. Allerdings habe ich dafür gesorgt, dass wir die in den Südstaaten in den letzten Jahren abgestoßen haben. Ich konnte meinen Vater davon überzeugen, dass es sich für einen Christenmenschen nicht schickt, Sklaven zu halten.« Der junge Schultherr lachte leise. »Ich hätte ihm natürlich lieber gesagt, dass für einen ehrlichen Demokraten alle Menschen gleich und daher wie Brüder zu behandeln sind. Aber das wäre wohl doch zu starker Tobak für ihn gewesen. War auch unnötig, mit dem Christenmenschen hatte ich ihn bereits gewonnen.«

»Ach, weißt du, Michael, diese Feierlichkeit zwischen uns beiden, die wird mir jetzt zu dumm.« Bertram lachte herzlich. »Vor allen Dingen, wenn wir bedenken, wohin wir gerade unterwegs sind. Weißt du was, ich spreche gleich morgen mit Stephanie. Und natürlich erkundige ich mich auch bei der Frau Mama, wie deine Aktien stehen. Allerdings glaube ich, die Antwort darauf kennst du längst. Lass uns also sogleich deine Hausse feiern.« Rasselnd bog die Kutsche in einen gepflasterten Hof ein. »Abgemacht«, sagte Michael. »Und damit du weißt, wie ernst meine Absichten sind, geht der Abend heute auf mich.«

Das ließ sich Bertram nicht zweimal sagen.

Als er am nächsten Morgen ins Kontor kam, hatte er nicht viele Stunden geschlafen. Georg Bednarz saß schon an seinem Platz.

»Guten Morgen, Herr Geisenheimer!« Bertram kniff die Augen zusammen und murmelte eine Antwort. Laute Geräusche waren etwas, was er heute besser vermied. Und andere Aufregungen auch. Zum Glück hatte der Prokurist nichts dergleichen zu vermelden. Auch Franz schien einigermaßen angeschlagen, jedenfalls bewegte er sich sehr vorsichtig, als er zur Tür hereinkam.

»Wir sind schon zwei Nachtschwärmer, nicht wahr?« Bertram lächelte gequält. »Es wird Zeit, dass die Vettern Geisenheimer endlich in den Ehehafen einlaufen, findest du nicht?«

Franz stöhnte gequält. »Sprich du bitte für dich selbst. Bevor ich mein Schiff an die Ankerkette lege, bleibe ich doch lieber noch eine ganze Weile auf hoher See. Die geht stürmisch genug, ohne dass eine Ehefrau Wind macht, wenn ein Mann das tut, was ein Mann tut.«

»Aber sie könnte dich beispielsweise auch umsorgen. Du siehst aus, als ob du ein bisschen Pflege und weibliche Zuwendung durchaus brauchen könntest.«

Franz winkte ab. »Wenn ich einmal heirate, dann nur, weil es nicht anders geht. Und bisher habe ich ja alle Klippen glücklich umschifft. Unberufen.« Er klopfte auf die Holzplatte des Schreibtischs.

Bertram stöhnte und vergrub den Kopf in beiden Händen. Vielleicht war es wirklich an der Zeit mit dem Heiraten. Wenn ein Mann sein Vergnügen nicht mehr als Abwechslung empfand, sondern als Alltag, dann stimmte doch irgendetwas nicht. So konnte es jedenfalls nicht weitergehen.

»Hast du denn schon irgendeine im Auge?«, fragte Franz. »Ich meine, eine zum Heiraten.«

»Nein. Wie kommst du denn darauf?«

»Sonst fängst du doch nie mit Zukunftsthemen an, wenn du nicht schon alles längst fein säuberlich durchdacht hast. Bertram der Denker, der erst einmal einen Plan ausarbeitet, bevor er redet.«

»Na, danke bestens. Aber ich habe wirklich keine im Auge, die ich gleich heiraten wollte.«

»Ach, hör auf, da muss es doch irgendeine geben! Du bist einer der begehrtesten Junggesellen Frankfurts, stehst bei jedem Ball auf so vielen Tanzkarten, wie du nur willst.«

»Das schon, Franz. Da braucht dir nicht bange um mich zu sein. Es ist nur so, dass ich all die feinen Fräulein fade finde. Was soll ich denn mit denen, außer mich an ihrer Seite langweilen?«

»Ach, ich bin sicher, dir fiele da schon etwas ein. Und wenn du eine von den Fräulein erst einmal geheiratet hast, dürftest du das ja auch in allen Ehren.«

Bertram schüttelte unwillig den Kopf und zuckte dann zusammen. Das war ein Fehler, dachte er. Keine schnellen Bewegungen nach dieser Nacht. Werde ich etwa alt? Ach was. Ein hundskommuner Kater ist das.

»Du bist mir vielleicht einer. Ich will eine Frau, die mir das Wasser reichen kann und die nicht gleich in Ohnmacht fällt, wenn ich nach einem Trinkspruch das Glas zerschmeiße. Und weißt du was, Franz? Eigentlich bist du schuld daran.«

Der Vetter sah ihn ungläubig an. »Wieso das denn?«

»Na, wer hat mich denn mitgenommen zu Mrs Red? Der einzigen Madame auf ganz Coney Island, die sich ein Vergnügen daraus macht, für jeden Gast das perfekt passende Girl zu finden. Jetzt bin ich einfach nicht mehr zufriedenzustellen mit irgendeiner. Jedenfalls nicht auf Dauer.«

»Bertram, Bertram, Bertram.« Franz schnalzte tadelnd mit der Zunge. »Werd endlich erwachsen. Perfekt passen muss nur eine Frau. Eine einzige. Nämlich die Geliebte, die sich ein Mann sucht. Die Ehefrau, da arrangiert man sich schon irgendwie. Sieh dich doch um, alles Vernunftehen, wo du auch hinschaust. Geld heiratet Geld. Und ich gebe meines doch lieber aus für etwas, was mir wirklich Spaß macht.«

Am liebsten gibst du Geld aus, das nicht dein eigenes ist, dachte Bertram. Aber mit einer Sache hast du wohl recht. Ich kenne niemanden, wirklich niemanden, der geheiratet hat, weil er vor Liebe nicht mehr ein noch aus wusste. Natürlich, normalerweise mag man sich schon. Irgendwie. Ist Stephanie eine Vernunftsache für Michael?, fragte er sich. Will er sie für seinen Vorteil, oder liebt er sie tatsächlich? Politisch denken wir ähnlich. Aber sind wir uns auch in dieser Sache eins, wenn es um Herzensdinge geht? Bertram seufzte tief.

»Na, das klang aber, als ob du besser ins Kloster gingest, mein Bester. Komm, sag schon, was los ist. Wir kriegen das gewiss wieder hin.«

Nein, dachte Bertram. Zuerst rede ich mit Maman und Stephanie. Das wäre ja noch schöner, dass der Vetter es vor ihnen weiß.

Allerdings waren weder die Schwester noch die Mutter sonderlich überrascht, als Bertram beim Mittagessen von Michael Schultherrs Antrag berichtete. Stephanie wurde ein bisschen rot im Gesicht, Maria Josefa Geisenheimer bekam sogleich ganz feuchte Augen. Aber beide gingen dennoch überraschend gelassen mit der Nachricht um.

»Tante Lisabeth würde vermutlich sagen, dass der sich aber auch ganz schön Zeit gelassen hat, so sicher war er sich seiner Sache«, bemerkte die Mutter trocken. »Wir müssen daran denken, ihr zu schreiben. Nicht dass sie es noch von einer ihrer Freundinnen erfährt. Oder gar erst durch die Verlobungsanzeige in der Zeitung.«

Ach ja, solche Dinge inseriert man ja neuerdings, dachte Bertram. Himmel, an was ich alles denken soll, seit ich der Familie vorstehe. »Erzählst du es Vater?«, fragte er an seine Mutter gewandt.

»Aber selbstverständlich, was denkst du denn? Ich berichte ihm alles, was so geschieht. Er kann zwar nicht mehr verständlich antworten, aber ich glaube, dass ihn immer noch alles interessiert. Und ich bin sicher, er hätte die Sache gut geheißen.«

»Und du, Schwesterherz, du sagst ja nicht gerade viel dazu«, wandte sich Bertram nun an Stephanie. »Kann ich ihm denn übermitteln, dass sein Antrag willkommen ist?«

»Was soll ich denn schon groß sagen? Er ist ein guter Mann. Denk nur daran, dass er mir nichts, dir nichts nach Amerika gefahren ist, um dich nach Hause zu holen. Für solch schlimme Neuigkeiten schickt man keinen Brief, hatte er gesagt, und dass es ihm eine Ehrensache sei, sie dir zu überbringen.« Nachdenklich starrte Stephanie auf das Tischtuch. »Ich habe ihn ja auch recht gern. Er hat mich letzthin sogar nach meinen Träumen gefragt, also danach, was ich mir vom Leben erhoffe. Was kann ein Mädchen mehr verlangen?« Fragend sah sie auf. »Vielleicht liebe ich ihn sogar, was weiß denn ich davon. In den Romanen geht es anders zu, ich weiß. Aber er ist wirklich ein guter Mann.«

»Na, dann wäre das also geklärt«, verkündete Maria Josefa ungerührt. »Es fragt sich nur, ob nicht auch du allmählich ans Heiraten denken solltest, Bertram.«

Er hob abwehrend die Hände. »Da ist ja nun wirklich noch viel Zeit. Sieh dir Franz an. Der ist doch auch schon über dreißig und macht keinerlei Anstalten.«

»Das kannst du unmöglich vergleichen. Glaub mir, mein Sohn, die Frankfurter Väter achten schon darauf, wem sie ihre Töchter geben. Und bisweilen reden auch die Mütter ein Wörtchen mit. Geschäfte machen, das wollen viele mit Franz, seine glückliche Hand in dieser Hinsicht ist bekannt. Aber ihm die eigene Tochter anvertrauen, das wollen die wenigsten. Er ist und bleibt ein Hallodri, auch wenn er sich diskreter aufführt, als es wohl vor Jahren noch in Leipzig der Fall war. Also lenk nicht ab, mein Junge. Früher oder später wirst du jedenfalls heiraten müssen. Und dabei solltest du schon berücksichtigen, wer du bist. Und was für eine Position du innehast.«

Das ist es ja gerade, was mir die Sache erschwert, dachte Bertram. Seit der Vater bettlägerig ist, bin ich Vertreter des Hauses Geisenheimer. Welches Mädchen ich mir auch zur Frau nehme, es wird zweifelsohne Auswirkungen auf das Geschäft haben.

»Wenn du schon eine Frau Schultherr wirst, Stephanie, vielleicht sollte ich dann ebenfalls in eine Bankiersfamilie einheiraten? Ich hätte nie gedacht, dass mir Finanzgeschäfte noch mehr Freude machen würden als der Handel mit Tuch, Gewürzen und allem, was wir so in den Büchern haben. Aber es ist so gekommen. Und ich habe auch in diesem Metier Talent, dessen bin ich mir sicher.«

Ich könnte auch ohne Hochzeit zum Finanzmarkt wechseln, dachte er nun bei sich. Franz macht seine Sache mehr als ordentlich, vielleicht gerade weil er weiß, dass ihm unser guter alter Bednarz im Nacken sitzt. Soll er doch das Tagesgeschäft übernehmen, und ich werde Bankier. Das könnte funktionieren, wenn mich Michael ein bisschen unter seine Fittiche nimmt. Und der Name Geisenheimer würde sich an einem Bankgebäude sicher auch sehr gut ausnehmen.

»Ein Geldmann willst du werden? Lieber als ein Ehemann?« Stephanie lachte. »Warte nur. So viel habe ich aus den Romanen doch gelernt. Wer sich ganz sicher fühlt, dem begegnet sie, die große Liebe. Dann sieh dich also vor.«

»Es wird wirklich Zeit, dass du heiratest, Schwesterchen. Als Bankiersgattin wirst du nicht mehr viel Zeit haben für Romane. Dann können sie dir nicht länger solche Flausen in den Kopf setzen«, neckte Bertram sie zurück.

Eine Vernunftehe ist vielleicht nicht einmal das Schlechteste, dachte er. Ich bin ein Mann, und es ist nun einmal meine Aufgabe, eine Familie zu gründen und für sie zu sorgen. Alles Weitere wird sich zeigen.

Mit Gleichmut im Herzen ging er wieder ins Kontor. Dort wartete schon Franz auf ihn.

»Ich habe nachgedacht«, verkündete er.

Oh, oh, dachte Bertram. So fängt er meistens an, wenn es teuer wird. »Nun gut, Vetter. So sprich.«

»Setz dich erst einmal.« Franz tat beflissen. »Und nun hör zu. Niemand kauft eine ganze Kuh, nur weil er Milch mag. Du bist ein Mann, wenn dir nach Milch ist, verschaffst du sie dir.«

Bertram rollte mit den Augen, wie so oft, wenn Franz ihm einen Plan entwickelte.

»Ja, zieh du nur deine Fratze. Du wirst schon sehen. Also. Du kannst diese Heiratssache ganz sachlich angehen. Sobald du die Milchfrage ausklammerst, steht dir jeder Hof offen. Welche der jungen Damen Frankfurts stünde denn in der engeren Wahl?«

Bertram musste zugeben, dass er sich darüber noch keine Gedanken gemacht hatte.

»Nun gut. Dann schau mal hier.« Franz schob ihm ein Blatt Papier über den Schreibtisch zu. Ein kompliziertes Geflecht von Linien bedeckte die Seite.

»Das sind all die Mädchen, die infrage kämen. Ich habe einmal angenommen, dass du nicht vorhast, eine *amour fou* einzugehen. Jeder dieser Namen steht für eine einflussreiche Familie. Kaufleute sind die meisten oder Bankiers. Und die Linien zeigen dir ihre Geschäftsverbindungen an, soweit sie mir bekannt sind. Schau mal hier, zum Beispiel. Die kleine Eppelsdorfer. Solides, alt eingesessenes Handwerk. Goldschmiede. Es sind nicht viele Geschäftsfelder, die wir, ich meine, die du dazugewinnen würdest. Aber sie ist hübsch.«

Bertram schüttelte den Kopf. »Du spinnst, mein lieber Vetter.«

»Du hast ja recht. Die Eppelsdorfer soll einen Handwerker nehmen. Schuster, bleib bei deinen Leisten, so heißt es doch. Aber was ist mit der hier?« Franz tippte auf einen Namen, der in einem ganzen Nest von Linien lag.

»Keine Chance. An der Bethmann'schen Hausmacht, da bisse ich mir die Zähne aus. Da würde ich nach oben freien, daher kommt sie nicht infrage.«

»Stimmt auch wieder. Also gut. Die Demoiselle Schlehenheim. Ich gebe zu, sie ist, nun sagen wir, ein bisschen unansehnlich. Aber das deckt das Familienvermögen schon recht ordentlich zu.«

»Nein, Franz. Auf gar keinen Fall. Letzten Endes kommt der Moment, an dem auch die reichste Decke aufgeschlagen wird, wenn du verstehst, was ich meine. Konzentrieren wir uns lieber auf die Arbeit. Die Ehe kann warten. Für unsereins. Aber das Geld, das es zu verdienen gibt, das will nicht warten. Schon gar nicht auf uns.«

Missmutig faltete Franz seine Zeichnung zusammen und steckte sie wieder in die Tasche.

»Du machst es mir wirklich nicht leicht«, sagte er. »Es fehlt nur noch, dass du kommst und behauptest, du wolltest eine Frau, die dir ebenbürtig ist, die dir das Wasser reichen kann und vielleicht sogar auch noch Paroli bietet.«

Aber genau das ist es, dachte Bertram. Für das Körperliche, da gibt es die Mrs Reds dieser Welt. Ich will eine, mit der ich über alles reden kann, mit der ich meine Sorgen teilen kann. Eine, die mir Wurzeln gibt und Flügel verleiht. Und wenn sie auch noch Pfeffer hat, umso besser. Mit Pfeffer kenne ich mich aus, damit handeln wir schließlich. Die Frage ist nur, wo ist so eine zu finden? Unter den Frankfurter Patriziertöchtern sicherlich nicht. Und in Bornheim schon gar nicht. Ich will mich schließlich auch sehen lassen können mit meiner Frau. Also warte ich erst einmal ab. Und in der Zwischenzeit vergnüge ich mich mit meiner kleinen Fränzi. Von der ahnt noch nicht einmal Franz etwas. Und das ist auch gut so.

6

Hast du womöglich ein paar Minuten Zeit für mich, Bertie?« Stephanies Stimme klang ernst. Bertram seufzte. Da hatte er sich endlich einmal mit der Zeitung ins Herrenzimmer zurückgezogen und genoss den Sonntagnachmittag bei einer guten Zigarre und altem Cognac, da wurde er auch schon wieder gestört. Stephanie schien es allerdings wirklich wichtig zu sein. Er konnte sich schon denken, worum es ging. Seit ihrer Verlobung mit dem jungen Schultherr schien ihm das Haus in beständigem Aufruhr. Dabei sollte die Hochzeit doch erst Anfang des nächsten Jahres stattfinden.

»Was gibt es denn, Schwesterchen? Probleme mit der Einladungsliste? Oder kannst du dich nicht mit Mutter einigen, was das Festmenü angeht?«

»Ach, Bertram. Du hältst dich wohl auch noch für sehr witzig. Ich lache ja gleich. Aber es hat tatsächlich mit der Hochzeit zu tun. Es geht um Tante Lisabeth.«

»Ich weiß, ich weiß. Sie ist in den letzten Jahren wirklich mehr als wunderlich geworden. Sagt unverblümt allen und jedem die Meinung, sobald ihr eine boshafte Formulierung in den Sinn kommt. Und mittlerweile ist sie fast völlig taub, daher schreit sie dann so sehr, dass man es bis nach Sachsenhausen hört. Sie ist eben alt. Steinalt. Fünfundachtzig, ein stolzes Alter, das muss die gute Landluft sein draußen in Niederrad.«

»In Niederrad kann sie ja auch laut sein, so viel sie will. Da ist ja niemand, den das stören könnte. Und bei der Hochzeitsfeier, da setzen wir sie einfach zusammen mit Hauptmann Körner an einen Tisch. Der ist Schlachtengewitter gewöhnt. Und außerdem so neben der Kapp, dass er meist nur blöde lächelt, ganz gleich, was man zu ihm sagt.«

»Du bist böse, Stephanie.« Bertram lachte. »Der Plan könnte allerdings aufgehen. Also, wo liegt das Problem?«

»Nun ja, es ist ihre Gesellschafterin. Diese Witwe.« Innerlich konnte Bertram nur den Kopf schütteln. Weiberkram, aber wirklich. Tante Lisabeth, der alte Drachen, war eben einsam auf ihrem Gut in Niederrad. Also hatte sie eine Dame engagiert, die ihr die Zeit vertrieb. Na und? Für so etwas konnte er doch nicht ernsthaft auch noch zuständig sein.

»Ja, und was ist mit dieser Gesellschafterin?« Bertram bemerkte selbst, wie ungeduldig er klang.

»Wir haben uns bei meinem letzten Besuch ja durchaus nett unterhalten. Und sie hat die Tante auch gut im Griff. Aber weißt du, was diese Person früher war, bevor sie zur Tante kam? Sie war Schauspielerin.« Stephanie klang erschüttert.

»Na und?« Bertram konnte sich die Aufregung nicht so recht erklären.

»Aber ich kann doch nicht … bei der Hochzeit, du weißt, wer da alles auf der Gästeliste steht. Und dann eine vom Theater? Gut, sie ist verwitwet. Aber sie hat zwei Kinder, von denen so einiges gemunkelt wird. Du weißt doch, was man den Leuten vom Theater so alles nachsagt. Tante Lisabeth mag ja ihre Schnurren pflegen, wie sie will. Aber was soll ich sagen, wenn sie mit dieser Gesellschafterin bei meinem Fest auftaucht? Und ohne sie geht es ja nun gar nicht. Irgendwann verschwindet Hauptmann Körner ins Herrenzimmer. Und dann, was machen wir dann mit ihr?«

Woher hat Stephanie nur diesen Dünkel? Sie tut ja gerade so, als sei es ehrenrührig, am Theater gewesen zu sein. Und was die Kinder betrifft? Nun ja, immerhin ist diese Frau verwitwet.

»Herrschaftszeiten, Stephanie. Diese Person, wie du sie nennst, vertreibt Tante Lisabeth die Zeit, und das anscheinend auf so angenehme Weise, dass wir nicht alle paar Tage einen Brief von ihr erhalten, voll mit Klagen, wir kämen ja nie nach Niederrad und hätten uns verschworen, die arme alte Frau zu vernachlässigen.«

»Gut, ich gebe es zu. Wir brauchen sie. Diese Frau Hufdotter scheint ja sonst auch eine ganz anständige Person zu sein. Aber es schickt sich doch nicht, sie so mir nichts, dir nichts in die Familie aufzunehmen.«

»Davon kann doch auch gar keine Rede sein.« Sorgfältig strich Bertram die Asche seiner Zigarre ab. »Nun lass aber mal die Kirche im Dorf. Sie ist die Angestellte der Tante. Eine Gesellschafterin, nichts weiter. Und du tust, als müsstest du sie bei deiner Hochzeit als Ehrengast begrüßen. Außerdem sind es bis zum Fest noch Monate hin. Wer weiß, was mit Tante Lisabeth bis dahin wird. Oder mit uns.«

Das war eindeutig nicht das, was sie hatte hören wollen, dachte Bertram. Aber mir ist das gleichgültig. Ich verstehe nicht, wie sich Stephanie derart verändern konnte. Von mir hat sie das jedenfalls nicht. Vater war zwar schon immer recht konservativ, aber ihn kümmerte die Gesellschaft nur so weit, wie sie bei uns kaufte. Und Maman? Der ist mittlerweile ziemlich gleich, was die Leute reden. Sie hat genug am Hals mit Vater. Auch Michael ist nicht so. Vielleicht hat sie ja ein bisschen Angst vor der Zukunft und vor ihrer neuen Rolle als Eheweib? Wer weiß das schon so genau bei den Frauen?

»Also gut«, sagte er. »Wenn es dich beruhigt, fahre ich gelegentlich nach Niederrad, besuche die Frau Tante und schau mir diese Gesellschafterin einmal genauer an. Dann sehen wir weiter. Zufrieden?«

Dankbar nickte Stephanie und überließ ihren Bruder wieder seinem Sonntagnachmittag.

Während die Herbstsonne durchs Fenster schien, widmete der sich wieder seiner Zigarre. Stephanies Sorgen mochte er zwar nicht teilen. Aber nach Niederrad muss ich ohnehin einmal, dachte er. Franz meint, wir sollten die Weberei aufgeben. Die Preise sind so stark gefallen, dass wir kaum noch billiger produzieren können, als wir einkaufen. Es sei denn, wir investieren in neue Maschinen, geben das billige Tuch auf und setzen ganz auf Qualität. Eins von beidem wird es sein. Und Franz sagt, es sei einerlei, wie wir uns entscheiden. Einen Käufer fände er schon. Also schaue ich mir den Laden einmal an. Ich war ja lange nicht mehr dort. Nachdenklich rieb Bertram sich das Bein. Die Brandnarbe aus seiner Kindheit war zwar längst verblasst, aber manchmal erinnerte er sich noch an die Angst, die er empfunden hatte, als er mit der Jacke an einem der Webstühle hängen geblieben war und die Flammen immer näher kamen.

»Von mir aus können wir die ganze Klitsche verkaufen«, murmelte er. »Mein Herz hängt nicht daran.« Andererseits, war es nicht gerade die Baumwollweberei in Niederrad gewesen, die den guten Ruf der Geisenheimer als innovatives Haus mit einem großen Herzen für seine Arbeiter begründet hatte? Der Schulunterricht in der Kammer hinter dem Maschinensaal, zwei Stunden im Anschluss an die Nachtschicht für die Spulknaben, war zwar von vielen Unternehmern zunächst belächelt worden, aber als immer mehr Weber zu streiken begannen, bessere Löhne einforderten und was nicht gar, als Fabrikantenvillen gestürmt wurden, nicht nur in Schlesien, da hatten die Leute in Niederrad angestanden, um bei Geisenheimer arbeiten zu dürfen. Einen guten Ruf verdient man sich nicht nur durch Umsatz, dachte Bertram. Also auf nach Niederrad. Und die Frau Tante besuche ich bei der Gelegenheit eben auch, alles in einem Aufwasch sozusagen. Und zwar gleich morgen.

Und so geschah es. Franz freute sich, dass Bertram sich endlich entscheiden wollte. Stephanie freute sich, dass ihre Klage erhört worden war. Und Bertram freute sich, dass er wieder einmal aus der Stadt hinauskam.

Schnell war die Inspektion der Weberei über die Bühne gebracht. Schon stand Bertram vor dem Gut der Tante. Sieh mal einer an, dachte er, der alte Apfelbaum, in dem ich so gerne geklettert bin als Junge, der scheint ja geschrumpft zu sein. Heute käme ich da mit Leichtigkeit hinauf. Aber ob mich die Äste noch tragen würden? Ich versuche es wohl besser nicht. Die Tante bekäme wohl auch den Schreck ihres Lebens, wenn sie beim Nachmittagstee aus dem Fenster Blicken und mich in den Zweigen entdecken würde. Nein, nein, es gibt Dinge, die darf man irgendwann einfach nicht mehr machen, weil es unschicklich wäre. Auch wenn man sie genau in dem Moment eigentlich erst so richtig kann.

»Der junge Herr Geisenheimer!« Tante Lisabeths Hausdiener öffnete beschwingt die Tür. »Da wird sich die gnädige Frau aber freuen.« Er brachte den Gast in den Besuchssalon. »Einen Augenblick bitte, ich gebe sofort Bescheid.«

Bertram sah sich aufmerksam um. Spitzendeckchen auf den Lehnen der Sofas und Sessel, ein Seidenblumenarrangement auf dem niedrigen Tischchen dazwischen. Eine altmodische Kommode, auf der eine Pendule tickte. Er setzte sich. Tante Lisabeth liebte Besuch. Aber noch mehr liebte sie es, ihre Gäste warten zu lassen.

Statt ihrer betrat allerdings nun eine schlanke Frau das Zimmer. »Herr Geisenheimer, willkommen in Niederrad.«

Bertram sprang auf. Das musste die Gesellschafterin sein, von der Stephanie gesprochen hatte.

»Frau Hufdotter, nehme ich an?«

»Ganz recht. Ihre Frau Tante braucht noch ein paar Minuten. Sie hatte mit Ihrem Besuch wohl nicht gerechnet.«

Sie hat eine angenehme Stimme, dachte Bertram. Und sie kommt gleich zur Sache, das gefällt mir. Was ich hier will, das kann sie ja nicht gut fragen. Also, Stephanie, in dieser Hinsicht kannst du beruhigt sein. Sie weiß sich gesellschaftlich durchaus zu betragen. Er lächelte.

»Ja, es ist eben doch ein ganzes Stück Weges. Und die Geschäfte, Sie verstehen? Da kann man eben nicht so oft, wie man gerne würde.«

Frau Hufdotter pflichtete ihm bei. Selbstverständlich. Was bleibt ihr auch anderes übrig, dachte er. Aber hübsch ist sie. Keine klassische Schönheit, aber durchaus interessant. Und mit lustigen Augen. Braun wie Kastanien.

»Wie geht es denn der guten Tante?«

»Ach, in ihrem Alter, sagt sie, muss sie dankbar sein für jeden Tag, den der Herrgott ihr schenkt. Und sie will es auch sein, doch manchmal fällt ihr diese Dankbarkeit nicht ganz so leicht. Ich darf Sie aber beruhigen, heute ist ein guter Tag.«

Vor allen Dingen wurde es ein langer Tag. Tante Lisabeth blühte richtiggehend auf, erkundigte sich nach den Hochzeitsvorbereitungen, nach dem Vater, der Mutter, der Firma. Sogar nach Franz fragte sie. »Sicher ist er immer noch der alte Hallodri, nicht wahr? Auch wenn wir hier in Niederrad nicht viel von den Frankfurter Nachrichten erfahren. Die Katze lässt das Mausen nicht, so viel steht fest.«

Sie zwinkerte spitzbübisch und drehte den Stil ihres Likörgläschens vergnügt zwischen den Fingern. »Und du, mein Bertram? Willst du immer noch auf Bäume klettern wie als kleiner Bub und lässt es im letzten Moment doch sein?«

Hat sie mich etwa beobachtet vorhin? Bertram konnte sich ein Lächeln nicht verkneifen.

»Du kannst Fragen stellen, Tante!«

»Na, das muss ich doch. Du erzählst mir ja sonst nichts. Das war doch schon immer so, mein Junge.« Nun lächelte auch die Tante. Und Bertram schien es, als ob selbst die Gesellschafterin hinter ihrer anmutig erhobenen Hand die Lippen kräuselte.

Niedlich, dachte er. Auch wenn das nicht gerade das passende Wort ist für sie. Aber was würde wohl passen zu ihr? Das würde ich wirklich zu gerne herausfinden.

»Du hörst mir nicht zu, Neffe!«

»Aber doch, Tante. Ganz gewiss«, beeilte er sich, zu behaupten.

»Dann sag mir doch bitte, was ich davon halten soll, dass der junge Schultherr immer noch nicht seinen Antrittsbesuch bei mir gemacht hat.«

Wieso sollte er, dachte Bertram. Du nimmst dich ein bisschen arg wichtig, findest du nicht, Tantchen?

»Ich denke, er ist im Moment voll und ganz in der eigenen Familie eingespannt. Sein Vater sitzt doch im Vorstand von drei Eisenbahngesellschaften. Und da es nun endlich doch etwas werden soll mit der Anbindung Frankfurts an die große weite Welt, da muss eben der Sohn beim Tagesgeschäft einspringen.«

»Ihr Männer. Immer geht es um Geschäfte, Geschäfte, Geschäfte.«

Sie klingt schon ein wenig besänftigt, dachte Bertram.

»Natürlich, Tante. Schließlich gehört es zu unserer vornehmsten Aufgabe, unseren Frauen und unseren Familien ein Leben in Wohlstand und Sicherheit zu bieten. Da muss ein Mann eben bisweilen mehr an das Geschäft denken als an das Vergnügen, die gute Frau Tante in Niederrad zu besuchen.«

»Nun ja. Ich bin immerhin schon äußerst betagt. Ein großes Vergnügen wird es daher nicht sein, denke ich mir.« Die Tante zog ein klägliches Gesicht.

Hat sie diese Stimmungsschwankungen schon früher gehabt?, fragte sich Bertram. Daran erinnere ich mich nicht. Nur an ihre scharfe Zunge, wenn ihr etwas nicht passte.

»Ach was, Tante. Ich komme doch gerne. Auch wenn es eben nicht so oft sein kann. Aber ich gelobe Besserung, hoch und heilig.«

Und Bertram sollte sich in der Tat als ein Mann erweisen, der zu seinem Wort stand. In den nächsten Monaten fuhr er häufig nach Niederrad. Der eigentliche Grund war natürlich stets die Weberei. Die wurde nicht verkauft, sondern modernisiert und auf den neuesten Stand gebracht. Das kostete einiges an zeitlichem und finanziellem Aufwand. Die Arbeiter fürchteten indes um ihre Stellen, obwohl sogar eigens ein großes Gebäude errichtet wurde, in dem die allerneuesten Webstühle untergebracht werden sollten. Da war die Anwesenheit des Herrn Geisenheimer natürlich durchaus willkommen. Auch wenn es niemand aussprach, alle wussten um seine demokratische Gesinnung, und das beruhigte die Leute. »Er war beim Montagskränzchen dabei, als die Demokraten und der Arbeiterverein zusammenstanden«, wurde allenthalben getuschelt. »So einer lässt uns doch nicht im Stich!«

Der Umbau der Weberei musste zweifelsohne der Grund sein, weshalb Bertram Geisenheimer immer wieder unterwegs war und man ihn immer seltener im Kontor antraf. Dass er die Arbeit mit einem Pflichtbesuch auf dem Gut verband, wurde ihm hoch angerechnet. Die Tante galt allgemein als bisweilen schwierig. Man war gottfroh, dass sie eine Gesellschafterin gefunden hatte und nun nicht mehr zu Überraschungsbesuchen in der Stadt auftauchte, um sich die Langeweile zu vertreiben.

Allerdings gab es auch bösere Stimmen, die behaupteten, dass sich Bertram auf dem Land ein kleines Liebesnest eingerichtet habe. Nur so ließ sich nach Ansicht derselben Leute erklären, dass er immer so guter Dinge war, obwohl man ihn kaum noch in Bornheim antraf. Und Franz gab diese Gerüchte genüsslich weiter.

»Das neueste Gerücht besagt, du habest etwas angefangen mit der kleinen Schlehenheim.«

Bertram lachte. »Das fehlte noch.«

Und es fehlte auch noch, dass du dahinterkommst, weshalb es

mich so oft nach Niederrad zieht. Glaub du nur weiterhin, dass es die Weberei ist, für die ich den weiten Weg auf mich nehme. Von den kastanienbraunen Augen erzähle ich dir jedenfalls nichts.

»Nun ja, die kleine Schlehenheim, die würde dich auch nicht wollen, vermute ich. Sie schmachtet nach einem Leutnant von der Landwehr. Und der macht ihr auch brav den Hof. Aber es gibt noch mehr Kandidatinnen.« Franz lachte. »Stell dir vor, du sollst sogar etwas haben mit der Bethmannschen.«

»Das ist nun wirklich noch blöder als alles andere.« Bertram schüttelte entrüstet den Kopf.

»Aber so blöde es ist, es könnte durchaus Probleme geben wegen dieser Gerüchte. Man akzeptiert es gerade noch so, dass ich nicht heirate. Dafür trifft man mich oft genug in Bornheim an. Aber bei dir? Es hat sogar schon geheißen, du wärest im Herzen eben doch ein wahrer Schüler von Rittershaus.«

Bertram sah den Vetter nur mit großen Augen an. Dann prustete er los. Die Vorstellung war auch zu komisch.

»Ja, lach du nur, wir beide wissen ganz genau, dass dir nichts ferner ist als derartige Neigungen. Aber die Gerüchte wollen nicht verstummen. Kannst du dir nicht irgendein nettes Mädchen nehmen und die Sache ist gut?«

»Nehmen? Du meinst wohl heiraten. Denn alles andere lassen sich unsere Frankfurter doch sicher nicht gefallen, nicht dass ich eine ihrer Töchter ins Unglück bringe. Wer von uns beiden musste denn Hals über Kopf nach Amerika, mein Bester?«

Franz nahm ihm die Anspielung nicht weiter krumm.

»Ich sage dir, wir sind einfach zu früh wieder fort aus den Staaten. Da wird noch eine Menge Geld zu holen sein. Vielleicht auf anderen Wegen als denen, die wir bisher beschritten haben. Die Transkontinentale Eisenbahn, das wäre wirklich ein Unternehmen, für das wir uns engagieren sollten. Aber lass uns nicht abschweifen, mein Bester. Glaube mir«, Franz blickte für einen Augenblick vollkommen ernst drein, »du musst etwas unternehmen. Sonst bleibt die Sache mit Rittershaus, so ulkig dir die Vorstellung auch vorkommen mag, endgültig an dir kleben.«

Bertram sah sich im Kontor um. Dort hing die alte Karte, die er als Knabe gezeichnet hatte, wieder an ihrem angestammten Platz an der Wand. Der Prokurist saß über seinen Zahlen, aus dem Hof klangen die Rufe der Lader, die eine Sendung verzurrten. Wenn er sich ein wenig vorbeugte, konnte Bertram durch die geöffnete Tür in den Laden sehen. Dort bediente der Erste Verkäufer gerade Frau von Jernow.

»Schau mal, Franz!« Bertram deutete auf die Kundin. »Wenn irgendetwas nicht stimmen sollte am Ruf der Geisenheimer, glaubst du wirklich, dass ein solch eminentes Mitglied unserer Gesellschaft, die Witwe des ehemaligen Pietistenvorstands, bei uns einkaufen würde?«

Franz lächelte gezwungen. »Da hast du recht. Hat nicht Frau von Jernow im letzten Winter unter Pauken und Trompeten die Redoute verlassen, bloß weil der junge Mathiesen es wagte, seiner Verlobten einen Kuss auf die Wange zu drücken? Dabei wollte sie auf dem Ball doch nach passenden Heiratskandidaten für ihre fünf Töchter suchen. Wie wäre es, Bertie? Nimm eine von der Jernower Brut. Du würdest der Frankfurter Gesellschaft einen Dienst erweisen, der nicht mit Gold aufzuwiegen ist.«

Die beiden Vettern lachten so laut, dass Bednarz irritiert von seinen Zahlen aufsah.

»Nein, Franz. Beim besten Willen nicht.« Bertram wischte sich die Lachtränen aus den Augen. »Fünf hässliche Entlein, von denen sich garantiert keines zum schönen Schwan mausern wird. Dann schon lieber das Gerücht, einer der Sonnenjünglinge zu sein, von denen der alte Rittershaus so schwärmt.«

Bertram kramte in der Schreibtischschublade. »Obwohl ich dafür auch langsam zu alt werde. Ich wäre doch längst sicher vor seinen Nachstellungen. Und eines will ich dir sagen, er hat sich mir gegenüber immer untadelig benommen.«

»Das hätte ja auch gerade noch gefehlt!« Franz lehnte sich in seinem Stuhl weit zurück. »Wenn dein Vater da etwas gewahr geworden wäre, den hätte doch …« Der Vetter stockte mitten im Satz.

»Genau. Ihn hätte der Schlag getroffen. So ist es ja auch gekommen. Aber nicht wegen etwas, das ich veranstaltet hätte. Und deine Eskapaden, die hat er ja zum Glück überhaupt nicht mitbekommen. Keiner weiß, was passiert ist. Doktor Mathiesen sagt, es sei vielleicht Veranlagung und dass ich mich besser vorsehe. Aber wie soll ich das denn anstellen? Ich habe eine Firma zu leiten, eine, die nicht gerade klein ist, möchte ich anmerken. Da hat der Arzt gut sagen, ich solle Aufregung tunlichst vermeiden, mich vernünftig ernähren und Alkohol nur in Maßen genießen. Wenigstens lasse ich den Wodka fort. Der Vater mochte ihn ja gerne, aber ich bleibe doch lieber bei dem guten Cognac.«

»Na also, Bertie. Wenn der Arzt das schon empfiehlt und du dennoch keine Möglichkeit findest, dich daran zu halten, dann schaff dir eine Frau an, die auf dich und deine Gesundheit achtet. Es muss ja keine von den Jernow'schen Gänschen sein.«

»Gänse. Genau das trifft es. Stell dir nur dieses Geschnatter vor, wenn die anderen vier zu Besuch kämen. Und natürlich erwartet ihre Frau Mama, dass sie im Haus der jungen Eheleute mehr als willkommen wäre. Diesen alten Kasten von Pfarrhaus, in dem sie alle wohnen, will sie doch schon lange loswerden. Aber das fehlte noch.«

Franz verzog das Gesicht. »Ich hab es!«, sagte er schließlich. »Ich habe die Lösung für so manches junge Frankfurter Paar. Die Frau Tante wohnt doch ganz allein in dem Riesenhaus in Niederrad, nur mit dieser Gesellschafterin. Das wäre es noch.«

Bertram runzelte die Stirn. »Du weißt, dass ich es nicht leiden kann, wenn du deine Einfälle nicht vernünftig ausführst. Also, sortier deine Gedanken und sprich erst dann. Oder lass uns weiterarbeiten.« Mit den Fingerknöcheln klopfte er auf den Stapel

Papier vor sich. »Die russischen Geschäfte rufen. Und du hängst doch auch noch im Umbau.«

»Vielleicht kam mir ja deshalb die Idee. Also. Das Anwesen in Niederrad ließe sich ohne viel Aufwand durchaus in ein paar schöne Wohnungen aufteilen. Wie wäre es, wenn wir dies tun und eine beispielsweise der Frau von Jernow anbieten? Nein, runzle nicht gleich die Stirn. Denk mal darüber nach. Es gibt genügend gute Familien in Frankfurt, die einen kranken Onkel oder eine alte Tante mit durchfüttern. Oder bei denen die Frau Schwiegermama dem jungen Eheglück ganz nahe ist, wenn nicht gar im Wege steht, weil sie sonst nirgends hin kann. Wer da etwas Schönes anböte, nicht weit von der Stadt, aber auch nicht zu nahe …«

»Du meinst so eine Art Altershotel auf dem Land? Wer würde denn in so etwas wohnen wollen?«

»Es gibt doch genügend Damenstifte. Aber die sind meist dem Adel vorenthalten. Wenn wir da etwas Bürgerliches gründeten, vielleicht noch mit einem Arzt ganz in der Nähe und ein bisschen Abwechslung hin und wieder, das könnte eine Sache sein, die Zukunft hat.«

Manchmal kommt er wirklich auf völlig verrückte Ideen, dachte Bertram. Das Haus Geisenheimer als Hotelier? Aber im Grunde ist die Sache nicht schlecht. Nur schlecht durchdacht. Ist ja schließlich eine Idee von Franz, wie sollte es auch anders sein.

»Und stell dir vor«, setzte Franz nach, »wenn es ein Haus wäre mit vielen alten Leuten, da bräuchte nicht jede und jeder das komplette Personal. Da genügt beispielsweise eine Köchin für alle. Und dafür könnte man dann geschulte Leute anstellen, die Alte und Gebrechliche pflegen. Oder vielleicht Diakonissen bitten, diese Aufgabe zu übernehmen.«

»Siehst du, Franz, da geht die Fantasie schon wieder mit dir durch. Diakonissen, das bedeutet Anbindung an die Kirche.

Und die wird sich schön bedanken, wenn wir uns da einmischen. Nein, ich will mit den Pfarrern nichts zu tun haben. Hat unser Herr Jesus nicht die Krämer aus dem Tempel geworfen?« Bertram lachte.

»Du kannst ruhig lachen. Aber ich sage dir, so ein Altershotel, das wird noch kommen. Mit oder ohne Kirche. Und damit ist ordentlich Geld zu machen, davon bin ich überzeugt.«

»Ja, irgendwann schon. Aber kannst du dir vorstellen, was das für ein Getuschel gibt, wenn es heißt, der Geisenheimer schickt seinen kranken Vater fort aufs Land und die Mutter gleich dazu?«

»Aber du weißt doch auch, wie viele Kinder auf dem Land leben, weil sie, nun ja, vielleicht doch nicht ganz standesgemäß sind!« So schnell wollte Franz seine neue Geschäftsidee nicht aufgeben. »Da sagt doch auch keiner was, selbst wenn der Sohn beim Bauern aufwächst und so rein gar nichts vom städtischen Schliff bekommt.«

Bertram spürte, wie ihm das Blut in die Wangen stieg. Kannte dieser Franz denn wirklich keinerlei Anstand? »Du willst doch wohl nicht etwa meine Eltern mit der gleichen Elle messen wie irgendein Bankiersbankert!« Lauernd starrte er den Vetter an. Ein falsches Wort, dachte er, ein falsches Wort, mein Lieber, und du bist raus, und das schneller, als du denken kannst.

»Nun beruhige dich doch!« Franz schien sich keiner Schuld bewusst zu sein. »Das Prinzip ist das gleiche, aber mehr nicht. Es geht doch nicht um ein Verstecken, sondern darum, einen angenehmen Lebensabend zu verbringen, in einer schönen Umgebung, mit gutem Essen, guter Pflege, und wem danach ist auch mit frischer Luft auf dem Land. Und das muss ja auch nicht alles sein. Diese Gesellschafterin der Tante, die war doch Schauspielerin, die könnte zum Beispiel am Abend die neuesten Romane vorlesen und dergleichen. Siehst du nicht, was man daraus alles machen könnte?«

Bertram stutzte. Für einen Moment hatte Franz tatsächlich sehr überzeugend geklungen. Aber Annemarie Hufdotter als Vorlesedame für ein Kränzchen von Schwerhörigen, deren Familien sie aufs Land abgeschoben hatten? Da musste er doch einen Riegel vorschieben, und zwar schnell.

»Nein, Franz. Das sehe ich nicht so. Was ich allerdings ganz deutlich sehe, ist die Tatsache, dass du dich wieder einmal in eines deiner Hirngespinste verrannt hast. Du kannst doch wohl nicht ernsthaft glauben, dass ein Frankfurter Patrizier sich die Blöße gibt und alle merken lässt, dass er nicht mehr selbst für die Alten und Kranken im eigenen Haus sorgen kann. Das hat die Welt noch nicht gesehen! Ich bin ja wahrlich keiner, der ständig in die Kirche rennt, aber ein wenig mehr Achtung vor den Zehn Geboten, die stünde dir wirklich gut an! Gedenke, dass du Vater und Mutter ehrest, auf dass es dir wohl ergehe. Schon vergessen?«

Franz zog ein Gesicht. »Wie du meinst. Aber ich bleibe dabei, die Sache ist im Kern gut. Wenn du jedoch partout nicht willst, dann eben nicht.«

Er stand auf und schob den Stuhl wieder an seinen Schreibtisch, der im rechten Winkel zu Bertrams stand. »Dann sehe ich eben weiter, wie wir die Kosten für die Weberei senken und gleichzeitig die Produktion steigern können. Aber du solltest, um noch einmal auf unser ursprüngliches Thema zurückzukommen, wirklich bald heiraten.«

»Ich hatte gehofft, dass du das vergessen hast.« Gegen seinen Willen musste Bertram nun doch schmunzeln. Er konnte Franz nicht ernsthaft böse sein. »Das hätten wir uns im Salon von Mrs Red auch nicht träumen lassen, dass wir mich eines Tages verkuppeln müssen, nicht wahr?«

Franz grinste schon wieder. »Soll ich mal die Fühler ausstrecken? Du bist einer der besten Fänge, die ein Frankfurter Mädchen derzeit machen kann. Da muss doch eine gute Partie für dich drin sein. Wie soll sie denn aussehen?«

»Ach, Franz, das ist doch völlig nebensächlich. Es geht schließlich nicht um eine Liebesheirat. Einigermaßen hübsch wenn sie ist, zugegeben, das wäre nett. Aber ansonsten? Nein, Franz, lass es gut sein. Ich kümmere mich schon selbst darum. Du brauchst mir nicht den *Postillon d'amour* zu machen.«

Das fehlte noch, dachte er. Franz nimmt mich ohnehin schon nicht wirklich ernst. Wenn er mir auch noch eine Braut verschafft, dann führt er sich endgültig auf wie ein älterer Bruder. Das brauche ich nun wirklich nicht. Bertram schlug die Mappe mit den russischen Verträgen auf. Da lag einiges im Argen, seit der Zar der Hohen Pforte zu Konstantinopel seine Muskeln zeigte. Der kranke Mann am Bosporus ist wirklich geschwächt, dachte er. Aber wenn der Zar gegen den türkischen Herrscher vorgeht, spüren wir das in Frankfurt ebenfalls. Es fängt damit an, dass das russische Militär mehr Ausrüstung braucht und damit mehr Tuch. Und schon haben wir hier einen Engpass. Wenn ich mir die Lieferscheine so anschaue und sie mit den Verträgen vergleiche, dann weiß ich Bescheid. Bertram stutzte. Da fehlte doch etwas?

»Sag mal, Franz.« Schon drehte sich der Vetter wieder von seiner Arbeit fort und wandte sich ihm zu.

»Wir bekommen doch regelmäßig mit den anderen Waren immer auch ein paar Kisten Wodka geliefert. Aber in den Verkaufsbüchern taucht er praktisch nicht auf. Wohin verschwindet der eigentlich?«

Es mochte an der Abendsonne liegen, die durch das Kontorfenster fiel. Die Wangen des Vetters schienen jedenfalls in diesem Moment rosig überglüht.

»Darüber wollte ich schon letzte Woche mit dir reden. Du trinkst ihn ja nicht. Und dein Herr Vater darf nicht mehr. Die Kundennachfrage ist mehr als bescheiden. Aber ich trinke ihn eigentlich ganz gern.«

»So, so, Franz. Du zweigst ihn dir also heimlich ab.« Hab ich ihn wieder einmal erwischt, dachte Bertram. Die Katze lässt das Mausen nicht. Gut, dass Bednarz ihm so achtsam auf die Finger schaut. »Aber wieso steht dann nichts davon in den Büchern?«

»Ja, weißt du, dein Vater, der hat den Wodka immer als persönlichen Gruß aufgefasst. Die Flaschen stehen ja auch nicht auf den Rechnungen. Und wenn wieder eine Lieferung kommt, dann werden sie einfach in den Weinkeller gebracht. Also, nicht in den vom Geschäft, sondern den vom Haus.«

»Und du holst ihn dir da ab. Schöne Zustände sind das. Nun gut, sei's drum. Ich weiß ja nicht, was du an dem Zeug findest. Aber wenn du sonst anständig deine Arbeit tust, dann will ich nichts gesagt haben.«

Innerlich rieb sich Bertram die Hände. Hat sich was mit großem Bruder, dachte er. Wenn ich einmal mit dem ganz feinen Kamm über die Bücher gehe, finde ich vermutlich noch mehr. Auch wenn der alte Bednarz das Schlimmste wohl verhindert, er ist nicht ganz das Kaliber, das mit dir fertig würde, mein feiner Vetter. Entschlossen klappte er die Mappe zu. »Für heute mache ich Schluss«, verkündete er. »All das Gerede übers Heiraten, Herrgott. Ich glaube, ich brauche frische Luft.«

»Du gehst auf Brautschau?« Franz lachte, und Bertram stimmte ein.

»Du bist wirklich unverbesserlich. Aber ich glaube, heute Abend wird das noch nichts mit den Freiersfüßen. Ich muss mich erst noch an den Gedanken gewöhnen. Kannst du mir bis morgen die Aufstellung für Niederrad auf den Tisch legen?«

Franz seufzte. »Da muss ich noch eine Weile dran sitzen. Aber wenn du sie unbedingt brauchst …«

Ob er da wohl irgendetwas noch besser verbergen will, dachte Bertram. Oder bin ich zu misstrauisch? Sonst verlasse ich mich doch gerne auf ihn. Aber immer wieder kommen da diese kleinen Zweifel auf. Wer einmal lügt, dem traut man nicht, so heißt doch das Sprichwort.

»Es wäre schon gut, wenn ich möglichst bald weiß, ob und wie sich die Investitionen auszahlen. Und du weißt doch, wenn es erst auf die Messe zugeht, werden wir nicht mehr viel Zeit haben für Planungen.«

Während Franz sich wieder über die Zahlenkolonnen beugte, ging Bertram sich umkleiden. Heiraten soll ich also, dachte er, egal wen, Hauptsache, es ist nicht Rittershaus. Er lachte. Das gäbe einen hübschen Skandal! Aber er gefällt mir sowieso nicht. Und die Jernowbrut schon gar nicht. Nun, wenn es für das Geschäft wichtig ist, werde ich eben heiraten. Die Gerüchte um das Liebesnest sind ja nicht aus der Luft gegriffen. Ich staune ohnehin, dass mir noch niemand auf die Schliche gekommen ist. Ob sich die alte Jernow aufregen würde, wenn sie Bescheid wüsste? Ach was. Ich bin eben ein Mann. Da ist es etwas anderes. Meinem Ruf schadet das ganz sicher nicht. Und wenn, ist es mir auch einerlei.

7

Du riechst gut.« Genießerisch schnupperte Bertram an ihrem Haar. »Ein bisschen wie Äppler. Aber du trinkst doch gar nicht.«

»Das fehlte auch noch!«, ereiferte sich Annemarie Hufdotter. »Für deine Tante und meine beiden Kleinen brauche ich einen klaren Kopf.«

Bertram legte seine Hände an ihre Wangen. »Und was für ein hübscher Kopf das ist. Also sag schon, was ist dein Geheimnis?«

Die Gesellschafterin seiner Tante lachte. »Mein Geheimnis? Ach, da gibt es mehrere. Zum Beispiel, dass ich den ehrenwerten Herrn Geisenheimer empfange, in meinem Zimmer, das direkt neben dem seiner Großtante liegt. Zum Glück hört sie so schlecht, dass wir uns nicht sorgen müssen.«

Bertram lachte. »Nicht das. Ich will wissen, warum deine Haare nach reifen Äpfeln duften.«

»Du bist mir vielleicht einer. So etwas fragt man doch eine Frau nicht. Aber weil du es bist, will ich es dir verraten. Es ist ganz gewöhnlicher Apfelessig. Damit spüle ich mein Haar nach dem Waschen. Zufrieden?«

Langsam wickelte Bertram eine ihrer Locken um den Zeigefinger. »Ja«, sagte er. »Sehr sogar. Es fühlt sich an wie der feinste Zobel. Aber es riecht viel besser.«

Annemarie lachte. »Na, das will ich aber auch hoffen!«

Zärtlich fuhr er ihr mit dem Zeigefinger den Nasenrücken entlang. »Niedlich«, murmelte er. »Meine niedliche kleine Witwe.«

»Hör mir uff! Ich bin nicht niedlich. Ich bin fast siebenundzwanzig Jahre alt, Mutter von zwei unmündigen Kindern und seit mehr als drei Jahren verwitwet. Ich bin viel, aber niedlich bin ich ganz sicher nicht.«

Bertram lachte leise. »Glaub mir, Annemie, du bist niedlich. Aber eben nicht nur das. Blitzgescheit bist du nämlich auch. Und ich bewundere dich, wie du die Tante zu nehmen weißt.«

Annemarie räkelte sich in den Kissen. »Gib es zu, Bertram. Du bewunderst mich in Wahrheit für etwas ganz anderes.«

Sie ist einfach hinreißend, dachte Bertram. Wie sie so da liegt, ohne einen Fetzen am Leib, und nicht einmal daran denkt, die Decke keusch über sich zu ziehen. Schamlos, würde die alte Jernow zetern. Und ihren Hühnchen die Augen zuhalten. Wie macht man das eigentlich, mit zwei Händen fünf Töchter vor dem Bösen in der Welt schützen? Keine Ahnung. Und du, meine Annemie, bist ganz gewiss nicht böse. Aber verführerisch bist du. Verführung pur. Du bist meine Schlange und mein Apfel. Spielerisch begann er, an ihrem Hals zu knabbern.

»Bist du verrückt, Bertram? Ich habe es dir schon einmal gesagt, nicht, wo es die Tante sehen kann. Ich muss nicht nur an meinen Ruf denken, sondern auch daran, dass sie mich jederzeit an die Luft setzen kann. Und dann? Wer gibt einer verwitweten Schauspielerin mit zwei Kindern am Hals schon Arbeit?«

»Da brauchst du dir nun wirklich keine Sorgen zu machen. Ich habe dir gesagt, dass ich für dich sorgen werde. Und ein Geisenheimer steht zu seinem Wort, darauf kannst du dich verlassen.«

Annemarie lachte und streckte die Hand nach ihm aus. »Das sieht aber nicht aus wie ein Wort.«

Gut, sie ist wirklich nicht niedlich, nein, dachte Bertram. Sie ist mehr als das, sie ist hinreißend. Ich wusste es gleich, als ich ihr das erste Mal begegnete.

»So ganz in Gedanken, Bertram?« Annemarie knurrte leise. Wie ein Raubtier, dachte er. »Ich darf doch wohl um ein bisschen Aufmerksamkeit bitten, Herr Geisenheimer!« Sie kicherte und zog ihn an sich. »Jetzt ist genug gedacht. Jetzt ist es Zeit für Taten.«

Bertram rollte mit den Augen. Annemarie Hufdotter, die Gesellschafterin, die so bescheiden und zuvorkommend die Tante umsorgte, war eindeutig mehr als eine schlichte Gesellschafterin für alleinstehende Damen. Stephanie hatte schon recht gehabt, dachte er, aber aus den völlig falschen Gründen. Er ließ seine Hände über ihren Körper wandern. »Hier sind sie ja, die beiden Äpfel, nach denen dein Haar duftet.«

Annemarie stöhnte auf. »Also bitte, Bertram. Bleib bei dem, was du kennst. Als Dichter würdest du jämmerlich versagen. Willst du etwa behaupten, meine Haare riechen nach meinen Brüsten?«

»Ach, Annemie. Du weißt schon, was ich sagen will. Und wie soll sich denn ein Mann konzentrieren, wenn er bei dir liegt?«

Wieder räkelte sie sich. Keine Schlange, dachte er. Aber ein Raubtier, das ist sie. Ganz gewiss.

»Ich bitte mir schon aus, dass du dich konzentrierst, mein Bester. Nur nicht auf die Sprache. Fällt dir nichts Gescheiteres ein, was du mit deiner Zunge anfangen könntest?«

Sie würden tot umfallen, dachte Bertram. Die alte Jernow sowieso, Stephanie, Maman, vermutlich sogar Tante Lisabeth. Alle. Zum Glück liege ich. Und zum Glück hat mir die kleine Beulah ja das eine oder andere bereits beigebracht. Ein Geisenheimer versteht sein Geschäft eben. Oder er fängt es gar nicht erst an. Und wir zwei, meine Schöne, wir sind mittendrin.

»Ein Schmetterling hat ein Ziel«, sagte er, »aber nur er kennt es. Und sein Weg verrät nicht, wohin es ihn zieht.« Genüsslich ließ er zarte Küsse über den Körper seiner Geliebten wandern, mal hier, mal dort, als flatterte wirklich ein Schmetterling über die Blumenwiese. Annemarie gefiel diese nur scheinbar ziellose Zärtlichkeit, auch wenn sie sich bisweilen darüber beklagte, dass sein Bart kratze. »Ich bin eben kein Knabe mehr«, pflegte er dann zu sagen, und beide lachten, wenn sie darauf antwortete »Das sehe ich.«

Eine Frau wie Annemie, die ist die richtige für mich, dachte Bertram, als er sich etwas später in den Kissen ausruhte, während sie nach der Tante sah. Aber eine Frau wie Annemie, die heiratet ein Geisenheimer eben nicht.

»So nachdenklich, Bertram?« Annemarie kam mit einem Tablett durch die Tür. »Ich habe uns eine Schokolade gemacht. Die Tante schläft, tief und fest. Morgen wird sie zwar wieder behaupten, dass sie kein Auge zugetan hat und nur die Rücksicht sie daran hinderte, nach mir zu rufen, aber das kenne ich ja schon.«

»Gut, dass sie schwerhörig ist. Wir waren ja nicht gerade leise.«

»Stilles Glück ist einfach nicht das meine. Ich gebe es zu. Aber so laut waren wir nun nicht, dass die Dienstboten uns hätten hören können. Zum Glück sind die Mauern dick.« Sie kicherte. »Und wenn uns jemand hört, was macht das schon? Ich bin schließlich eine vom Theater, da wird so etwas ja schon fast erwartet.«

»So etwas? Du bist lustig. So etwas wie dich habe ich jedenfalls nicht erwartet, als ich im Sommer zur Tante kam, um nach dem Rechten zu sehen. Du warst – wie soll ich sagen? Du warst eine Überraschung. Eine niedliche Überraschung. Eine sehr niedliche.«

»Hör mir uff! Ich habe niedliche Kinder. Aber ich? Ich bin nicht niedlich.«

Annemarie hatte das Tablett auf dem kleinen Tisch abgestellt und sich in einen der beiden Sessel gesetzt. Ihr Morgenmantel stand ein wenig offen, und Bertram genoss den Anblick.

»So garstig bist du also zur Tante?«, fragte er schließlich. »Da ist es wohl gut, dass sie schläft.«

»Sehr witzig, Bertram. Natürlich weiß ich, wie ich mich zu benehmen habe. Ich mag deine Tante übrigens. Wirklich. Da werde ich nichts tun, was sie erschrecken könnte. Oder ihre Gefühle verletzen. Aber du wärest erstaunt.«

Immer noch machte Annemarie keine Anstalten, ihm die Schokolade ans Bett zu bringen. Bertram begriff und stand ächzend auf. Er griff nach seinem Hemd, das er vor ein paar Stunden achtlos von sich geworfen hatte.

»Willst du etwa schon gehen?« Annemarie sah ihn verwundert an.

»Das nicht. Aber ich glaube nicht, dass du einen zweiten Morgenmantel hast. Und wenn du mir die Schokolade nicht im Bett servierst, muss ich eben raus aus den warmen Kissen.« Er lachte und schob die Hände durch die Ärmel.

»Schokolade im Bett, mein Lieber, das könnte dir so passen. Nachher kleckerst du wieder, und ich sitze hinterher da und kann sehen, wie ich die Flecken aus der Wäsche bekomme. Nein, komm du nur schön her. Wir wollten doch sowieso wieder einmal Schach spielen. Dazu hätte ich jetzt wirklich große Lust.«

Schach. Bertram schüttelte den Kopf. Dass ein Mann, der eben seinen Mann gestanden hatte, eine Zeit lang nicht strategisch denken konnte, schien Annemie grundsätzlich nicht zur Kenntnis nehmen zu wollen. Dabei war sie schon eine ernst zu nehmende Gegnerin für ihn, wenn er ausgeruht war. Noch so etwas, dachte er, was die Jernow'sche Brut nicht kann. Mehr als einen Zug im Voraus denken, das kann keine von ihnen. Na gut, möglicherweise zwei. Aber das war es dann.

»Irgendetwas beschäftigt dich.« Annemarie nahm die Figuren aus der Schachtel und stellte sie auf. »Willst du heraus damit, oder soll es noch eine Weile in dir köcheln?« Sie hielt ihm beide Fäuste entgegen. »Rechts oder links?«

Bertram tippte auf ihre linke Hand. Sie öffnete die Finger. Weiß. Er war am Zug.

»Es ist Franz«, sagte er schließlich.

Annemarie lachte. »Wer auch sonst? Hat er wieder einen seiner Jahrhunderteinfälle, bei denen sich alle Welt fragt, warum vorher noch niemand darauf gekommen ist?«

»So ungefähr. Diesmal hatte er die Idee, ein Altenhotel aufzumachen. Hier in Niederrad. So eine Art Stift für Bürgerliche. Und du, dachte er, du könntest all den alten Onkeln und Tanten und abständigen Großvätern des Abends Romane vorlesen.« Er lachte auf.

»Was lachst du denn? Ein Stift für Bürgerliche, das klingt doch gut.«

»Das schon. Aber kannst du dir vorstellen, dass Maman den Vater in ein Heim gibt? Das Getuschel und Getratsche, das dann fällig wäre, das will ich unter keinen Umständen erleben.«

»Das ist natürlich ein Argument.« Annemarie ließ ihren Blick über das Schachbrett gleiten.

Verdammt, dachte Bertram. Wenn sie so lächelt, habe ich wieder eine Rieseneselei begangen. Und das schon bei den ersten Zügen. Fragt sich nur wo?

»Aber die Idee, ein Altenhotel, in dem man sich gegenseitig seine Geschichten erzählt, über die verantwortungslose Jugend herzieht und sich an die Franzosenzeit erinnert, die hat etwas. Du wirst sehen, wenn so etwas mit Eleganz und Stil geführt wird und nicht wie ein Gefängnis, dann werden sich die Alten ganz von allein drängeln, da zu wohnen. So schön ist es nämlich auch nicht für einen alten Menschen, sozusagen neben der Familie her zu leben, als lästiger Anhang.«

Jetzt habe ich es. Nein, in die Falle tappe ich dir nicht, Annemiechen, triumphierte Bertram innerlich und schob seinen Springer vorwärts.

Annemarie nagte an ihrer Unterlippe. »Was meinst du, warum deine Tante so zufrieden ist hier in Niederrad? Keine plärrenden Kinder, keine Machtkämpfe mit der Hausfrau darüber, wer dem Personal was zu sagen hat und wer nicht, sie kann tun und lassen, was sie will. Und wenn ihr danach ist, stellt sie einfach eine Schauspielerin ein, die ihr vorliest und sie als Gesellschafterin begleitet. Da muss sie dann auch nicht warten und hoffen, ob einmal jemand zu Besuch kommt und wann das sein wird.«

»Ja, die Tante, die ist aber auch ganz speziell. Und sie hat immer schon in Niederrad gewohnt. Einen alten Baum, den soll man nicht verpflanzen.« Mein Zug scheint sie gar nicht zu kümmern, dachte Bertram. Ob ich doch etwas übersehen habe? Aber was?

»Jedenfalls hältst du die Sache für eine Schnapsidee.«

»Genau. Apropos Schnaps. Er klaut uns den Wodka aus dem Keller.«

»Wer? Der Franz?«

Bertram nickte. »Ich bin ganz zufällig darauf gekommen, weil ich mich gefragt habe, warum der nicht in den Büchern auftaucht. Nun ja, soll er ihn halt haben, er ist der Einzige, dem er schmeckt. Bis auf den Vater, aber da ist Doktor Mathiesen ja strikt dagegen, dass er Alkohol trinkt.«

»Ich weiß gar nicht, was du gegen Wodka hast. Vor allen Dingen macht er keine Fahne, oder nur eine kleine. Stell dir vor, du müsstest im Kontor neben Franz sitzen, der dir ständig seinen Bieratem ins Gesicht bläst.«

»Willst du behaupten, er trinkt?« Bertram hatte nun das Gefühl, er müsse seinen Vetter in Schutz nehmen. Aber wenn er ganz ehrlich war, musste er zugeben, dass Franz bisweilen ein wenig geistesabwesend wirkte und mit glasigen Augen über der Arbeit saß.

»So genau kenne ich ihn ja nicht. Aber ist das wirklich alles, was dich beschäftigt?« Wieder glitt ihr Blick über die Schachfiguren. »Da ist doch noch etwas. Sag schon.«

Bertram fasste sich ein Herz. »Ich muss heiraten«, platzte er heraus.

Annemarie hob die linke Augenbraue. »So, so«, sagte sie nur.

»Das hätte ich eher von Franz erwartet. Der lässt ja nun wirklich nichts anbrennen. Bei mir hat er es übrigens auch versucht. Aber er interessierte mich einfach nicht.«

Daran muss ich mich immer noch gewöhnen, dachte Bertram. Sie sagt frei heraus, wenn ihr ein Mann gefällt, und lacht mich aus, wenn ich von ihr verlange, dass sie mir treu ist. Sie sieht einfach nicht ein, dass die Spielregeln für eine Frau anders sein sollen als für einen Mann. Wenigstens gefällt ihr Franz nicht. Ich frage mich nur, wann sie es gemerkt hat. Hoffentlich noch im Salon und nicht erst bei der Schokolade danach. Aber ich werde den Teufel tun und sie das fragen. Nachher kanzelt sie mich wieder ab wie einen Schuljungen. Nachdenklich schob er seine Dame vor.

»Also, du musst heiraten«, sagte Annemarie ruhig. »Wer ist sie denn?«

»Das weiß ich doch nicht.« Ich klinge jämmerlich, dachte er. »Es ist ja nicht so, dass ich muss, weil man mich zwingt. Ich muss eben nur, du verstehst?«

Annemarie lachte. »Bertram, Bertram, Bertram. Ich glaube, du fängst besser von vorne an mit dem Erzählen. Und übrigens, Schach.« Sie lehnte sich im Sessel zurück und lächelte zufrieden. »Dann mal los. Du musst also heiraten.«

Wieder verloren, dachte Bertram. Und ich weiß noch nicht einmal, wo der Fehler diesmal lag. Also gut.

»Franz sagt das. Und du weißt, wie genau er zuhört, wenn geredet wird. Das Gerede ist unser Kapital, sagt er immer. Und er sagt, die Leute wundern sich, was mit mir los ist. Die einen behaupten, ich hätte irgendwo ein Liebesnest.«

Annemarie lachte. »Das stimmt ja ausnahmsweise sogar.«

»Ja, aber jetzt kommt es. Es wird ebenfalls darüber geredet, dass ich damals nicht nur Englisch bei Assessor Rittershaus gelernt hätte. Stell dir vor. Ich soll einer seiner Sonnenjünglinge sein.« Jetzt musste er selbst lachen.

»Das bist du ganz sicher nicht. So bleich, wie deine Haut ist, das sieht doch jeder, dass das nicht stimmen kann. Du und Sonnenjüngling.«

»Du willst mich wohl nicht verstehen, Annemie. Es wird gemunkelt, ich sei einer von denen, die Männern zugetan sind.«

Annemarie verdrehte die Augen. »Sag mal, für wie naiv hältst du mich eigentlich? Natürlich weiß ich, was gemeint ist. Aber das ist etwas, was du nicht auf dir sitzen lassen willst und darfst, richtig?«

»Ich kann nicht. Das Geschäft geht vor. Ich erinnere mich nur zu gut daran, was Vater mir zum Thema Demokratie alles um die Ohren gehauen hat. Ein Kaufmann lebt von seinem guten Namen. Einen Skandal kann ich mir einfach nicht leisten. Und schon gar keinen, dem es jeglicher Grundlage entbehrt.«

»Das verstehe ich doch. Und Franz täuscht sich selten in dem, was die Leute reden. Hast du denn schon eine ins Auge gefasst?«

»Ganz ehrlich? Nein. Ich wollte zuerst einmal mit dir darüber reden. Dass ich dich nicht heiraten kann, ist uns ja wohl beiden klar.«

Annemarie schüttelte den Kopf. »Du nun wieder. Natürlich kannst du mich nicht heiraten. Aber nicht, weil ich nicht standesgemäß bin, sondern weil ich dich nicht will. Nun guck nicht so entsetzt. Nicht heiraten will ich. Sonst aber will ich dich schon.«

Nachdenklich kratzte Bertram mit dem Löffel den Bodensatz aus der Schokoladentasse.

»Du bist wirklich unglaublich, Annemie.«

»Warum? Nur weil ich sage, was wahr ist? Ich weiß, eine Frau, eine Witwe überdies, die soll doch gottfroh sein, wenn sie nur in die Nähe eines Heiratsantrags kommt. Ich finde nur, einmal verheiratet, das reicht völlig. Ich habe ihn sogar geliebt, den Hufdotter mit seinem unmöglichen Namen, seinen schiefen Zähnen und dem unbedingten Willen, eine richtige Familie zu haben, brave Kinder und eine Frau, die ihren Platz kennt. Aber als er an der Cholera starb und ich auf einmal allein dastand mit den beiden Kleinen, da habe ich mir geschworen, dass ich nur noch von mir selbst abhängig sein will. Von mir und meiner Arbeit.«

»Das ist dir wirklich eine Herzenssache, nicht wahr, Annemie? Du hast dich ja richtig in Rage geredet.«

»Es ist doch wahr. Was hätte ich denn tun sollen? Jetzt wo mein Mann schon bald vier Jahre tot ist, da finden die hohen Herren im Rat, es wäre an der Zeit, für ordentliche Abwasserleitungen zu sorgen. Frankfurt stinkt zum Himmel. Aber verzeih, das hat ja nun nicht wirklich etwas mit deiner Heirat zu tun. Und ich auch nicht.«

Das tut weh, dachte Bertram. Ich dachte, ich bedeute ihr mehr.

»Ich weiß schon. Du hattest wieder deine romantischen Minuten und hast in Gedanken schon gesehen, wie ich, in Tränen aufgelöst, aber tapfer, dir alles Gute wünsche. Nicht wahr?«

Wider Willen musste Bertram lachen. So war es tatsächlich gewesen. Zumindest ein bisschen.

»Aber du solltest mich mittlerweile wirklich besser kennen. Such du dir nur ein Bräutchen. Wenn sie damit einverstanden ist, kannst du mich gerne auch nach der Hochzeit weiter besuchen. Sie muss es ja noch nicht einmal wissen. Ich glaube nicht, dass du es ihr überhaupt sagen könntest. So weit kenne ich dich jedenfalls.«

Wo sie recht hat, hat sie recht, dachte Bertram. Das glaube ich auch einfach nicht, dass ich um eine Hand anhalte und ganz nebenbei sage, ach, übrigens, da wäre noch etwas zu erwähnen. Ich bin ein Mann, und eine Braut, die nicht weiß, was das bedeutet, die muss erst noch gefunden werden.

»Wie soll sie denn nun sein, deine Zukünftige? Hast du dir wenigstens darüber schon einmal Gedanken gemacht?«

Wie du, wollte Bertram schon sagen, genau wie du. Aber das war es ja eben. Eine Frau, die war wie Annemarie, die war keine, die er heiraten konnte. Es musste eine Tochter aus gutem Hause sein, eine, die zu repräsentieren wusste und mit der er sich schmücken konnte.

»Muss es denn unbedingt eine aus Frankfurt sein?« Annemarie klang nachdenklich. »Da ist der Markt nämlich meines Wissens gerade ein bisschen dünn. Und was noch zu haben ist, das wurde schon von anderen verschmäht.«

Bertram lachte. »Du kannst die Dinge wirklich beim Namen nennen. Die Bethmann-Tochter ist zu hoch gegriffen, die Jernow'schen sind mir einfach zu hässlich. Und dann hört es auch schon fast auf. Es ist einfach kein guter Jahrgang zum Heiraten.«

»Na, dann sieh dich doch weiter um! Du hast doch Handelsbeziehungen bis nach Russland. Und keiner deiner Partner hat eine Tochter in heiratsfähigem Alter?«

»Das bringe ich nicht übers Herz, ein Mädchen aus der Heimat zu reißen für eine reine Vernunftheirat. Dazu erinnere ich mich zu gut daran, wie einsam ich manchmal in Neu York war. Und dabei sprachen fast alle, mit denen wir zu tun hatten, Deutsch.«

»Dann finden wir wohl so schnell keine Lösung. Wie ist es, bleibst du über Nacht?«

Bertram hatte schon oft darüber gestaunt, wie beiläufig seine Annemie ein Thema abschließen konnte und sich anderem zuwandte. Die Aussicht, über Nacht zu bleiben, war verlockend. Aber was war, wenn die Tante ihn erwischte? Um die Dienstboten machte er sich keine Sorgen. Was die tratschten, drang nicht bis nach Frankfurt. Aber er wurde zu Hause erwartet.

»Ich würde gerne bleiben, glaub mir. Aber Maman erwartet, dass ich mit ihr morgen frühstücke. Und sie hat es ja wirklich nicht leicht mit dem Vater, da will ich sie nicht ohne Not enttäuschen.«

»Also gut. Dann schlage ich vor, dass du dich auch bald auf den Weg machst. Die Nacht ist nicht mehr allzu lang.«

So ist sie, meine Annemie, dachte Bertram. Zum Glück kenne ich sie gut genug, um zu wissen, dass sie nicht gleich meinetwegen in die Kissen weinen wird. Obwohl das eigentlich ein schöner Gedanke ist, zu wissen, dass es eine gibt, die um einen weint. Aber sie hat natürlich wie immer recht. Es wird allmählich Zeit für mich.

Am nächsten Morgen saß auch der Vetter mit am Frühstückstisch. »Ich habe eine Idee.«

»Bitte, Franz, verschone mich, nicht vor dem Kaffee. Deine Pläne sind auf leeren Magen wirklich nicht gut zu vertragen.«

»Scheint eine lange Nacht gewesen zu sein«, antwortete der Vetter.

Nachdenklich sah Madame Geisenheimer die beiden jungen Männer an. »Ihr zwei nun wieder. Manchmal hört ihr euch wirklich an wie ein altes Ehepaar. Der Vater hatte übrigens eine gute Nacht.« Auch wenn ihr schon längst nicht mehr nach seinem Befinden fragt, klang es unausgesprochen mit, ich gebe meinen Mann nicht auf. Noch lange nicht.

Stephanie rührte elegant in ihrer Tasse und schwieg.

»Also gut, Franz«, sagte Bertram schließlich. »Heraus mit der Sprache. Geht es um Niederrad?«

»Nein. Das kann wirklich warten, bis wir im Kontor sind. Die andere Sache, um die geht es.«

»Er hat beschlossen, dass ich heiraten muss«, erklärte Bertram seiner Mutter. Stephanie hielt erschrocken inne.

»Keine Bange, Schwesterchen. Natürlich wird deine Hochzeit zuerst stattfinden, selbstverständlich in gebührendem Rahmen. Der Glanz wird nicht geschmälert, da kannst du sicher sein.«

Der Löffel in ihrer Hand begann wieder sein Kreisen.

Sie hat sich wirklich verändert, dachte Bertram. Ich habe sie nicht so oberflächlich in Erinnerung. Aber vielleicht steckt ja auch noch etwas anderes dahinter.

»Also, deine Heirat.« Franz ließ nicht locker. »Der Markt ist leer, es sieht nicht gut aus.«

»*Mon dieu,* wie du redest!« Maria Josefa Geisenheimer griff ein. »Es geht doch nicht um einen Handelsvertrag. Ich finde ja auch, dass es langsam Zeit wird für dich, Bertram. Doch da von einem Markt zu reden, nein. Das ist wirklich *dégoûtant.*«

»Aber ein bisschen hat er schon recht, der Vetter«, meldete sich Stephanie zu Wort. »Er ist eine gute Partie. Nur, wen soll er nehmen? Die Bethmanns stehen weit über uns. Das geht doch nicht, dass es nachher heißt, ein Geisenheimer hat sich nach oben verheiratet. Und bei den wichtigen Kaufleuten ist gerade Flaute. Er kann ja nicht gut eines der späten Fräulein nehmen, vielleicht noch eine Jernow. Da lacht doch *tout* Frankfurt.«

»Das sehe ich auch so. Zum Gespött werden, das geht nicht. Aber ein einfaches Mädchen, vielleicht noch vom Land, das fühlt sich doch in unseren Kreisen auch nicht recht wohl. Bertrams Zukünftige muss das Haus Geisenheimer repräsentieren, und das nicht nur auf dem Markt und der Redoute.« Sie hob die Kaffeetasse und nahm einen Schluck. »Deine demokratischen Allüren in allen Ehren, mein Sohn, aber die hättest du dir wirklich besser gespart. Jetzt wirst du auch bei der Wahl deiner Frau daran gemessen werden. Heiratest du zu hoch, heißt es, du hast deine Prinzipien aufgegeben. Nimmst du eine unter deinem Stand, dann kommen die, die es immer schon gewusst haben wollen, und behaupten, du bist auch einer von diesen Egalitisten oder wie das heißt.«

Bertram schwieg. Maman hat es schwer genug, dachte er. Ich weiß, dass es keine Allüren sind, sondern meine tiefste Überzeugung. Aber die Diskussion will ich ihr ersparen. Außerdem platzt Franz gleich, wenn er seinen Wunderplan nicht endlich erzählen darf.

»Nun sag schon, Vetter. Was hast du dir ausgedacht?«

Natürlich wird er jetzt erst einmal alles hinauszögern, sagte sich Bertram. So kenne ich ihn doch. Wenn er sein Publikum hat, dann will er das auch genießen. Aber Franz kam überraschend schnell zur Sache.

»Wie gesagt, der Markt ist leer. Aber du warst doch schon ein paar Male bei deinen Freimaurern. Hör dich doch dort einfach um. Vielleicht wissen die etwas.«

»Meine Freimaurer? Was soll das denn heißen? Höre ich da etwa eine Spitze?«

Konnte es sein, dass der Vetter immer noch ein bisschen beleidigt war? Die Loge Sokrates zur Standhaftigkeit hatte ihn herzlich zu einigen Vorträgen eingeladen, Franz aber nicht. Der hatte zwar getan, als ob ihm das ganz recht sei, und ein wenig über die Freimaurerei gespottet, die sich seiner Meinung nach anmaß, erwachsene Männer erziehen zu müssen. Aber ein Dorn schien im Fleisch dennoch verblieben zu sein.

»Die Idee ist nicht einmal schlecht, Franz. Das könnte ich tatsächlich einmal versuchen. Sonst lande ich doch noch, ehe ich es mich versehe, an der Jernow'schen Trophäenwand.«

Gesagt, getan. Bei der nächsten Veranstaltung brachte Bertram sein Anliegen vor. Und tatsächlich fand sich bald eine passable Braut für ihn, wenn auch nicht in Frankfurt. Christabell Mittelstädt war die Tochter des Bürgermeisters von Offenbach.

»Sie ist ein bisschen dümmlich, nun ja«, hatte es hinter vorgehaltener Hand geheißen, »aber was erwartet man schon für Wissenschaft von einem Weib? Hübsch ist sie, die Familie ist gesund, auch wirtschaftlich, und sie wird demnächst achtzehn.«

Ein bisschen dümmlich ist wahrlich untertrieben, seufzte Bertram zwar ab und an, wenn Christabell ihn wieder einmal in ihrer unendlichen Naivität etwas fragte, was der gesunde Menschenverstand ihr hätte verraten können. Wenn ihr ein solcher denn eigen wäre, dachte er. Da war zum Beispiel die Sache mit der Wohltätigkeitsanstalt. Die feierte demnächst ihr fünfzigstes Jubiläum, war sie doch 1805 als Mildtätigkeitsanstalt gegründet worden, die Suppe an alte, gebrechliche und verschämte Hausarme verteilte. Christabell verstand einfach die Notwendigkeit nicht. »Sollen sie doch arbeiten. Dann können sie ihrer Köchin sagen, welche Suppe sie kochen soll. Das kann doch nicht so schwer sein.«

Aber wenn sie den Mund hält oder einfach nur lächelt, dann ist sie schon bezaubernd, dachte Bertram. Und Vater Mittelstädt war sehr angetan davon, einen solch wackeren Schwiegersohn zu bekommen, der mittlerweile auch ein Logenbruder war.

»Ich weiß um Ihre Liebe zur Demokratie, Geisenheimer«, hatte er gesagt. »Und ich weiß auch, dass Sie sich da nichts haben zuschulden kommen lassen, als es auf den Barrikaden hoch herging. Ein Mann muss eine Haltung haben, sage ich immer. Auch wenn ich Ihre Meinung vielleicht nicht in allem teile.«

Dann hatte der Bürgermeister doch etwas herumgedruckst. »Ich weiß«, sagte er schließlich, »mein Christabellchen ist nicht gerade die hellste Flamme. Aber sie hat ein großes Herz. Sie wird Ihnen eine gute Gattin sein und Ihren Kindern eine gute Mutter. Mehr muss eine Frau nun wirklich nicht können.«

Wenn das Annemie hört, die wird sich nicht mehr halten können vor Lachen, dachte Bertram. Und auch ich denke im Grunde anders. Aber wenn es doch keine wie Annemie gibt, kann ich ebenso gut auch Christabell zur Frau nehmen.

Kurz nachdem Stephanie mit allem gebührenden Pomp verheiratet worden war, begannen die Vorbereitungen für Bertrams Hochzeit. Er ließ alles geduldig über sich ergehen, nickte, lächelte und schwieg, wo es ging. Richteten nicht die Brauteltern die Feier aus? Also, was sollte er da entscheiden? Hauptsache war doch, dass er rechtzeitig vor dem Pfarrer stand. In der Zwischenzeit spielte er so oft es ging mit Annemie Schach. Tante Lisabeth, der die Aufregung um Stephanies Hochzeit doch ein wenig zu viel geworden war, freute sich zwar über seine regelmäßigen Besuche in Niederrad, aber meist verabschiedete sie sich schon mitten am Nachmittag.

»Spielt ihr zwei jungen Leute nur euer Schach«, sagte sie dann. »Ich mache derweil ein kleines Nickerchen.« Und wenn sie dann zum Tee wieder erschien, saßen ihr Großneffe und Annemarie Hufdotter immer noch im Salon, das Schachbrett zwischen ihnen.

»Du bist wirklich ein guter Neffe«, sagte sie dann und strich Bertram eine widerspenstige Locke aus der Stirn, »wartest, bis die alte Tante sich erholt hat, und verdrückst dich nicht einfach so, während sie schläft. Das rechne ich dir hoch an, das wirst du schon noch merken.«

8

»Wir müssen reden.« Annemarie schien ungewöhnlich blass. Gut, er war auf Hochzeitsreise gewesen, bis nach Dresden und in die Sächsische Schweiz waren sie gefahren. Und wieder hatten ihn Nachrichten aus der Heimat vorzeitig nach Frankfurt gerufen. Großtante Lisabeth war gestorben, friedlich eingeschlafen und nicht wieder erwacht. Die Beerdigung hatte man ohne Bertram durchgeführt, aber zur Testamentseröffnung sollte er nun kommen.

Er erinnerte sich noch gut an den Nachmittag, als die Tante ihm ihre Wertschätzung beteuert hatte. Sie hat Ernst gemacht, dachte er, als er hörte, dass sie ihn als Erben eingesetzt hatte. Aber er war nicht der Einzige. Selbst Franz bekam etwas. Verblüfft starrte der auf die Anteilsscheine. Hatte die Tante also doch zugehört, als er von der Transkontinentalen Eisenbahn erzählt hatte!

Auch die Dienstboten bekamen Legate, die wohl verhindern würden, dass sie Bekanntschaft machen mussten mit den Suppenlöffeln der Wohltätigkeitsanstalt. Annemarie Hufdotter schüttelte nur den Kopf. Auf sie und ihre Kinder wartete ein kleines Haus in Sachsenhausen.

»Dann ist hier noch ein Brief, Herr Geisenheimer.« Notar Leberecht Gauber zog einen Umschlag aus seiner Mappe hervor. »Ihre Frau Tante hatte mich gebeten, Ihnen den auszuhändigen, sobald wir beide allein wären. Sie sollen ihn nicht Ihrer Mutter zeigen. Und dem Franz, dem Hallodri, schon gar nicht, das waren ihre Worte.«

Verwundert nahm Bertram den Brief entgegen.

»Sie war schon eine bemerkenswerte Dame, Ihre Frau Tante.«

Bertram nickte nur und verabschiedete sich rasch. An der Tür zum Notariat fing Annemarie ihn ab. »Wir müssen reden«, sagte sie streng.

»Aber gern, Annemie. Gleich hier? Oder treffen wir uns später?«

Wie ich dich vermisst habe, dachte er. Christabell ist einfach zu blöd. Ich wusste ja Bescheid, bevor ich sie geheiratet habe, aber ganz so schlimm habe ich es mir nicht in meinen ärgsten Träumen vorgestellt. Die ist wahrlich keine Konkurrenz für dich. Und im Bett ist sie genauso langweilig wie in jeder anderen Hinsicht auch. Was habe ich mir nur dabei gedacht!

»Ganz gleich. Aber es muss bald sein.«

»Gut, dann komme ich heute Abend nach Niederrad. Abgemacht.«

Im Herrenzimmer tickte die Uhr leise vor sich hin. Franz war nicht im Haus. Auch im Kontor steckte er nicht, wie Bertram mit einem kurzen Blick festgestellt hatte. Kopfschüttelnd setzte er sich in den Sessel am Kamin und zog Tante Lisabeths Brief hervor.

»Mein lieber Bertram«, hatte sie geschrieben. *»Du warst mir immer der liebste meiner Verwandtschaft. Wie langweilig muss es für Dich gewesen sein, wenn Du als Knabe den Sommer bei mir verbracht hast, nur mit der Bibliothek, den Apfelbäumen und einer alten Tante als Gesellschaft!*

Du warst ein kränkliches Kind, um das wir alle Angst hatten. Aber mittlerweile bist Du zu einem stattlichen Manne gereift. Was ich Dir nun schreibe, hätte ich gerne mit Dir von Angesicht zu Angesicht besprochen, aber ich spüre, dass wir uns nicht wiedersehen werden.

Ich bin eine alte Frau, die immer gesagt hat, was sie dachte und wollte. Das war wohl auch der Grund, weshalb ich lieber in Nie-

derrad wohnte als bei euch. Dein Vater, dem es nun so viel schlechter geht als mir, hatte es nicht gern, wenn ich meine Meinung äußerte. Eine Frau soll schön sein, das ist alles. Denken ist Männersache, darauf hat er immer bestanden. Aber nun wissen wir nicht einmal, ob er noch denkt, auch wenn Deine Mutter es steif und fest behauptet.

Verzeih meine Offenheit, lieber Neffe. Sie ist das Vorrecht der jungen Männer und der alten Frauen. Und in einem Brief kannst Du mir ja nicht gut widersprechen.«

Bertram lächelte. Ja, so kannte er die Tante. Schmunzelnd las er weiter.

»Was ich Dir sagen will, ist etwas, das nur eine alte Frau einem jungen Mann sagen darf. Und auch nur dann, wenn der Vater es nicht mehr tun kann.

Also, mein lieber Neffe, ich mache es kurz.

Ich habe Annemarie Hufdotter ins Haus genommen, weil ich sie schätze. Natürlich hat es Deine Mutter und auch Deine Schwester schockiert. Umso lieber habe ich es getan, das gebe ich gern zu.

Ich möchte, dass sie gut versorgt ist, wenn ich nicht mehr bin. Ein Haus in Sachsenhausen ist auf ihren Namen gekauft. Und dass sie unbeschwert dort leben kann, so lange sie will, dafür wirst du sorgen, Bertram. Das bist Du ihr schuldig. Und mir. Schließlich hast Du sie unter meinem Dach zu Deiner Geliebten gemacht.«

Ungläubig ließ Bertram den Brief sinken. Diese Tante Lisabeth!

»Ich weiß, ihr beide seid euch von Herzen gut. Aber Du hast eine andere geheiratet. Du warst immer ein guter Junge. Erweise Dich nun als ein anständiger Mann und lass es Deiner Annemarie an nichts fehlen. Wehe, wenn nicht! Ich werde davon hören, und dann bekommst Du es noch aus dem Jenseits mit mir zu tun, das schwöre ich Dir!

Lieber Bertram, ich scherze natürlich. Selbst bei den wichtigen Dingen kann ich es nicht lassen. Denn das Leben ist ohne Lachen nicht zu ertragen. Sieh deshalb zu, dass Annemarie und ihre Kinder recht ordentlich etwas zu lachen haben!«

Was war nur mit seinen Augen? Die Zeilen in der krakeligen Schrift seiner Tante verschwammen vor ihm. Bertram wischte sich durchs Gesicht. Tränen. Kein Wunder, dachte er. Ach, Tante Lisabeth. Ich vermisse dich!

Gerade hatte er den Brief wieder eingesteckt, als Christabell das Herrenzimmer betrat.

»Ach, hier steckst du. Maman lässt fragen, ob du zu ihr kommen kannst. Sie ist bei deinem Vater.«

»Ich komme gleich«, versicherte Bertram und wischte sich noch einmal über die Augen. So sollten ihn seine Eltern nicht sehen.

»Gut, dass du da bist«, begann seine Mutter, die in einem Lehnstuhl neben dem Bett saß. »Dein Vater und ich, wir haben uns etwas überlegt.«

Zweifelnd sah Bertram auf den Mann, dessen schütteres Haar kaum dunkler war als der Bezug des Kissens. Irgendwo da drin steckte sein Vater, das wollte er ja gerne glauben. Aber es fiel ihm von Mal zu Mal schwerer.

»Was ist es denn, Maman? Wobei kann ich helfen?«

Zögernd begann Maria Josefa Geisenheimer zu sprechen. Das Haus der Tante stand ja nun leer. Und es gehörte der Familie. »Was hältst du davon, wenn dein Vater und ich dorthin ziehen? Er hat ja doch nichts mehr von der Stadt. Die frische Luft wird ihm guttun, davon bin ich überzeugt. Und das Haus ist zudem weit besser geeignet für einen Invaliden.«

»Aaahh …«, röchelte sein Vater.

»Siehst du, er ist derselben Meinung. *Mon dieu,* ich frage mich, warum wir nicht längst auf diese Idee gekommen sind!«

»Sicher, Maman, wenn ihr meint, dann lässt sich das einrichten. Aber werdet ihr die Stadt nicht vermissen?«

Maria Josefa lächelte wehmütig. »Ich denke nicht. Weißt du, Bertie, wenn ich einmal ausgehe, dann fragen alle, wie es dem Vater geht. Das tut weh. Oder aber sie fragen gar nicht. Und das schmerzt noch mehr. Nein, ich ziehe gerne nach Niederrad. Sorgst du dafür, dass es bald geht, bitte?«

»Natürlich, Maman. Aber sag mir, was ihr an Dienstboten braucht. Die von Tante Lisabeth, die sind ja nun nicht mehr die Jüngsten. Und unser Martin auch nicht.«

»Der Martin, der würde gewiss trotzdem gerne mitkommen. Der ist doch vom Land. Wir müssten ihn schon fragen. Vorausgesetzt natürlich, du kannst ihn entbehren. Der Vater ist ja auch an ihn gewöhnt.«

»Das mache ich. Und gleich heute Abend fahre ich hinaus nach Niederrad, um zu schauen, ob irgendetwas repariert werden muss. Soll ich Frau Hufdotter fragen, ob sie euch zuliebe bleiben würde?«

»Ach nein. Ich glaube, ich brauche keine Gesellschafterin. Obwohl sie ja doch eine ganz ordentliche Person zu sein scheint, trotzdem sie vom Theater kommt. *Bien,* das wäre also geklärt.«

Sie sieht zufrieden aus, dachte Bertram. So zufrieden wie anlässlich von Stephanies Hochzeit. Bei meiner hatte sie einen etwas angestrengten Zug um den Mund. Ich weiß auch, dass sie und Christabell nicht lange miteinander auskommen würden. Da ist Niederrad wohl die beste Lösung. Die allerbeste wäre natürlich, wenn es Hirn regnete und Christabell ohne Schirm unterwegs wäre. Aber darauf kann ich lange warten.

»Also abgemacht, Maman. Die Köchin werdet ihr wohl mitnehmen wollen, richtig? Vielleicht hilfst du Christabell noch, eine neue auszuwählen. So viel Zeit wird sein vor dem Umzug, meine ich.«

Dann werde ich also demnächst allein im Haus sein, dachte er, während er sich auf den Weg nach Niederrad machte. Allein mit Christabell. Na, das wird lustig werden. Zum Glück zieht

Annemie ja nach Sachsenhausen. Ob sie sich darauf freut, die Kinder vom Bauern zu sich holen zu können?

Wirklich froh sah Annemarie nicht aus, als er schließlich vor ihr stand.

»Setz dich«, bat sie ihn, und gehorsam nahm er Platz.

»Ich will es kurz machen, Bertram.«

Sie hat einen anderen, schoss es ihm durch den Kopf. Der begann sofort zu klopfen und zu hämmern, als hätte er einen Schlag vor die Stirn bekommen.

»Ich bin schwanger.«

Gott sei Dank, dachte Bertram. Wenn es weiter nichts ist. In Sachsenhausen habt ihr auch zu viert Platz. Doch dann begriff er.

»Wir bekommen ein Kind?« Mit großen Augen starrte er sie an. »Das ist, ja, das ist, das ist, wunderbar ist das!«

Annemarie lächelte wehmütig. »So. Meinst du?«, fragte sie.

»Ja, natürlich! Wenn es ein Mädchen wird, wird es so hübsch werden wie du. Und ein Junge, der wird so klug wie du. Ich werde Unterricht nehmen müssen, damit er mich nicht gleich im Schach besiegt.«

»Du spinnst, Bertram. Aber du bist süß. Es gibt nur ein Problem.«

Bertram sah sie verwirrt an.

»Eine Witwe mit zwei kleinen Kindern, das ging noch. Da hatten viele Mitleid. Deine Tante ja auch. Sie hat mich als Gesellschafterin angestellt, obwohl ich eine vom Theater bin. Aber mein Mann ist mittlerweile seit vier Jahren tot. Wie soll ich denn ein drittes Kind erklären? Und noch einmal ein Kind in Pflege geben, auf irgendeinem Bauernhof, das will ich nicht.«

»Das musst du auch nicht.« Bertram kramte in seiner Brieftasche. »Hier, lies. Das hat mir Tante Lisabeth geschrieben. Wenn du es zulässt, wird es dir und deinen Kindern an nichts fehlen.«

Erst in den frühen Morgenstunden kehrte Bertram in sein Haus zurück. Vermutlich schlief Christabell längst. Wie sein Vater hatte auch er ein eigenes Schlafzimmer. Seiner jungen Frau war das nur recht gewesen. »Du schnarchst!«, war ihre Klage gewesen, als sie auf der Hochzeitsreise in Hotels übernachteten. Annemie hat sich nie beschwert, dachte er. Und nun ist sie schwanger. Mit meinem Kind! Wie ich mich darauf freue! Ein Kind von meiner Annemie, das kann nur klug und schön werden. Mir graut davor, Christabell zu schwängern. Schon ihre Mutter ist nicht gerade ein helles Licht. Und Christabell ist so dumm; wenn Dummheit quietschte, ich würde eine Ölhandlung aufmachen, nur damit ich mich zu Großhandelspreisen eindecken kann. Von Christabell will ich wirklich kein Kind. Aber wenn es keinen kleinen Geisenheimer gibt, wer soll dann die Firma übernehmen, wenn ich einmal nicht mehr bin? Franz etwa? Blödsinn. Der ist doch älter als ich. Müde rieb er sich die Augen. Das Beste wird sein, ich lege mich noch ein Weilchen hin. Übermüdet soll man nichts bedenken. Schon gar nicht die Zukunft.

Mit einem Seufzen zog er sich die Daunendecke bis zum Kinn hoch. Wenn ich nur wüsste, wie ich es anstellen kann? Am besten wäre es, wenn Christabell Annemies Kind als das ihre aufzieht. Dann ist sie Mutter, zumindest nach außen hin. Und ich kann sicher sein, keinen Dummerjan zum Erben zu bekommen. Aber ob sich Annemie darauf einlassen wird? Es würde immerhin auch ihr Problem lösen. Und die Konventionen blieben ebenfalls gewahrt. Ach was, als ob meine Annemie sich jemals nach den Konventionen richten würde! Ich muss mit ihr reden. Und mit Christabell. Das wird noch heiter werden. Endlich schlief Bertram ein.

Beim Frühstück unterhielt Franz wieder einmal alle mit einer seiner neuesten Ideen. »Wir hatten doch diese Zeitung in Neu

York«, sagte er. »Das müssten wir auch hier aufziehen. Wirtschaftsnachrichten interessieren doch immer. Und ganz besonders zur Messezeit. Lass uns wieder eine Zeitung gründen, Bertram.«

Der hob nur die Augenbraue und schenkte sich Kaffee nach. Konnte denn kein Tag beginnen, ohne dass Franz mit einer neuen Geschäftsidee anrückte? Anscheinend nicht.

»Fühlst du dich nicht ausgelastet, Vetter?«, fragte er schließlich. »Denk daran, Zeitungen werden nachts gemacht. Da hättest du doch überhaupt keine Zeit, du alter Nachtschwärmer, du!«

Franz lachte nur. »Wenn die Sonne untergeht, öffnen sich die Herzen. Und wessen Herz voll ist, dem geht bekanntlich der Mund über. Die besten Nachrichten habe ich immer schon in der Nacht aufgetrieben.«

Du meinst wohl im Nachtleben, in den Betten in Bornheim, dachte Bertram. Aber mit Rücksicht auf Maman schwieg er doch lieber.

»Nein, ernsthaft, Bertram. Mit den Zeigertelegrafen bekommen wir im Handumdrehen Nachrichten aus Berlin. Und das ist nur ein Beispiel. Ich habe dir doch erzählt, dass man an dem Transatlantikkabel nach Amerika arbeitet. Wer da von Anfang an dabei ist und seine Leser gut informiert, der hat einen Vorsprung, den so schnell niemand einholt.«

»Sicher, Franz, sicher. Und die Frankfurter interessiert es natürlich brennend, wie es in Amerika steht. Oder in Preußen. Nein, glaube mir, wir sind hier bisher gut gefahren ohne Druckerschwärze. Das kann gut und gerne auch so bleiben.«

Der Vetter ließ nicht locker. »Man muss im Gerede bleiben. Wenn nicht durch Geschäfte, so durch Nachrichten über Geschäfte.«

»Aber wir sind doch gut im Geschäft. Da wäre Gerede nur schädlich. Unser Name steht nämlich auch für Diskretion.«

»Ja, richtig. Das Haus Geisenheimer steht. Oder besser, es stagniert. Wo sind sie denn, die großen Abschlüsse noch vor der Messe? Wo ist denn der kühne Wurf, der alle anderen neidisch werden lässt, wo die dicke Rendite?«

Nachdenklich knabberte Bertram an seinem Croissant. Es stimmt, dachte er. Viel bewirkt habe ich nicht. Das Haus steht solide da. Aber es steht tatsächlich seit einiger Zeit unverändert da, es gab keinen Fortschritt, keine Entwicklung.

»Und du glaubst, mit einer Zeitung ließe sich das machen? Dass wir im Gespräch bleiben, ohne ins Gerede zu kommen?«

Franz witterte Morgenluft. »Selbstverständlich. Lass mich nur machen. Du wirst sehen, das wird eine ganz große Sache. Und das bisschen Druckerschwärze, das bringt uns nicht um. Lieber Druckerschwärze an den Fingern als Dreck am Stecken.«

Ausgerechnet du musst das sagen, dachte Bertram. Ausgerechnet. Aber was soll's. Versuchen können wir es ja.

»Also gut. Leg mir einen Wirtschaftsplan vor. Was kostet uns der Spaß, was bekommen wir dafür, wie viele Exemplare müssen wir verkaufen, um schwarze Zahlen zu schreiben, wann können wir die ersten Gewinne verbuchen, und, und, und.«

Das wird ihn eine Weile beschäftigen, dachte er. Wenn er denn nicht wegen einer noch besseren Idee, wie er leicht an Geld kommt, mitten im Planen aufgibt.

Aber Franz überraschte ihn. »Ich habe da schon etwas vorbereitet. Wir können das ja gleich im Kontor durchsehen und weitere Überlegungen anstellen. Was hältst du von *Frankfurter Neue Geschäftsnachrichten* als Titel für das Blatt?«

Maria Josefa Geisenheimer hatte das Hin und Her stillschweigend mitverfolgt. Wenn die Männer im Haus unbedingt Geschäfte besprechen mussten, während Damen anwesend waren, dann würden sie es tun, ganz gleich, ob sie selbst dagegen war oder nicht. Aber wenigstens schien die Sache zu einem Ende zu kommen. *Enfin,* dachte sie. Christabell scheint sich auch herzlich zu langweilen. Aber das ist ja nichts Neues. Es wird Zeit, dass Bertram ihr ein Kind macht. Oder ist sie vielleicht selbst dazu zu dumm? Meine Schwiegertochter, deren blonde Haare das einzig Helle an ihr sind. Es wird Zeit, dass ich, dass wir nach Niederrad kommen. Da sind wir endlich für uns. Und niemand redet übers Geschäft.

»Wie war es denn nun eigentlich in Niederrad, Bertram?«, fragte sie. »Können wir bald umziehen? Noch ist das Wetter schön.«

»Selbstverständlich, Maman. Es ist alles in Ordnung dort. Gut, man sollte neu tapezieren und einiges ausbessern. Die gute Tante hat zum Schluss doch ein paar Dinge schleifen lassen. Und ich glaube kaum, dass es gut wäre, den Vater umzusiedeln und dann erst die Maler kommen zu lassen. Was meinst du? Soll ich einen Tapezierer bestellen mit seinem Musterbuch?«

Ihre Augen leuchten, dachte Bertram. Das hat sie schon immer gerne getan, Tapeten aussuchen und sich vorstellen, wie ein Zimmer am besten zur Geltung kommen würde. Christabell ist da ganz anders. Ihr ist es gleich, ob ein Zimmer eine grün gestreifte Tapete hat oder mit taubenblauer Seide bespannt ist. Ich glaube, sie nimmt das alles überhaupt nicht wahr. Sie macht sich einfach keine Gedanken. Und eigene Ideen hat sie kaum. Es gibt anscheinend nichts, was ihre glatte Stirn in Falten legen könnte.

Allerdings musste Bertram noch am selben Abend feststellen, dass er sich mit dieser Einschätzung absolut geirrt hatte.

»Es gibt da etwas, über das ich mich mit dir gern unterhalten würde«, sagte Christabell zu ihm. Sie stand in der Tür zum Herrenzimmer, in dem Bertram es sich nach Ladenschluss mit einer Zigarre gemütlich gemacht hatte.

»Was gibt es denn, Christabellchen?«, fragte er missmutig. Als sie das letzte Mal diesen Satz gesagt hatte, war es darum gegangen, dass der schwarze Kater aus dem Nachbarhaus ausgerechnet unter Christabells Fenster auf Brautschau gegangen war. »Und er kam von links, hörst du, Bertram, von links!«, hatte sich Christabell empört beschwert. Er hatte ihr empfohlen, einfach den Wasserkrug über dem Tier auszugießen. Dann würde der Kater sich schon ein anderes Plätzchen suchen. Es wird wieder so etwas sein, dachte Bertram. Wie ermüdend das alles doch ist! Resigniert erwiderte er: »Also, red schon. Ist es wieder die Katz?«

Doch Christabell wollte nicht über den Kater sprechen. Sie setzte sich auf das Sofa gegenüber von Bertram. »Ich weiß nicht, wie ich es sagen soll. Es schickt sich nicht. Aber es muss einmal heraus.«

Was mag sie denn nur auf dem Herzen haben? Sie ist wie ein Hund, der sich dreimal um sich selbst dreht, bevor er sich hinlegt. Einmal, ein einziges Mal, Herrgott, lass sie nur einmal direkt zur Sache kommen. Und dann still sein.

Der Himmel hatte schließlich ein Einsehen. »Du vernachlässigst mich, Bertram«, beklagte sich Christabell. »Ich bin deine Frau. Aber das scheint dich nicht zu interessieren. Du gehst aus, zu deinen Freimaurern oder sonst wohin, lässt alles stehen und liegen, um für Maman nach Niederrad zu fahren, bist sonst von früh bis spät im Kontor. Und ich sitze da und warte. Du schenkst mir kaum Beachtung.«

Das stimmt, dachte Bertram. Aber ich ertrage dich einfach nicht. Warum kann es dir nicht genügen, Frau Geisenheimer zu sein, ein schönes Haus zu führen und deine Offenbacher Freundinnen damit in Erstaunen zu versetzen, wenn sie dich besuchen?

Aber Christabell war noch nicht fertig. »Ich meine, der Tag geht immer irgendwie vorüber. Ich finde mir schon etwas zu tun. Und ich weiß ja, dass ich dir keine Stütze im Geschäft sein kann.« Das fehlte noch, dachte Bertram. Letzte Woche hast du mich gefragt, wie ein Telegraf funktioniert. Und ich habe versucht, es dir zu erklären. Aber erst als ich sagte, es ist wie bei einem Hund, dem man in Berlin am Schwanz zieht und der dann in Frankfurt bellt, hast du gemeint, es begriffen zu haben. Und was dann? Dann hast du mich gefragt, wer den Hund eigentlich füttert. Und gesagt, dass du gottfroh bist, dass der Hund nicht andersherum steht, weil es in Frankfurt schon wirklich genug stinkt. Da müsste die Notdurft eines so großen Hundes nicht auch noch sein. Ach, Christabell. Du bist und bleibst dumm. Da wundere dich nicht, dass ich dich vernachlässige.

»Was ich meine, ist, nun ja, wir haben vor Monaten geheiratet. Und jedes Mal, wenn ich nach Offenbach fahre, ist wieder eine von meinen Freundinnen gesegneten Leibes. Nur ich werde und werde nicht schwanger. Ich weiß schon gar nicht mehr, was ich sagen soll.«

Das weißt du doch nie, dachte Bertram. Und wenn du dich auf den Kopf stellst, ich mache dir kein Kind.

»Ich will es dir noch einmal erklären, Christabell. Es geht einfach nicht an, dass der zukünftige Erbe der Geisenheimer dumm ist. Und nun schau dich an. Schon deine Mutter ist kein großes Licht. Aber gegen dich ist sie ein wahrer Blaustrumpf.«

Christabell zog einen Schmollmund. »Du bist gemein. Wie kannst du nur so etwas Hässliches über meine Mutter sagen! Die ist doch nie im Leben eine von diesen unmöglichen Frauen, die studieren wollen oder Griechisch lernen oder was weiß ich.«

Ich gebe es bald auf, dachte Bertram. Selbst die einfachsten Dinge begreift sie nicht. Aber ich musste ja unbedingt heiraten. Und ausgerechnet sie. Auch wenn mir ihr Vater ewig dankbar ist und mich fördert, in der Loge und wo er nur kann, das habe ich wirklich nicht verdient.

»Noch einmal ganz langsam, Christabell. Deine Mutter ist nicht klug. Deine Schwestern sind auch nicht gerade mit großem Geist gesegnet. Du begreifst vielleicht so langsam, wenn überhaupt, dass ich mich manchmal frage, wie du es schaffst, durch den Tag zu kommen. Wie groß, meinst du, sind die Chancen, dass du ein kluges Kind zur Welt bringen wirst?«

Das wird sie wieder überfordern, dachte Bertram. Ich weiß wirklich nicht, wie man mit von Herzen dummen Menschen reden muss. Annemie ist da einfach anders. Die starrt mich auch nicht an wie ein verängstigtes Kaninchen. Gleich wird sie wieder weinen.

Und tatsächlich schimmerten Christabells Augen bereits feucht.

»Es ist ja nicht nur ein Kind. Wenn es das nur wäre. Aber du vernachlässigst mich in jeder Hinsicht. Sieh dir deine Schwester und ihren Mann an. Er legt den Arm um sie, sie schmiegt sich an ihn. Er küsst ihr die Finger, jeden einzeln, wenn sie glauben, es sieht keiner. Er fasst sie um die Taille, nimmt ihre Hand, streichelt ihr übers Haar, krault ihre Schulter, und, und, und. Und du? Und ich? Nichts dergleichen. Nicht einmal kuscheln tun wir. Du vernachlässigst mich ganz arg, Bertram.«

Das stimmt, dachte er. Aber ich kann nicht anders. Es geht einfach nicht. Eine Frau ohne Geist, die hat mich nie interessiert. Und die wird mich nie interessieren. Wenn ich ehrlich bin, meine Christabell, du bist mir sogar zuwider. So hübsch du auch bist.

»Wenn du kuscheln willst, dann besorg dir eine Katze. Oder verschaff dir einen Liebhaber. Aber lass mich mit deinem Gejammer in Ruhe.«

Ob es am Cognac lag? Bertram konnte kaum glauben, dass er das wirklich gesagt hatte. Aber nun war es einmal heraus.

Christabell starrte ihn mit offenem Mund an. »Meinst du das ernst?«, fragte sie schließlich. »Mein eigener Mann schlägt vor, ich soll mir einen Liebhaber nehmen?«

»Oder eine Katze. Es ist mir gleich. Aber eines sage ich dir. Von mir kriegst du jedenfalls kein Kind. Und wenn du dir anderswo eins anhängen lässt, dann kannst du was erleben. Lass es dir gesagt sein. Niemals, hörst du, niemals wirst du die Mutter eines Geisenheimer. Alles andere ist deine Sache.«

Jetzt begann Christabell wirklich herzerweichend zu weinen. »Du bist so gemein«, stieß sie schluchzend hervor und eilte blind vor Tränen aus dem Zimmer.

Bertram sah ihr nach. Das war nun wirklich nicht schön von mir, dachte er. Aber was soll ich denn tun? Ich werde mit Annemie reden müssen, ob sie uns nicht ihr Kind überlässt. Dann ist Christabell beschäftigt, der Konvention ist Genüge getan, und alles andere ist mir gleich. Annemies Kind ist die Lösung. Wenn es denn ein Sohn wird. Sie hat doch schon zwei. Und Annemie ist eine Frau für Söhne, das wird schon kein Mädchen. Ich bekomme selbstverständlich einen Sohn. Und wenn er da ist und bei uns leben darf, bei Christabell und mir, dann soll er auch der Erbe der Geisenheimer werden. Das kann sie einfach nicht ablehnen. So mache ich das. Genüsslich schenkte er sich einen Cognac ein und griff nach der Zigarre. Ausgegangen, dachte er. Und alles wegen dieser Christabell. Dabei verführt sie mich zu gar nichts. Endlich glühte die Zigarre wieder. Na also, dachte Bertram. Das wäre doch gelacht.

Aber Annemarie lachte nicht. »Nein, mein Lieber«, sagte sie. »Das schlag dir schön aus dem Kopf. Wenn du mein Kind nur willst, damit du einen Erben hast, dann vergiss es. Wenn dir ein Mädchen nicht ebenso willkommen ist wie ein Knabe, dann vergiss es. Wenn du nur den Konventionen genügen willst, dann mach dich fort. Ja. Ich glaube, es ist wirklich besser, wenn du jetzt auf der Stelle gehst.«

Sie hat mich tatsächlich vor die Tür gesetzt, dachte Bertram, als er sich von Sachsenhausen zurück auf den Heimweg machte. Einfach so. Die hätte ich heiraten sollen. Aber jetzt ist es zu spät. Und sie hat ja auch nicht gewollt.

Wütend trat er nach einem Stein. Der kollerte schließlich in die Gosse, dass es nur so spritzte.

»Was soll das?«, empörte sich der Zeitungsjunge, der sich mit seinem Packen an der Straßenecke eingerichtet hatte und gerade mit dem Verkauf beginnen wollte. »Sehen Sie sich nur die Schweinerei an! Wie soll ich die jetzt noch verkaufen?«

»Halt's Maul!«, herrschte Bertram ihn an.

»Von wegen!«, gab der Knabe zurück. »Wenn Sie nicht auf der Stelle zahlen, was Sie verdorben haben, dann werden wir ja sehen, was passiert.«

Bertram schüttelte den Kopf. Der hat Mut, dachte er. Das wäre einer, auf den man stolz sein könnte. Er betrachtete nun genauer, was der Junge unter dem Arm hielt. Wunderbar, dachte er. Da habe ich es doch tatsächlich geschafft, meine eigene Zeitung zu verderben. Aber was will der Bengel damit überhaupt in Sachsenhausen? Im Bankenviertel, da soll sie doch verteilt werden, vor der Börse, in den Kaffeehäusern!

»Gut, mein Junge. Ich zahle. Unter einer Bedingung.« Bertram griff nach seinem Portemonnaie. Misstrauisch sah ihn der Zeitungsjunge an.

»Na, nun guck nicht so. Sag mir einfach, warum du das Blatt hier ausrufst und nicht durch die Cafés trägst.« Er zückte einen Taler. »Das sollte wohl reichen. Für alle Zeitungen. Und die Auskunft.«

Der Zeitungsjunge grinste und hielt bereitwillig die Hand auf. »Abgemacht.«

Bertram ließ die Münze los. Der Knabe ist frech genug, noch drauf zu beißen, ob sie auch echt ist, dachte er. So ein Lümmel! »Aber jetzt raus mit der Sprache.«

Schon war der Taler in der Jacke verschwunden. »Das ist leicht gesagt. In den Kaffeehäusern war ich schon. Aber die Leute wollen sie nicht, die *Frankfurter Neuen Geschäftsnachrichten.* Sie sind ihnen zu langweilig, sagen sie. Immer nur Handel, Handel, Handel, Wechselkurse und wieder Handel. Das ist kein Lesestoff fürs Café. Und die Bankleute kaufen ein Blatt und lassen es dann herumgehen. Hier haben Sie Ihre Zeitungen, Herr.«

Bertram winkte ab. »Behalte sie. Vielleicht findest du ja doch noch einen, den das bisschen Dreck nicht stört.«

Nachdenklich ging er weiter. Das hat Franz nicht mit eingerechnet, dachte er. Eine langweilige Zeitung, die liest niemand. Und das rechnet sich dann natürlich nicht. Ach, wenn ich doch nur Annemie fragen könnte. Sie wüsste sicher eine Lösung. Aber sie hat mich rausgeworfen. Wenigstens hat sie nicht gesagt, lass dich nie wieder blicken. Ach, sie ist herrlich. Gerade wenn sie wütend ist. Und keinen Moment ist sie langweilig. Aber ich musste ja unbedingt Christabell heiraten, nur damit mich keiner für einen der Sorte Rittershaus hält. Ich Narr!

Bertram blickte auf. Er war nicht nach Hause gegangen. Stattdessen stand er vor dem Haus seiner Loge. Meine Brüder, dachte er. Denen kann ich dieses Problem nun wirklich nicht erzählen. Aber wenigstens kann ich zu ihnen gehen und muss noch nicht heim. Als er in seiner Rocktasche nach dem Bijou fischte, das ihn als Logenbruder auswies, stießen seine Finger an etwas Kühles, Rundes. Stephanies Zinnelefant. »Es wird Zeit, dass du mir endlich Glück bringst«, murmelte er. »Dafür stecke ich dich nicht jeden Morgen ein, dass ich von meiner Geliebten aus dem Haus gewiesen werde.« Bertram zuckte mit den Schultern und stieg entschlossen die Stufen zum Eingang empor.

9

Nicht schon wieder, Franz.« Bertram verdrehte die Augen. »Hör mir uff mit deinem transatlantischen Telegrafenkabel. Das sieht doch ein Blinder mit dem Krückstock, dass die Sache nicht ausgereift ist.« Wie er diese Gespräche im Kontor zu hassen gelernt hatte. Von zehn Ideen, mit denen der Vetter kam, war allenfalls eine es wert, sich näher mit ihr zu beschäftigen. Wenn überhaupt.

»Aber siehst du denn nicht die Möglichkeiten?« Franz klang tatsächlich ein bisschen ungläubig, als könne er es nicht fassen, dass der Herr des Hauses Geisenheimer nicht die nötige Weitsicht besaß.

»Was ich zunächst sehe, ist eine gigantische Geldvernichtungsmaschine. Das Risiko ist einfach zu hoch. Und komm mir nicht mit deinem ewigen ›das wird schon noch‹. Bloß nicht. Dein Mut zum Risiko in allen Ehren. Aber sollten wir nicht erst einmal schauen, wie wir dein jüngstes Projekt in trockene Tücher bringen?«

»Die Zeitung? Ach, die muss sich erst einmal etablieren, das ist alles. Das sind nichts als Kinderkrankheiten. Mit denen solltest du dich doch gut auskennen. Immer auf Leben und Tod. Und nun bist du der Herr des Hauses Geisenheimer, angesehen bei den Freimaurern und einer, bei dem der Pfarrer überlegt, ob nicht vielleicht doch er derjenige ist, der den Hut als Erster ziehen sollte.«

»Lenk nicht ab, Franz. Wenn wir uns denn während der Arbeitszeit unterhalten, statt uns ums Geschäft zu kümmern, dann bleib doch bitte bei der Sache. Wie kriegen wir die Zeitung amortisiert? Die Verkäufe sind nun einmal mehr als kläglich.«

Franz kratzte sich an der Nase. »Gut, vielleicht habe ich mich bei dem Produkt doch ein bisschen verschätzt. Aber wenn du so fragst, da weiß ich doch, dass du noch etwas in der Hinterhand hast. Erst lässt du mich reden und reden. Und dann sagst du ›ja, aber‹. Sag doch gleich, was du dir vorstellst. Sollen wir etwas am Preis drehen?«

Das hat ihm nicht gefallen, dass ich seinen Kabelkram einfach nicht ernst nehmen will, dachte Bertram. Aber das soll nicht mein Problem sein. Wie kriegen wir die Kuh vom Eis und die Zeitung in die schwarzen Zahlen? »Ich habe mich umgehört. Der Preis wäre in Ordnung. Wenn unser Blatt die Leute wirklich interessieren würde. Es genügt anscheinend nicht mehr, Nachrichten zu sammeln und den Drucker alles nett arrangieren zu lassen auf einer Seite. Gib es zu, Franz. Du hast viele Talente. Aber ein Redakteur bist du genauso wenig wie ich.«

Gut, dass ich mich mit Annemie ausgesöhnt habe, dachte er. Sie war wirklich sauer. Aber als ich vor ihrer Tür stand, mit dem Korb Brötchen, die der Bäcker für mich extra klein gebacken hat, da musste sie doch lachen. Und es ist wie früher. Wir spielen Schach, und sie berät mich. Familiennachrichten, hat sie gesagt. In Frankfurt zählt vor allem die Familie. In den Kreisen, auf die es ankommt, ist eine Hochzeit genauso eine Geschäftsangelegenheit wie die Eröffnung eines neuen Ladens. Ich bin gespannt auf dein Gesicht, Franz.

»Was haben wir? Geschäftsnachrichten. Das ist aber auch schon alles. Das ist nichts, was man daheim bespricht, und während der Arbeit dürfen die wenigsten reden. Wir müssen unseren Leserkreis ausweiten. Und das geht nur, wenn wir mehr Themen bieten.«

Franz begriff. »Heißt das, wir brauchen Tratsch?«

»Den vielleicht auch. Obwohl die Jernows ja nun endgültig fortgezogen sind. In die Uckermark, hat es geheißen. Allein schon der Name, der passt zu ihnen. Uckermark.« Bertram schüttelte sich. »Ich meine eher seriöse Familiennachrichten. Wir müssen es schaffen, dass die Leute ihre Verlobungen, Hochzeiten, Kindstaufen, Konfirmationen und auch die Todesfälle bei uns anzeigen. Und das nicht nur im Amtsblatt tun.«

»Genial, Bertie. Das ist wirklich gut. Aber ob das reicht?«

»Natürlich nicht. Mir schwebt so eine Art Intelligenzblatt vor, mit Nachrichten aus der Wissenschaft, der Technik und so weiter. Vielleicht auch Rezensionen, von neuen Büchern, Konzerten. All das, worüber die Leute reden, wenn sie über alles nur nicht das Geschäft sprechen und im Herzen nichts anderes als das Geschäft meinen.«

»Aber einen Börsenteil, den brauchen wir auch.«

»Natürlich, Franz. Es sind und bleiben die Geschäftsnachrichten, die zählen. Aber letzten Endes ist eben doch alles Geschäft. Selbst die Politik.«

»Politik willst du auch noch hineinnehmen?« Franz spielte mit dem Tintenfass auf seinem Schreibtisch. Klickend schloss sich der Deckel. Klickte auf. Klickte zu. Auf. Zu. Auf. Zu.

»Lass das«, polterte Bertram.

»Was? Ach so.« Franz verschränkte die Hände vor der Brust. »Also gut. Die Politik habe ich bisher mit Absicht aus der Zeitung herausgehalten. Damit es nicht heißt, wir wären parteiisch.«

»Die Idee ist im Grunde ja gut, Vetter. Aber eben nur im Grunde. Wenn ich nicht weiß, wes Geistes Kind der Redakteur ist, warum sollte ich ihm dann vertrauen? Nein, eine klare Linie, die ist es, was uns fehlt. Auch politisch. Es wird einfach nicht deutlich, wofür die *Geschäftsnachrichten* stehen. Daran müssen wir arbeiten.«

Franz blickte immer noch zweifelnd drein. »Dann brauchen wir aber wirklich einen guten Redakteur. Einen, der Stellung bezieht. Einen, der es versteht, durch die Zensur zu kommen. Und einen, der den Kopf hinhält, wenn es Spitz auf Knopf steht und die Obrigkeit einschreitet. Ich will doch nicht ins Gefängnis, nur weil etwas in meiner Zeitung abgedruckt ist.«

»Das wäre aber nun wirklich das erste Mal, dass du etwas bis zum Äußersten durchdenkst, was, Franz?« Bertram lachte. »Aber so weit soll es nun wirklich nicht kommen. Wir brauchen den Erfolg. Ich weiß, dass ich immer noch argwöhnisch beobachtet werde. Nicht unbedingt wegen meiner Liebe zur Demokratie. Aber der Vater ist eben unvergessen. Auch wenn er schon lange nicht mehr in der Öffentlichkeit gesehen wird. Man misst mich an ihm. Ich kann es mir einfach nicht leisten, einen Fehler zu begehen. Es genügt, dass ich ein so dummes Weib habe, dass ich sie für gut nicht mitnehmen kann.«

Franz winkte ab. »Schieb Christabell bloß nicht mir in die Schuhe. Ich habe dich zwar zu deinen Freimaurern geschickt, aber das war auch schon alles, was ich dazu getan habe.«

»Ich weiß.« Bertram seufzte. »Und ich war ja gewarnt. Aber was bei einem jungen Mädchen als hinreißende Naivität gilt, wirkt bei einer Geisenheimerin nur peinlich. Stell dir vor, letzthin behauptete sie doch steif und fest, das Klavier hieße so, weil vier kleine Hände Platz genug hätten, um darauf zu spielen.«

Franz lachte. »Das ist schon süß. Irgendwie. Aber ich sehe das Problem. Und es steht nichts in Aussicht, das sie ein wenig vom Plaudern abhalten könnte? Mach ihr Kinder, möglichst viele. Da kommt sie dann nicht mehr dazu, sich viel in Gesellschaft zu bewegen.«

»Hast du eine Ahnung. Das mag vielleicht in Leipzig so gewesen sein, dass die Maman sich um die Kinder kümmerte. Hier in Frankfurt hat man dafür Personal, dass die lieben Kleinen sauber gewaschen und adrett gewandet erscheinen, zum Tee, beispielsweise, oder zum Gute-Nacht-Sagen. Aber den Alltag mit den Kindern teilen? Da kommt man doch zu nichts.«

»Auch wieder wahr. Aber du weißt, wie nah ich das Ohr am Getuschel habe. Jetzt ist zwar nicht mehr die Rede davon, du seiest womöglich ein Rittershaus. Doch man vermutet, dass irgendetwas nicht mit dir stimmt. Der junge Geisenheimer, so heißt es, so ein armer Mann. Erst die Tragik mit dem Vater, und dann weiß er nicht, wie es mit der Firma weitergehen soll, wenn er einmal selbst nicht mehr ist. Sieh dich vor, Bertram. Und mach deinem Christabellchen endlich ein Kind.«

Bertram stöhnte. »Du hast gut reden. Was ist denn eigentlich über dich in Umlauf?«

»Na, dass ich ein Hallodri bin und dass man gut daran tut, die Töchter einzusperren, wenn ich aufkreuze. Ist mir ganz recht so. Deine Frankfurterinnen sind ja ganz niedlich. Aber ich suche immer noch nach einer, die es mit einem Sachsenmädel aufnehmen könnte.«

Das habe ich nun davon, dass ich ihn mit offenen Armen empfangen habe, dachte Bertram. Frechheit, das. Na warte, Bursche, das zahle ich dir heim.

»Mit einem Sachsenmädel aufnehmen? Unter oder oberhalb des Rocks? Da gibt es viele, glaub es mir. Schließlich bin ich auch hin und wieder in Leipzig. Ein Dresden ist es ja nun nicht. Alte, kalte Kirchen, in denen sie Knaben antiquiertes Zeug singen lassen. Da lobe ich mir die Königliche Oper in Dresden. Das ist mal ein Prachtbau. So etwas sollten wir auch hier in Frankfurt haben.«

»Du bist auch immer noch nicht von deiner Opernsucht geheilt. Ich halte mich weiterhin ans Ballett. Aber mit beidem bekommen wir die Zeitung nicht voll.«

»Stimmt auffallend. Wo waren wir? Ach ja, ein Redakteur muss her, einer, der sein Handwerk versteht. Der sich nicht scheut, auch einmal ein heißes Eisen anzupacken. Aber einer, der sich nicht zum Sprachrohr einer Partei macht. Es fragt sich nur, wo wir den finden.«

»Hier im Kontor sicher nicht. Ich habe jedenfalls genug für heute. Mal sehen, was meine Ballettratten heute vorhaben.«

Kopfschüttelnd sah Bertram dem Vetter nach. Wenn er nicht in den meisten Dingen so erfolgreich wäre, müsste ich ihn ernsthaft ermahnen. Einfach so aus dem Kontor laufen. Nein, es ist schon gut, dass er nicht die Firma leitet, auch wenn er der Ältere ist.

»Sei mir gegrüßt, Bertram. So ganz in Gedanken?« Die Stimme schreckte ihn aus seinem Brüten auf.

»Michael! Ihr seid also zurück von der Hochzeitsreise.« Er sieht gut aus, mein Herr Schwager, dachte Bertram. Ihm bekommt der Ehestand, aber er hat ja auch mein Schwesterchen.

»Wie du siehst. Und ich dachte, schau mal bei Bertram vorbei und lass dir erzählen, was in der Zwischenzeit alles so passiert ist in Frankfurt. Ich habe gehört, du bist unter die Zeitungsverleger gegangen?«

»Nun ja.« Bertram druckste verlegen herum. »Schon. Aber noch ist das Blatt nicht da, wo ich es gerne hätte.«

»Das wird schon noch werden. Da bin ich mir sicher bei dir. Sonst alles, wie es soll?«

Er strahlt ja förmlich, dachte Bertram.

»Die Reise ist dir bekommen. Gut schaust du aus. Seid ihr wirklich bis nach Ägypten?«

»Ganz recht. Krokodile haben wir gesehen. Und die Pyramiden. Sogar einen Abstecher ins Heilige Land haben wir gemacht. Ich sage dir, Jerusalem ist nicht, wie ich es mir vorgestellt hatte.«

»Ach, die Dinge, die man auf Reisen sieht, sind selten so, wie man sie sich ausmalt. Und das ist auch gut so. Denn wenn sie exakt so wären, wäre es auch schon wieder ein bisschen langweilig.«

»Da gebe ich dir recht, Schwager.« Michael Schultherr lächelte. »Aber du kannst sicher sein, dass mir unterwegs nicht langweilig geworden ist. Stephanie ist wirklich ein Schatz.«

Bertram seufzte. Hatten denn alle Glück in der Ehe, nur er nicht?

»Wie ist es, hast du heute Abend schon etwas vor? Oder gehen wir aus, um eure Rückkehr zu feiern?«

»Gute Idee. Stephanie hat gleich ihre Freundinnen eingeladen, die glucken bestimmt zusammen. Das brauche ich nicht unbedingt. Und wie steht es mit Christabell?«

»Nun ja. Du kennst sie. Lass uns ausgehen.« Bertram wich dem Blick des Schwagers aus. »Nach all den exotischen Ländern müssen wir dich doch wieder richtig an den Main bringen. Lass uns nach Sachsenhausen gehen und Äppler trinken.«

»Und Handkäs essen. Mit ordentlich Musik bei.« Michael rieb sich die Hände. »Du ahnst ja nicht, wie ich das vermisst habe. Da können mir die Franzosen mit ihrem laschen Cidre und dem Brie gestohlen bleiben.«

»Dann auf nach Sachsenhausen und zu einer unvergesslichen Nacht.«

Stöhnend rieb sich Bertram den Kopf. Unvergesslich sollte sie werden, diese Nacht. Aber irgendwann nach der dritten Äppelwoi-Schwemme war ihm die Erinnerung an den Rest des Abends abhandengekommen. Zum Glück war Christabell keine Frühaufsteherin, die es als ihre Aufgabe ansah, am Frühstückstisch mit den Amseln um die Wette zu singen. Ihm genügte es, dass die Morgensonne durch das Fenster schien. Gut, dass heute Sonntag ist, dachte er. Franz könnte mir heute Anteile an einer Telegrafenanstalt auf dem Mond verkaufen, wenn er nur verspräche, mich in Ruhe zu lassen. Michael versteht es wirklich, zu feiern. Und er hat recht. Es braucht keinen Champagner, um eine schöne Zeit zu haben. Und er hat ein paar gute Ideen für die Zeitung. Wo habe ich nur den Zettel? Ach, da ist er ja. Fakten. Und Gerüchte. Die Mischung macht es, hat er gesagt. Und noch etwas. Was war das nur? Mühsam versuchte

Bertram, seine Notiz zu entziffern. Stand da wirklich Fortsetzungsroman? Ja.

»Das hat natürlich nicht mehr viel zu tun mit Geschäftsnachrichten«, murmelte er. »Aber vielleicht ist gerade das der richtige Weg.«

Bertram brauchte den halben Sonntag, um sich von seinem Ausflug nach Sachsenhausen zu erholen. Am Nachmittag brach er zu einem Erholungsspaziergang auf. Bald fand er sich am Mainufer wieder, und ehe er es sich versah, war er auch schon in Sachsenhausen angelangt und stand vor Annemaries Tür.

»Schön, dass du vorbeischaust«, sagte sie. »Wir feiern heute.« Im Wohnzimmer stand ein Kuchen mit fünf Kerzen auf dem Tisch. »Ludwig ist unser Geburtstagskind.«

Natürlich, dachte Bertram. Bei der Tante konnte sie die Kinder nicht um sich haben. Da waren sie beim Bauern in Pension. Aber hier, ins eigene Haus, da ist eben die Witwe Hufdotter mit ihren beiden Söhnen eingezogen. Warum vergesse ich nur immer wieder, dass sie bereits Kinder hat? Sie sind ihr doch wichtig.

»Guten Tag, ihr zwei«, sagte er. Ein blonder und ein brauner Schopf nickten ihm zu, zwei Knabenstimmen piepsten die Antwort.

Wenn ich mich um die beiden ein bisschen besser gekümmert hätte, wüsste ich, wer von ihnen wer ist.

»Darf ich dem Jungen denn etwas schenken?«, wisperte er Annemarie zu, die mit einer Kaffeetasse für ihn das Zimmer betrat.

»Sicher«, murmelte sie. »Wenn du nur nicht übertreibst.«

Bertram durchsuchte eine Tasche nach der anderen. Den Zinnelefanten? Nein, den behalte ich, ermahnte er sich selbst. Das Bijou? Unfug, was soll ein kleines Kind mit einem Freimaurerabzeichen? Und die Uhr ist ein Geschenk vom Vater, die kann ich nur meinem eigenen Sohn vermachen. Schließlich griff er zur Börse.

»Also, meine Herren Hufdotter«, begann er. Die Knaben

kicherten. »Ja, da braucht ihr gar nicht zu lachen. In seinem eigenen Haus ist jeder Mann ein Herr.«

»Aber das Haus gehört der Mama«, wandte der Blondschopf ein.

»Genau. Die Mama ist die Herrin«, pflichtete der Kastanienbraune bei.

»Nun gut. Aber heute, an seinem Wiegenfest, da ist der Ludwig ein Herr. Das steht fest.«

Annemarie lachte. »Und weil der Andreas sein Bruder ist, ist er auch einer. Dann wäre das also geklärt.«

Endlich hatte Bertram in seinem Portemonnaie gefunden, was er suchte. Er legte einen blanken Taler auf die Sonntagstischdecke. »So, mein Junge. Alles Gute zum Geburtstag.« Gut gemacht, lobte er sich. So merken sie nicht, dass ich keine Ahnung habe, wer von beiden wer ist. »Na, nun greif schon zu.«

Zögernd streckte der Blonde die Hand nach dem Geld aus. Mitten in der Bewegung sah er noch einmal zur Mutter. »Darf ich?«, fragte er. Annemarie nickte. Dann ist der Kastanienkopf der Andreas, sagte sich Bertram. Das wäre also auch geklärt.

»Dankeschön«, sagte Ludwig. Seine Augen strahlten. Irre ich mich, oder sieht Andreas wirklich neidisch aus? Bertram grübelte für einen Augenblick. Dann griff er erneut in die Börse.

»Und hat nicht die Frau Mama gesagt, dass der Andreas auch ein Herr ist, weil er der Bruder von unserem Geburtstagskind ist? Dann also gleiches Recht für beide.«

Mit großen Augen staunte Andreas.

»Ja, du darfst«, beschied ihn Annemarie, und der Junge bedankte sich artig.

»Jetzt ist es aber genug, Bertram«, murmelte sie. »Ich möchte nicht, dass meine Söhne glauben, dass das Geld einfach so vom Himmel fällt.«

»In Ordnung«, gab Bertram ebenso leise zurück. »Aber wenn nun einmal heute der Geburtstag ist.«

Nach dem Kuchen gingen die beiden Jungen zum Spielen an den Main, und Bertram saß endlich allein mit Annemarie im Wohnzimmer. Sie weiß ihre Schwangerschaft gut zu verbergen, dachte er. Man sieht fast nichts.

»Was kann ich für dich tun, Bertram?«, fragte sie. »Du siehst nicht wirklich gut aus, wirst du krank?«

»Es ist nichts«, wehrte er ab. »Ich war nur ein bisschen lange aus gestern. Mit meinem Schwager. Der ist endlich von seiner Hochzeitsreise zurück und brauchte dringend Handkäs. Und Äppler. Ich habe wohl ein bisschen zu viel davon erwischt.«

»Natürlich nur vom Käse.« Annemarie lächelte nachsichtig. »Da hast du dir gedacht, mach einen kleinen Spaziergang, die frische Luft wird dir guttun. Und auf einmal standest du hier vor der Tür.«

»Wie gut du mich doch kennst.« Bertram legte den Arm um sie. »Ach, mein Annemiechen. Du hast wirklich prächtige Jungen.«

Er seufzte. Ich werde mich hüten, die Sache mit dem Kind anzusprechen. Meine Lektion habe ich gelernt. Auch wenn es wirklich die beste Lösung wäre. Gut, warten wir erst einmal ab, ob es überhaupt wieder ein Junge wird.

Annemarie lächelte. »Ja. Ich habe wirklich zwei brave Söhne. Ihretwegen gehe ich nicht zurück zur Bühne, auch wenn ich bereits gefragt worden bin, ob ich das nicht möchte. Ich will nicht, dass meine Kinder zwischen Requisitenkorb und alten Kostümen aufwachsen. Sie sollen ein ordentliches Heim haben, zur Schule gehen, ohne dass die Mitschüler hinter ihrem Rücken tuscheln, weil die Mutter eine vom Theater ist. Und dank deiner Tante kann ich ihnen ja ein Zuhause bieten.«

»Wenn du mich nur mehr tun ließest! Aber ich höre immer von dir, ich bin eine selbstständige Frau, ich will nie wieder von einem Mann abhängig sein.«

»Das stimmt doch auch. Ich weiß, du könntest mir ein Leben im Überfluss bieten. Und ich weiß auch, dass du mich nicht kaufen willst, sondern es wirklich gut mit mir meinst. Aber wir sind nun einmal nicht verheiratet, und du bist Gast in meinem Haus. Hier bestimme ich die Regeln.« Annemarie lächelte. »Das bist du nicht gewöhnt, Bertram. Ich weiß. Aber finde dich einfach damit ab.«

Das muss ich wohl, dachte er. Mein Gott, kann diese Frau stur sein. Fast wie ein Mann. Und dabei eben doch ganz Weib. Wenn sie mich so anschaut, werde ich weich. Nun ja. In den Knien. Und im Herzen. Aber dazwischen, Junge, Junge.

Annemarie schenkte ihm Kaffee nach.

»Erzähl doch mal. Wie geht es denn nun mit der Zeitung weiter?«

Das liebe ich auch so an ihr, dachte er. Sie hat einen Sinn fürs Geschäft. Ich hätte auf das Getratsche pfeifen sollen und sie einfach heiraten. Aber sie hat ja nicht gewollt. Oder hat sie das nur so dahingesagt? Werd einer schlau aus den Frauen. Was sie sagen ist oft nicht so wichtig wie das, was sie nicht sagen. Und wehe, du hörst bei beidem nicht zu.

»Wir werden es wohl noch ein paar Ausgaben versuchen. Aber das Konzept, mit dem Franz mich überzeugt hatte, überzeugt leider nicht auf dem Markt. Die Leute wollen zwar Geschäftsnachrichten, aber eben nicht so, wie wir sie bieten. Nun ist Franz dabei, einen Redakteur zu suchen, der dem Ganzen eine Linie gibt. Und ja, du hast gesagt, Familiennachrichten müssen hinein. Das wollen wir auch versuchen, aber eben nicht nur durch Inserate. Mein Schwager hatte überdies noch ein paar Ideen. Es kann also noch etwas werden mit dem Blatt. Vorausgesetzt, wir haben bald einen ordentlichen Redakteur. Die Druckerei, in der wir setzen lassen, kann das einfach nicht leisten.«

Bertram tupfte einen Kuchenkrümel vom Tischtuch und steckte ihn sich in den Mund. »Lecker. Wirklich fein. Also, der Redakteur. Schade, dass du kein Mann bist. Du kannst formulieren, hast eine Meinung und sagst sie auch unverblümt. Und wenn es sein muss, auch durchaus verbindlich. Wirklich schade, dass du kein Mann bist.«

Annemarie lachte. »Wirklich? Wie war das noch mit dem Gerücht, weshalb du dich zum Heiraten entschlossen hast? Wäre es dir tatsächlich lieber, ich wäre ein Mann?«

Sie macht mich noch verrückt, dachte Bertram. Wenn ihre Augen so funkeln, wie soll ich denn da klar denken können? Ich glaube, das ist ihr Trick. Deshalb gewinne ich auch nie beim Schach. Ich darf ihr dabei einfach nicht in die Augen sehen. Aber wie soll ich das nur anstellen?

An der Haustür waren zwei Jungenstimmen zu hören.

»Tja, mein Lieber. Jetzt ist wieder Zeit für den Geburtstagsknaben. Deine Zeitung muss warten. Aber die Idee mit dem Redakteur finde ich gut. Und wie wäre es mit Korrespondentenberichten, aus Neu York vielleicht, aus London, Paris, Sankt Petersburg? Und Berlin selbstverständlich. An den Preußen kommt ja ohnehin niemand mehr vorbei.«

Sie tut es schon wieder, dachte Bertram. Ganz nebenbei erwähnt sie etwas, das mir im Geschäft sehr nützlich sein kann. Wenn ich nur auf sie höre. Ob unser Kind auch so klug wird? Und ob sie dann endlich zulässt, dass ich für sie sorge? Auch für Ludwig und Andreas. Ehrensache.

»Wie siehst du denn aus?«, fragte Annemarie und musterte Andreas. »Wart ihr etwa schwimmen?«

Tatsächlich, dachte Bertram. Tropfnass ist der Bengel.

»Der Ludwig hat keine Schuld. Wir waren am Main und haben Papierschiffchen schwimmen lassen. Und dann bin ich wohl irgendwie ausgerutscht.«

»Gott der Gerechte!« Annemarie klang zu Tode erschreckt. Sie legte die Hände auf ihren Bauch, als wolle sie ihn schützen. »Du bist in den Main gefallen, mein Kind.«

»Ja, Mama.« Andreas klang nicht einmal schuldbewusst. »Aber da war ein Mann, der hat mich rausgefischt.«

Langsam setzte sich Annemarie wieder. »Ich will gar nicht daran denken, was hätte passieren können.«

Ludwig eilte zu seiner Mutter und legte ihr seine kleine Kinderhand auf den Arm. »Ist alles gut. Hab keine Angst, Mama.«

Annemarie strich ihm über den Blondschopf. »Ihr beiden seid mir schon zwei Knaben. Der eine fällt mal eben so in den Main, und der andere sagt: ›Hab keine Angst‹.«

Entschlossen stand sie auf. »So, Andreas. Jetzt ziehst du erst einmal die nassen Sachen aus. Und trockne dich gut ab, hörst du? Deine Schuhe lass gleich hier. Und du, Ludwig, du holst mir die Zeitung. Die aus dem Fach neben dem Herd.«

Schon war Andreas im Haus verschwunden. Ludwig kam mit der Zeitung. Bertram musste lächeln. Seine Annemarie, die doch immer die Vorzüge des *Frankfurter Amtsblatts* gegenüber den *Geschäftsnachrichten* betonte, hatte also doch beide Zeitungen im Haus.

»Sie taugt besonders gut zum Feueranmachen«, erklärte Annemarie. »Aber darauf brauchst du dir sicher nichts einzubilden.« Sie nahm einige Blätter und knüllte sie zusammen. Mit den Papierknäueln stopfte sie die Schuhe aus.

»Diese Jungen«, murmelte sie. »Ich kann sie nicht immer und überall beschützen.« Sie wandte sich Ludwig zu. »So, und nun erzählst du der Mama, was genau passiert ist.«

Ich bin ab sofort abgemeldet, dachte Bertram eifersüchtig. Aber ich will auch wissen, was geschehen ist.

Ludwig setzte sich auf das Sofa und baumelte mit den Beinen. »Eigentlich ist ja gar nichts passiert, Mama. Andreas ist ausgerutscht. Und schon lag er im Wasser. Das hat vielleicht gespritzt, sag ich dir! Und da war dieser Mann, der hat am Ufer gemalt. Der hat den Andreas einfach gepackt und wieder herausgezogen.«

»Er hat gemalt. So, so. Und habt ihr euch auch brav bei ihm bedankt?«

»Natürlich, Mama!« Ludwig klang entrüstet. »Das ist doch Ehrensache, sagst du immer. Er hat uns gefragt, ob alles in Ordnung ist. Und es ist ja gar nichts passiert. Nur der Andreas, der ist eben nass geworden. Aber das macht doch nichts, oder?«

Nein, wer der Maler gewesen war, das wusste Ludwig nicht. »Er hat auch nicht gefragt, wo wir wohnen. Da dachte ich, es ist unhöflich, wenn ich ihn ausfrage. Außerdem hat er gesagt, jetzt muss er weitermalen, solange das Licht noch gut ist.«

Annemarie gab es auf. Wenn sie nicht wusste, wer der Lebensretter gewesen war, dann konnte sie sich auch nicht bei ihm in aller Form bedanken. »Es ist gut, Ludwig«, sagte sie endlich. »Schau mal nach, was der Andreas macht. Und dann dürft ihr gemeinsam den Abendbrottisch decken.«

Bertram stand auf. »Ich glaube, ich gehe jetzt besser. Danke für deinen Rat«, sagte er. »Und der Kuchen war wirklich vorzüglich.«

Annemarie brachte ihn zur Tür. »Es tut mir leid, dass ich mich nicht ausreichend um dich kümmern konnte. Aber ein Geburtstag ist eben ein Geburtstag.«

»Mach dir keine Gedanken, Annemie. Ich bin ja auch völlig ohne Ankündigung hereingeplatzt. Kümmere du dich ruhig um deine Jungen.« Sanft strich er ihr über die Wange. »Es ist schön, dich mit deinen Söhnen zu sehen«, sagte er. »Und es sind zwei gute Kinder.«

»Von denen einer heute Nachmittag beinahe ertrunken wäre. Die Mainströmung ist tückisch, das weißt du. Aber wenn ich nicht ruhig bleibe, dann bekommen die beiden noch im Nachhinein Angst. Das will ich auch nicht.« Kurz umarmte sie Bertram. »Und nun geh auch du heim. Du musst doch gleich morgen früh wieder im Kontor sitzen und deinen Angestellten ein leuchtendes Beispiel sein.«

Auf dem Heimweg dachte Bertram nach. Allerdings beschäftigte er sich nicht lange damit, wie gefährlich ein kleiner Junge lebte. Annemaries Vorschlag mit den Korrespondentenberichten war es, der ihm keine Ruhe mehr ließ. »Da hätte ich wirklich selbst drauf kommen können«, knurrte er. »Oder Vetter Franz.«

»Was ist mit mir?«, ließ sich eine Stimme neben ihm vernehmen. Bertram schreckte aus seinen Gedanken. Tatsächlich, Franz stand vor ihm. »Wo treibst du dich denn herum?«, fragte der. »Solltest du den heiligen Sonntag nicht bei deiner Frau verbringen?« Der Vetter grinste.

»Hör mir uff«, antwortete Bertram, der froh war, wieder zu Hause zu sein. Das fehlte noch, dass ich dir auf die Nase binde, was ich dribbdebach, am anderen Mainufer, zu schaffen hatte. Hibbdebach, zwischen Dom und Römer, da kann ich auch bei der Alten Limpurger vorbeigeschaut haben. Aber nein, das weiß Franz, dass ich nur noch selten bei den Kaufleuten in ihrer Zunftstube sitze.

»Du weißt doch, dass ich gerne spazieren gehe, wenn ich etwas durchdenken will«, sagte er unvermittelt. »Und die Sache mit der Zeitung lässt mir einfach keine Ruhe.«

»Das trifft sich gut«, sagte Franz. »Komm, lass uns hier einen Äppler nehmen, ich glaube, ich habe die Lösung.« Er deutete auf eine Schänke im Schatten der Paulskirche.

Schon wieder Äppelwoi!, dachte Bertram. Aber gut. Der macht es auch nicht mehr schlimmer.

»Also«, setzte Franz das Gespräch fort, nachdem der erste Schluck die Kehlen hinabgeronnen war. »Die Zeitung. Du hast ganz recht. Wir brauchen einen Redakteur. Und ich glaube, ich habe genau den richtigen gefunden.« Er hob das Glas.

»Nun sag schon!«, drängte ihn Bertram. »Du weißt, ich kann es nicht leiden, wenn du etwas so in die Länge ziehst.«

»Du hast wirklich keinen Sinn für Dramatik«, beschwerte sich Franz. »Also gut. Was hältst du von Friedrich Sterzenbach?«

Bertram setzte sein Glas so nachdrücklich ab, dass etwas Äppler über den Rand spritzte. »Das ist nicht dein Ernst!«, brachte er heraus.

»Aber warum denn nicht? Er kennt sich bestens aus im Zeitungsgeschäft, hat reichlich Erfahrung und gute Verbindungen. Und eine eigene Meinung hat er auch.«

»Ja, aber was für eine, hör mir uff! Für ihn ist Metternich die Lichtgestalt, weil der gegen die Demokraten vorging. Wenn er könnte, würde er ihm ein Denkmal errichten lassen, noch zu Lebzeiten.«

»Ach was, er ist einfach ein Konservativer. Wie die meisten, die sich für das Geschäft interessieren und damit auch für Geschäftsnachrichten. Wenn wir Sterzenbach als unseren Redakteur präsentieren, dann sieht man gleich, dass unser Blatt kein verkapptes Demokratenpamphlet ist, sondern eine seriöse, auf Werterhalt und auf ein erfolgreiches Geschäftsleben gerichtete Zeitung.«

Bertram stöhnte. Der Opportunismus, den Franz bisweilen an den Tag legte, stieß ihm immer wieder sauer auf.

»Nichts da, mein Lieber«, sagte er. »Ich will eine Zeitung, die politisch unabhängig ist. Eine, die ihr Mäntelchen ganz bestimmt nicht nach dem Wind hängt. Nachrichten wollen wir bringen, nicht Meinungsmache betreiben. Und das kriegt der alte Sterzenbach ganz bestimmt nicht hin. Der wird unsere Geschäftsnachrichten zu einem Kampfblatt der Reaktionspolitik machen. Und glaube mir, Franz, die wird nicht lange gut gehen. Wenn die Obrigkeit zu fest zupackt, werden sich die modernen Kräfte irgendwann wieder regen. Das haben wir doch erst vor ein paar Jahren gesehen. Und es schwelt immer noch.«

»In deinem Herzen vielleicht, mein Bester.« Franz ließ sich seine Enttäuschung nicht anmerken. Trotzdem sah Bertram, dass die Knöchel der Finger, mit denen der Vetter sein Glas hielt, weiß hervortraten. Es passt ihm nicht, dachte er. Es passt ihm ganz und gar nicht. Aber das nützt ihm auch nichts. Die Zeitung mag auf seiner Idee beruhen. Aber sie baut auf meinem Geld auf.

»Nein. Sterzenbach ist genauso unmöglich wie alles, wofür er steht. Sobald eine Nachricht seinen Parteibrüdern schaden könnte, wird er sie unterdrücken. Da kannst du Gift drauf nehmen. Und ich will, dass die Zeitung alle Nachrichten bringt, damit sich jeder ein Bild machen kann.«

»Wirklich alle Nachrichten? Auch wenn sie die Demokraten nicht gut aussehen lassen? Bertie, Bertie, sei doch mal ehrlich. Du willst genauso wenig unparteiisch bleiben wie ich. Und ich sage dir, deine Seite ist nicht die, die die Geschäfte macht. Das sind doch zum größten Teil arme Schlucker, die sich nur deshalb mit allen Kräften dagegen wehren, ein Fürstenknecht zu sein, weil kein Fürst der Welt so dumm wäre, sie einzustellen.«

Franz stand so hastig auf, dass der Stuhl hinter ihm zu Boden polterte. »Vergiss endlich deine demokratischen Alfanzereien. Deine Knabenträume werden die Zeitung jedenfalls nicht zum Erfolg bringen.«

Auch Bertram war aufgesprungen. »Sieh dich vor«, zischte er. »Ich lasse mir nicht endlos auf der Nase herumtanzen. Wenn du mich beleidigen willst, dann denk dran, dass das auch Konsequenzen haben kann.«

Wütend funkelten sich die beiden an.

»Na, na, na!«, fuhr der Wirt dazwischen. »Wenn die Herren unbedingt politisieren wollen, gut. Aber geprügelt wird sich draußen. Das hier ist ein anständiges Lokal. Wechen Ihne Ihre Zwistischkeide will isch net de Bollizei uffem Hals!«

Wider Willen musste Bertram lachen. »Siehst du, Franz«, sagte er, »so weit ist es schon gekommen. Nicht einmal mehr politisieren darf man. Das ist die Welt der Sterzenbachs. Aber nicht meine.«

Auch Franz hatte sich wieder beruhigt. »Gut. Also der nicht. Aber wir wollen auch keinen Demokraten. Am besten wir suchen uns einen Redakteur, der eine Meinung hat, sie aber nicht sagt. Lass mich nur machen.«

Genau das will ich lieber nicht, dachte Bertram. Das weißt du genau, du alter Hallodri.

10

»Was ich aus Frankfurt höre, *mon cher,* ist nicht wirklich beruhigend.« Maria Josefa Geisenheimer sah ihren Sohn prüfend an. »Gewiss, dein Geschäftssinn, der wird allgemein gelobt. Du bist ohne Zweifel der Erbe deines Vaters. Selbst die Zeitung ist zu einer guten und soliden Sache geworden. Aber sonst? Ich habe wirklich nicht erwartet, dass du immer noch keinen Sohn hast. Ein ganzes Jahrzehnt bist du nun schon bald verheiratet. Und noch immer kein Stammhalter in Sicht. Dabei fährt sie nun wirklich oft genug auf Kur. Oder an die Ostsee. Wochenlang ist sie fort, sitzt manchmal Monate in dem Nest, an dem sie anscheinend einen Narren gefressen hat. Heringsdorf. Wer fährt schon nach Heringsdorf? Und so wird das natürlich nichts mit dem Erben der Geisenheimer, oder?«

Bertram sah seine Mutter an. Sie ist alt geworden hier draußen in Niederrad, dachte er. So offen hätte sie früher nie mit mir darüber gesprochen, dass ich Christabell immer noch kein Kind gemacht habe. Soll ich ihr etwa sagen, warum es nicht geht? Christabells Dummheit quält sie oft genug, ich merke es doch. Und der Vater stöhnt noch mehr, wenn wir gemeinsam zu Besuch kommen.

»Was soll ich denn tun, Maman? Die Heirat war wirklich ein Fehler. Aber ein Geisenheimer lässt sich nun einmal nicht scheiden.«

»Das fehlte auch noch! Nein, mein Lieber. So etwas fängst du mir nicht an. Du wirst mir keine Schande bereiten.«

Nein, Maman, dachte Bertram, das werde ich nicht. Mein Karl hat bald schon Geburtstag. Acht wird er. Und er ist ein Prachtjunge, wie seine Brüder. Der wäre für niemanden eine Schande. Aber Annemie ist eisern geblieben. Ich darf ihn auf eine gute Schule schicken, das ja. Ich darf ihn fördern. Aber in mein Haus nehmen, als meinen Sohn, das darf ich nicht.

»Lass uns das Thema wechseln, Maman. Wie geht es dir? Und dem Vater?« Selbst in seinen eigenen Ohren klang die Frage nach Friedrich Bertram Geisenheimer hohl. Aber seine Mutter zog es vor, dem keine Beachtung zu schenken.

»Uns geht es gut. Wir haben es hier sehr hübsch in Niederrad. Ich vermisse die Stadt ganz und gar nicht. Und für deinen Vater ist die gute Luft wie ein Balsam. Stell dir vor, gestern hat er sogar gelächelt, als Martin ihn im Rollstuhl in den Garten schob.«

Ach, Maman. Du hältst eisern daran fest, dass Vater noch da ist, dachte Bertram. Aber wenn es dir hilft, *à la bonne heure.*

»Der Martin ist immer noch bei euch in Dienst? Der muss doch jetzt auch bald an die sechzig sein.«

»Siebzig wird er. Aber solange er noch rüstig ist, hat er gesagt, will er auch arbeiten. Was soll er auch sonst tun den lieben langen Tag? Gärtnern ist nicht das seine. Romane lesen?« Sie lachte. »Das fehlte noch, nicht wahr? Ein Hausknecht, der Bücher liest. Das hätte es früher ganz bestimmt nicht gegeben.«

Bitte sag nicht, dass da nur die Demokraten dran schuld sind, flehte Bertram. Mir reicht wirklich der tägliche Kleinkrieg mit Franz. Der kann es immer noch nicht lassen, mich aufzuziehen.

»Aber vielleicht wäre die Welt auch friedlicher, wenn mehr Menschen Romane lesen würden?« Maria Josefa sah nachdenklich drein. »Das könnte sein. Stell dir vor, draußen ist Aufruhr, aber keiner macht mit, weil das Buch so spannend ist.« Sie lachte. »Ich klinge ja schon fast wie Tante Lisabeth. Manchmal habe ich das Gefühl, dass ihr Geist noch hier im Haus ist. Also, kein Gespenst. Mehr so eine Haltung. Eine, dass es vielleicht doch gleichgültig ist, was in Frankfurt geredet wird, solange hier alles seinen Gang geht und des Abends am Waldrand die Amseln singen.« Sie seufzte. »Nun ja. Die gute Tante war schon etwas wunderlich. Aber sie war dir wohlgesinnt, schon als du noch ein kleiner Junge warst und wir immer Angst um dich hatten.«

Sie zog einen Brief aus ihrem Retikül. »Stephanie hat geschrieben. Sie hat wieder eine Tochter geboren. Jetzt bin ich schon zum dritten Mal Grand-mère. Nur du lässt dir Zeit.«

Fasziniert betrachtete Bertram das baumelnde Täschchen. So etwas ist wirklich praktisch. Aber ein Mann mit einer Handtasche, das wäre nun kein Retikül, das wäre schlicht *ridicule*. Lächerlich. Ich bleibe bei meiner Brieftasche.

»Was schreibt sie denn sonst so?«

Seine Mutter schob ihm den Umschlag hin. »Lies selbst.«

Rasch überflog Bertram die eng beschriebenen Seiten. »Sie hat sich also mittlerweile eingelebt in Berlin.«

»Das kann man wohl sagen. Sie führt einen Salon, in dem sich die Geldleute Berlins ebenso treffen wie die Künstler. Und es scheint ihr zu gefallen. Erinnerst du dich noch daran, wie entsetzt sie war, als die Tante ihre Gesellschafterin zur Hochzeit mitbringen wollte? Und nun empfängt sie Theaterleute im eigenen Haus. Ja, ja, unsere Stephanie.« Sie lächelte. »Die Zeiten haben sich tatsächlich geändert. Als ich jung war, da ging man auch ins Theater und in die Oper. Aber gesellschaftlich verkehrte man nur mit seinesgleichen. Ich gebe zu, das habe ich bisweilen bedauert.«

Bertram stutzte. Es lag ein schwärmerischer Zug im Gesicht seiner Mutter.

»Ja, schau du nur. Ich war doch auch nicht immer Frau Geisenheimer. Als Backfisch habe ich für einen Tenor von der Oper geschwärmt. Zum Glück ist da nichts draus geworden. Er hat, wie ich gehört habe, sich später der Trunksucht ergeben. Aber das hatte wohl nichts mit mir zu tun.«

Im Nebenzimmer schlug eine Uhr.

»Oh, schon fünf. Dann schicke ich dich jetzt heim zu deiner Frau. Wir haben hier unsere festen Zeiten. Dein Vater ist es so gewohnt. Sonntags um Viertel nach fünf kommt der Pfarrer. Der kann Freimaurer nicht ausstehen. Und du kannst ja auch nicht so gut mit ihm. Da ist es besser, wenn du gehst.«

Tante Lisabeth muss wirklich ihre Aura hier im Haus hinterlassen haben, dachte Bertram. So direkt bist du früher nie gewesen, Maman.

»Ach, es liegt wohl nicht an der Freimaurerei. Auch wenn er mir vorgeworfen hat, wir seien allesamt gottlose Gesellen. So ist es natürlich nicht.«

»Und ihr seid nicht alle Gesellen, so viel habe ich auch verstanden.«

»Du beliebst zu scherzen, Maman. Aber das gefällt mir. Ich wünsche dir noch einen schönen Sonntag. Und grüßt den Vater von mir.«

Bertram wusste genau, dass seine Mutter es gerne sah, wenn er sich persönlich von seinem Vater verabschiedete. Ob sie ahnte, wie viel Überwindung ihn das kostete? Immerhin bestand sie nicht darauf, schon gar nicht, wenn weiterer Besuch anstand. »Das strengt ihn dann doch zu sehr an«, hatte sie vor einiger Zeit entschieden. Und Bertram war das nur allzu recht.

An der Gartentür drehte er sich noch einmal um. Ja, dort in der Ecke, da war das Fenster, in das er damals immer gestiegen war, wenn er des Nachts heimlich Annemie hatte besuchen wollen. Das war schon längst nicht mehr nötig. Aber schön gewesen war es doch. Schmunzelnd ging er zum Bahnhof.

Bis zur Endstation blieb er allein in seinem Erste-Klasse-Abteil. Das kam ihm sehr gelegen, denn so konnte er ungestört seinen Gedanken nachhängen.

Ich bin Onkel, freute er sich. Friederike Maria, Eleonore Christina und jetzt also Louisa Elisabeth. Ein bisschen merkwürdig ist es schon, dass Stephanie mir nicht geschrieben hat. Aber vielleicht kommt der Brief ja noch.«

Und tatsächlich wartete zu Hause ein Umschlag auf ihn.

»Es tut mir leid«, entschuldigte sich Christabell. »Der ist wohl aus Versehen unter meine Post geraten, und ich habe es erst heute bemerkt.«

»Ist schon gut«, murmelte Bertram und schloss die Tür zum Herrenzimmer. Von wegen, dachte er. So blöd kannst selbst du nicht sein, dass du es nicht merkst, wenn auf dem Umschlag nicht dein Name steht, sondern er an Herrn und Frau Geisenheimer gerichtet ist. Ich traue dir sogar zu, dass du es mit Absicht getan hast, einfach nur, weil du es nicht erträgst, dass Stephanie und ich uns immer gut verstanden haben. Ich bin dich einfach satt, hörst du? Dich und deine Schussligkeit, deinen schläfrigen Verstand und alles. Wenigstens lässt du dich nicht gehen. Du bist immer noch eine ansehnliche Erscheinung. Solange du nicht mehr als fünf Worte am Stück sagst.

Auf dem Tisch im Herrenzimmer lagen auch die Zeitungen. Die *Geschäftsnachrichten* hatten sich gemacht. Längst war das Blatt nicht mehr das Sorgenkind von einst. Trotzdem erhielt Bertram auch regelmäßig eine Berliner Zeitung.

»Ich traue den Preußen immer noch nicht wirklich über den Weg«, vertraute er seinen Logenbrüdern an. »Dieser Bismarck hält es doch nur mit der Verfassung, solange es seinem König nützt. Ein Ministerpräsident, der den Landtag und dessen Willen so missachtet, das kann doch nicht gut ausgehen!«

Besonders die jüngeren Mitglieder der Loge Sokrates zur Standhaftigkeit pflichteten ihm bei. Und selbst der Schwager im fernen Berlin schrieb, er fände es bedenklich, wie mit der Presse umgegangen würde. »Zwei Warnungen, und dann wird eine Zeitung auch schon verboten, nur weil angeblich jemand die öffentliche Wohlfahrt gefährdet durch seine Gesamthaltung? Das ist doch ein Blankoschein, Missliebige mundtot zu machen.

Nein, wir leben gewiss nicht im fortschrittlichsten Staat des Deutschen Bundes.«

»Immerhin versucht er, den Bund zusammenzuhalten«, wandte Franz ein. Normalerweise vermied Bertram es, sich mit dem Vetter über Politik auszutauschen. Zu weit klafften ihre Ansichten auseinander. Aber dann brach der Krieg gegen die Dänen aus.

»Ich habe es nicht vergessen!«, wurde Bertram nicht müde zu betonen. »Es waren die Preußen, die es zugelassen haben, dass der Dänenkönig die Hoheit über Schleswig und Holstein bekam. Da braucht sich niemand zu wundern, wenn der sich nicht daran hält, dass der Deutsche Bund für jedes seiner Gebiete einen Landtag fordert. Macht nur auf dem Papier, das duldet doch kein Monarch. Und jetzt haben wir die Bescherung.«

»Immerhin zeigt der Erfolg auf den Düppeler Schanzen, dass Bismarck recht hatte mit der Heeresreform. Und wer war es, der diese verhindern wollte? Deine Demokraten. Natürlich. Nennen sich Fortschrittspartei und sind erst einmal gegen alles.«

Bertram machte sich gar nicht erst die Mühe, seinem Vetter Franz zu widersprechen. Tatsächlich schien Bismarck für den Bund zu sein und nicht nur für Preußen. Oder war die Sache mit der Landständischen Verfassung nur der offizielle Auslöser für den Krieg gewesen, und in Wahrheit ging es um etwas ganz anderes? Die Zeitungen hielten sich da sehr bedeckt. Vielleicht lag es auch an der Zensur, wer konnte das schon sagen.

»Eines steht jedenfalls fest. Die modernen Geschütze haben dafür gesorgt, dass der Krieg nicht lange dauert. Vielleicht sollten wir uns auch einmal darum kümmern?« Franz und seine Ideen, dachte Bertram. Sicher, der Waffenhandel bringt eine hohe Rendite. Irgendwo wird ja immer geschossen. Aber es widerstrebt mir, daran zu gewinnen. Manchmal höre ich noch ganz genau, wie die Kugeln in den Fensterladen einschlagen, damals, als Frankfurt auf den Barrikaden war.

»Nein, Franz. Da mache ich nicht mit. Keine Waffen in unserem Portefeuille. Keine Waffen, hörst du, gleich welcher Art. Auch nichts für Jäger. Da ist für mich die Grenze.«

Er hat eindeutig schon wieder einen Plan, so wie er dreinschaut. Bertram kannte den Vetter mittlerweile gut genug, um aus dessen Mienenspiel lesen zu können. »Du glaubst doch auch nicht, dass sich die Krupps einfach so ein Stück von ihrem Kuchen mopsen lassen.«

»Es käme auf einen Versuch an. Und Krieg ist nun einmal gut fürs Geschäft.«

Das musste Bertram zugeben. Selbst der Tuchmarkt war in Aufruhr, seit die Lieferungen von amerikanischer Baumwolle durch den Sezessionskrieg gefährdet waren. Wer sich rechtzeitig um andere Quellen bemüht hatte, konnte nun die Preise bestimmen. Auch da hatte Franz wieder einmal seine Nase fürs Geschäft bewiesen. Und was ist, wenn er bei den Kanonen auch recht hat?, fragte sich Bertram. Nein, beschloss er. Es ist eine Sache, eine Situation zu nutzen, um seinen Profit zu machen. Aber wenn ich bedenke, wie viele Kriegsinvaliden auf die Wohlfahrtsanstalt angewiesen sind, Männer, die es in der Blüte ihrer Jahre getroffen hat und die nun nie mehr richtig arbeiten können?

»Ich bleibe dabei, Franz. Keine Waffen. Für niemanden. Da ist die Grenze. Wir können immer noch an einem Krieg gewinnen. Schau dir an, wie Bismarck die Schienen genutzt hat für den Truppentransport. Die Eisenbahn ist die Zukunft, nicht der Schießplatz.«

Bevor Franz schließlich klein beigab, versuchte er es ein letztes Mal. »Wir könnten uns doch aussuchen, wem wir was verkaufen. Ohne Österreich wären die Preußen gegen die Dänen aufgeschmissen gewesen, moderne Waffen hin oder her. Lass uns Wien ins Auge nehmen statt Berlin. Auch der Kaiser braucht Kanonen.«

»Welchen Teil von Nein verstehst du eigentlich nicht? Keine Waffen. Für niemanden. Das ist mein letztes Wort.«

»Du bist und bleibst ein verdammter Idealist«, knurrte Franz.

»Ein Realist, mein Lieber. Wie oft sind Österreich und Preußen schon gegeneinander ins Feld gezogen? Wer da dazwischen gerät, der wird aufgerieben. Ich sage dir, wenn Bismarck sein Haus in Ordnung hat, dann wird es wieder Krieg geben. Und dann gnade uns Gott, wenn wir da auf der falschen Seite stehen.«

Es kam, wie Bertram es befürchtet hatte, und das schneller als gedacht. Dem Kaiser in Wien waren die Bedenken der Frankfurter Kaufleute vielleicht nicht bekannt. Er wollte einfach nicht, dass Preußen immer mächtiger wurde. Ein Vorwand war schnell gefunden, und der Streit um die Verwaltung der von Dänemark gewonnenen Gebiete war der Beginn. Als preußische Truppen im Juni 1866 in Holstein einmarschierten, verlangte der Kaiser die Bundesexekution.

Bertram versuchte gar nicht erst, Christabell zu erklären, um was es dabei ging. Der Bundestag entschied, dass die Selbsthilfe der Preußen ohne Einbeziehung des Deutschen Bundes einen Verstoß gegen die Verträge darstellte. Aber auch der preußische König war der Ansicht, sich an die Bundesordnung zu halten. Der militärische Eingriff gegen ein Bundesmitglied konnte nur den Bruch der gemeinsamen Verfassung bedeuten. Schon marschierten die Soldaten, wobei die aus Frankfurt auf der Seite des Bundes kämpften.

»Das wird uns noch leidtun, ich sage es dir, Franz.«

»Leid tut es mir erst einmal um die schönen Geschäfte. Stell dir vor, was wir für eine Rendite hätten, wenn die Stadt Frankfurt ihre Waffen bei Geisenheimer holte?«

Bertram schüttelte den Kopf. »Du bist unverbesserlich. Du glaubst doch nicht ernsthaft, dass unsere paar Hanseln etwas ausrichten können gegen Bismarck?«

»Aber wir sind doch nicht allein! Der Bund steht hinter uns!«

»Vor uns wäre mir lieber. Ich sage dir, das werden wir noch bereuen. Und schneller, als es uns lieb ist.«

Schon am 16. Juli war es so weit. Die siegreichen Preußen besetzten Frankfurt und verlangten fast sechs Millionen Gulden Kriegskontribution.

»Verloren ist verloren«, sagte sich der Rat und zahlte zähneknirschend. Doch nur wenige Tage später baten die Preußen erneut zur Kasse. Diesmal sollten es 25 Millionen sein.

»Und das bei nur fünfunddreißigtausend Seelen in der Stadt!« Bürgermeister Fellner intervenierte. »Es sind nur achttausend Bürger steuerpflichtig. Wie soll das gehen?« Vergebens. Die Sieger blieben unerbittlich. Und der Stadtrat weigerte sich.

»Noch nicht einmal um die von Fellner vorgeschlagene Ratenzahlung will der Rat bitten!«, berichtete Franz, der mit der Nachricht vom Römer kam.

»Das lassen sich die Preußen doch nie im Leben gefallen«, lautete Bertrams Antwort. Und so war es auch. Natürlich durfte die Presse nicht berichten, was sich wirklich tat. Aber schnell machte die Wahrheit die Runde. Der preußische Stadtkommandant hatte vom Bürgermeister eine Proskriptionsliste gefordert. Die Namen und Besitzverhältnisse aller Mitglieder der städtischen Körperschaften sollten offengelegt werden. Martin Konstanz Viktor Fellner sah keinen Ausweg mehr. An seinem Geburtstag schied er frühmorgens freiwillig aus dem Leben. Über sechstausend Frankfurter gaben ihm das letzte Geleit zum Hauptfriedhof, obwohl die Militärbehörde angeordnet hatte, die Beisetzung schon um halb fünf in der Frühe vorzunehmen.

»Es war großartig«, berichtete Bertram der Mutter bei seinem nächsten Besuch in Niederrad. »Bei der Trauerfeier war auch Landrat von Diest, der neue Zivilkommissar der Preußen. Dem hat Kugler, also Fellners Schwager, schweigend die Proskriptionsliste überreicht. Ein leeres Blatt, kein einziger Name stand darauf. Stattdessen hat er den Strick bekommen, mit dem sich Fellner erhängt hat. Man hätte eine Stecknadel fallen hören können.«

Die Mutter war nicht begeistert. »Ihr Männer und eure großen Gesten. So etwas gehört sich einfach nicht. Es war doch eine Trauerfeier.«

»Das war sie. Und sie war großartig.«

Weniger großartig war die Lage in der Stadt, die ihre Unabhängigkeit verloren hatte. Natürlich ging der Handel weiter. Aber Bertram verlor zunehmend die Lust am Tagesgeschäft. Nicht einmal Annemarie konnte ihn aufmuntern.

»Ich will hier fort«, sagte er. »Es macht einfach keinen Spaß mehr. Und jeden Tag das lange Gesicht von Franz, der so deutlich nicht sagt, dass wir mit dem Waffenhandel vielleicht doch etwas hätten bewirken können, da könnte er genauso gut schreien.«

»Du kennst ihn doch, deinen Vetter. Der findet schon bald eine neue Geschäftsidee, und dann hat er das mit den Waffen wieder vergessen.«

Die neue Anregung kam allerdings nicht von Franz, sondern aus Berlin. Der Schwager hatte geschrieben.

»Es wird dich vielleicht etwas wundern, aber die Preußen haben schon sehr genau hingeschaut, wer sich wie verhalten hat im Krieg. So kurz er auch war. Der Name Geisenheimer hat bei den Herrschenden einen guten Klang. Dass du Demokrat bist, stört sie nicht. Komm nach Berlin. Ich öffne dir sämtliche Türen.«

Bertram überlegte nicht lange und packte die Koffer. »Willst du mit, Annemie? Christabell kann bleiben, wo sie ist. Von mir aus mag sie in ihr geliebtes Fischernest fahren, Heringsdorf oder wie das heißt. Komm du mit nach Berlin. Wir werden ein schönes Leben haben. Also, wie wäre es?«

Annemarie sah ihn mit großen Augen an. »Und die Jungen? Das Haus?«, brachte sie schließlich hervor. »Das erste Mal in meinem Leben weiß ich, wo ich hingehöre. Und du willst mich mitnehmen nach Berlin, wo ich völlig abhängig sein würde von dir? Hast du mir eigentlich zugehört, als ich dir sagte, dass ich nie mehr abhängig sein möchte?«

Bertram grübelte. Ja, sicher, da war so etwas gewesen. Aber das ist doch keine Abhängigkeit, wenn ein Mann für eine Frau sorgt, dachte er, das ist eben so. Da ist doch nichts weiter dabei. Dass sie nicht mehr heiraten will, das habe ich ja begriffen. Und das kommt mir ja auch ganz gelegen. Und ich will sie nun einmal bei mir haben.

»Was spricht denn dagegen, dass ich für dich sorgen will? Und wenn du das Haus nicht verkaufen willst, sondern es erst einmal vermietest, hast du sogar ein eigenes Einkommen. Also, wo liegt das Problem?«

Annemarie schüttelte den Kopf. »Du begreifst es einfach nicht. Du willst nach Berlin, du willst mich, du denkst, du nimmst mich einfach so mit und alles ist gut. Aber wo stehe ich in dieser Rechnung, wo bleiben meine Wünsche?«

»Ja, willst du denn nicht mit mir zusammen sein?«

Er klingt, als fiele er gleich aus allen Wolken, dachte Annemarie.

»Darum geht es doch gar nicht. Sieh es einmal so. In Sachsenhausen bin ich die Witwe Hufdotter, die mit ihren beiden Söhnen den Alltag ganz gut bewältigt. Von Karl weiß hier niemand. Der Bauer lässt sich seine Verschwiegenheit gut bezahlen, aber das tut jetzt nichts zur Sache. Hier bin ich jemand. Aber in Berlin? Wer bin ich da? Da wäre ich doch nur wegen dir, als dein Anhängsel.«

Bertram machte ein schmollendes Gesicht. »Du tust ja gerade so, als sei es eine Strafe. Sieh es mal so, in Berlin kennt dich niemand. Du kannst nicht nur Ludwig und Andreas mitnehmen. Sondern eben auch den Karl. Die Jungen gehen in Berlin genauso gut auf die Schule wie hier. Da können sie sogar studieren, wenn sie wollen. Also behaupte nicht, es wäre wegen der Kinder.«

Immerhin hat sie versprochen, dass sie es sich überlegen wird, dachte er, als er am Abend wieder im Herrenzimmer saß und bei einem Cognac darüber nachdachte, wie er Christabell die Sache schmackhaft machen konnte. Aber seine Frau zeigte sich durchaus angetan von der Idee, auf längere Zeit in Heringsdorf zu leben.

»Sie hat sich sehr schnell mit dem Gedanken abgefunden«, berichtete Bertram bei einem Besuch in Niederrad. »Richtig zufrieden dreingeschaut hat sie.«

»Das tut sie letzthin meistens, *mon cher.*« Maria Josefa Geisenheimer hatte nun endlich die Gelegenheit, ihrem Sohn durch die Blume mitzuteilen, was sie seit einiger Zeit schon bewegte. »Sie scheint mir deutlich gelassener zu sein. Und hat sie nicht auch ein bisschen zugelegt, in der Silhouette? Sollte es doch noch werden, dass ich einen Enkel bekomme, der den Namen Geisenheimer weitertragen wird?«

Sie schaut richtig hoffnungsfroh drein, dachte Bertram. Aber das wird wohl nichts. Einstweilen. Ich hätte mich einfach nicht in diese Ehe begeben sollen. Vielleicht hatte Franz ja auch unrecht, was die Gerüchte betrifft. Aber nun sitze ich offenbar in der Falle.

»Da muss ich dich leider enttäuschen, Maman. Wenn Christabell Mutter würde, das wüsste ich doch wohl.«

Seine Mutter hatte nichts weiter dazu gesagt, aber Bertram verstand die unausgesprochene Botschaft sehr wohl.

»Es ist mir gleichgültig, Christabell, was du in deinem Heringsdorf anstellst. Geh spazieren, miete dir einen Badekarren, besuche die Teestunde im ersten Haus am Platz, von mir aus fang an zu malen. Tu was du willst. Aber mach mir keine Schande. Wenn du auch nur versuchst, mir ein Kind anzuhängen, sind wir geschiedene Leute.«

Christabell sicherte ihm alles zu und verschwand schließlich in ihrem Boudoir. Bertram setzte sich mit seinem Cognac ins

Herrenzimmer und las in der Zeitung. Aber der Gedanke an Annemarie lenkte ihn ab. Dass sie so ganz anders sein muss als Christabell, dachte er. Ich genieße es ja, gerade das genieße ich, aber es ist nicht immer ein Leichtes mit ihr. Sie und ihre verrückte Unabhängigkeit. Sie ist doch eine Frau, da ist und bleibt es normal, dass ein Mann sich um sie kümmern will. So gehört es sich nun einmal.

Sein Blick wanderte über die Börsenkurse. Um meine Wertpapiere muss ich mich auch wieder einmal kümmern, dachte er. Die Eisenbahnaktien stehen gut. Die machen mir keine Sorgen. Auch die Dillinger Hütte behalte ich. Aber hier? Und hier? Endlich ließ Bertram die Zeitung sinken. So mache ich das, beschloss er. Bei denen ich Zweifel habe, dass die Bonität noch lange mitmacht, die stoße ich ab. Von dem Geld richte ich mich in Berlin gut ein. Für Annemie sorge ich mit einem eigenen Konto. Das läuft erst einmal auf den kleinen Karl, und sie verwaltet es. Das sollte doch wohl genügen, dass sie sich unabhängig fühlen kann. Und dann geht es ab nach Berlin! Gerade noch hielt er sich zurück und warf das Cognacglas nicht in den Kamin. Stattdessen rieb er über seine linke Westentasche, dort, wo der Zinnelefant seinen Platz hatte.

Wenige Wochen später saß Bertram in einer Pferde-Eisenbahn in Berlin, den Schwager neben sich. »Optimal ist das natürlich nicht«, sagte der, »die Pferde verursachen eben viele Kosten. Und im Winter ist es hart für sie. Aber als Ernst und Wilhelm Beskow letztes Jahr bei uns in der Bank standen und um einen Kredit anfragten, waren wir natürlich dabei. Der öffentliche Personentransport hat Zukunft, gerade in Berlin.« Er streckte dem Kondukteur die Billette hin. »Es ist nur gut, dass die erste Strecke nach Charlottenburg geht, da haben wir es nicht weit nach Hause.«

Stephanie begrüßte ihren Bruder überschwänglich. »Schön, dass man sich endlich wieder einmal sieht, und das nicht nur ganz kurz auf Geschäftsreisen.« Prüfend sah sie ihn an. »Und Christabell? Sie ist nicht mitgekommen?«

»Die sitzt in Heringsdorf und schaut der Ostsee zu«, erklärte Bertram und wich ihrem Blick aus.

»Wenn das so ist, willst du dann nicht erst einmal hier bei uns unterschlüpfen?«

Bertram lehnte dankend ab. Er hatte sich eine schöne Wohnung in Charlottenburg gesichert, die auch ausreichend Platz für Annemarie und die Kinder bot. Allerdings hatte die sich eine separate Wohnung gemietet.

Ludwig und Andreas hatten sich bereits in Berlin eingewöhnt und freuten sich schon auf die Schule, die nun bald beginnen sollte. Karl vermisste zwar die Tiere des Bauernhofs, aber die Mama hatte er auch lieb, wie er nicht müde wurde zu betonen. »Wir gehen am Sonntag in den Zoologischen Garten«, verkündete er stolz, als Bertram seine Annemie besuchte.

Das Konto für Karl hatte sie sich zwar gefallen lassen, aber mit Bertram zusammenziehen, das wollte sie immer noch nicht.

»Ich will als eigenständige Frau gelten«, sagte sie. »Und das kann ich unmöglich sein, wenn ich bei dir wohne.«

Bertram tat es schließlich als Schrulle ab. Meine Annemie ist eben eine ganz Eigene, dachte er. Und irgendwo hat sie schon recht. Solange ich sie nicht als meine Frau vorstellen kann, sollte sie besser für sich wohnen. Aber sie will ja ohnehin nicht mehr heiraten, da brauche ich mich nicht um ein Haus zu bemühen. Ich frage mich nur manchmal, was sie so den ganzen Tag treibt, hier im großen Berlin. Wen kennt sie denn schon?

Wie es sich herausstellte, kannte sie zum Beispiel Stephanie.

»Denk dir, Bertram!«, sagte die. »Ich habe doch gestern im Zoologischen Garten tatsächlich Tante Lisabeths alte Gesellschafterin getroffen. Nun ja, so alt ist sie gar nicht. Sie wohnt jetzt in Berlin, hat sie mir erzählt. Und ich habe sie zu meinem nächsten Salon eingeladen. Kommst du denn auch?«

Das hätte Bertram nur zu gerne getan, aber wie sich herausstellte, war die Angelegenheit doch etwas komplizierter als ein einfaches Wiedersehen mit einer ehemaligen Angestellten der Großtante.

Annemarie hatte mit ihrer Neuigkeit gewartet, bis er wieder bei ihr vorbeischaute. »Ich bin schwanger«, sagte sie und sah ihn abwartend an.

Bertram spürte den Puls in seinen Schläfen pochen. »Das kann doch einfach nicht wahr sein«, murmelte er.

»Oh doch, mein Lieber«, gab Annemarie zurück. »Und jetzt, Bertram, gilt es. Dieses Kind wird von Anfang an bei mir aufwachsen. Mit dir an meiner Seite oder eben nicht. Entweder du stehst zu mir, oder wir sind geschiedene Leute. Und zwar für immer. Also triff deine Entscheidung.«

11

Ach, der Herr Geisenheimer. Wieder zurück aus Berlin?« Bertram hatte es geahnt, dass ihn bei der Alten Limpurger einige kritische Blicke treffen würden. Man hatte nicht vergessen, dass er kurz nach der preußischen Besatzung Frankfurts ausgerechnet in die Höhle des Löwen gegangen war. Und wie war er zurückgekehrt? Mit einem Geldbeutel von respektabler Größe? Davon war ja nichts zu erkennen, lautete die einhellige Meinung im Zunfthaus der Kaufleute.

Euch werde ich das gerade auf die Nase binden, dachte Bertram. Der Erfolg des Hauses Geisenheimer ruht auch darauf, dass wir mehr hören als sagen.

Im Logenhaus würde der Empfang schon herzlicher ausfallen, hoffte Bertram. Und unter den Brüdern ließ sich vielleicht auch die Einsamkeit ein wenig vergessen. Denn Annemarie war in Berlin geblieben.

»Mit meinem Kind unter ihrem Herzen!«, klagte er. Dass die Sittlichkeit, welche die Freimaurer lehrten, im Grunde eine andere war als die von ihm gelebte, machten sie ihm nicht zum Vorwurf. Waren sie nicht alle Männer? Menschen und damit fehlbar? Und wenn ein Bruder Trost brauchte, wer waren sie denn, ihm diesen zu versagen?

Selbst Franz spürte, dass sein Vetter verändert aus der preußischen Hauptstadt zurückgekehrt war.

»Lass uns ausgehen!«, schlug er ein ums andere Mal vor, aber Bertram wollte nicht. Was zog ihn schon in die Äpplerschwemmen oder die einschlägigen Etablissements, von denen es nicht nur auf der anderen Mainseite etliche gab?

»Wenn ich es nicht besser wüsste«, scherzte Franz, »ich würde vermuten, du bist verliebt. Und das unglücklich.« Er lachte. »Oder vermisst du am Ende doch endlich deine liebreizende Christabell?«

»Halt eifach dei Gosch.« Bertram fehlte die Lust auf einen Streit mit dem Vetter. »Oder nutze sie fürs Geschäft. Lass hören, was du gerade machst. Deine Berichte nach Berlin waren ja eher spärlich.«

Zum Glück habe ich den alten Bednarz. Noch. Der wird nun auch bald nicht mehr wollen. Es wird Zeit, dass er einen Nachfolger findet und einarbeitet. Einer, der dem Franz weiter auf die Finger schaut.

Die Bücher waren tadellos. Auch der Geschäftsbericht enthielt keinerlei Überraschungen. Es schien, als ob Franz ein anwesendes Gegenüber brauchte, um wirklich kühne Ideen auf den Tisch legen zu können. »Da ist nur noch eines«, sagte er schließlich. »Die *Geschäftsnachrichten* sind ja mittlerweile eingeführt. Aber ein klares politisches Profil, das fehlt immer noch. Das haben wir ja schon gemerkt, als es um die amerikanischen Nachrichten ging. Da hätten sich etliche gewünscht, dass wir uns für den Süden und die Baumwolle oder aber für den Norden und die Industrie entschieden hätten.«

Bertram erinnerte sich nur zu gut an die hitzigen Diskussionen. »Du warst für den Süden, ich erinnere mich. Aber ich bin und bleibe nun einmal gegen die Sklaverei.«

»Als ob es da wirklich um die Sklaverei gegangen wäre!« Franz stellte mit einer empörten Geste sein Glas auf den Tisch. »Das weißt du so gut wie ich. Aber lassen wir das. Blicken wir lieber nach vorne.«

Fragt sich nur, ob das für uns beide in derselben Richtung liegt, dachte Bertram. Und tatsächlich, die politische Richtung, die Franz der Zeitung geben wollte, deckte sich in kaum einer Hinsicht mit den Überzeugungen Bertrams.

»Aber bedenke doch, was wir sparen, wenn wir den Mantel von der *Kreuz-Zeitung* übernehmen!«, ereiferte sich Franz. »Und das ist ja nun keineswegs ein Käseblatt. Immerhin ist ein Herr Fontane dafür tätig.«

»Der kann wenigstens schreiben. Wie auch der Goedsche. Aber dem traue ich nun wirklich nicht über den Weg. Von dem werden wir noch einiges lesen, das uns ganz und gar nicht gefallen wird, da bin ich mir sicher. Aber was nützt es, Männer zu nennen, die gut sichtbar sind? Wer steckt denn hinter der *Kreuz-Zeitung,* na?«

»Gut«, lenkte Franz ein, »es sind und bleiben die Preußen. Aber sie wollen ein geeintes Deutschland. Und Preußen ist nun einmal die stärkste Macht, da ist es nur natürlich, wenn es eine entsprechende Stellung einnimmt, wenn es endlich wieder einmal ein Reich gibt. Und wenigstens in der Reichsfrage, da sind wir uns doch einig, oder?«

Bertram seufzte. »Wenn es nur das wäre, da könnten sich viele einigen. Aber das mit der *Kreuz-Zeitung,* das vergiss mal lieber schnell. Wer hinter dem Blatt steckt, das sind die Junker, das sind die Konservativen. Das Kapital, gewiss. Aber dass die für eine freie Wirtschaft oder gar ein freies Land wären, das kannst du nicht ernsthaft behaupten wollen.«

Franz lehnte sich weit zurück und reckte sich. Dann ließ er die Fingerknöchel knacken. »Das Kapital. Genau. Die Konservativen haben nun einmal das Geld. Und wenn wir von deren Kuchen etwas abhaben wollen, müssen wir eben der Köchin schöntun, wenn sie uns nicht so ein Stück abgibt.«

Wider Willen musste Bertram lachen. »So, so. Der Köchin schöntun. Mein sauberer Herr Vetter poussiert mit den Dienstboten.«

Franz machte ein beleidigtes Gesicht. »Nun komm schon, du weißt doch ganz genau, wie ich das meine.«

»Das ist es ja eben. Ich weiß es nur zu genau. Du willst wieder einmal ein Geschäft machen. Und wenn nur die Rendite stimmt, dann ist es dir völlig gleichgültig, mit wem du es abschließt. Und ja, ich weiß, dass Bismarck ein Abgeordneter der Konservativen ist. Aber ich sagte es ja schon. Es geht nicht um die im Vordergrund. Wer sich hinter den Kulissen verbirgt bei dieser Partei, das macht mir viel mehr Sorgen. Wenn ich das schon lese, was sie immer wieder gegen die Israeliten stänkern. Als wären sie fest davon überzeugt, dass es eine jüdische Verschwörung gäbe. Das ist doch völliger Blödsinn. Und so etwas glauben erwachsene Männer!«

Franz hatte längst aufgehört zu lächeln. »Und was macht dich da so sicher? Sieh dich doch nur einmal um. Rings umher Getaufte, deren Großväter noch Moschele hießen. Oder Schmul.«

»Ich weiß ja nicht, wo du hinschaust, Franz. Aber es gefällt mir nicht.«

»Darauf läuft es immer hinaus, nicht wahr? Es muss immer alles *dir* gefallen. Und dann hat die Welt eben auch so zu sein, wie es dem Herrn Geisenheimer genehm ist. Aber so läuft der Hase nun einmal nicht.«

Bei dem sitzt doch offensichtlich etwas viel tiefer, dachte Bertram. Jetzt zeigt sich endlich der wahre Franz. Es passt ihm einfach nicht, dass ich entscheide, dass er warten muss. *Er* ist es, der abhängig von mir ist. Nicht du, Annemie. Wie gerne hätte ich jetzt deinen Rat.

»Franz, ich möchte nicht mit dir streiten. Wirklich nicht. Auch wenn ich grundsätzlich anderer Meinung bin als du. Und nicht nur, was die Juden betrifft.«

Ich will Frieden in meinem Haus, dachte Bertram. Langsam hob er die Cognacflasche und sah den Vetter an. Der nickte nur kurz, aber längst noch nicht versöhnt. Mit einem vollen Glas in der Hand lehnte sich Bertram wieder zurück.

»Also, ganz gleich, was die Juden anbelangt, getaufte oder ungetaufte. Wenn wir uns den Mantel dieses Junkerblatts umhängen, was meinst du, wie das hier in Frankfurt wirken wird? Das Blatt wird zwar von allen Leuten kurz *Kreuz-Zeitung* genannt, aber der eigentliche Name, der immerhin auch ganz groß vorne auf der Titelseite prangt, der lautet nun einmal *Neue Preußische Zeitung*. Ob das unsere Frankfurter wirklich goutieren werden?«

»Und solche Worte von einem, der freiwillig nach Berlin ist.« Franz lächelte schon wieder. »Es weiß ja keiner, dass du hauptsächlich in Sachen Eisenbahn dort warst. Das braucht auch niemand zu erfahren, außer vielleicht die Aktionärsversammlung. Und selbst die muss es nicht unbedingt wissen.« Er schnupperte an seinem Glas. »Gudes Stöffsche, das muss ich dir lassen. Also gut, allzu große Nähe zu Preußen, das könnte uns auf die Füße fallen. Auch wenn ich immer noch der Meinung bin, dass sehr viele Frankfurter ähnlich denken wie ich. Nicht nur über die Juden.«

»Nun hör schon auf damit.« Selbst in seinen eigenen Ohren klang Bertrams Stimme resolut. »Ich mag diese Hetze einfach nicht mitmachen. So oder so, wenn wir es uns leisten, der preußischen Politik allzu warme Gefühle entgegenzubringen, dann werden wir uns die Finger verbrennen, ehe wir es uns versehen.«

»Und genau in dem Punkt bin ich auch anderer Meinung.« Franz stellte das Glas wieder ab. »Ich sage dir, die Fahne, die wir nun langsam zeigen müssen, ist die preußische.«

Es ging noch lange hin und her an diesem Abend. Keiner der beiden wollte nachgeben. Und allenfalls über die Qualität des Cognacs waren die beiden Vettern bereit, sich zu einigen.

Bertram lag noch lange wach. »Ach, Annemie«, murmelte er in die Stille des Schlafzimmers hinein, »wärst du doch bei mir. Deinen Rat habe ich wirklich bitter nötig.«

Aber Annemarie Hufdotter dachte vorläufig nicht daran, nach Frankfurt zurückzukehren. Immerhin wechselten die beiden Briefe. Aber dass Bertram sie besuchte, das wollte sie einstweilen nicht erlauben. »Wenn du dich nicht mit mir zeigen kannst, dann brauchst du dich auch nicht blicken zu lassen bei mir«, hatte sie geschrieben. »Ich muss ein für alle Mal zu mir stehen. Viel zu lange habe ich Männer über mein Geschick entscheiden lassen. Und wenn ich mir die Politik anschaue, dann ist das Einzige, auf das ihr Männer euch wirklich einigen könnt, dass ihr Frauen nicht das Recht zugestehen wollt, für sich selbst zu bestimmen.«

Das sind ja ganz neue Töne, dachte Bertram. Ich verstehe zwar, was sie will, aber sie könnte es doch so gut haben! Warum will sie partout die Gesellschaft umkehren? Ich bin doch bereit, für sie zu sorgen. Das Konto für den Karl und sie ist ja nur eine kleine Sache. Sie weiß genau, dass es ihr niemals an etwas fehlen wird. Aber hat sie auch nur ein einziges Mal den Kredit angerührt, den ich ihr bei der Bank eingerichtet habe? Nein. Dafür ist sie viel zu stolz, meine Annemie. Er lächelte. »Ach, Annemie«, seufzte er. »Dir scheint die Berliner Luft ja wirklich gut zu bekommen. Aber ich brauche dich hier. In Frankfurt. Und in meinem Bett wärest du mehr als willkommen.«

Kurz bevor er einschlief, dachte er daran, dass er nun bald zum zweiten Mal Vater werden sollte. Wieder ein Kind, das ich nicht stolz den Eltern präsentieren kann. Es ist schon vertrackt. Wenn das so weitergeht, übernimmt doch noch irgendwann Franz die Firma. Kopfschüttelnd schlief er ein.

»Ich habe nachgedacht«, empfing er Franz am nächsten Morgen im Kontor. »Wir werden uns ganz bestimmt nicht einig mit der Zeitung.«

Franz sah missmutig drein. Mit wehen Augen lugte er zum Fenster. »Mist, ist das hell«, murmelte er.

Er hat wieder dem Wodka zugesprochen, dachte Bertram. Genau so sahen Vaters Augen immer aus, wenn er die halbe Nacht versucht hatte, all seine Probleme in den Weiten der russischen Steppe zu verlieren. Aber ich habe kein Mitleid mit dir, Freundchen. Wer saufen können will, muss auch mit den Folgen fertigwerden.

»Also, was hast du entschieden?« Franz klingt, als ob er sich klaglos in alles schicken würde, wenn er nur wieder ins Bett darf. Na warte, dachte Bertram, was jetzt kommt, wird dich aber aufwecken.

»Ich habe noch einmal darüber nachgedacht, was du gestern gesagt hast. Über das klare Profil der Zeitung. Je eindeutiger das ist, desto mehr beschränken wir uns auf bestimmte Zielgruppen.«

Der Vetter brummte etwas, das wie eine Zustimmung klang.

»Aber wer sagt denn nun eigentlich, dass wir nur eine einzige Zeitung haben müssen? Das wäre doch die Lösung. Du versorgst die Konservativen mit Nachrichten. Und die Demokraten bekommen auch ein Blatt, das ihnen gefällt. Und schon haben wir mehr Verbreitung, als wir mit einer einzigen Zeitung jemals erreichen könnten.«

Franz hielt sich den Kopf. »Noch einmal ganz langsam, bitte«, flehte er. »Du sagst, du willst dir selbst ein Konkurrenzblatt schaffen?«

»Ach was!« Wie konnte der Vetter nur so verkatert sein, dass er die Brillanz dieser Idee nicht begriff! Bertram langte nach der Tischglocke. Während Franz sich noch die schmerzenden Ohren hielt, war schon einer der Lehrjungen herbeigeeilt.

»Bitte schön, Herr Geisenheimer?«

»Spring mal zur Köchin, Georg, und lass dem Herrn Geisenheimer hier einen ordentlichen Kaffee machen. Am besten gleich eine ganze Kanne. Aber spute dich, hörst du?«

Mit einem Lächeln sah Bertram dem davoneilenden Knaben nach. Dann wandte er sich wieder Franz zu.

»Vielleicht sorgt ja der Kaffee dafür, dass du wach wirst, Vetter. Und dann reden wir endlich Tacheles.«

Nach dem gestrigen Gespräch ahnte Bertram, dass Franz nicht gerade freundlich auf ein jiddisches Wort reagieren würde. Na und?, dachte er sich. Da muss er eben durch. Wie viele unserer Geschäftspartner haben zunächst den Namen Moses gelernt und dann erst Jesus für sich entdeckt. Wenn überhaupt. Da halte ich es doch mit Schiller: Alle Menschen werden Brüder. Ach was. Sie sind es bereits. Und meinetwegen auch Schwestern, wenn es denn Annemie erfreut.

Endlich brachte Georg den gewünschten Kaffee. Die Köchin hatte ihm ein Tablett mitgegeben, auf dem neben der Kanne Zucker, Milch, zwei Tassen und eine kleine Schale mit Naschwerk standen.

»Bethmännchen!«, freute sich Bertram. »Wie passend.«

Das feine Marzipankonfekt gehörte seit einigen Jahrzehnten wie der Äppler zu Frankfurts Spezialitäten. Dass der Name auf eine der ältesten Bankiersfamilien der Stadt anspielte, das musste ein gutes Omen sein.

»Also, kommen wir zur Sache, Franz. Ich bin dafür, sowohl den Konservativen als auch den Demokraten eine eigene Zeitung zu bieten. Natürlich mit getrennten Redaktionen, das versteht sich wohl von selbst. Und um das eine Blatt kümmerst du dich, um das andere ich.«

Franz traute seinen Ohren kaum. »Ich soll die Redaktion übernehmen?«

»Nur, wenn du willst. Von mir aus kannst du auch im Hintergrund bleiben. Ich glaube, ich werde mich als Redakteur versuchen, oder wenigstens hin und wieder etwas beitragen. Du kannst das halten, wie du willst. Beim Inhalt lasse ich dir freie Hand. Das heißt, in Maßen, versteht sich. Treib es nicht zu toll, durch die Zensur musst du schon selbst durch. Und das Thema Juden, das klammere nach Möglichkeit aus.«

Franz starrte in seine Tasse. »Ich fasse es nicht«, sagte er schließlich. »Bisher war ich doch zuständig für die weitreichenden Ideen, für den großen Entwurf. Und jetzt kommst du und revolutionierst mal eben so die Presselandschaft. Zwei Zeitungen mit unterschiedlichen politischen Ausrichtungen, aus ein und demselben Haus. Wenn das mal nur gut geht.«

»Wir müssen es ja nicht gleich an die große Glocke hängen«, beruhigte ihn Bertram. »Und du wirst sehen, das wird schon. Vor allen Dingen weil wir ja beide dieselben Nachrichten nutzen. Von der Reuters Telegraphic Company. Auf die schwörst du doch.«

Gut, dass Franz nicht ahnt, was ich über Paul Julius Reuter weiß, dachte Bertram. Ob er so von der Zuverlässigkeit der telegrafischen Nachrichten überzeugt wäre, wenn er wüsste, dass der Firmengründer bis zu seiner Taufe Israel Beer Josaphat geheißen hat? Selbst schuld, wenn er es nicht weiß. So etwas erfährt man eben doch eher im Logenhaus als in der Äpplerschwemme. Und es zeigt, dass es ein dummes Vorurteil ist, was Franz über die Juden denkt.

»Gut«, meinte Franz endlich. »So könnte es tatsächlich gehen. Aber was wird mit all dem Übrigen? Wenn wir beide uns um die Zeitungen kümmern, wo bleibt denn da das Tagesgeschäft?«

»Du tust ja gerade so, als sei das Blattmachen ein Vollzeitberuf. Solange wir nicht täglich erscheinen, wird sich das doch sicher einrichten lassen. Und wozu hat man denn Redakteure, Rezensenten und Korrespondenten? Die werden nach Zeilen bezahlt, es ist also in ihrem eigenen Interesse, dass sie schreiben. Ja, dann sollen sie eben.«

Franz sah zwar immer noch ein bisschen zweifelnd drein, aber vielleicht waren das noch die Nachwirkungen des Wodkas. Bertram hoffte es zumindest. Sacht strichen seine Finger wieder einmal über den Zinnelefanten in der Westentasche. Und als in der nächsten Woche ein Brief aus Berlin eintraf, in dem ihn Annemie in seiner Entscheidung bestärkte, war er sich seiner Sache sogar einigermaßen gewiss. Frohgemut machte er sich daran, eine Redaktion zusammenzustellen. Und auch diesmal waren ihm seine alten Kontakte vom Montagskränzchen nützlich. Auch in der Loge Sokrates zur Standhaftigkeit hatte er vorgefühlt. Doch dort galt es erst einmal, eine alte Bekanntschaft zu erneuern.

»Hallo, Bertram«, sagte der grauhaarige Mann und stemmte sich mühsam aus dem Sessel in der Bibliothek des Logenhauses. Bertram grübelte. Das Gesicht kam ihm seltsam vertraut vor, trotz der eingefallenen Wangen. Aber wen kannte er, dem das rechte Bein fehlte? Seine Gedanken rasten.

»Michael?«, fragte er schließlich »Michael Scherbaum?«

»Ganz recht, mein Lieber! Dein Kabinennachbar auf der Überfahrt nach Amerika. Gut schaust du aus, mein Bester!«

Das kann ich von dir nicht gerade behaupten, dachte Bertram. Was ist nur aus dem jungen Mann geworden, der Deutschland voller Hoffnungen hinter sich gelassen hatte?

Bis lange in die Nacht saßen die beiden zusammen. Michael Scherbaum erzählte, wie es ihm in Amerika ergangen war. Im Goldrausch hatte er es zu einem gewissen Wohlstand gebracht, nicht mit einer eigenen Mine, sondern weil die Digger dringend Ärzte brauchten.

»Ja, und dann begann der Krieg«, sagte der Heimkehrer und verstummte.

Da hat er vermutlich das Bein verloren, dachte Bertram. Schweigend saßen sie beisammen, bis Michael Scherbaum endlich weitersprach.

»Ich habe Dinge gesehen, Bertram, die glaubst du nicht. Wir waren viel zu wenig Ärzte und Sanitäter. Und ganz gleich, wer die Schlacht gewann, zunächst wurden die Sieger behandelt. Auch wenn der eine nur einen Streifschuss abbekommen hatte und direkt neben ihm ein Feind verblutete.« Nachdenklich hob der Arzt sein Glas und hielt es gegen das Licht. »Es war eine schreckliche Zeit. So manch einer ist verroht. Oder er wurde gleich wahnsinnig darüber. Und es waren die Schlechtesten nicht.« Er seufzte. »Wenigstens kann ich von mir sagen, dass ich dieser Hölle einigermaßen unbeschadet entkommen bin. Sogar eine Handvoll Orden haben sie mir verliehen. Aber dann begannen die Indianerkriege aufs Neue. Und ich steckte noch tiefer drin.«

»Verstehe«, sagte Bertram. »Die Wilden haben dir dein Bein …«

»Blödsinn«, fuhr ihm der Arzt ins Wort. »Die Wilden waren wir. Ich war mit dabei, als Colonel Chivington seine Milizen und die Colorado-Kavallerie am Sand Creek losballern ließ. Die Cheyenne hatten längst aufgegeben. Aber das hat den Herrn Oberst nicht weiter gestört. Zehn tote Soldaten, keine vierzig Verwundete, das war nur die Fußnote zu der Meldung, mit der er seinen vollen militärischen Erfolg bekanntgab. Der einzige Offizier, der sich weigerte, auf die Indianer zu schießen, war Silas Soule. Der war der eigentliche Held, möchte ich meinen. Der und Leutnant Cramer. Der hat auch keinen Feuerbefehl gegeben. Alle anderen? Schlächter. Besonders Chivington.«

Bertram dachte angestrengt nach. Sand Creek? Hatte da nicht sogar etwas in den Zeitungen gestanden? Im Winter, vor ein, zwei Jahren, erinnerte er sich. Hundertvierzig tote Indianer, die sich ergeben hatten, und zwar schon lange, bevor der erste Schuss fiel, so hatte die Meldung gelautet. Bertram hatte es damals allerdings so recht nicht glauben wollen.

»Und das ist noch nicht einmal das Schrecklichste«, brach es aus Michael Scherbaum heraus. »Kinder. Frauen und Kinder. Sie haben sie alle niedergemetzelt. Alle. Nicht einmal die Hälfte im Dorf Männer, und von denen die meisten zu alt, um auf die Jagd zu gehen. Sechzig alte Krieger gegen siebenhundert Kavalleristen und Kanoniere. Und die waren alle besoffen, wie die Schweine, die sie waren. Als sich der Pulverdampf verzogen hatte, da wurde es richtig übel.« Der Arzt leerte das Glas in einem Zug.

»Glaube mir, Bertram, die Wilden, das sind nicht die, die ihre Heimat verteidigen. Sie denken anders als wir, gut. Sie sind oft grausam, und wie sie leben, das mag uns primitiv erscheinen. Aber die Wilden, die echten Wilden? Die tragen schicke Uniformen und schießen auf Frauen und Kinder. Und anschließend skalpieren sie sie.« Michael Scherbaum seufzte wieder. »Als ich das gesehen habe, da war der amerikanische Traum für mich endgültig vorbei. Da stand Chivington, stolz wie ein Pfau, die Waffen und der Hut behängt mit ... ich kann es gar nicht aussprechen. Finger, Zehen, andere Gliedmaßen. Mir dreht sich jetzt noch der Magen um, wenn ich daran denke. Du willst nicht wissen, was sie den Toten alles abgeschnitten haben.« Hart setzte der Arzt das Glas ab. »Da habe ich meine Orden genommen und sie vor ihm in den Dreck geworfen. Der Uniformrock kam als Nächstes. Und dann habe ich mich umgedreht und bin einfach gegangen. Chivington hat gar nicht erst versucht, mich aufzuhalten. Ich habe zugesehen, dass ich das Land so schnell verlassen konnte, wie mich meine Beine nur trugen.«

Unwillkürlich starrte Bertram auf die Stelle, wo Michael Scherbaums rechtes Bein hätte sein müssen.

»Ach so, das. Das ist erst später in Hamburg passiert. Eine Kutsche war durchgegangen, und ich habe versucht, sie aufzuhalten. Ich Held.« Michael Scherbaum lachte bitter. »Im Krankenhaus hieß es zuerst, ich hätte einen Orden verdient. Aber den habe ich abgelehnt. Ich trage nie wieder einen Orden. Und ich ziehe in keinen einzigen Krieg mehr. Selbst wenn ich könnte. Und schon gar nicht für die Amerikaner, diese Helden der Freiheit und Gleichheit.«

Bertram konnte nur noch den Kopf schütteln. Das war eindeutig nicht das Amerika, das er selbst kennengelernt hatte. »Und jetzt?«, fragte er schließlich. »Was hast du vor?«

»Ich weiß es nicht. Nach Heidelberg zurück? Wieder studieren? Sicher nicht. Und es ist noch genug da vom kalifornischen

Gold, ich muss also nicht arbeiten, wenn ich nicht will. Wer würde auch schon einen Krüppel wie mich einstellen? Vielleicht schreibe ich ja ein Buch. Du weißt nicht zufällig einen Verleger, der sich für einen anderen Blick auf Amerika interessiert?« Michael Scherbaum lachte wieder verbittert auf und schenkte nach.

Hat Annemie nicht schon in der Anfangsphase der *Geschäftsnachrichten* empfohlen, einen Fortsetzungsroman darin zu schalten? Bertram war ziemlich sicher, dass diese Idee von ihr gekommen war.

»Wie wäre es …«, begann er zögernd, »ich habe da eine Idee.«

Der Heimkehrer brauchte nicht lange überredet zu werden. Die Idee eines demokratisch ausgerichteten Blatts interessierte ihn. Und wenn die *Frankfurter Neue Nachrichten* seinen Bericht drucken wollte, Kapitel für Kapitel, warum nicht?

»Die Zeitung muss aber zunächst noch ins Leben gerufen werden«, warnte Bertram, aber Michael Scherbaum versicherte, dass er Zeit habe.

Nach und nach wuchs das Redaktionsteam, und als die erste Ausgabe erschien, machten die Zeitungsjungen selbst mit beschmutzten Exemplaren noch gute Geschäfte.

»Es hat eingeschlagen!«, meldete Bertram froh nach Berlin. Postwendend kam Annemaries Antwort.

»Du bist Vater geworden«, las er. »Ich habe unsere Tochter auf den Namen Elisabeth taufen lassen. Ich hoffe, das war in deinem Sinne.«

Aber immer noch wollte Annemarie nicht, dass er die Familie besuchte. »Es bleibt dabei. Entweder keine Heimlichkeiten oder keine Gemeinsamkeiten.«

Dass eine Frau so hart sein kann!, wunderte sich Bertram. Was heißt eine? Diese. Meine Annemie. Aber was soll ich denn machen? Durch meine Mitarbeit in der Zeitungsredaktion stehe ich doch noch mehr als früher im Licht der Öffentlichkeit. Und die Gegner warten nur darauf, dass sich der Geisenheimer eine

Blöße gibt. Gut, wenn es Spitz auf Knopf kommt, wird Franz vielleicht mit seiner Zeitung gegensteuern. Vielleicht. Die Politik gefällt ihm zunehmend. Leicht verdientes Geld, nennt er es. Ein paar Reden schwingen, den richtigen Leuten gefällig sein und abwarten können. Mehr braucht es nicht, so sagt er. Aber für mich ist es eine Herzensangelegenheit. Da muss ich mit meinen Wünschen zurückstecken, wenn es um die Sache geht. Und es steht ohnehin schon sehr viel auf dem Spiel.

»So geht es einfach nicht, Herr Geisenheimer!« Wie oft hatte er diesen Satz schon von Mitarbeitern seiner Redaktion hören müssen. »Sie wollten ein demokratisches Blatt. Das sind wir, weiß Gott. Aber das bedeutet eben auch, dass wir sehr genau darauf achten müssen, was wir wo wie sagen.«

Bertram hatte es mittlerweile gründlich satt, wie zerstritten die Demokraten untereinander waren. Hatten sie nach der gescheiterten Revolution nicht zehn Jahre der Repression überstanden? Waren sie nicht gestärkt aus der Versenkung wieder aufgetaucht, hatten vor acht Jahren im preußischen Abgeordnetenhaus mit achtundfünfzig Prozent der Sitze die Mehrheit gehabt? Und schon war es losgegangen mit den Flügelkämpfen, hatte sich die Fraktion Vincke gegen den freiheitlicheren Kurs der Abgeordneten rund um Max von Forckenbeck gestemmt und schließlich mit anderen die Fortschrittspartei gegründet.

»Alles alte Geschichten!«, hieß es in der Redaktion. »Die Frage ist doch, wie wir unsere Ziele erreichen können. Das geht eben derzeit nur mit Verhandeln. Verhandeln, paktieren, taktieren.«

»Und die Ideale bleiben auf der Strecke«, hatte sich Bertram beklagt. Er fühlte, wie sich seine Position in der Redaktion nach und nach veränderte. Es war meine eigene Idee, dass alle ein Mitspracherecht haben sollten, dachte er. Ein Chefredakteur, gut. Aber die Entscheidungen werden mehrheitlich gefällt. Und nun sitze ich da. Sie hören sich ja höflich an, wenn ich etwas zu sagen habe. Aber eigentlich wollen sie nur mein Geld. Es sind nicht die Brüder im Geiste, die ich mir erhofft hatte, Brüder, mit denen sich alles erreichen lässt. Abgesehen einmal von Michael. Und der hat es auch schwer genug. »Das kann man so nicht schreiben, denken Sie an die Leser, das ist zu grausam, das glaubt uns niemand, können Sie das beweisen, und, und, und.« Dass er den Mut noch nicht verloren hat, erstaunt mich.

»Kann ich Sie einen Moment sprechen, Herr Geisenheimer?« Adolphus Mertens stand in der Tür zum Kontor. Bertram sah überrascht auf. Die nächste Redaktionssitzung war doch erst für morgen anberaumt?

»Ich wollte gern unter vier Augen mit Ihnen sprechen.« Ein Chefredakteur, der auch ab und an hinter seinem Schreibtisch hervorkommt, dachte Bertram. Gut. So habe ich mir das vorgestellt. Es war richtig, ihm den Posten anzuvertrauen, auch wenn er eher ein Liberaler ist als ein Demokrat.

»Nun, dann lassen Sie mal hören.« Bertram lächelte freundlich. Dass Adolphus Mertens nicht ganz wohl war in seiner Haut, konnte er ihm ansehen.

»Nun ja, Herr Geisenheimer. Es ist ja Ihre Zeitung ...«

Es geht nicht an, dachte Bertram, es geht einfach nicht an, dass ein erwachsener Mann dermaßen herumdruckst. »Na los, heraus mit der Sprache«, sagte er.

»Ich will es kurz machen. Die demokratische Sache ist wichtig. Zu wichtig für persönliche Eitelkeiten. Jeder aufrechte Demokrat muss Ihnen dankbar sein für Ihr Engagement. Aber Sie könnten der Sache noch mehr dienen.«

Bertram seufzte. »Herr Mertens, reden Sie doch bitte nicht um den heißen Brei herum. Herrgott, dafür sind Sie ja mein Chefredakteur, damit Sie klar und deutlich Ihre Meinung sagen können. Also, worum geht es?« Er lachte kopfschüttelnd.

Adolphus Mertens straffte sich. »Nun gut«, sagte er. »Die politische Lage ist und bleibt problematisch für die Demokratie.

Zwischen der Zensur und der öffentlichen Meinung ist nicht viel Platz für Ausweichmanöver. Es geht um Sie, Herr Geisenheimer. Wir können uns einen Skandal einfach nicht leisten.«

Was soll ich denn angestellt haben?, fragte sich Bertram erstaunt. Annemie ist in Berlin, Christabell steckt in ihrem Heringsdorf, ich bin brav und fahre noch nicht einmal auf die andere Mainseite in gewisse Etablissements. »Was für einen Skandal?«, platzte es aus ihm heraus.

»Herr Geisenheimer, bitte seien Sie versichert, dass das nicht von mir kommt. Ich meine, wir sind erwachsene Männer. Und wir leben nicht mehr im Mittelalter. Aber zum Wohl der Sache muss ich Sie ernsthaft bitten, bevor Sie die Angelegenheit nicht ins Reine gebracht haben, nichts mehr für die Zeitung zu schreiben.« Adolphus Mertens atmete schwer, als sei er soeben von Sachsenhausen bis zur Hauptwache gelaufen. Bertram begriff immer noch nicht.

»Es tut mir wirklich leid, Herr Mertens. Aber ich weiß beim besten Willen nicht, wovon Sie reden.«

»Also gut. Gerüchte sind das eine. Es wird gemunkelt, dass Sie eine Geliebte in Berlin haben. Na und, möchte ich sagen, was tut das schon. Das wäre kein Grund, Sie um Zurückhaltung zu bitten. Aber ein Mann in Ihrer Position, Sie verstehen?«

»Nein. Ich verstehe im Moment gar nichts. Versuchen Sie es in kurzen, klaren Sätzen. In Ordnung?«

Adolphus Mertens nickte hilflos.

»Also gut. Schießen Sie los.«

Nach und nach erfuhr Bertram nun also, was den Chefredakteur bedrückte. Es ging um Christabell. Die schien sich nicht ganz der Abmachung gemäß zu betragen in ihrem Heringsdorf.

»Wie es scheint, hat es Ihre Frau Gemahlin etwas an Diskretion mangeln lassen. Es weiß zwar niemand etwas Genaues«, sagte Adolphus Mertens, »aber dafür wird umso mehr gemunkelt.«

»Als ob es keine Probleme mehr gäbe auf der Welt!« Bertram

seufzte und hob abwehrend die Hände. »Also wirklich, Herr Mertens. Ist das Ihrer würdig? Oder unserer Zeitung?«

Der Chefredakteur saß mit hochrotem Kopf da.

»Wenn es nur das wäre. Wir haben auch noch ein anderes Problem. Es geht um die Berichte von Herrn Scherbaum. Einer unserer Hauptverbündeten im Abgeordnetenhaus ist stark engagiert im amerikanischen Eisenbahnbau.«

Da ist er nicht der Einzige, dachte Bertram. Aber was hat das mit uns zu tun? Michael erfindet doch nichts. Ich halte mich eher noch zurück, sagt er immer. Die Wahrheit ist sogar noch viel schrecklicher.

»Also, und er hat gesagt, wenn das nicht langsam aufhört mit der Stimmungsmache gegen die USA, dann sucht er sich eine andere Allianz. Sich beschimpfen zu lassen, das sei das eine. Aber wenn wir darauf aus seien, ihn zu ruinieren, dann bräuchten wir uns nicht zu wundern, wenn er uns nicht länger unterstützen möchte.«

So, dachte Bertram, nun ist es also heraus. Sie sind alle nur auf Geld aus. Keiner interessiert sich für die Inhalte. Und die Wahrheit will schon gar keiner hören.

»Sie wollen also sagen, Herr Mertens, dass in einer demokratischen Zeitung die Wahrheit nur dann gedruckt werden darf, wenn sie die Geschäfte nicht weiter behindert? Das kann doch nicht Ihr Ernst sein.«

Adolphus Mertens schüttelte nur den Kopf. »Ich hätte mir denken können, dass Sie so reagieren. Sie haben Ihre Ideale im Kopf und die Brieftasche im Jackett. Da lässt sich gut politisieren. Aber was ist, wenn die Sache darunter leidet?«

»Wie leidet sie denn, die Sache? Wenn ich Sie richtig verstehe, buhlen die Demokraten um einen Verbündeten, der den eigenen Profit als oberste Leitlinie seines Handelns nimmt. Das ist die demokratische Sache? Wirklich?«

Der Chefredakteur blieb ganz ruhig. »Wenn Sie es so formulieren wollen, bitte. Manchmal müssen der gemeinsamen Sache eben Opfer gebracht werden. Verstehen Sie das denn nicht?«

»Ich verstehe schon sehr gut, Herr Mertens. Sie brauchen mein Geld, nicht meine Meinung. Und schon gar nicht meine Ideale.«

»Beschimpfen Sie mich ruhig, Herr Geisenheimer. Wir sitzen beide nicht im Abgeordnetenhaus. In der Politik gelten nun einmal eigene Gesetze. Und wenn wir wollen, dass der demokratische Geist auch weiterhin beim Machen dieser Gesetze zugegen ist, müssen wir eben Kompromisse eingehen. So schwer uns das fällt.«

Bertram hatte endgültig genug von der Angelegenheit. Wenn man nicht wollte, dass er in seiner eigenen Zeitung schrieb, dann wollte er sich nicht aufdrängen.

»Also gut. Ich ziehe mich aus der Redaktion zurück. Aber nur unter einer Bedingung.«

Jetzt bekommt er es mit der Angst zu tun, dachte Bertram. Das rieche ich genau. Dabei könnte er triumphieren, er kriegt doch, weswegen er gekommen ist.

»Wenn ich gehe, entsteht eine Lücke in der Redaktion. Die will ich selber füllen. Und niemand wird mir bei meiner Wahl hineinreden. Keine Bange, es wird keiner sein, der irgendwelche amerikanischen Interessen verletzt.«

Bereitwillig stimmte Adolphus Mertens zu. Was soll er auch sonst tun, dachte Bertram. Es ist schließlich meine Zeitung. Und wenn ich jeder Ausgabe einen Sonderdruck mit meinen noch ungeschriebenen Gedichten beilegen will, kann ich das tun, und wenn sich die anderen auf den Kopf stellen. Aber warte nur, Freundchen. Du wirst noch dein blaues Wunder erleben.

12

Nein!« Annemarie blieb dabei. »Wenn dein Chefredakteur keine Frau im Impressum zulassen will, dann kannst du die Sache ganz vergessen.«

Dabei hatte er es wieder einmal nur gut gemeint. Und was tut Annemie, dachte er? Sie schießt quer. Versteh einer die Frauen. Jetzt bekäme sie endlich einmal die Gelegenheit, all das zu sagen, was ihr auf dem Herzen brennt. Und wegen solch einer Lappalie ist sie bereit, die Gelegenheit sausen zu lassen. Aber eigentlich typisch. Wenn es irgendwo etwas auszusetzen gibt, dann findet sie es und schießt quer. Garantiert.

»Eigentlich hat sie ja recht«, wandte Michael Scherbaum ein. »Wenn sie gut genug schreibt für die Zeitung, sollte ihr Name auch gut genug sein für das Impressum. Ich sage dir, wenn wir anfangen, den Frauen zuzuhören, dann wird uns noch so manches Licht aufgehen.«

»Zuhören ist ja nicht das Problem. Aber sie verlangen auch ständig, dass man auf sie hört.« Bertram hatte Annemaries Sturheit gründlich satt. Nicht nur, dass sie darauf bestand, mit vollem Namen in der Zeitung genannt zu werden, sie wollte auch nichts mehr davon wissen, Bertrams heimliche Zweitfrau zu sein.

»Irgendwo bewundere ich sie ja schon«, gab er schließlich zu. »Sie ist konsequenter als so mancher Abgeordnete. Für sie gibt es einfach keine Sachzwänge.« Kunststück, dachte er, finanziell abgesichert, wie sie ist. Das Geld reut mich ja nicht. Ein bisschen dankbarer könnte sie sich aber schon zeigen. Obwohl, irgendwie ist sie ja süß in ihrer Sturheit. Und sie ärgert Mertens gewaltig. Das hat er nun davon.

Nach regem Briefwechsel und einigem Hin und Her gaben schließlich beide Seiten ein wenig nach. Annemarie stimmte zu, schlicht als A. Hufdotter im Impressum aufzutauchen. Im Gegenzug ließ Mertens ihr freie Hand bei der Themenauswahl. Und er garantierte auch, dass er die Texte nicht überarbeiten würde.

»Puh!«, machte Bertram. »Das war ein hartes Stück Arbeit. So ungefähr muss es wohl auf dem Wiener Kongress zugegangen sein. Zum Glück bin ich kein Metternich.«

»Das fehlte gerade noch!« Lachend drohte ihm Michael Scherbaum mit seiner Krücke. »Dann wären wir geschiedene Leute, das sage ich dir.«

Geschieden. Schön wär's, dachte Bertram. Aber nicht von dir. Christabell ist das Problem. Es hat zwar keine neuen Gerüchte gegeben, seit ich ihr schrieb, sie solle sich doch bitte diskreter verhalten. Aber mir ist nicht recht wohl bei der Sache. Christabell ist mir wie ein Klotz am Bein. Und jetzt ist es für die Berliner auch noch schick geworden, nach Heringsdorf in die Sommerfrische zu gehen. Vielleicht sollte ich tatsächlich einmal hinfahren. Sie ist immerhin meine Frau. Auch wenn ich sie am liebsten nie mehr sehen würde.

Dann kam ein Brief von der Ostsee, der es notwendig machte, dass Bertram sich an die Küste begab. Christabell empfing ihn mit heftigen Vorwürfen.

»Das hast du dir ja fein ausgedacht«, zeterte sie ihm entgegen. »Schiebst mich ab und machst dir selber ein schönes Leben. Verweigerst mir Kinder, und selbst? Du bist mir ein schöner Ehemann!«

Wie um alles in der Welt hatte sie das nur herausbekommen?, fragte sich Bertram. Ich bin doch nicht einmal eingetragen als

Elisabeths Vater. Und besucht habe ich Annemie schon lange nicht mehr.

»Und dann lässt du deine Geliebte auch noch in deiner blöden Zeitung schreiben. Ich muss mich ja schämen. Nicht nur, dass dich *tout* Berlin als Demokrat kennt ...«

Sie sagt es, als wäre das Wort Demokrat ein Schimpfwort, als täte ich etwas, das sich nicht gehört. Aber ein Mann muss doch für seine Überzeugungen einstehen!

Christabell begann zu weinen. »Das hätte ich wirklich nicht von dir gedacht. Ich hätte auf meine Mutter hören sollen und nicht auf den Vater. Der war so entzückt, seine Tochter einem Logenbruder zu geben, und dann noch einem Geisenheimer, dass ihm deine politischen Ansichten ziemlich egal waren. Aber wenn er das noch erlebt hätte!«

Der war entzückt, dass überhaupt jemand dich nehmen wollte, dachte Bertram. Da hätte ein Leutnant schon sehr verzweifelt sein müssen, wenn er für dich seine Karriere beendet hätte. Trotz deiner Mitgift. Er spürte, wie die Wut in ihm hochstieg. Mühsam riss er sich zusammen. Es hat doch keinen Sinn, dachte er. Ich kann dir alles Mögliche an den Kopf werden. Aber davon wirst du einfach nicht klüger. Hättest du nur ein bisschen mehr Verstand! Aber das ist und bleibt ein frommer Wunsch. Bertram reichte Christabell sein Taschentuch.

»Ich habe es dir immer und immer wieder gesagt, warum ich es nicht riskieren will, mit dir ein Kind zu haben.«

»Aber mit der anderen, mit der konntest du es riskieren. Ich bin eine Frau. Was soll ich denn sonst im Leben, wenn nicht meinem Mann eine gute Gattin sein und unseren Kindern eine gute Mutter? Das ist nun einmal die Aufgabe, die eine Frau hat in der Welt.«

Nicht, wenn es nach Annemie ginge, dachte Bertram. Es ist einfach ungerecht.

Umständlich putzte sich Christabell die Nase. »Dass du mir

meinen Platz an deiner Seite nicht gewähren willst, damit habe ich mich längst abgefunden. Und ich lebe ja auch gerne in Heringsdorf. Aber ich ertrage es einfach nicht, was du mir für eine Schmach antust. Hast heimlich einen Sohn! Wie stehe ich denn jetzt da?«

Sie meint überhaupt nicht das Mädchen, dachte Bertram. Sie redet von Karl. Wer hat ihr das nur zugetragen? So etwas plaudert man doch nicht über Kaffee und Kuchen aus. Da steckt gemeine Absicht hinter. Aber wer war es? Und warum?

»Sieh mal«, begann er zögernd, »es hat doch nichts mit dir zu tun, die Sache mit dem Jungen. Ich bin nun einmal ein Mann, da musste dir doch klar sein, dass ich nicht wie ein Mönch lebe.«

»Gewiss«, schniefte Christabell. »Aber warum kannst du das nicht diskret erledigen? Dafür gibt es doch gewisse Häuser, habe ich gehört. Doch was machst du? Nimmst deine Geliebte mit nach Berlin und verbannst mich nach Heringsdorf. Ich wäre auch gerne in Berlin gewesen.«

Und genau dort hätte ich dich nun wirklich nicht brauchen können, dachte Bertram. In die Oper, das wäre vielleicht noch gegangen. Aber wohin hätte ich dich sonst mitnehmen können? In den Salon meiner Schwester etwa? Die kann dich noch weniger leiden als ich.

»Es ist nun einmal so, wie es ist. Du bist gerne nach Heringsdorf gezogen, vergiss das nicht. Und glaube mir, in Berlin wärest du bestimmt nicht glücklich geworden. Da geht es in den Salons um Geist, um Esprit. Und davon hat dir der Herrgott in seiner Güte leider nichts mitgegeben.« Es bereitete Bertram schon fast Vergnügen, so offen zu seiner Frau zu sprechen. Sie versteht es doch sonst gar nicht, versuchte er, sich vor sich selbst zu rechtfertigen.

»Ich weiß, dass ich nicht klug bin. Und wir wissen beide, dass du mich nicht aus Liebe geheiratet hast. Aber ich kann einfach nicht glauben, dass du mir das antust. Du hast einen Sohn. Und was habe ich? Eine Sammlung Muscheln vom Strand.«

Eigentlich hat sie recht, dachte Bertram. Ich war wirklich nicht fein zu ihr. Aber kann sie nicht tun und lassen, was sie will? Und wenn das Gerücht stimmt, tut sie es ja auch längst. Das Kind, das ich ihr nicht schenken will, das kann es doch nicht sein, was sie so aufregt.

Doch offensichtlich war genau das der Grund. Immer wieder kam Christabell auf das Thema zurück. Dabei fragt sie noch nicht einmal nach dem Kind, ärgerte sich Bertram. Es interessiert sie nicht, ob es gesund ist, ob es wächst, welchen Namen es trägt, ob es ihm gut geht. Aber vielleicht ist das ja doch auch ein bisschen viel verlangt.

»So kommen wir nicht weiter, Christabell«, befand Bertram. »Vorwürfe sind das eine. Aber davon habe ich nun genügend gehört, will ich meinen. Was willst du, dass ich tue?«

Verblüfft starrte Christabell ihn an. Damit hat sie nicht gerechnet, dachte Bertram. So kriege ich sie also zum Schweigen. Und was sieht sie schafsköpfig aus, wenn sie sich bemüht, nachzudenken!

»Ich will auch ein Kind. Das ist das Mindeste. Und wenn du es mir partout nicht machen willst, ich könnte es mir auch anderweitig …« Sie wurde puterrot.

Das ist ja nicht zu fassen. Meine Christabell setzt mir die Pistole auf die Brust. Es ist zum Lachen, dachte Bertram. Auch wenn mir eher nach Heulen zumute ist.

»Vergiss es. Von mir bekommst du kein Kind. Und das ist und bleibt Teil unserer Abmachung. Du kannst leben, wie du willst. Aber wenn du mir mit einem Kind ankommst, sind wir geschiedene Leute.«

»Du bist so gemein!«, brach es aus Christabell hervor, und schon wieder flossen die Tränen.

»Das Flennen hilft dir auch nichts. Finde dich einfach damit ab. Welche Frau kann schon behaupten, dass ihr Mann ihr solche Freiheiten gestattet? Und anstatt sie zu genießen, zeterst du.«

Christabell verzog ihren Mund zu einem bösen Grinsen. »Wer sagt, dass ich sie nicht genieße?« Die Wut löste ihre Zunge. »Aber das ändert nichts daran, dass du mich in der Gesellschaft unmöglich machst. Poussierst mit einer Sozialistin herum. Hast du denn überhaupt kein Ehrgefühl?«

»Sieh dich vor, Christabell, sieh dich ja vor!« Jetzt wurde auch Bertram laut. »Es steht dir nicht zu, so zu reden. Denkst du denn, ich wüsste nicht von Leutnant von Droste, von Vitzthum oder dem jungen Henkemeyer? Und das sind nur drei von den Herren, die dir den Tag nicht lang werden lassen. Ich habe nichts gesagt, weil für mich die Abmachung klar war. Aber hast du wirklich geglaubt, ich wüsste nicht, wie du hier lebst?«

Christabell zog ein trotziges Gesicht. »Es ist mir gleichgültig«, stieß sie hervor. »Du sagst es ja selbst, wie ich lebe, ist meine Sache. Über mich steht jedenfalls nichts in der Zeitung. Von deinem Sozialistenliebchen allerdings schon.«

»Sprich nicht so über sie«, knurrte Bertram. »Wovon du nichts verstehst, davon schweigst du besser.« Dann wärst du wohl fast den ganzen Tag über stumm, setzte er in Gedanken hinzu. Was war es wohl, das Christabell so aufbrachte? Ging es ihr wirklich nur um Karl und ihren eigenen Kinderwunsch? Oder war es die Politik, die sie so aufbrachte? Gut, dachte Bertram, dass Annemie sich immer mehr mit sozialistischen Ideen anfreundet, das ist auch nicht wirklich mein Wunschtraum. Aber wenigstens hat sie eine Meinung und steht dazu. Für dich geht es doch nur um Konventionen. Und deine Leutnants, die sind eben gegen die Sozialisten. Vor ein paar Jahren haben sie noch Demokraten zusammengeknüppelt. Und jetzt haben sie einen anderen Feind. Als ob meine Christabell zu den vaterlandslosen Gesellen gehörte!

»So kommen wir nicht weiter. Und ich brauche jetzt erst einmal frische Luft.«

Wütend schritt Bertram die Strandpromenade ab. Das kann sie sich aus dem Kopf schlagen, dachte er. Ich mache ihr kein Kind. Und dass ein Mann eine Geliebte hat, das ist doch wohl normal. Oder glaubt sie etwa allen Ernstes, ihr Vater hätte wie ein Mönch gelebt, als sich seine Frau mit Schwindsucht zu Bett legte?

Knirschend zersprang eine Muschelschale unter seinen Füßen. Er bückte sich und griff nach einem weißen Kiesel. Das Meer hatte den Stein glatt gerieben. Wenn du jetzt hier wärest, Christabell, ich wüsste nicht, was ich täte. Vielleicht würde ich dir den Stein in dein dummes, hübsches Gesicht schlagen, wieder und wieder. Bis du endlich Ruhe gibst. Angewidert von sich selbst schleuderte Bertram den Stein weit von sich. Lautlos versank er in den Wellen. »Wenn du nur auch einfach so aus meinem Leben verschwinden könntest«, seufzte Bertram. Aber ich tue dir Unrecht, ich weiß. Ich glaube, ich gehe besser noch eine Weile, bis ich mich wieder beruhigt habe, dachte er. Dass ich dir gerade das Gesicht einschlagen wollte, das hat mich schon erschreckt. So bin ich doch gar nicht. Aber du bringst eben das Schlechteste in mir zum Vorschein. Und Annemie das Beste. Wenn sie doch nur nicht so stur wäre! In hilfloser Wut trat Bertram gegen einen Stein, dass der Sand nur so flog. Hätte sie doch zugelassen, dass ich Karl zu mir ins Haus nehme. Dann könnte Christabell Mutter spielen, das Haus Geisenheimer hätte seinen Erben und ich meine Ruhe. Aber es soll wohl nicht sein. Und da fragen sich alle, was mich so umtreibt. Natürlich sind es die Frauen, wie bei allen Männern. Es ist in meinem Fall nur alles ein bisschen komplizierter als gewöhnlich. Und ein Geisenheimer kann vieles sein, aber er ist nie gewöhnlich. Hat das nicht der Vater immer gesagt? Wie der es wohl gehalten hat mit der ehelichen Treue? Fragen kann ich ihn ja wohl kaum. Und die

Maman erst recht nicht. Gott behüte! Es gibt Dinge, die fragt ein Sohn seine Mutter nicht. Schon gar nicht, wenn sie so tapfer die Stellung hält. Aber das hilft mir leider auch nichts. Bertram blieb stehen und starrte in den Sonnenuntergang. Ich kann nicht davonlaufen, dachte er. Also zurück zu Christabell und sie zur Vernunft bringen. Ganz gleich wie.

Leise betrat er das kleine Haus, das in einer Seitengasse lag. Im Salon stand noch das Kaffeegeschirr, doch von Christabell war nichts zu sehen. Bertram sah in der Küche nach. Leer. Die Köchin war bereits nach Hause gegangen, und eine Zofe hatte Christabell ja nicht eingestellt.

»Also, so was, wo steckt sie nur?«, murmelte Bertram. »Das sieht ihr ähnlich. Vielleicht ist sie ausgegangen und lässt mich nun warten. Zuzutrauen wäre es ihr, dass sie die Zeit vergisst und sie erst in ein paar Stunden wieder da ist.« Hinter dem Haus war ein leises Lachen zu hören. Doch es klang nicht nach Christabells Stimme. Langsam ging Bertram durch die Küche zur Hintertür und legte die Hand auf die Klinke. Will ich es wirklich wissen?, durchzuckte ihn die Frage. Behutsam öffnete er die Tür zum Garten, den dichte Buchsbaumhecken umsäumten.

»Warum kann er mir nicht einfach ein Kind machen und fertig? Ich begreife es einfach nicht.« Das war also doch Christabells Stimme. »Immer heißt es, du bist so dumm, deine Kinder werden noch dümmer werden. Aber wozu gibt es denn Schulen? Ich kann doch nichts dafür, dass ich nicht auf die Schule gegangen bin, sondern einen Hauslehrer hatte, der lieber mit Mamas Zofe Gedichte las.«

Wieder war dieses leise Lachen zu hören. Eine Männerstimme antwortete: »Lass es gut sein, Christabellchen. Am Hauslehrer lag es gewiss nicht allein. Wir wissen beide, dass du das Schießpulver sicher nicht erfunden hast.«

»Ja, aber warum sollte ich denn auch? Erstens gibt es das schon, und zweitens ist doch Frieden. Und überhaupt. Ich will doch nicht schießen. Ich will endlich mein Kind bei mir haben. Und wenn ich das nicht haben kann, dann will ich wenigstens eins von ihm.«

Bertram erstarrte. Hatte er das gerade richtig verstanden? Christabell hatte von *ihrem* Kind gesprochen? Angestrengt lauschte er weiter.

»Aber wenn er es dir doch nicht erlauben will? Und er hat doch gesagt, dass du ansonsten tun und lassen kannst, was du willst. Vorausgesetzt, du kommst ihm nicht mit einem Kind. Nun ja. Was er nicht weiß, macht ihn nicht heiß, sage ich nur. Warum kannst du nicht einfach die Situation genießen, wie sie ist? Wir haben es doch recht gut, wir zwei.«

Der Lauscher an der Wand, dachte Bertram. Und es ist eine Schande. Fahrig griff er in die Westentasche. Sonst beruhigte es ihn, wenn seine Fingerkuppen über den Zinnelefanten strichen, aber diesmal wirkte der Talisman nicht so schnell wie sonst. Endlich hatte er seine Fassung so weit zurückerlangt, dass er weiter dem Gespräch hinter der Hecke lauschen konnte.

»Ganz ehrlich, Christabellchen, ich verstehe es einfach nicht, warum du so unbedingt ein Kind willst. Es schreit, es weint, es verlangt nach Aufmerksamkeit. Glaube mir, du willst kein Kind. Nicht ernsthaft.«

»Will ich schon, Heinrich. Will ich schon. Ihr unterschätzt mich alle.«

»Das mag ja durchaus sein, meine Kleine. Wer weiß das schon so genau, bis es so weit ist. Aber ich glaube, was du willst, ist nicht eigentlich ein Kind. Du willst Mutter sein. Das denke ich. Und das bist du doch auch. Auch wenn du dein Mädchen weggegeben hast. Zu guten Leuten, das wissen wir doch beide.«

»Aber manchmal frage ich mich schon, wie es der Kleinen ergangen ist und was sie so macht. Sie lebt jetzt irgendwo in Altbayern, auf einem Schloss. Mehr weiß ich auch nicht. Es hat halt nicht sollen sein.«

Meine Christabell hat eine Tochter, dachte Bertram und ballte die Fäuste. Und sie hat sie einfach so weggegeben. Ich hatte schon recht, dass ich ihr meine Kinder nicht anvertrauen wollte. Annemie hat Karl auch weggegeben, erinnerte er sich. Aber sie hat immer genau gewusst, wo er war. Und sobald sie ihn zu sich holen konnte, hat sie es getan.

Auch den Fremden hinter der Hecke schien Christabells Gelassenheit zu verwundern.

»Ja, nun schau nicht so. Was hätte ich denn machen sollen? Bertram hat gesagt, ich darf nicht mit einem Kind ankommen. Und deine Frau Mama hätte sich schön bedankt, wenn der Herr Leutnant und Titelerbe mit einer Tochter an der linken Hand aus der Sommerfrische zurückgekehrt wäre. Glaub mir, es war für alle besser so. Auch für das Kind. Das wächst immerhin als bayrische Gräfin auf. Und sie wird einmal eine sehr gute Partie machen. Was willst du also von mir?«

»Ach, Christabell«, hörte Bertram den Fremden seufzen. »Wenn du mir doch geschrieben hättest. Ich hätte sicher eine Lösung gefunden.«

»Das mag schon sein. Aber die beiden wollten das Kind unbedingt. Und du standest im Feld. Konnte ich denn wissen, dass du überhaupt wiederkommen würdest? Krieg ist Krieg. Der fragt nicht nach kleinen Kindern. Aber jetzt ist ja Frieden. Und jetzt hätte ich wirklich gern ein Kind. Wenn Bertram nur nicht so stur wäre!«

Ich und stur, dachte Bertram empört. Ich bin nicht stur. Ich bin konsequent. Das ist doch etwas völlig anderes.

»Warum willst du eigentlich so unbedingt ein Kind, Christabell? Und ausgerechnet von deinem Bertram, wo er dir doch geschworen hat, dass er dir keines machen wird?«

»Na, du bist lustig.« Christabell klang amüsiert. »Er ist doch mein Ehemann. Und da gehört ein Kind nun einmal dazu. Ich will einfach nicht, dass die Leute hinter meinem Rücken über mich lachen. Eine verheiratete Frau bekommt nun einmal Kinder, oder wenigstens eines. So ist der Lauf der Welt. Und außerdem, das sähe doch niedlich aus, die junge Frau Geisenheimer mit einem kleinen Mädchen auf der Uferpromenade. Ich könnte ihr Locken drehen, hübsche Kleidchen anziehen, Zöpfchen flechten, Spängelchen in die Haare machen, Schühchen aussuchen. Das würde mir schon sehr gefallen.«

Bertram stöhnte innerlich auf. Eine Tochter als lebendige Puppe. So etwas konnte auch nur Christabell als Argument vorbringen. Der Fremde lachte.

»Du bist wirklich köstlich, Christabellchen. Aber was, wenn es ein Junge würde? Bekäme der dann auch Zopfspangen?«

Christabell stutzte für einen Moment. Dann lachte sie hell auf. »Das wäre es noch. Aber nein, ein Junge bekommt keine Zöpfe. Dafür darf er die Mama küssen. So ist das.«

»Da muss er sich aber hinten anstellen. Damit das klar ist!« Die Männerstimme, die gleichzeitig jung und sehr energisch klang, ließ keine Widerrede zu.

Bertram knirschte mit den Zähnen. Nein, dachte er, dieses Weib wird nie ein Kind von mir haben. Und wenn ich die Firma am Ende Franz überlassen muss. Aber der ist ja älter als ich, und so, wie er lebt, werde eher ich ihn beerben als umgekehrt. Und was soll mir das? Ich brauche Karl nur anzuerkennen, dann habe ich einen Erben. Einen, der Christabell ganz bestimmt nicht küssen wird. Ein Kind, nur um sich damit zu schmücken? Nein, Christabell. Dass du mich betrügst, das will ich dir nachsehen. Dass du dein Kind weggegeben hast, da mag ich drüber hinwegsehen, was hättest du auch anderes tun sollen. Aber dass du aus einem Kind eine Puppe machen willst, mit der du spielst, wann immer dir fade ist, das kann ich dir nicht gestatten. Du sollst mich schon noch kennenlernen.

Fast hätte er sich in seinem Zorn verraten, aber die Geräusche hinter dem Boskett ließen vermuten, dass da nicht gerade aufmerksam auf die Umgebung geachtet wurde. Das muss ich mir nun wirklich nicht mit anhören, dachte er und wandte sich zum Gehen. Doch dann ging die Unterhaltung erst so richtig los.

»Aber was machst du, wenn dein Mann herausbekommt, dass du das Kind weggegeben hast?«

»Ach, was soll da schon passieren? Er hat doch gesagt, ich soll ihm kein Bankert ins Haus bringen. Das kann ihm also nur recht sein.«

»Bankert? Na höre mal. Immerhin ist es auch mein Kind, nicht wahr? Und außerdem eine halbe Freiin von und zu Montlingen, da könnte dir wirklich ein anderes Wort einfallen als Bankert.«

Montlingen, dachte Bertram. So, so. Aber es ist und bleibt mir gleichgültig. Mehr oder weniger.

»Nun mach nicht so ein Gesicht, Christabellchen. Ich bin dir ja nicht böse. Wir hätten doch nicht gewusst, wie wir das Kind hätten erklären sollen. Bei einem Sohn wäre das vielleicht noch etwas anderes gewesen. Also, mach dir nicht weiter Gedanken. Die Devise lautet, vertrau auf Gott und halt dein Pulver trocken. Oder für die Zivilisten: Es ist besser, vorbereitet zu sein. Gibt es nicht irgendetwas, das du über deinen Mann weißt, etwas, das ihm schaden könnte, wenn du es an die große Glocke hängst? Denk bitte genau nach. Ich weiß ja, dass du dich um das Geschäft und seine Zeitung nie gekümmert hast. Und du verstehst überdies zu wenig davon, als dass du da etwas bemerkt haben könntest. Aber wie steht es im Privatleben? Hat er denn gar keinen Dreck am Stecken? Du wirst mir doch nicht erzählen wollen, dass er wie ein Mönch lebt. Nicht solange dieser Franz in seiner Nähe ist, der schlimmste Weiberheld zwischen Paris und Berlin.«

Christabell kicherte. »Woher weißt du das denn?«

»Nun ja. Sagen wir einmal so. Ich kenne mich eben aus. Also, fällt dir denn nicht irgendein pikantes Detail ein? Eines, das ihn bei seinen Demokraten ebenso unmöglich machen würde wie bei den Logenbrüdern? Dann hätten wir ihn doch in der Hand.«

Aber Christabell bedauerte. »Mir ist es wirklich gleichgültig, was Bertram so treibt. Solange er mir kein Kind machen will, solange er mir nicht die Ehre zugesteht, die eine Ehefrau nur als Mutter erhält, solange will ich auch nicht über ihn nachdenken.«

Bertram hatte endgültig genug gehört. Mit großen Schritten eilte er durch den Badeort, auf der Suche nach dem Dorfkrug. Dort versuchte er seine Wut in Bier zu ertränken. Erst sehr viel später stand er leicht schwankend erneut vor dem reetgedeckten Haus, das er für Christabell erworben hatte.

Die erwartete ihn bereits in der Stube. »Du warst aber lange aus«, begrüßte sie ihn.

Wie kann sie so tun, als sei alles in bester Ordnung, fragte sich Bertram. Leichtfertig lässt sie sich mit diesem Montlingen ein und mit ich weiß nicht wem noch alles, leichtfertig lässt sie sich ein Kind machen, und ebenso leichtfertig gibt sie es weg. Sie ist ein Ungeheuer. Und sie wird niemals die Mutter meiner Kinder werden, so viel ist sicher.

»Ich bleibe auch nicht länger«, brachte er mühsam hervor. Er konnte seinen Zorn kaum im Zaum halten. »Ich muss auf der Stelle abreisen.«

»Ach«, sagte Christabell, »und ich hatte gehofft, du würdest ein bisschen bei mir bleiben.«

Du verlogene Schlange, dachte Bertram.

»Was starrst du mich denn auf einmal so an? Du siehst wirklich zum Fürchten aus. Ich hab dir doch nichts getan.«

»Nein«, sagte Bertram. »Mir nicht. Ich bin ja auch kein kleines Mädchen, das sich nicht wehren kann.«

Christabell blickte ihn verständnislos an. »Wie meinst du das? So kenne ich dich ja gar nicht, was ist nur los mit dir?«

Nur mit Mühe riss sich Bertram zusammen. »Sagen wir es einmal so. Ich weiß Bescheid. Über deinen Galan. Der ist mir aber gleichgültig. Ich weiß nämlich auch, dass du ihm eine Tochter geboren hast, die nun bei fremden Leuten aufwächst und von der du noch nicht einmal genau weißt, wo sie steckt. Was für eine Frau tut denn so etwas?«

Christabell wurde erst blass und dann sehr rot im Gesicht.

»Ja, was hätte ich denn tun sollen?« Nervös zupfte sie an der Klöppelspitze, die das Tischtuch säumte. »Du hast gesagt, ich kann mir einen Liebhaber nehmen. Wirf mir das also nicht vor. Ich bin nur deinem Rat gefolgt. Und das mit der Tochter? Daran bist du doch ebenfalls schuld. Hast du nicht gesagt, ich solle nicht ankommen mit einem Kind? Also, was hätte ich denn tun können? Sag mir das bitte.«

Bertram schüttelte nur den Kopf. »Christabell. So dumm wie du dich jetzt gibst, kann ein einzelner Mensch nicht sein. Und gib mir nicht die Schuld. Zum Kinderkriegen gehören immer zwei. Allerdings war ich nun einmal nicht daran beteiligt.«

Schwer atmend ließ er sich in den Sessel fallen. Ich ersticke gleich, dachte er und zerrte an seinem Kragen. An der dumpfen Luft unter dieser niedrigen Decke ebenso wie an meiner Wut.

Christabell ließ den Spitzensaum los. »Du weißt genau«, zischte sie, »wie sehr ich mir immer ein Kind gewünscht habe. Aber du wolltest ja nicht. Vielleicht konntest du ja auch einfach nicht und hast nicht den Mumm, das zuzugeben. Das wird es wohl sein. Der feine Handelsherr, der Zeitungsmacher und Oberdemokrat, hat eine Kanone, die nur Fehlzündungen liefert, wie? Das ist es doch. Gib es zu. Es liegt nicht daran, dass ich keine richtige Frau bin. Du bist kein richtiger Mann.«

Bertram lachte. »Wenn du dich da mal nicht irrst, meine Liebe. Da darfst du ganz beruhigt sein. Ich kann. Wenn ich will. Aber mit dir, da werde ich mein Lebtag nicht wollen. Einen schönen Gruß an deinen Leutnant. Ein richtiger Mann zeugt einen Sohn. Und dass ich ein Mann bin, das habe ich erst kürzlich wieder bewiesen.«

Christabell starrte ihn an. Bertram glaubte förmlich zu spüren, wie es in ihr arbeitete.

»Sag das noch einmal«, bat sie schließlich. »Ich glaube, ich habe mich verhört.«

Endlich kam Bertram zur Besinnung. Ein einziges Mal wäre es gut und richtig gewesen, dachte er, wenn sie nichts verstanden hätte. Aber ausgerechnet jetzt, da ist sie plötzlich helle genug. Ich hätte mich nicht so hinreißen lassen sollen.

»Also gut«, sagte er. »Von meinem Sohn Karl weißt du ja bereits. Er lebt in Berlin. Und wenn alles gut geht, wird er eines Tages die Firma übernehmen. Aber ich habe zudem noch eine Tochter.«

Christabell begann prompt zu weinen. Bertram sah ihr eine Weile dabei zu. Dann stand er auf und reichte ihr sein Taschentuch. »Ich gehe jetzt.« sagte er. »Lass dich einstweilen nicht in Frankfurt blicken. Keine Bange, du kannst weiterleben wie bisher. Es soll dir an nichts fehlen. Solange du mir nicht unter die Augen kommst. Und das eine sage ich dir. Beim geringsten Anzeichen eines Skandals ist es aus. Eine zweite Warnung gibt es nicht, merk dir das.«

Leise schloss er die Tür hinter sich. Auf der Dorfstraße war niemand mehr unterwegs. Nur von ferne klang das Rauschen der Wellen. Wie magisch angezogen, ging Bertram hinunter zum Strand. Als unter seinen Schuhen Sand knirschte, zog er sie kurzerhand mitsamt den Strümpfen aus. Lange wanderte er die Ostsee entlang, bis er sich schließlich auf einer kleinen Düne niederließ. Von dort starrte er in die Nacht. »Ich hätte sie niemals heiraten dürfen«, murmelte er. Aber es war meine Entscheidung, führte er den Gedanken weiter. Ich wusste doch, dass sie mir nie eine ebenbürtige Partnerin werden kann. Und jetzt schon gar nicht. Es ist allein meine Schuld. Sie kann nichts dafür. Ich hätte doch wissen müssen, dass sie nicht klug genug ist, allein für sich zu leben. Dass sie sich falsch entscheiden würde, das war doch vorgezeichnet. »Unfug!«, rief er in die Dunkelheit. »Jeder Mensch, der bei einigermaßen klarem Verstand ist, weiß, was gut ist und was falsch. Aber sie ist dumm. So schrecklich, schrecklich dumm. Es war allein mein Fehler.«

Bertram fühlte, wie ihm die Tränen in die Augen stiegen. Seltsam, dachte er. Ist es reines Selbstmitleid, oder gelten sie ein wenig auch Christabell? Vielleicht sogar dem kleinen Mädchen, das nun wirklich nichts dafür kann, wie die Sache gelaufen ist. Ob ich versuchen soll, das Kind zu finden? Aber warum auch? Es ist ja noch nicht mal das meine. Wenn einer es suchen sollte, dann dieser Montlingen. Und dem schien es ja durchaus recht zu sein, dass Christabell gar nicht weiß, wo sie die Suche beginnen sollte.

Bertram zog den Zinnelefanten aus der Tasche. »Du bist mir ein schöner Helfer!«, wisperte er. »Aber welche Chance hast du auch gegen ein solches Maß an Dummheit und Selbstsucht?« Wieder starrte er auf das Meer hinaus, über das der Himmel seinen mit Sternen besetzten schwarzen Mantel gebreitet hatte. Im fahlen Licht der Mondsichel leuchteten die Wellenkämme. »Wie soll es nun weitergehen?«, fragte Bertram in die Nacht hinein, aber es kam keine Antwort. Auch der Elefant schwieg, so lange Bertram auch lauschte. Mit einem Seufzen stand er schließlich auf. Im Osten zeigte sich bereits der Horizont in einer pflaumenblauen Färbung, die den kommenden Tag ankündigte.

Bertram erreichte den Bahnhof, als der Frühzug sich mit Stampfen und Schnauben näherte. »Kein Gepäck?« fragte der Dienstmann, der neben dem Fahrkartenschalter gedöst hatte, enttäuscht. Bertram steckte ihm ein Trinkgeld zu und bestieg den Waggon für die Passagiere der Ersten Klasse. Kurz darauf fuhr der Zug auch schon los. Ich muss endlich Ordnung schaffen in meinem Leben, hämmerte es in seinem Kopf, und die Räder ratterten im Takt. Du musst. Du musst. Du musstdumusstdumusst. So ging es in einem fort. Aber nichts verriet ihm, wie er das anstellen sollte.

13

Michael Scherbaum schüttelte den Kopf. »Aber nein!«, betonte er. »Die Herren von der Fortschrittspartei sollen ruhig nach Herzenslust herumpolitisieren. Ich erkenne auch durchaus an, dass sie etwas verändern wollen. Aber wer ist denn dort alles vertreten? Preußen, Preußen und nochmals Preußen. Nicht zu vergessen die Ostpreußen.« Er nahm einen tiefen Schluck aus seinem Äpplerglas. »Glaub mir, Bertram, die scheren sich im Grunde keinen Deut um den Rest Deutschlands, solange der nicht preußische Provinz ist. Wer aus dem Süden stammt und bei denen mittun will, sollte nicht vergessen, dass seine Heimat immer nur in zweiter Reihe bedacht wird. Wenn überhaupt.«

Bertram lachte. »Da könntest du recht haben. Und ich muss sagen, diese preußischen Landjunker, die hängen mir bisweilen zum Hals hinaus. Ich begreife sowieso nicht, warum Franz denen immer noch hinterherrennt. Sein konservatives Blatt in allen Ehren, das verkauft sich ja wie Handkäs auf der Dippemess, aber ich habe längst das Gefühl, dass er den Preußen auf den Leim gegangen ist.«

»Genau darum geht es uns«, sagte Michael Scherbaum. »Weit über ein halbes Jahrhundert ist vergangen, seit ein Napoleon dem Heiligen Römischen Reich Deutscher Nation den Garaus bereitet hat. Es wird Zeit, dass es wieder so etwas wie eine Deutsche Nation gibt. Und zwar eine für alle Deutschen, alle Regionen, alle Farben. Nicht nur für preußisch-blau Lackierte.«

Bertram lachte. »Du solltest wirklich öfter für die Zeitung

schreiben«, sagte er. »Du hast eine Gabe, Formulierungen auf den Punkt zu bringen, um die ich dich beneide.«

»Ach, die Zeitung.« Michael machte eine Bewegung, als wolle er das Blatt von dem weißgeschmirgelten Wirtshaustisch wischen. »Die taugt doch mittlerweile fast nur noch dazu, dass die Herren von der Fortschrittspartei sie in ihrem Privatissimum lesen, um sich darin bestätigt zu sehen. Und dann reißen sie die Seiten in handliche Stücke und hängen sie an den Nagel, für den Nächsten.«

»Autsch«, sagte Bertram. »Immerhin habe ich das Blatt gegründet.«

»Und dann haben sie dich aus der Redaktion gedrängt. Wie mich auch. Wenigstens verdienst du schönes Geld mit dem Blatt. Aber die einzigen Zeilen, die ich immer noch für lesbar halte, die schreibt deine Annemarie. Und die ist mittlerweile stramme Sozialdemokratin, zitiert, wo es nur geht, ihren Karl Marx und fordert ganz nebenbei mehr Rechte für die Frauen.«

Bertram lächelte versonnen. Seine Annemarie sorgte für Furore, wann immer sie die Feder hob. Und Michael Scherbaum war einer der Wenigen, die Bescheid wussten. Franz ahnt immer noch nichts, dachte Bertram. Und das ist auch gut so. Wir haben uns ziemlich voneinander entfernt. Seit er mir die *Geschäftsnachrichten* abgekauft und sie zu seinem eigenen Blatt gemacht hat, verbindet uns wirklich nur noch wenig. Trotzdem steht das Haus Geisenheimer auf sicherem Grund. Er winkte dem Wirt. »Noch einmal dasselbe.«

»Genau«, sagte Michael. »Und diesmal ordentlich Musik bei den Handkäs.«

»Wir werden stinken wie nichts Gutes«, warnte Bertram.

»Und wenn schon. Es ist Wochenende. Selbst im Logenhaus ist nichts los. Wir können es uns einfach einmal gut gehen lassen, finde ich.«

»Du willst es dir also gut gehen lassen. Und trotzdem redest du im Grunde von nichts anderem als der Politik.«

Michael Scherbaum lachte. Dann verzog er das Gesicht zu einer schmerzlichen Grimasse. Seine Hand glitt unter den Tisch.

»Juckt es wieder?«, fragte Bertram mitfühlend.

»Und wie. Wir bekommen heute noch ein ordentliches Gewitter. Wenn ich geahnt hätte, wie wetterfühlig der Stumpf werden würde, ich weiß nicht ...« Michael setzte den Satz nicht fort.

»Hast du schon einmal über ein Holzbein nachgedacht?«, fragte Bertram vorsichtig.

»Das würde an der Wetterfühligkeit wohl nicht viel ändern«, lautete die Antwort. »Und außerdem sind mir die Dinger einfach zu schwer. Nein, ich behelfe mich weiter mit den Krücken. Aber noch einmal zurück zur Politik.«

Endlich brachte der Wirt den Handkäs, der sich unter einem Berg von Zwiebeln zu verbergen schien. »Na also!«, sagte Michael zufrieden. »Geht doch.«

Bertram verbarg sein Lächeln hinter dem Glas. »Also gut. Die Politik. Wenn ich dich richtig verstanden habe, willst du eine eigene Partei gründen.«

»Genau«, sagte Michael. »Und ich bin nicht allein. Es sind hauptsächlich Männer aus Baden-Württemberg. Aber nicht nur. Alles gestandene Demokraten. Viele davon gehören zur Fortschrittspartei. Aber seit die ihre wahren Farben gezeigt hat, rumort es. Und zwar gewaltig. Jetzt ist es endlich so weit. Und wir hätten dich gerne dabei.« Er lehnte sich zurück. »Wenn wir die Wahl gewinnen, wirst du Abgeordneter.«

Bertram verschluckte sich fast an seinem Apfelwein.

»Du nimmst mich doch auf den Arm.«

»Das wäre sicher einen Versuch wert. Aber ich habe keine Lust, mir einen Bruch zu heben, alter Freund. Du bist vierzig Jahre alt, finanziell unabhängig, ein Demokrat von Kindesbeinen an. Du magst die Preußen nicht und träumst von einem Deutschland, das nicht in Kleinstaaten und preußische Provinzen zerstückelt ist. Ein Deutschland der freien Männer, in dem ein jeder das Recht hat, seine Meinung zu äußern, wie es ihm beliebt, und in dem ein jeder gleich viel wert ist, egal ob Junker in Ostpreußen oder Kaufherr in Frankfurt. Jetzt bieten wir dir die Gelegenheit, selbst dafür zu sorgen, dass deine Träume wahr werden.« Michael streckte die Hand über den Tisch. »Los, komm, schlag ein.«

Bertram zögerte. Wo ist nur Annemie, wenn ich ihren Rat brauche?, fragte er sich wie so oft. Versonnen strich er mit den Fingerkuppen über den Elefanten in seiner Westentasche.

»Das kommt alles ein bisschen plötzlich. Wie heißt denn euer Verein eigentlich?«

»Kein Verein. Und kein Montagskränzchen. Es wird eine richtige Partei. Streng dem Gesetz entsprechend, sodass die preußische Obrigkeit nichts anderes tun kann, als uns zuzulassen. Und heißen werden wir Deutsche Volkspartei. Hat einen guten Klang, meinst du nicht?«

Bertram nickte zustimmend.

»Deutsch, das ist uns wichtig. Alle Menschen deutscher Zunge«, erklärte Michael.

»Also die große Lösung«, sagte Bertram. »Ob das dem Kaiser in Wien schmecken wird?«

»Der muss sich auch einmal entscheiden«, gab Michael zurück und rülpste hinter der vorgehaltenen Hand.

»Entschuldigung. Aber das musste raus. Die habsburgischen Erblande waren doch Teil des Heiligen Römischen Reichs Deutscher Nation. Was also spricht dagegen, sie in einem neuen, geeinten Deutschland wieder dabei zu haben? Die Schleswiger und Holsteiner waren ja auch unter der dänischen Flagge und zählen trotzdem dazu. Genau wie die Liechtensteiner. Oder die Luxemburger. Du kannst mir nicht erzählen, dass ein Ostpreuße deutscher ist als ein Österreicher.«

»Will ich ja gar nicht«, wehrte Bertram ab. »Und Volkspartei, das gefällt mir. Alle fortschrittlich Denkenden sollen mit von der Partie sein. Das Montagskränzchen damals, das hat doch auch die Studenten und die Arbeiter zusammengebracht.«

»Genau.« Wieder streckte Michael Scherbaum die Hand aus. »Nun komm schon. Schlag ein.«

Bertram griff zu. »Du weißt natürlich, was das bedeutet, nicht wahr?«, fragte er. »Ich muss schon wieder eine Zeitung gründen.«

Michael Scherbaum lachte und winkte dem Wirt.

Es versprach eine sehr lange Nacht zu werden. Tatsächlich wurde es schon hell über der Stadt, als die beiden aus Sachsenhausen zurückkehrten. Auf der Mitte der Alten Brücke machten sie Station und sahen zu dem Haltepunkt der Verbindungsbahn hinüber, aus deren Schatten gerade der Eiserne Steg über den Main wuchs.

»Hast du eigentlich auch Anteilsscheine gezeichnet?«, fragte Bertram mit schwerer Zunge.

»Natürlich«, gab Michael zurück. »Aber bis es so weit ist, dass wir dort hinüber können, ist die Partei längst gegründet.«

Und so kam es auch. Bei der Einweihung des gegen den Widerstand der Stadtverwaltung von der Kaufmannschaft und den Bürgern finanzierten Eisernen Stegs trug Bertram das Abzeichen der Deutschen Volkspartei am Revers. Das Bijou, mit dem er sich zur Freimaurerei bekannte, trug er einstweilen in der Tasche, neben dem Zinnelefanten. Mit Christabell an seiner Seite gehörte Bertram zu den Honoratioren, die als Erste über die Fußgängerbrücke schritten.

Christabell war nicht gerade begeistert gewesen, nach Frankfurt zurückkehren zu müssen. Auch Bertram erinnerte sich, dass er ihr bei ihrem letzten Treffen empfohlen hatte, ihm nicht so schnell wieder unter die Augen zu kommen. Aber er war eben nicht mehr der Kaufherr Geisenheimer, dem ein kleines Skandälchen ab und an eventuell sogar mehr Kundschaft bescheren konnte. Jetzt war er, Bertram Konrad Geisenheimer, einer der Kandidaten der Deutschen Volkspartei für die nächsten Wahlen des preußischen Landtags.

Schnell hatte sich Christabell wieder an das Stadtleben gewöhnt, wenn sie auch das Rauschen der Wellen vermisste, bei dem sie immer so schnell eingeschlafen war. Schwerer, als die Klimaveränderung zu akzeptieren, fiel es ihr allerdings, auf Leutnant von und zu Montlingen zu verzichten. Ganz abgesehen davon, dass er in einer Garnison vor Berlin Dienst tat und sie am Main festsaß, es ziemte sich einfach nicht, dass die Ehefrau Bertram Konrad Geisenheimers einen Liebhaber hatte, ganz gleich, welche Orden seinen Uniformrock schmückten. Bertram hatte ihr das unmissverständlich klargemacht. »Wenn du weiterhin von dem Luxus umgeben sein willst, den du gewohnt bist, dann nur zu. Das Einzige, an das du dich allerdings diesmal auch wirklich halten musst, ist Folgendes: kein Galan mehr, kein Geliebter, kein Liebhaber. Nichts dergleichen. Auch nicht der leiseste Hauch eines Gerüchts darf aufkommen. Dafür bekommst du alles andere, was immer du willst.« Bertram hatte schief gegrinst. »Bis auf mich, versteht sich.«

»Wer sagt, dass ich dich überhaupt noch will?«, hatte Christabell verletzt zurückgegeben. »Hast du darüber auch nur ein einziges Mal nachgedacht?« Aber Bertram hatte nur gelacht und erwidert: »Dann sind wir uns ja einig.«

Die Abmachung war allerdings ohne den Herrn von Montlingen getroffen worden. Der zeigte sich nämlich wenig entzückt von dem Gedanken, nun gänzlich auf seine Christabell verzichten zu müssen. Manch glühender Brief ging zwischen Frankfurt und dem sandigen Herzen Preußens hin und her. Immerhin gelang es Christabell, sich nach außen hin als mustergültige Gattin zu präsentieren. Dass es keinen Nachwuchs im Hause Geisenheimer gab, war so manchem Frankfurter sogar eine Genugtuung. Es ließ sich eben doch nicht alles kaufen.

Die Absicht hatte Bertram ohnehin nicht, auch wenn er Christabells Wohlverhalten finanziell belohnte. Es wirkt einfach besser, wenn wir uns zusammen präsentieren, sagte er sich. Und auch die Mutter sah das so.

»Es wurde Zeit, dass ihr beiden wieder zueinanderfindet«, sagte sie, als Bertram nach langer Zeit wieder einmal zu Besuch nach Niederrad kam. »Auch wenn ich nicht mehr in deine Richtung sehe, wenn ich nach Enkelsöhnen Ausschau halte. *Mon dieu,* es hat halt nicht sollen sein. Das findet im Übrigen auch der Vater.«

Dass der alte Geisenheimer immer noch lebte, verblüffte selbst die Ärzte. Seit zwanzig Jahren wurde er nun von seiner Frau gepflegt. Sie schwor zwar Stein und Bein, dass sie sich mit ihrem Mann unterhalten konnte, aber sonst wurde niemand so recht schlau aus seinem Röcheln und Stöhnen.

»Soll Ihre Frau Mutter glauben, was sie will«, hatte der Arzt zu Bertram gesagt. »Ihr tut es gut, sie hat eine Aufgabe, und Ihrem Herrn Vater schadet es nicht.« Aber Bertram sah sehr wohl, dass der alte Geisenheimer körperlich immer mehr abbaute. Papierdünne Haut spannte sich über den kahlen Schädel, nur noch wenige Zähne waren hinter den schlaffen Lippen zu erahnen. Was immer er nun sein mag, er war einmal mein Vater, musste Bertram sich bei jedem Besuch ins Bewusstsein rufen. Und bei keiner seiner Fahrten nach Niederrad entging ihm, dass die Zeit mit Maman auch nicht gerade nachsichtig umging.

»Ach, kümmere dich nicht um mich, mein Junge«, sagte Maria Josefa Geisenheimer hin und wieder. »Alt werden, das wollen viele. Aber alt sein, *mon dieu,* das ist eine ganz andere Sache. Das ist nichts für Feiglinge, sag ich dir.«

Ich bin kein Feigling, dachte Bertram. Aber noch ist es ja lange nicht so weit für mich. Im besten Mannesalter bin ich, und auch wenn ich es selbst sage, ich sehe gut aus mit meinem gepflegten Bart und den dunklen Locken. Gut, die Pockennarben sind geblieben, aber da bin ich ja nun wirklich nicht der Einzige, der die davongetragen hat. Und ganz gleich, wie blöd Christabell ist, sie sieht einfach unverschämt gut aus. Solange sie ihren Mund hält. Und das hat sie ja mittlerweile Gott sei Dank gelernt.

Nur manchmal noch kursierten die Bonmots der Geisenheimerin durch Frankfurt, aber immer seltener, was vielleicht auch daran lag, dass man inzwischen andere Sorgen hatte. Als Stadt in der preußischen Provinz war man doch nicht völlig abgeschieden von der großen Politik.

»Was hältst du davon, Michael, dass ein Hohenzollern die Krone Spaniens bekommen soll?«, fragte Bertram seinen Freund.

Der winkte ab. »Die Hohenzollern können mir alle gestohlen bleiben. Ich habe nicht vergessen, wessen Bataillon damals den Aufstand in Baden zusammengeschlagen hat. Aber wenn sie ihn haben wollen, den Leopold, dann sollen die Spanier ihn eben nehmen. Ich frage mich nur, was der preußische König mit der Sache zu tun haben muss. Gut, er ist auch ein Hohenzollern, aber doch eine andere Linie.«

»Daran liegt es nicht«, vermutete Bertram. »Wer in Europa Politik machen will, kommt an Preußen einfach nicht vorbei. Das merken doch auch die Franzosen. Täglich tickt etwas Neues von Reuters durch den Telegrafen, und nichts davon beruhigt mich. Der dritte Napoleon hat einfach nicht den Schneid, den es brauchte, wenn er seine Pläne wirklich durchsetzen wollte. Und auf der anderen Seite kocht Bismarck sein Süppchen. Ich sage dir, Michael, wir werden uns noch sehr warm anziehen müssen.«

Doch nicht nur zu seiner Überraschung waren es die Franzosen, denen das Zittern zufiel. Hatten die Truppen unter der Tricolore noch siegesgewiss Paraden abgehalten, als die Kriegserklärung am 16. Juli 1870 in Berlin eintraf, waren es dann die Soldaten des Norddeutschen Bundes und ihrer Verbündeten aus

Bayern, Württemberg sowie Baden, die von Sieg zu Sieg eilten. Keine zwei Monate später kapitulierte die Châlons-Armee bei Sedan, nachdem der Franzosenkaiser in preußische Gefangenschaft geraten war.

»Damit wäre die Sache doch entschieden«, hieß es in Frankfurts Kaffeehäusern und Äpplerschwemmen, aber die Bevölkerung von Paris erwies sich anderer Meinung.

»Stell dir vor, Michael«, berichtete Bertram aufgeregt, »sie haben ganz einfach die Regierung für abgesetzt erklärt und die dritte Republik ausgerufen. Und sie kämpfen weiter.«

»Ich hasse den Krieg«, murmelte der Einbeinige nur. »Und im Gegensatz zu den meisten Hurraschreiern weiß ich wenigstens, wovon ich rede.« Aber auch er war begeistert, als Preußens süddeutsche Alliierten dem Norddeutschen Bund beitraten. »Jetzt wird es wohl wirklich ein Deutsches Reich werden«, vermutete er. »Und wie ich es mir erträumt habe, sogar ein Bundesstaat. Da ist es mir auch gleich, dass der Bundespräsident der preußische König ist.«

Dessen Ausrufung zum Deutschen Kaiser am 18. Januar 1871 hielt er jedoch für den falschen Weg. »Jetzt haben wir zwei Kaiser deutscher Zunge. Und die Habsburger werden nicht freiwillig auf ihre doch noch recht neue Kaiserkrone verzichten und sich dem Reich anschließen. Da steckt doch wieder dieser Bismarck hinter. Der will einfach nicht zulassen, dass irgendjemand im Reich den Preußen Paroli bieten könnte. Und jetzt haben wir den Salat.«

Bertram konnte ihm nur zustimmen. »Und ein schöner Friedensstifter ist er mir. Sieh dir an, was in Paris los ist. Franzosen schießen auf Franzosen. Immer noch. Es geht blutiger zu als im eigentlichen Krieg.«

»Bürgerkriege sind das Allerschlimmste«, sagte Michael und sah aus dem Fenster. »Erinnerst du dich daran, wie die Barrikaden in Frankfurt wuchsen? Keine fünfundzwanzig Jahre ist es her. Und die Preußen sorgten damals dafür, dass wieder Ruhe einkehrte. Sollen sie es nun etwa auch in Paris tun?«

Bertram zuckte mit den Schultern. »Das wäre es noch. Egal, wo es einen Aufstand gibt, die Preußen marschieren los und sorgen für Ruhe. So eine Art Weltpolizei. Was für eine schreckliche Vorstellung. Ein Volk sollte doch in der Lage sein, friedlich zu leben.«

»Sollte, Bertram, sollte. Wenigstens wird jetzt bald der Friedensvertrag unterzeichnet. Hast du schon gehört? Dafür kommen sie nach Frankfurt. Wir sind eben doch ein bisschen mehr als nur irgendeine Stadt in der preußischen Provinz.«

Das sahen auch die anderen Frankfurter Kaufleute so und veranstalteten zur Feier des Friedensvertrages eine große Redoute. Christabell war schon ganz aufgeregt, endlich wieder zu einem Ballvergnügen gehen zu können. Sie tanzte nun einmal für ihr Leben gern, auch wenn Bertram sich dieser gesellschaftlichen Pflicht nur ungern beugte.

»Ja, ich weiß«, schmollte sie beim Frühstück. »Deine alte Narbe am Bein. Mit der redest du dich doch schon seit Jahren heraus. Und dann hockst du wieder den ganzen Abend mit deinen Freunden im Rauchsalon. Wenn Michael Scherbaum schon nicht tanzen kann, warum geht er dann überhaupt auf einen Ball?«

»Weil es bei einem Ball um alles Mögliche geht und das Tanzen nur Nebensache ist«, antwortete Bertram zerstreut. Er studierte gerade die Börsenkurse, die angesichts der zu erwartenden Reparationszahlungen aus Frankreich in astronomische Höhen geklettert waren.

»Unfug. Ein Ball ist ein Ball. Eine runde Sache. Da hat Politik mit ihren Ecken und Kanten doch gar keinen Platz.« Sie sieht aus, als sei sie richtig stolz auf ihre Formulierungskunst, dachte Bertram. Wie immer hat sie eine kleine Sache begriffen und darüber das Große, Ganze aus den Augen verloren. Das stand ja zu erwarten.

»Was meinst du denn, warum ausgerechnet jetzt dieser Ball stattfindet?«

»Das ist doch klar. Wir feiern, dass der Krieg vorbei ist.«

»Aber der ist doch nicht vorbei. In Paris wird noch immer geschossen, und das nicht zu knapp.«

»Du bist und bleibst ein Spaßverderber, Bertram. Was geht uns denn der Pöbel von Paris an? Ich will doch nur tanzen.«

»Das sollst du ja auch.« Angesichts seiner Gewinne auf dem Aktienmarkt war Bertram ungewöhnlich friedlich gestimmt. »Aber bitte verwechsle nicht den Anlass mit dem Grund.«

Christabell schaute verständnislos drein. Wieder einmal versteht sie kein Wort, dachte Bertram.

»Der Anlass ist der Friedensschluss. Aber der Grund für den Ball, der hat nur bedingt damit zu tun, dass die Kanonen jetzt schweigen. Der Grund ist, dass sich auch unter den Kaufleuten die Machtverhältnisse verschieben und alle sich diskret neu positionieren müssen. Glaubst du, dass der alte Jahnke, der sich auf Waren aus Österreich und Ungarn spezialisiert hat, noch viel Einfluss haben wird, nun, wo es klar ist, dass die Habsburger beim Reich nicht mitmachen?« Bertram legte die Zeitung fort. »Das kann er vergessen, dass er auf absehbare Zeit die Alte Limpurger führt. Er hat den Krieg eindeutig nicht gewonnen. Aber tanzen wird er gehen.« Bertram schenkte sich Kaffee nach.

»Natürlich wird er das«, fuhr er dann fort. »Er hat ja auch drei Töchter, die verheiratet werden müssen. Da ist jeder Ball ein willkommener Anlass, die Ware zu präsentieren.«

Empört stellte Christabell ihre Tasse ab. Es klirrte. »Das kannst du doch nicht so sagen. Die Mädchen sollen einfach noch ein bisschen das Tanzen genießen, ehe der Ernst des Lebens auch für sie beginnt.«

»Wenn du meinst.« Bertram hatte einfach keine Lust, sich mit ihr zu streiten. Wenn Christabell einen Ball idealistisch sehen wollte und nicht als Geschäftsveranstaltung, was schadete das schon? Hauptsache ist doch, dass sie nicht wieder einmal dummes Zeug schwatzt. Und davor schützt uns keine Kanone der Welt.

»Ach, der Herr Geisenheimer gibt sich die Ehre«, hieß es am Ballabend im Römer. »Dann wollen wir mal hoffen, dass nicht beim Cotillon auf einmal völlige Liberalität herrscht und niemand mehr weiß, ob es nun linksherum oder nach rechts geht.«

Bertram war die Fopperei schon gewöhnt. »Das ist doch klar«, antwortete er. »Die Junker drehen vor der Schwiegermütterwand, also da, wo die Anstandsdamen zuschauen, hurtig nach rechts ab und gewinnen den Hinterausgang. Alles andere tanzt nach links in die Freiheit. Natürlich im Kreis und ohne Ausrufer, denn in einem Bund sollten doch wohl alle gleichberechtigt sein.«

»Gut gegeben«, raunte ihm Michael zu. »Ich gehe schon einmal vor in den Rauchsalon. Erfüll du erst einmal deine Tanzpflicht.«

Als Bertram Christabell endlich an einen Ulanenleutnant von der Landwehr hatte abgeben können, suchte er nach Michael. Der saß eingehüllt in eine dicke Wolke Zigarrenrauch auf einem Sofa in der Nähe der Fenster. Auf einem kleinen Beistelltisch stand ein Sektkühler. »Hier, etwas Brause für unseren erhitzten Tanzbären«, scherzte Michael. »Der Abend verspricht ja, etwas länger zu werden.«

Nach und nach traten auch andere Mitglieder der Deutschen Volkspartei herbei. Es wurde trotzdem keine Parteiveranstaltung aus dem Ball, dazu waren viel zu viele mögliche Geschäftskontakte vor Ort, auf die es Rücksicht zu geben galt und mit denen Gespräche zu führen waren. Bertram genoss es, unter dem Schein der Kristalllüster bei einer guten Zigarre und kaltem Champagner über Geschäfte zu reden. Einzig eine Gruppe von Offizieren beteiligte sich nicht an diesen Gesprächen. Sie blieben untereinander, tranken, lachten. Immer wieder verließen Einzelne von ihnen den Rauchsalon, um nach einer Weile wieder aufzutauchen.

»Sie schauen, ob sich etwas Neues auf dem Heiratsmarkt ergeben hat«, murmelte Michael. »So ein Bräutchen muss schließlich eine ordentliche Mitgift einbringen, damit der Leutnant die Kaution bezahlen kann und der Garnisonskommandant nicht querschießt. Und dann stellt sich natürlich die Frage, ob das Fräulein auch aus der Nähe etwas taugt. Militärisch gesehen also Spähtruppe. Oder Aufklärer, wenn du so willst.«

Bertram musterte die Uniformierten und lachte. Einer der Offiziere nahm das persönlich. Er stiefelte auf das Sofa zu, schlug die Hacken zusammen und sagte schnarrend zu Bertram: »Mein Herr, Sie haben mich fixiert.«

Irgendwoher kenne ich diese Stimme, grübelte Bertram. Wo habe ich die nur schon gehört?

Michael beugte sich vor. »Lassen Sie es gut sein, junger Mann. Seit wann schlägt sich ein Offizier mit Kaufleuten?«

Der Ulan sah genauer hin. Als sein Blick auf Michaels Hosenbein fiel, das nicht länger als ein Unterarm war, zuckten seine Lider kurz.

»Sie haben gedient?«, fragte er.

Michael grinste. »Jawohl, junger Mann. Zweites Badisches Freicorps, Siebzehnte US-Kavallerie, Erste Colorado-Kavallerie.« Versonnen ließ er einen Finger über die alten Narben auf seiner Wange gleiten. »Selbstverständlich bin ich satisfaktionsfähig. Und sei es als Heidelberger Burschenschafter.«

Bertram schien es, als ob der Offizier ein wenig bleich geworden war. Der hat sich das auch anders vorgestellt, dachte er, ein bisschen tanzen, ein bisschen trinken, ein bisschen Kaufleute erschrecken. Nun sitzt da Michael mit seinen Narben und dem halben Bein und lässt sich nicht ins Bockshorn jagen. Armer Junge.

Wieder schlug der Offizier die Hacken zusammen. »Ich habe mich wohl geirrt«, sagte er mit stockender Stimme. »Bitte entschuldigen Sie mich.« Er drehte sich um und ging mit steifen Schritten davon.

»Kehrt Marsch!«, sagte Michael und lachte leise. Dann wurde er wieder ernst. »Ich sage dir, wir werden uns noch wundern. Ein Staat, an dessen Beginn ein Krieg steht, da wird das Militär allzu schnell allzu mächtig. Und in Preußen ist es das ohnehin schon.« Er griff nach seinem Glas. »Komm, lass uns den Abend genießen. Trinken wir auf den Frieden. Dass er lange hält. Und dass die schönen Uniformen nur Champagnerflecken abbekommen.«

»Dein Wort in Gottes Ohr«, sagte Bertram und hob ebenfalls sein Glas.

»Wer war denn das eben eigentlich? Und was sollte das?«

»Keine Ahnung. Den Abzeichen nach zu urteilen ist er von irgendeinem Bataillon in Preußen. Ach, dazu gehört Frankfurt ja auch. Ich vergesse es immer noch ständig. Und so wie er aussieht, hat er nicht viel gesehen vom Krieg. Der war auch viel zu schnell vorbei, als dass all die jungen Leutnants hätten avancieren können. Jetzt ist er natürlich unruhig und denkt, seine Karriere kann er vergessen. Es gibt einfach zu viele Leutnants im Frieden. Wer es nicht schafft, im Krieg befördert zu werden, der muss erst einmal abwarten. Kein Wunder, dass er unruhig ist und nach Gelegenheiten sucht, sich zu beweisen.«

Michael winkte einem der Ober, die den Rauchsalon bedienten. »Schauen Sie, junger Mann«, sagte er und deutete auf sein Hosenbein. »Damit habe ich keine Chance am Büfett. Ich brauche ja beide Hände für die Krücken. Können Sie mir nicht etwas Hübsches zusammenstellen und herbringen?« Er lächelte, und schon machte der Ober einen Diener.

»Selbstverständlich, der Herr«, versicherte er eilfertig und machte sich davon.

Bertram lachte. »Du bist und bleibst ein Schlitzohr.«

»So kannst du das natürlich auch sehen«, meinte Michael, »aber warte nur ab.«

Kurze Zeit darauf brachte der Ober eine Platte mit diversen Leckereien. »Ich glaube, das dürfte für beide Herren erst einmal genügen«, strahlte er, und Bertram griff in seine Rocktasche.

»Lass mal«, wehrte Michael ab und winkte den Ober näher zu sich heran. Bertram sah, dass der Mann in der weißen Servierschürze etwas einsteckte. Ein leises Wispern, eine kurze Verbeugung, und schon waren sie wieder unter sich.

»Das eben, das war Heinrich von und zu Montlingen. Hat mir der Kellner verraten und mich zugleich gewarnt. Montlingen, das ist einer von denen, die sich für besonders schneidig halten. Aber du kannst ihm ganz leicht den Wind aus den Segeln nehmen. Falls er dich fordern sollte, frag ihn ganz einfach, seit wann sich der Adel mit Bürgerlichen duelliert.«

»Aber warum sollte er mich denn fordern wollen?«

»Das hast du doch eben erlebt. Ein scheeler Blick, und schon ist Herr von und zu dabei, nach seinem Sekundanten Ausschau zu halten. Ein Depp halt, wie unsere bayerischen Parteifreunde sagen würden.«

Vielleicht nicht nur, vermutete Bertram. Montlingen, das also war der Mann, den er im Garten mit Christabell belauscht hatte. So etwas fehlte gerade noch, dass ich mich mit dem Liebhaber meiner Frau duelliere, und das, ohne dass ich offiziell etwas davon wissen darf. In dem Fall müsste wohl auch ich ihn fordern. Und was sollte das eben heißen, ich hätte ihn fixiert. Er hat doch herübergestarrt, das ist mir nicht entgangen.

»So in Gedanken?«, fragte Michael. »Mach dir keine Sorgen wegen dem. Der ist nur ein dummer Junge. Mehr nicht. Und wir haben uns um Wichtigeres zu kümmern als um so eine Rotznase im bunten Rock.«

Auf der Heimfahrt plauderte Christabell unermüdlich von

den netten Bekanntschaften, die sie geschlossen hatte. Ein Ball ist eben für jeden etwas anderes, dachte Bertram. Nur gut, dass du nicht weißt, wem ich dort begegnet bin.

»Wen hast du denn so auf deiner Tanzkarte stehen? Lass doch einmal sehen.« Spielerisch griff Bertram nach dem Karton, der an einer Seidenschleife baumelte.

Hastig riss Christabell die Tanzkarte an sich. »Die kennst du doch sowieso alle nicht. Die halbe Garnison war anwesend, scheint mir. Und ein paar Gäste.«

Bei der schlechten Straßenbeleuchtung habe ich keine Chance, zu sehen, ob du wenigstens rot geworden bist, mein Christabellchen, dachte Bertram. Ich will es aber hoffen.

»Und wie war der Abend für dich? Bist du wieder die ganze Zeit bei deinem Freund gesessen?«

Das interessiert sie doch sonst nicht, dachte er erstaunt. Sie muss ein schlechtes Gewissen haben. Oder ist sie einfach nur müde? Wenn sie wirklich mit der halben Garnison getanzt hat, wäre es kein Wunder. Im Grunde ist es mir doch auch einerlei. Solange es keinen Skandal gibt. Aber den hätte ja fast dieser Montlingen vom Zaun gebrochen. Und ausnahmsweise einmal nicht meine Christabell. Warten wir ab, was sich daraus ergibt. Zunächst einmal wird es ja wohl bald Wahlen geben müssen. Wenn schon das Reich vereint ist, dann muss doch auch das Parlament entsprechend organisiert werden. Wie dem auch sei, ich bin jedenfalls gespannt, ob sich unsere geschäftlichen Gespräche im Rauchsalon auszahlen werden.

14

Annemie lächelte. Die Grübchen rechts und links von ihrem Mund tanzten und zogen ihn magisch an. Endlich, dachte Bertram. Endlich haben wir uns wieder. Schon lag sie in seinen Armen und schmiegte sich an ihn. Seine Hände strichen über ihren Rücken. Unter dem Kleid aus taubengrauer Rohseide spürte er die Stangen des Korsetts.

»Komm!«, sagte sie. »Die Jungen sind unterwegs. Und Elisabeth ist auch nicht da. Wir haben viel Zeit.«

Das ließ sich Bertram nicht zweimal sagen. Mit einem Krachen fiel die Haustür hinter ihnen zu. Annemie lachte. Er vergrub sein Gesicht in ihrem Haar. Wie vertraut war ihm dieser zarte Duft nach Äpfeln, wie sehr hatte er ihn vermisst!

»Ach, Annemie«, murmelte er. »Du ahnst nicht, wie sehr du mir gefehlt hast. An allen Ecken und Kanten.«

Sie lachte leise. »Wenn du dich da mal nicht irrst.« Mit der Hand strich sie ihm über die Brust und ließ sie dann tiefer wandern. Immer tiefer. »Ich glaube, ich habe durchaus eine Ahnung.« Ihre Finger schlossen sich. Leise stöhnte er auf.

Mit schlafwandlerischer Sicherheit führte sie ihn die Treppe hoch und in ihr Schlafzimmer. Dass diese Kleider aber auch immer so kompliziert sein müssen, dachte Bertram und zerrte an einem widerspenstigen Knopf. Annemie lächelte nachsichtig.

»Wir haben Zeit«, sagte sie wieder. Endlich stand sie vor ihm, wie er sie am liebsten sah. Sie griff nach ihrem Haar und löste die

Nadeln. Wie eine dunkle Welle strömten die Locken über ihre nackten Schultern. Wieder stöhnte er auf, und sie lächelte.

»Und was ist mit dir?«, fragte sie. Schon flog das Jackett zu Boden. Die Weste folgte. Er stieg aus den Schuhen, löste die Hosenträger vom Bund und öffnete die Knöpfe. Endlich stand er nur noch im Hemd vor ihr.

»Und weiter?« Annemie zog erwartungsvoll eine Augenbraue hoch. Verständnislos starrte er sie an. In seinen Lenden pochte es.

»Ach, Bertram«, seufzte sie. »Schon vergessen? In meinem Bett dulde ich keine Strümpfe.«

Er lachte. Ja, so war sie, seine Annemie. Nach außen hin die brave Witwe, die an nichts anderes dachte als an ein anständiges Leben. Aber hinter der Schlafzimmertür ist sie eine Königin, der es zu gehorchen gilt, dachte er. Und ich gehorche ihr gerne, ich alter Demokrat.

Mit einem hellen Klimpern fiel ein Hemdknopf zu Boden. Bertram beachtete ihn nicht weiter. Endlich stand er vor ihr, wie der Herrgott ihn geschaffen hatte. Annemie legte ihm die Hand auf die Hüfte.

»Nun komm schon«, sagte sie. »Du hast mich lange genug warten lassen.«

Bertram knurrte scherzhaft, und Annemie schlang ihre Arme um seine Hüften und zog ihn zu sich heran. Lachend fielen sie aufs Bett.

»Ach, Annemie.« Bertram seufzte. »Was habe ich dich vermisst!«

»Ich dich doch auch.« Sie küsste ihn, erst spielerisch, dann zärtlich und endlich immer leidenschaftlicher. Bertrams Hände glitten über ihre Haut. Wie weich sie sich anfühlt, dachte er. Dagegen sind meine Hände rau, wie von einem Bierkutscher. Mit den Daumen umspielte er ihre Brüste. Enger und enger wurden die Kreise, bis er schließlich spürte, wie sich unter seinen

Fingern die Haut zusammenzog und steif wurde. Brustwarzen, dachte er, was für ein hässliches Wort für etwas so Schönes!

Auch Annemies Hände waren nicht untätig. Sie folgten seinen Bewegungen und spiegelten sie. Wie Bertram es liebte, wenn seine Annemie ihn streichelte! Auch wenn seine Brust zum Glück nicht ihre schwellenden Formen hatte, es war ein wunderbares Gefühl, ihre Liebkosungen zu spüren.

Dann entzog sich Annemie ihm wieder. Sie ließ ihre Lippen dort tanzen, wo eben noch ihre Fingerspitzen gewesen waren. Kuss um Kuss wanderte sie tiefer und tiefer. Als er ihre Zunge in seinem Nabel spürte, stöhnte Bertram wohlig auf. Ich will gar nicht wissen, dachte er, wer ihr das beigebracht hat. Und das jetzt schon gar nicht. Er spreizte die Beine. Endlich, Annemie, dachte er. Endlich!

»Endstation!« sagte eine raue Stimme. Bertram öffnete erschrocken die Augen. Vor ihm stand ein Schaffner in dunkler Uniform, mit Fahrkartenzange in der Hand und einem eisgrauen Schnurrbart im Gesicht. Ich habe geträumt, dachte Bertram. Es war nur ein Traum.

»Ich würde Ihne ja gerne schlafe lasse, aber gleich geht es wieder ab nach Kassel.«

Es war nur ein Traum, dachte Bertram enttäuscht. Alles nur ein Traum. Ächzend stand er auf und reckte sich. Er sah an sich hinunter. Zum Glück ist nichts passiert, dachte er. Das fehlte noch, dass ich es im Schlaf nicht halten könnte wie ein Schuljunge. Schließlich stand er mit seiner Reisetasche auf dem Bahnsteig. Ein Dienstmann näherte sich, aber Bertram winkte ab. Zu den Droschken schaffte er es noch allein. Doch bevor er den Halteplatz erreicht hatte, entschied er sich um. Mit raschen Schritten ging er zur Pferdebahn und löste einen Fahrschein bis zur Endstation. Muss sie so oft halten, dachte er unwillig. Aber endlich stand er doch in der stillen Seitenstraße vor Annemies Haus.

Sie trug tatsächlich ein taubengraues Kleid, und die Jungen waren nicht im Haus. Aber die kleine Elisabeth lag mit Fieber im Bett.

»Sie schläft«, sagte Annemarie. »Willst du sie einmal sehen?«

Leise stiegen sie die Treppe hoch. Liebevoll betrachtete Bertram das zarte Gesicht, das seiner Annemie so ähnlich sah.

»Sie ist ein hübsches Kind«, wisperte er. »Und sie hat deine Haarfarbe.«

Unwillkürlich strich Annemarie über ihre linke Schläfe, an der sich die ersten vorwitzigen grauen Strähnen zeigten. »Na, dann weiß ich ja, wo die hingeht.« Sie lächelte.

Das ist meine Annemie, dachte er. Andere Frauen würden das Graue gnadenlos ausreißen. Oder versuchen, der Natur Nachhilfeunterricht zu geben, als sei die ein vergesslicher Schüler.

»Komm«, sagte sie, »lassen wir die Kleine schlafen.« Aber Annemarie führte ihn nicht in ihr Schlafzimmer. Schon saßen sie in dem behaglich eingerichteten Salon und tranken Kaffee.

»Wie wäre es mit einer Partie Schach?«, fragte Bertram hoffnungsfroh.

Annemarie lachte. »Dass du es immer wieder versuchst! Du weißt doch, dass du gegen mich nicht gewinnen kannst.«

»Vielleicht gerade deshalb?« Er lächelte zurück. »Ach, Annemie. Ich habe dich so vermisst.«

»Dabei kommst du doch spätestens alle sechs Wochen nach Berlin. Wegen der Politik.«

»Genau. Wegen dir käme ich öfter. Das kannst du mir glauben.«

Annemarie lächelte. »Das weiß ich doch. Und du bist mir auch herzlich willkommen.«

Nachdenklich starrte Bertram in seine Tasse. »Ich wüsste oft genug gar nicht, was ich ohne deinen Rat anfangen sollte. Oder ohne dich. Ich habe lange überlegt, Annemie. Mit meiner Frau geht und geht es einfach nicht. Dass sie einen Liebhaber hat, stört mich ja gar nicht. Soll sie doch, wenn sie mir nur aus den Füßen bleibt. Wenn ich ganz ehrlich bin, ertrage ich nicht einmal mehr ihre Anwesenheit.« Er seufzte. »Ich glaube, ich lasse mich von ihr scheiden. Und wenn es mich die Parteikarriere kostet.«

Annemarie sah ihn an und schwieg. »Begreifst du nicht?«, fragte er. »Ich will mit dir leben. Mit dir und mit meinen Kindern. Und es ist mir sogar gleichgültig, ob du mich heiraten willst oder nicht.«

Kopfschüttelnd holte sie das Schachbrett aus der Schublade. »Du bist und bleibst der Bertram, den ich kenne. Impulsiv wie eh und je. Eben wolltest du noch Schach spielen, und im nächsten Moment schon machst du mir einen Antrag. Wenn ich das gerade richtig verstanden habe.«

Bertram staunte. Hatte er sich denn nicht völlig klar ausgedrückt? Was war nur mit seiner Annemie los, die konnte ihm doch sonst immer folgen, war ihm sogar oft genug weit voraus?

»Also, noch einmal von vorne, Bertram. Du willst dich scheiden lassen. Über den Rest sprechen wir später, einen Schritt nach dem anderen.« Ruhig stellte Annemarie die Schachfiguren auf. »Also, die Scheidung. Wie willst du die begründen? Ich glaube nicht, dass die Beamten ein ›ich habe sie einfach satt‹ gelten lassen werden.«

»Ich weiß es doch auch noch nicht«, brach es aus ihm heraus. »Ich weiß nur, dass es so nicht weitergehen kann.«

»Hast du denn wenigstens mit ihr darüber gesprochen?«, erkundigte sich Annemie, und Bertram musste verneinen. Das gefiel ihr gar nicht.

»Du bist und bleibst ein Mann, ein typischer Mann. Triffst einsame Entscheidungen, und die Frau erfährt davon erst, wenn alles in trockenen Tüchern ist und sie nur noch nickend zustimmen soll. Das entspricht nicht meiner Vorstellung von Partnerschaft, das sage ich dir.«

»Aber ich will doch auch gar keine Partnerschaft mit ihr. Die wäre ja wohl auch gar nicht möglich. Nicht mit einer Frau, die dermaßen dumm ist wie sie.«

»Christabell. Sie hat einen Namen. Sprich ihn aus. Christabell.«

Sie klingt richtig wütend, dachte Bertram. Ich habe wieder einmal alles falsch gemacht. Dabei hatte ich geglaubt, sie würde sich freuen. Versteh einer die Frauen. Er gab sich einen Ruck.

»Also gut. Christabell. Ich will die Scheidung. Von ihr. Von Christabell.«

»Na also«, sagte Annemarie und lächelte. »Geht doch. Nimm sie als Person wahr, nicht als Belastung. Sonst wirst du viel zu schnell ungerecht. Dass sie nicht klug ist, das hast du schließlich schon vor der Hochzeit gewusst. Selbst ihr Vater hatte dich gewarnt. Wie willst du ihm die Sache eigentlich erklären, ist er nicht ein Logenbruder von dir?«

»Das war er.« Bertram rührte in seiner Tasse. »Er ist im letzten Herbst gestorben, als die Choleraepidemie auch Offenbach erreichte.«

»Und ihre Mutter ist ebenfalls schon eine Weile nicht mehr. Du willst Christabell also ganz allein lassen? Mit niemandem auf der Welt, der sich um sie kümmern könnte?«

So hatte Bertram es noch gar nicht betrachtet. Sie hat doch ihren Liebhaber, wollte er schon sagen, biss sich dann aber doch auf die Lippen. Er nickte.

»Das wird dich aber gar nicht gut aussehen lassen, mein Lieber. Auch wenn sie eine erwachsene Frau ist. Du musst unbedingt mit ihr reden. Unbedingt, hörst du?«

»Aber was soll ich ihr denn nur sagen? Etwas anderes, als dass ich die Scheidung will, und die so schnell wie möglich? Das kann ich nicht.«

»Das ist mir vollkommen gleichgültig. So geht man nicht mit seiner Frau um. Du hast immerhin versprochen, sie zu achten und zu ehren. Bis dass der Tod euch scheidet. Schon vergessen?«

Sie ist wirklich erbarmungslos, dachte Bertram. Als würden wir schon Schach spielen. Aber sie hat ja recht.

»Ich kann sie einfach nicht achten. Beim besten Willen nicht. Wenn ich ihr Gesicht schon sehe, steigt in mir die Wut hoch. Ich weiß nicht, wie lange ich mich noch zusammenreißen kann.«

Annemarie schüttelte den Kopf. »Du sitzt ganz schön in der Bredouille, mein Lieber. Lass uns das genau planen.«

Endlich, dachte Bertram. Mit dir gemeinsam schaffe ich es. Er lächelte.

»Also, noch einmal von vorn. Was kannst du tun, damit Christabell in die Scheidung einwilligt? Was ist ihr wichtig?«

Bertram dachte nach. Endlich kam ihm ein Gedanke. »Sicherheit«, sagte er. »Sie will sich keine Sorgen machen müssen. Über nichts.«

»Das ist doch ein guter Anfang. Sie braucht also ein Haus. Und genügend Geld, am besten noch jemanden, der es für sie verwaltet.«

»Genau«, sagte Bertram. »Und ich glaube, das Haus müsste nicht einmal in Frankfurt sein oder in Offenbach. Heringsdorf liebt sie ja über alles.«

»Entscheide du nicht für sie«, warnte Annemarie. »Gib ihr das Gefühl, dass sie mitreden kann, dass ihre Wünsche wichtig sind. Auch wenn es dir schwerfällt, nimm sie bitte ernst.«

Bertram seufzte. »Du verlangst ganz schön viel, weißt du das?«

Annemarie blieb ungerührt. »Du willst ja auch eine ganze Menge. Du bist Kaufmann, du weißt doch, dass du nicht immer alles mit tausend Prozent Gewinn erreichen kannst. Stell eine Kosten-Nutzen-Rechnung auf. Wenn die auf beiden Seiten stimmt, dann wird es gehen. Alles andere wäre ein Luftgeschäft, mit dem du auf lange Sicht nur scheitern wirst.«

Sie denkt wie eine Kaufherrin, dachte Bertram. Nein, wie ein Mann. Ein Kaufmann. Was war ich für ein Esel, dass ich nicht sie geheiratet habe. Ach, sie wollte ja nicht. Aber vielleicht hätte ich sie umstimmen können, wenn ich es nur versucht hätte. Wer weiß.

»Aber nun sag, was hat dich diesmal eigentlich nach Berlin gebracht? Oder ging es dir nur um das Eine?« Annemarie strich sich lachend das Kleid glatt.

Wenn es nur darum ginge, dachte Bertram, das bekäme ich auch in Frankfurt. Aber eben nicht so wie bei dir. Du bist einzigartig. Er schüttelte den Kopf.

»Nein. Die Partei, du verstehst?«

»Ich verstehe sehr gut. Aufstellen wollen sie dich nicht, die Herren Politiker. Du bist ihnen hinter den Kulissen sehr viel nützlicher.«

»Ach, ob das wirklich so das Meine wäre, im Parlament zu sitzen? Und ich verstehe auch, dass bekanntere Köpfe erst einmal wirken sollen. Der Lehrjunge, der sich mit rotem Kopf und heißem Herzen im Kontor versteckte, als in Frankfurt die Barrikaden standen, nach dem fragt doch niemand. Jedenfalls nicht so, dass sich das bei der nächsten Wahl ummünzen ließe in einen sicheren Parlamentssitz.«

»Wie du meinst, Bertram. Aber sieh du nur zu, dass sie dich nicht ganz vereinnahmen.«

Sie hat recht, dachte Bertram. Sie schicken mich wirklich umher wie einen Laufburschen. Es wird höchste Zeit, dass ich auch einmal etwas fordere und nicht nur immer alles ohne Murren erledige. Aber zuerst muss die Sache mit der Scheidung vom Tisch.

»Wie lange bleibst du denn eigentlich?«

Bertram zuckte mit den Schultern. »Das hängt ein bisschen davon ab, wie schnell ich mit den Parteiangelegenheiten vorankomme. Es geht um eine etwas delikate Frage, die lässt sich eben nicht zwischen Tür und Angel klären. Koalitionsverhandlungen, du verstehst?«

Annemarie verstand. »Genauer will ich es gar nicht wissen. Von deinen Herren Demokraten ist doch keiner bereit, Frauen die gleichen Rechte zuzugestehen wie den Männern. Dann sind sie auch nicht weiter interessant für mich. Politisch gesehen.«

Bertram seufzte. »Die gleichen Rechte, gut und schön. Deiner Meinung nach sollte also tatsächlich jemand wie Christabell alles mitentscheiden können? Das ist doch absurd!«

»Warum?«

Bertram fehlten die Worte. Das sah doch ein Blinder mit dem Krückstock, dass eine Frau einfach nicht für die Politik geschaffen war. Gut, es hatte immer mal wieder Königinnen gegeben. Aber deshalb gleich einer Person wie Christabell die gleichen Rechte zugestehen wie einem Universitätsprofessor?

»Es ist ganz einfach, mein Lieber.« Annemarie stupste ihn mit dem Zeigefinger an. »Gleiches Recht für alle, so sollte die Devise für einen guten Demokraten wie dich lauten. Wenn ein hundskommuner Bierkutscher oder ein Kesselflicker, der außer seinem Handwerk kaum etwas versteht, abstimmen darf, warum dann nicht auch ich? Oder eben Christabell? Das erkläre mir bitte. Und, wenn es geht, ohne die Bibel zu bemühen. Wer nicht in die Kirche geht, braucht die Heilige Schrift nicht zu schwingen, mein Lieber.«

»Aber ich gehe doch in die Kirche!«

»Natürlich tust du das. An Weihnachten. Und am Karfreitag, vielleicht. Ansonsten allenfalls zu einer Beerdigung. Sei ehrlich, Bertram Konrad Geisenheimer. Was für einen Grund kann es geben, dass Frauen nicht wählen dürfen? Gelten die Gesetze nicht auch für sie? Müssen sie nicht ebenso Steuern zahlen auf ihr Vermögen wie die Männer auch? Also, wie begründest du dann diese ungleiche Behandlung im Politischen?«

Bertram grübelte. Ja, wie ließe sich das wohl begründen, außer mit einem Bibelspruch? Mit einem »Ist eben so« konnte er bei seiner Annemie nicht punkten, das wusste er nur zu genau.

»Frauen brauchen keinen Kriegsdienst zu leisten.« Das musste sie doch überzeugen. Wer sein Leben nicht für den Staat geben musste, wenn es hart auf hart kam, der brauchte auch nicht seine Stimme zu erheben.

»Das müssen alte Männer genauso wenig, oder Kinder. Und wer für untauglich befunden wird, schon dreimal nicht. Außerdem, erzähle du mir nicht, die Frauen bekämen einen Krieg nicht auch zu spüren. Gut, der Kaiser steckt sie nicht in seinen bunten Rock, aber was ist denn, wenn die Soldaten durchs Land ziehen, sobald Krieg ist? Gut, ihren Kopf müssen sie nicht hinhalten, die Frauen, aber erzähle mir bitte nicht, dass ihnen nichts passiert im Krieg.«

Da hat sie nun auch wieder recht, dachte Bertram. Sie können sich noch nicht einmal wehren, weil ihnen niemand beibringt, wie man das tut. »Ich glaube nicht«, sagte er zögernd, »dass ich mit der Forderung nach dem Wahlrecht für Frauen wirklich avancieren werde in der Partei. So weit sind wir noch nicht.«

Annemarie lächelte schwach. »Das ist natürlich ein Argument. Du willst dich nicht zu weit aus dem Fenster lehnen. Ich verstehe das sogar. Schon gar nicht, wenn du dich erst einmal scheiden lassen willst. Das bringt dich ohnehin in eine schwierige Position. Als geschiedenem Mann werden sie dir so bald sicher keinen Posten in der ersten Reihe geben. Sie werden dich zwar nicht fallen lassen, so viel ist sicher. Als ihr Laufbursche bist du nämlich unentbehrlich.«

Woher kommt nur diese Wut bei ihr? Bertram kratzte sich am Bart. Ich verstehe nicht, warum sie meinen Einsatz für die Partei so kritisch sieht. Beziehungsweise weniger meinen Einsatz als das, was ich im Gegenzug von meinen Parteigenossen bekomme. Da muss ich tatsächlich einmal über die Bücher gehen.

Erstaunt sah er, wie Annemarie aufstand. »Wo gehst du hin, wollten wir nicht Schach spielen?«

Annemarie schüttelte den Kopf. »Du bist mir vielleicht einer.

Ich habe ein krankes Kind oben liegen, schon vergessen? Hin und wieder muss ich schon nach Elisabeth schauen. Aber keine Sorge, ich bin gleich zurück.«

Ich sollte mich wirklich mehr um die Kinder kümmern, dachte Bertram und blickte ihr nach. Elisabeth ist meine Tochter. Und Karl, wo steckt der eigentlich? Habe ich es tatsächlich wieder einmal fertiggebracht, nicht nach ihm zu fragen? Ich bin wirklich ein Rabenvater. Nachdenklich sah er aus dem Fenster. Draußen dämmerte es bereits.

Nach kurzer Zeit kam Annemarie wieder ins Zimmer. In der Hand hielt sie eine Petroleumlampe mit bemaltem Porzellanschirm. »Die Jungen müssten gleich nach Hause kommen«, sagte sie. »Sie sind auf einem Ausflug nach Potsdam. Ein Bekannter hatte den für die Kinder des Viertels organisiert. Und sie sind als Begleiter mitgefahren.«

Was für ein Bekannter?, wollte Bertram schon fragen. Aber dann ließ er es doch. Es geht mich nichts an, dachte er. Sie lebt ihr Leben, wie sie es will. Und solange sie nichts Besseres von mir annehmen will, kann ich gar nichts machen. Aber warte nur, Annemie. Wenn die Scheidung erst einmal durch ist, dann werbe ich ernsthaft um dich. Du bist und bleibst doch meine Einzige.

»Was schaust du denn so sonderbar?« Annemarie drehte den Docht an der Lampe höher. »Als wolltest du mir etwas sagen und zugleich doch nicht.«

Bertram lachte. »Es ist nichts«, sagte er. »Das hat Zeit.« Er hob die Tasse. »Willst du, dass ich den Jungen guten Tag sage, oder war das eben ein Hinweis, dass es besser ist, wenn ich nun gehe?«

»Das kannst du halten, wie du magst.« Annemarie sah ihn ruhig an. »Die Jungen freuen sich immer, dich zu sehen. Das weißt du ja. Auch Karl, selbst wenn der seine Freude nicht so zeigen kann. Er ist ein verschlossener junger Mann, der nicht viel redet. Manchmal frage ich mich wirklich, was hinter seiner Stirn so vor sich geht.«

Ganz wie ich früher, dachte Bertram. Darüber hat sich Maman auch oft beschwert.

»Was will er denn eigentlich werden, wenn er mit der Schule fertig ist? Dein Ludwig hat mir bei meinem letzten Besuch anvertraut, dass er gerne studieren und Arzt werden möchte. Und Andreas hat doch dieses Talent für Sprachen.«

»Ja, die beiden haben ihre Zukunft schon geplant.«

Sie strahlt richtig, wenn sie von ihren Söhnen spricht, dachte Bertram. Und es sind ja auch zwei Prachtjungen aus ihnen geworden. Aber mein Karl, unser Karl, der wird ebenfalls einer.

»Karl ist ja noch recht jung. Vielleicht braucht er einfach mehr Zeit.«

»Das könnte sein. Aber in seinem Alter hatte Ludwig schon eine Menge Pläne. Und er hat sie mir erzählt. Das ist Karls Sache nun nicht. Da ähnelt er dir doch sehr, mein Guter. Denken, planen, und wenn dann alles schon beschlossen ist, kommst du mit der Sprache heraus.«

Zum Glück lächelt sie, dachte Bertram. Aber es stimmt schon, in dem Alter war ich auch nicht bereit, viel von meinen Plänen preiszugeben. Das musste ich ja auch nicht, mein Weg war vorgezeichnet als Erbe der Geisenheimer. Welchen Weg wird wohl Karl nehmen? Ob er ein Kaufmann ist in seinem Herzen?

»Was meinst du?«, fragte er. »Vielleicht sollte ich ihn ins Geschäft nehmen? Ich will ihm doch ohnehin alles vererben, da wäre eine gründliche Ausbildung nicht das Schlechteste.«

»Darüber werden wir noch sprechen müssen«, beschied ihn Annemarie. »Er soll nur dann ein Kaufmann werden, wenn er es will. Und es darf ihm nicht einfach so in den Schoß fallen. Meine Kinder sollen das Leben führen, das sie sich erarbeiten. Sie sind nun einmal keine Herrensöhne. Und das wird auch so bleiben.«

»Aber ich würde wirklich gerne mehr für sie sorgen. Für dich natürlich auch. Wenn du es nur zulassen wolltest.«

Annemarie setzte gerade zu einer Antwort an, als der Klopfer an der Haustür ertönte. »Das sind die Jungen«, sagte sie und sprang auf. »Wir sprechen später darüber.«

Bertram blieb an seinem Platz sitzen. Schon standen Ludwig, Andreas und Karl vor ihm und machten ihren Diener.

Sie hat sie wirklich gut erzogen, dachte er. Die Manieren sind tadellos. Und sie sehen allesamt gut aus. Obwohl sie Stadtpflanzen sind, strotzen sie vor Gesundheit.

»War es schön in Potsdam?«, fragte er, und die drei nickten. »Wir durften in den Schlossgarten«, sagte Andreas. »Das muss ein wunderbarer Beruf sein, Gärtner.«

»Du spinnst.« Karl hielt mit seiner Meinung nicht hinter dem Berg. »Den ganzen Tag den Rücken krumm machen und immer Erde unter den Fingernägeln. Das wäre nichts für mich.«

»Aber sieh dir doch nur das Ergebnis an!« Andreas klang empört. »So etwas Schönes, daran mitzuarbeiten, das muss man sich doch wünschen dürfen.«

»Ja, willst du denn Gärtner werden?«, fragte Bertram. »Als wir uns das letzte Mal sahen, hast du doch erzählt, dass du gerne reisen willst, fremde Länder kennenlernen, ihre Sprachen und ihre Menschen.«

»Das kann ich doch auch als Gärtner. In jedem Land gibt es Gärten und Parkanlagen. Ach, das muss ein herrliches Leben sein, sie alle zu sehen. Aber vielleicht wirklich nicht unbedingt als Gärtner. Da hat der Karl schon recht, die Arbeit ist wirklich hart.«

»Ludwig kann dir dann ja immer wieder die Knochen richten«, sagte Karl großzügig, und der älteste Bruder nickte.

»Genau. Ich werde Knochenreißer. Und wenn meine reichen Patienten sich überfressen haben und ich an ihre Gelenke vor lauter Fett nicht mehr herankomme, dann schicke ich sie zu dir auf Kur, Andreas. Du lässt sie den ganzen Garten umgraben und schaust ihnen dabei zu. Nachher schreiben wir ihnen dann zusammen eine Rechnung, die noch dicker ist, als sie es jemals waren.« Ludwig und Andreas lachten wie zwei junge Verschwörer.

Nur Karl sah unzufrieden drein. »Und ich? Wo bleibe ich?«

»Das hängt wohl davon ab, was du einmal werden willst, meinst du nicht?« Bertram sah seine Chance. Vielleicht hat er ja wirklich ein Gespür fürs Geschäft, wer weiß?

»Bevor ihr einen Beruf ergreift«, mischte sich Annemarie nun ein, als sie wieder ins Zimmer gekommen war, »solltet ihr euch aber zuerst einmal waschen. Meine Herren Hufdotter, Sie riechen nach Landpartie. Also ab mit euch dreien!«

Ohne viel Murren zogen die drei jungen Männer davon, und kurz darauf verabschiedete Annemarie sich auch von Bertram.

»Denk daran«, lauteten ihre letzten Worte zum Abschied, »wenn du die Scheidung wirklich willst, musst du anfangen, Christabell ernst zu nehmen. Du beraubst sie immerhin ihres gesellschaftlichen Status', den sie als deine Frau nun einmal hat. Was kannst du ihr im Austausch dafür bieten, was wiegt diesen Verlust auf? Und sag mir nicht, dass Geld das schon richten wird. Frag dich lieber, was für sie wichtig ist. Und wenn dir nichts einfällt, dann erkundige dich bei ihr persönlich. Du musst ohnehin endlich mit ihr reden, darüber sind wir uns ja einig.«

Leichter gesagt als getan, dachte Bertram, als er wieder daheim war. Aber Christabell schien nicht überrascht, als er das Thema Scheidung anschnitt.

»Wir haben uns nur deshalb nicht auseinandergelebt«, sagte sie, »weil wir nie wirklich zusammengelebt haben.«

Bertram konnte nur staunen. Das klang überraschend vernünftig, und das aus Christabells Mund?

»Ich kann einfach nicht mehr«, platzte es aus ihm heraus. »Ich bin bereit, alle Forderungen zu erfüllen, die du an mich stellst. Wenn du mich nur freigibst.«

Christabell lächelte, und er konnte nichts anderes denken als: Das wird teuer. Aber meine Freiheit ist es mir wert.

»Wirklich?«, fragte sie. »Wirklich alles?«

»Nun ja.« Da war ich wohl doch etwas voreilig, dachte Bertram. Sie bringt es noch fertig, sich den halben Mond zu wünschen. Und dann?

Aber Christabell wollte nicht den Mond. Sie verlangte noch nicht einmal das Geisenheimer'sche Haus. Auch von Niederrad sagte sie nichts.

»Dass du mich nicht ins Elend stürzt, das setze ich voraus«, sagte sie. »Du wirst dafür sorgen, dass ich so leben kann, wie ich es gewohnt bin. Und das bis ans Ende meiner Tage. Selbst wenn ich hundert Jahre alt werde.«

Bertram nickte. »Das versteht sich von selbst.«

»Das sehe ich auch so. Aber das ist erst der Anfang. Als geschiedene Frau werde ich wohl kaum einen anderen Mann finden, der mich heiratet. Und ich habe auch so meine Bedürfnisse.«

Worauf will sie denn jetzt hinaus? Bertram grübelte. Ich weiß doch, dass sie längst einen Liebhaber hat. Wenn es denn nur einer ist.

»Ich erwarte, dass du mir genügend Mittel zur Verfügung stellst, dass nicht nur ich unbeschwert davon leben kann.«

Wusste ich es doch, dachte Bertram. Das kommt einfach zu glatt daher. Das muss sie eingeübt haben. Jemand hat ihr eingeflüstert, was sie verlangen soll, und zwar so lange, bis sie es auch im Schlaf hersagen konnte.

»Ich werde wohl endgültig die Heimat verlassen müssen. Hier in Frankfurt und auch in Offenbach wäre ich doch als geschiedene Frau gesellschaftlich unmöglich. Selbst in Heringsdorf wird es schwierig werden. Da trifft sich *tout* Berlin. Und schon habe ich meinen Ruf weg.«

»Das siehst du zu schwarz, Christabell«, versuchte Bertram sie zu beschwichtigen. Aber sie ließ nicht locker.

»Du weißt doch überhaupt nicht, wie es zugeht. Wann immer es dir passt, wendest du der Gesellschaft den Rücken zu. Dass dahinter getuschelt wird, getratscht und nach Herzenslust gelästert, das ist dir doch egal. Aber mir eben nicht. Ich bin eine Frau. Ich kann nicht allein für mich außerhalb der Gesellschaft stehen.«

Du nicht, dachte Bertram, das stimmt. Aber Annemarie. Die kann das. Und gerade weil sie es kann, ist sie nie außerhalb der Gesellschaft gewesen. Aber du kannst es wohl tatsächlich nicht.

»Am Geld soll es nun wirklich nicht scheitern«, sprach er langsam. »Sag mir, wen du als deinen Vermögensverwalter haben willst. Jemanden aus deiner Familie vielleicht?«

»Ein Vermögensverwalter? Aber einer, der mir Rechenschaft schuldig ist und nicht dir, richtig? Und ich kann ihn mir selbst aussuchen.«

Das hat sie sich nie und nimmer alles selbst ausgedacht. Bertram war sich endgültig sicher. Da steckt ein Kerl dahinter. Und wenn es das Letzte ist, was ich für dich tue, ich sorge dafür, dass dich keiner ausnehmen kann, schwor er sich.

»Es muss schon ein Notar sein. Oder wenigstens ein Bankier. Darauf bestehe ich. Ich will dich absichern, verstehst du?«

Christabell zog einen Schmollmund. »Also gut«, sagte sie schließlich. »Ich werde es mir überlegen. Darüber muss ich erst einmal schlafen.«

Ich frage lieber nicht, mit wem, sagte sich Bertram. So tief sinke ich nicht. Das Märchen halte ich gerne aufrecht, dass du mindestens so untadelig bist wie Cäsars Frau.

»Also gut. Abgemacht, Christabell. Wir finden einen Vermögensverwalter, wir finden einen Ort, an dem du unbehelligt leben kannst und willst. Und dann lassen wir uns scheiden. Danach ist es aus mit uns.«

Sie hat recht mit dem, was sie vorhin gesagt hat, dachte er. Ein Wir hat es zwischen uns beiden wirklich noch nie gegeben. Bis jetzt nicht.

»Aber da ist noch eine Sache, die du mir versprechen musst.« Sie lächelt schon wieder so seltsam, dachte Bertram, fast schon boshaft. Jetzt heißt es auf der Hut sein.

»Ich weiß, du hast einen Sohn. Von dieser anderen. Den will ich. Der soll bei mir leben. Keine Bange, ich sorge schon dafür, dass er deinem Stand gemäß leben kann, auch wenn er ein Bankert ist. Ich will, dass ich als die Mutter bekannt bin, wenn der Spross der Geisenheimer in einigen Jahren sein Erbe antritt. Das ist meine Bedingung. Ist diese Bedingung erfüllt, willige ich in die Scheidung ein und in alles andere. Aber nur dann. Gib mir also deinen Sohn.«

15

Bist ein feiner Kerl«, lallte der Mann in dem verschlissenen Kittel. »Wenn du auch ein feiner Pinkel bist, du bist ein feiner Kerl.« Er lachte und schenkte sich nach, dass der Äppler über den Glasrand schwappte. »Auf dein Wohl!«

Ja, ich bin ein feiner Kerl, dachte Bertram. Ein Bembel Äppler, und schon lieben mich alle. Und wenn ich noch einen Handkäs dazu spendiere, lassen sie mich hochleben. Mit oder ohne Musik. Er seufzte.

»Nun sag schon, was dich bedrückt.« Der Bärtige, der links von Bertram an dem abgewetzten Holztisch saß, beugte sich weit zu ihm herüber, damit er nicht schreien musste. »Niemand sitzt für Stunden beim Äppler und schweigt. Komm, stoß an mit mir.« Der Bärtige hob sein Glas, und nachdem Bertram gehorcht hatte, nahm er einen kräftigen Schluck. »So. Ich bin der Fritz. Und nun sag dem guten Onkel Fritz, was dir so auf der Seele lastet, dass du in die Äpplerschwemme flüchtest. Denn dass du nicht wirklich hierher gehörst, das weißt du ja selbst.« Fritz zwinkerte ihm verschwörerisch zu.

Bertram sah sich mit glasigen Augen um. Unter der niedrigen Decke stand der Tabaksrauch in dichten blauen Wolken. Männer in einfacher und schäbiger Arbeiterkleidung saßen dicht an dicht um die schlichten Holztische. An der Theke herrschte ebenfalls Hochbetrieb. Zwischendrin wuselten Schankburschen hin und her.

»Doch«, sagte Bertram. »Hier ist mein Platz. Genau hier.«

Fritz lachte. »Das glaubst du doch selbst nicht. Schon deine Kleidung verrät dich. Und du wirst hier nur so lange geduldet, wie du den einen oder anderen Krug Äppler springen lässt. Ein reicher Mann hat in einer Arbeiterkneipe nur eine Aufgabe. Nein, zwei. Zahlen. Zahlen und gehen.«

»Was willst du denn von mir?« Bertram wurde unwillig. »Gezahlt habe ich schon. Und ich gehe, wann es mir passt. Beim Montagskränzchen war ich doch auch immer willkommen.«

Fritz sah ihn sich genauer an. »Das Montagskränzchen. So, so. Das ist nun aber auch schon eine ganze Weile her, meinst du nicht?«

Bertram wollte nicken. Fast wäre er vornüber gekippt.

»Hoppla«, meinte Fritz. »Ich glaube, es ist so weit. Gezahlt hast du?« Bertram nickte wieder, diesmal etwas vorsichtiger.

»Also gut. Dann komm.« Fritz hakte ihn unter und zog ihn hoch. Bertram hielt sich an der Tischkante fest. »Momende mal!«, forderte er lallend. »Der Tisch benimmt sich schlecht. Der dreht sich.«

»Genau. Der Hundsfott. Den lassen wir jetzt einfach im Stich.« Fritz legte sich Bertrams Arm um die Schultern und ging einfach los. Schon standen sie vor der Kneipe, deren Tür krachend hinter ihnen zufiel.

»Mir ist schlecht.« Bertram hatte das Gefühl, als sei die Gasse zu einem wilden Pferd geworden und wollte ihn abwerfen.

»Ganz ruhig«, murmelte Fritz. »Tief durchatmen. Das wird schon wieder.«

»Hast du eine Ahnung«, antwortete Bertram. »Das wird im Leben nicht wieder.« Er schaffte es gerade noch bis zur Gosse.

»Rausgeworfenes Geld«, kommentierte Fritz ungerührt. Bertram kicherte. »Stimmt«, sagte er endlich. »Aber dann brauche ich wenigstens heute Nacht nicht raus dafür.«

»Auch wieder wahr, Kollege.« Fritz lächelte. »Und was mache ich jetzt mit dir? Wie heißt du eigentlich?«

Bertram brachte gerade noch seinen Vornamen über die Lippen. Dann musste er sich erneut über die Gosse beugen.

»Meine Güte«, sagte er nach einer Weile. »Der Handkäs war wohl doch keine so gute Idee.«

»Der war eine fantastische Idee. Und die ahle Worscht auch. Und der Hering erst recht. Und die Soleier. Aber ich glaube, die grüne Soße, die ist dir nicht bekommen.« Fritz lachte. »Komm schon. Bevor du hier weiter Neptun huldigst. Lass uns wenigstens bis zum Main gehen, damit der auch was davon hat.«

Arm in Arm gingen die beiden Männer davon. Vor dem Eisernen Steg machte Fritz wieder Halt. »So«, sagte er. »Hier haben wir unsere Ruhe. Und falls du die Fische auch noch füttern willst, ist es nicht weit.« Er schob Bertram auf eine der Steinbänke, die an der Uferpromenade standen. »Und nun erzähl.«

War es der Apfelwein, war es das Gefühl, einen Menschen getroffen zu haben, der ihn verstehen würde? Bertram wusste es nicht zu sagen. Jedenfalls schüttete er Fritz sein Herz aus.

»Verstehe ich das richtig?«, fragte der Bärtige schließlich. »Du hast einen Sohn, der nicht bei dir lebt. Und deine Frau lässt sich nur dann von dir scheiden, wenn du ihn ihr gibst? Dann kannst du die Frau haben, die du liebst. Und die dich hassen wird, wenn du ihr den Sohn nimmst.«

Bertram nickte und lächelte kläglich. »Genau so ist es.«

Fritz pfiff durch die Zähne. »Dann verstehe ich, dass du dich besäufst. Aber nicht, warum du das ausgerechnet in einer Äpplerschwemme tust. Einer wie du, zu dem passt Champagner und Cognac, dicke Zigarren und Lederfauteuils.«

Bertram tastete unwillkürlich nach dem Bijou in seiner Westentasche. Nein, mit diesem Problem hatte er wirklich nicht zu seinen Logenbrüdern gehen mögen. Ein solches Dilemma konnte man nur einem Fremden im Schutz der Nacht zuflüstern. Seine Finger stießen gegen den Zinnelefanten. Der tut immer noch nicht, was er soll, dachte er. Er ist genau wie ich. Aber der Unterschied ist, ich kann ja nicht, weder was ich will, noch was ich soll.

Fritz zog etwas aus der Tasche seines Überrocks. »Hier, nimm einen Schluck. Und spül dir den Mund aus. Mit Verlaub, mein Freund, du stinkst.«

Bertram griff nach der dargebotenen Flasche. Misstrauisch schnupperte er an der Öffnung, aber er roch nichts, was ihm bekannt vorkam. Der scharfe Alkohol weckte seine Lebensgeister.

»Holla«, sagte er. »Wodka?«

»Ganz recht, mein Guter. Manchmal wissen unsere russischen Brüder doch am besten, was ein Mann braucht.«

»Wie kommt ein Mann aus einer Arbeiterkneipe an Wodka?« Bertram hielt Fritz die Flasche wieder hin.

»Ich habe viele Freunde. In vielen Ländern. Und dass ich in Arbeiterkneipen willkommener bin als in den feinen Clubs der Stadt, das ist mir nur recht.« Fritz nahm selbst einen kräftigen Schluck und steckte dann die Flasche weg. »Und nun, mein Bester«, sagte er, »ist es wohl an der Zeit, dass du nach Hause kommst. Soll ich dir eine Droschke rufen, oder willst du zu Fuß gehen?«

Bertram entschied sich für den Spaziergang. War er nicht vor Stunden losgegangen, um den Kopf freizubekommen? Jetzt war zwar der Magen leer, aber hinter seiner Stirn summte und brummte es ärger als zuvor. Schwankend stand er auf.

»So kann ich dich wirklich nicht allein lassen«, beschloss Fritz. »Lass mich dich ein Stück begleiten.«

Gemeinsam gingen sie über den Eisernen Steg. Unter den Linden am anderen Ufer machten sie wieder Halt.

»Das ist doch kein Leben«, murmelte Bertram. »Ich will doch nur mein Glück.«

»Das ist aber lediglich in der Verfassung der Vereinigten Staaten garantiert. Und selbst das nicht. Die Amerikaner sprechen nur davon, dass du es bei ihnen versuchen darfst.«

»Hab ich schon«, antwortete Bertram. »Amerika hat es auch

nicht besser. Die Abwesenheit von Ruinen und gekrönten Häuptern garantiert erst einmal gar nichts. Obwohl, an sich ist es ja eine schöne Idee.«

»Was denn?« Fritz klang amüsiert. »Amerika? Oder kein gekröntes Haupt?«

»Bist wohl auch ein verkappter Demokrat?«, fragte Bertram schmunzelnd. »Oder gar einer von diesen Sozialisten?«

»Und wenn schon«, antwortete Fritz. »Zuerst einmal bin ich ein Mensch, mit dem du reden kannst. Das scheint mir schon deutlich mehr zu sein, als du aus deinen eigenen Kreisen gewohnt bist.«

Bertram nickte und bereute die hastige Bewegung sofort. »Ich glaube, ich schaffe es doch nicht mehr zu Fuß. Siehst du irgendwo eine Droschke?«

Er schlief schon halb, als der Kutscher ihn endlich zu Hause absetzte.

Mit dickem Kopf blinzelte Bertram in das Morgenlicht, das gnadenlos in sein Schlafzimmer schien. Immerhin habe ich es noch geschafft, mich auszuziehen, dachte er und sah auf seine Kleidung, die über das Zimmer verstreut war.

Mit einem starken Kaffee verzog er sich in das Herrenzimmer. Nur allmählich erwachten seine Lebensgeister. Gut, dass Sonntag ist, sagte er sich. Kein Kontor. Aber auch keine Zeitung. Sein Blick fiel auf die jüngste Ausgabe der *Kreuz-Zeitung,* deren Frankfurter Lokalausgabe immer noch von Franz geleitet wurde. Um den habe ich mich auch schon eine Weile nicht mehr gekümmert, dachte er. Aber wenn ich heute noch wach werden sollte, fahre ich hinaus nach Niederrad. Wenigstens meinen Sohnespflichten will ich endlich wieder einmal nachkommen. Ich habe mich lange genug nicht blicken lassen. Und die frische Luft wird mir hoffentlich guttun. Schade, dass Michael nicht in der Stadt ist. Aber der musste ja in Parteisachen in sein geliebtes

Heidelberg. Mein alter Burschenschafter Scherbaum. Der wüsste vielleicht einen Rat, wie ich aus der Bredouille herauskomme. Vielleicht. Wenn ich nur wüsste, wer Christabell das mit Karl eingeredet hat! Da steckt doch mehr dahinter als der Wunsch nach gesellschaftlicher Anerkennung. Das riecht mir nach Rache. Aber wofür?

Bertram hielt sich den schmerzenden Kopf. Für den heutigen Tag war er einfach nicht geschaffen. Hat sich was mit mannhaft die Sorgen ertränken, dachte er. Das war wirklich eine Schnapsidee. Schwach wie ein kleines Mädchen, das bin ich. Und der Lösung keinen Schritt näher gekommen. Ich könnte heulen. Wie ein Mädchen.

Das ist es, schoss es ihm plötzlich durch den Kopf. Vielleicht die rettende Idee. Habe ich damals in Heringsdorf nicht dieses Gespräch belauscht, in dem Christabell ihrem Galan gestanden hat, dass sie gar nicht weiß, was aus ihrer Tochter geworden ist? Was ist, wenn sich der Herr Leutnant nun schadlos halten will und mir den Sohn nimmt, da er selbst sein Kind nicht kennenlernen durfte? Bertram knurrte. »Alfanzereien!«, murmelte er. »Auf so eine Idee kann man nur kommen, wenn man einen Riesenkater hat.« Entschlossen stand er auf. Schluss mit der Grübelei, ermahnte er sich. Ab nach Niederrad. Deinem Vater geht es deutlich schlechter als dir. Also raus an die frische Luft. Vielleicht kommt dir unterwegs auch eine neue Idee.

Doch weder auf dem Weg aus der Stadt noch Stunden später bei der Heimfahrt kam Bertram einer Lösung auch nur einen Schritt näher. Seiner Mutter hatte er das Problem nicht anvertrauen wollen. Solange sie nicht fragt, sage ich nichts, schwor er sich. Sie hat es schwer genug mit dem Vater. Oder mit dem, was von ihm übrig ist. Das ist wenig genug. So will ich jedenfalls nicht enden. Wenn es so weit ist für mich, dann trete ich in Würde ab. Solange ich noch kann. Das hätte sich der Vater sicher auch gewünscht. Aber er ist einfach eingeschlafen und nicht wieder zu sich selbst erwacht. Was will man da machen? Maman besteht immer noch darauf, dass sie weiß, was er sagen will, wenn er röchelt. Wenn es ihr hilft, *à la bonne heure.* Aber neben der Pflege ist wirklich kein Platz für weitere Sorgen. Und ich glaube auch nicht, dass sie sich gerne welche wegen Christabell machen würde.

Wenn ich nur wüsste, wie ich das Problem lösen kann! Am besten wäre es, wenn Christabell tot wäre. Aber ich will mich nicht versündigen. So viel glaube ich schon an Gott, dass ich niemandem den Tod wünsche. Selbst Christabell nicht. Auch wenn mir ihr Tod wirklich helfen würde.

Wie von selbst suchten seine Finger nach dem Zinnelefanten in der Westentasche. Auch wenn der kein Glück brachte, die Berührung ließ seine tobenden Gedanken für gewöhnlich ein wenig zur Ruhe kommen. So war es auch diesmal. Äußerlich gefasst, machte sich Bertram auf zum Logenhaus. Vielleicht begegnete er ja dort einem seiner Brüder, einem, dem er seine ganze Not enthüllen konnte. Doch in der Bibliothek sah er zwar einige vertraute Gesichter, aber es war niemand dabei, dem er sich nahe genug fühlte. Vielleicht werde ich alt, dachte er. Einfach so jemandem das Herz ausschütten, das gelingt mir ohnehin nicht so leicht. Kurz dachte er an den Mann, der ihn gestern Nacht aus der Arbeiterkneipe geführt hatte. Fritz, so hatte der geheißen. Aber wie weiter? Bertram zermarterte sich das Hirn, aber er erinnerte sich nicht daran, dass der Bärtige etwas von sich selbst preisgegeben hätte.

Christabell geht mir ohnehin aus dem Weg, dachte er. Ich glaube, sie weiß durchaus, was sie da von mir verlangt. Dabei bin ja noch nicht einmal ich das Problem. Annemie müsste ebenso einwilligen.

»Und das werde ich nie tun.« So stand es in dem Brief, der am nächsten Morgen aus Berlin eintraf. »Überlege dir gut, ob deine Freiheit dir den Preis wert ist, der verlangt wird.«

»Ach, Annemie!«, seufzte Bertram in die Stille des Herrenzimmers. »Ich will frei sein für dich. Aber wenn Christabell darauf besteht, deinen Sohn zu bekommen, dann verliere ich dich als Erstes. Und ob ich Karl dann wiedersehe, das steht doch ebenso in den Sternen. Es muss einen anderen Weg geben. Es muss einfach einen geben!«

Aber Christabell blieb weiterhin unerbittlich. »Du willst die Scheidung. Es liegt ganz bei dir, ob du sie bekommst.«

Das tut es eben nicht, dachte Bertram. Wenn ich nur wüsste, wer ihr diesen Floh ins Ohr gesetzt hat. Ihr Leutnant etwa? Der hat doch schon klein beigegeben, als Michael ihn damals auf dem Ball nur ein bisschen gefoppt hat. Warum sollte er auf einmal so hartnäckig sein?

Missmutig ging er ins Kontor. Dort wurde er allerdings überhaupt nicht benötigt. Die Geschäfte liefen reibungslos, die Angestellten wie auch die Kunden hatten sich längst daran gewöhnt, dass der Herr Geisenheimer oft in politischen Dingen unterwegs war und das Tagesgeschäft in zuverlässigen Händen wusste.

Nach ein paar Stunden an seinem Schreibtisch gab Bertram es für diesen Tag auf, sich den Anschein eines viel beschäftigten Kaufherrn zu geben. Alles, was er erreichte, war doch nur, die Lehrjungen nervös zu machen. Missmutig setzte er sich wieder in das Herrenzimmer und schlug die *Kreuz-Zeitung* auf. Franz macht wirklich gute Arbeit, musste er anerkennend feststellen. Es ist und bleibt zwar ein Junker-Blatt, aber interessant zu lesen ist es schon. Was könnten wir dagegensetzen? Wir haben Nachrichten, von der Börse und vom Heiratsmarkt, wir haben Kultur, den Roman, Korrespondenten und was nicht gar. Aber ein bisschen fehlt uns doch der Pfiff. Und das liegt gewiss nicht daran, dass ich nicht schreiben soll. Ich gebe zu, es wurmt mich nach all der Zeit immer noch ein bisschen, dass sie meine Kommentare in der Redaktion nicht wollen. Aber einer, der so richtig Pfeffer durch die Zeilen bläst, das bin ich ja nun auch nicht. Und so einen finde ich garantiert nicht im Herrenzimmer, dachte er. So einer ist in der Stadt unterwegs und spürt neuen Geschichten nach. Ganz gleich, wo er sie findet.

Schon stand er an der Garderobe und griff nach seinem Hut. Der Köchin ließ er noch ausrichten, dass er zum Abendessen nicht daheim sein würde, dann machte er sich auf in die Stadt. Ziellos ließ er sich durch die Gassen treiben, bis er schließlich wieder in Sachsenhausen landete.

»Ach, der Herr Bertram. Schon wieder erholt?«, hörte er eine Stimme hinter sich fragen. Er drehte sich um und erblickte Fritz, der gerade ein kleines Büchlein einsteckte.

»Mein persönlicher Schutzengel.« Bertram lächelte. »Ich habe es gestern nicht einmal mehr geschafft, mich zu bedanken.«

»Ach, lass nur.« Fritz winkte ab. »Solche Abende gibt es nun einmal. Schwamm drüber.«

Bertram musterte sein Gegenüber genauer. Saubere, aber abgetragene Kleidung, derbe Stiefel, ein Bart, der zwar sorgfältig gestutzt schien, aber trotzdem struppig wirkte. »Lass mich dich wenigstens einladen«, bat er. »Zum Essen.«

Fritz schien zunächst ablehnen zu wollen, gab dann aber nach. »Aber vielleicht doch nicht, wo wir gestern waren«, schlug er vor. »Gute Hausmannskost. Mit deutlich weniger Tabaksqualm gewürzt.«

Endlich saßen sie in einem Gastgarten am Mainufer. »So lässt es sich leben«, sagte Fritz. »Ein lauer Sommerabend, gutes Essen und angenehme Gesellschaft.«

»Danke, gleichfalls, Fritz.« Bertram lehnte sich genüsslich zurück und schielte nach dem Dessertwagen. »Wie ist es mit dir? Auch ein Stück Apfelkuchen zum Schluss? Oder lieber Käse?«

Fritz ließ sich nicht lange bitten. Und bei einem abschließenden Obstbrand erzählte er endlich ein wenig von sich selbst.

»Ich bin ein Flaneur. Oder vielmehr wäre ich es gerne. Aber ich spaziere eben nicht nur einfach durch die Straßen, ich wandere. Und das nicht nur über die Zeil. Und was ich sehe, das halte ich fest.« Er öffnete sein Skizzenbuch. Alltagsszenen waren darin zu sehen, dünne Kinder mit großen Augen, müde Arbeiter, ein dicker Wachtmeister der Landwehr. Ein paar Seiten überblätterte Fritz schnell, aber Bertram hatte doch etwas erspäht, das ihn sehr interessierte.

»Und das da?«, fragte er. »Das sieht nicht aus, als wäre das beim ziellosen Flanieren entstanden. Das ist mit spitzer Feder aufgepickt. Mit sehr spitzer Feder sogar.«

Ich glaube, ich weiß jetzt, was unserer Zeitung gefehlt hat. Du bist es, Fritz. Wie immer du weiter heißen magst.

»Kannst du eigentlich auch schreiben?«, fragte er ihn nun freiheraus.

»Na, höre mal!« Fritz klang halb amüsiert, halb empört. »Sehe ich etwa aus wie ein Schulschwänzer?«

»Ach, so meine ich das doch nicht. Buchstaben kritzeln, das können viele. Kannst du so zugespitzt schreiben, wie du zeichnest, das will ich von dir wissen.«

Wortlos schlug Fritz eine andere Seite in seinem Skizzenbuch auf. Bertram las und staunte nicht schlecht. »Das ist gut«, stammelte er. »Sehr, sehr gut. Und böse. Das sogar noch mehr. Ich bin froh, dich auf unserer Seite zu wissen.«

Fritz bekam ganz schmale Augen. »So? Auf welcher Seite stehst du denn, wenn ich fragen darf?«

Bertram stellte sich vor und erwähnte, welche Zeitung ihm gehörte. Gut, dass ich die *Kreuz-Zeitung* an Franz verkauft habe, dachte er. Sonst wäre die Sache vielleicht ein bisschen schwierig geworden.

Fritz lächelte. »Dann sollte ich jetzt auch endlich einmal mit der Sprache heraus. Ich bin Friedrich Stoltze. Aber ich veröffentliche als Fritz Demut.«

»Donnerwetter«, sagte Bertram. »Der Rausch hat sich gelohnt.« Fritz lachte.

Schon bald wurden sich die beiden einig. Fritz Demut würde für die nächsten Ausgaben der Zeitung einige Karikaturen zeichnen, und auch mit Versen wollte er nicht geizen.

»Aber das sage ich dir gleich«, warnte er, »die Zensur hat mich auf dem Kieker. Die sind hinter mir her. Es ist ein sehr schmales Brett, auf dem wir politischen Karikaturisten uns bewegen. Niemand hält es für Kunst, was wir zeichnen. Und je nachdem, wie der Wind gerade bläst, kommt unser Steg ganz schön ins Wanken.«

»Das ist mir gleich«, behauptete Bertram. »Es gibt Dinge, die müssen gesagt werden. Und andere gehören gezeigt. Wenn du Manns genug bist, sie zu schreiben und zu zeichnen, dann bin ich Manns genug, sie drucken zu lassen. Weißt du was? Es ist doch noch früh. Ich weiß, in welchen Lokalen unser Chefredakteur verkehrt. Sollen wir ihn suchen gehen und ihm die Sache gleich vorschlagen? Nicht dass ich halb Frankfurt absuchen muss, um dich hernach wiederzufinden.«

Fritz lachte. »Komm einfach nach Sachsenhausen. In irgendeiner Äpplerschwemme wirst du mich schon entdecken. Aber bevor du mir noch bei dem Versuch ertrinkst, machen wir es doch erst einmal so, wie du vorschlägst.«

Tatsächlich fanden sie Adolphus Mertens bereits beim zweiten Versuch.

»Ein Chefredakteur, der berechenbar ist«, scherzte Fritz, als sie auf den Tisch in der Gastwirtschaft am Römer zugingen. »Na, der wird sich freuen, wenn er meine Kritzeleien sieht.«

Tatsächlich wirkte der Chef der *Frankfurter Neuen Nachrichten* beim Durchblättern der Skizzen eher so, als habe er unvermutet in eine Zitrone gebissen.

»Also wirklich, Herr Geisenheimer«, setzte er an, aber Bertram fiel ihm ins Wort.

»Genau, Herr Mertens, also wirklich. Dass wir uns diese Feder sichern müssen, das steht nun wirklich außer Frage.«

»Nun ja.« Der Chefredakteur wand sich förmlich auf seinem Gaststubenstuhl. »Sie wissen ja, wie die politische Lage derzeit ist.«

»Nur zu gut, Herr Mertens, nur zu gut.«

»Dann verstehe ich nicht, dass sie mit aller Gewalt die Zensur auf uns aufmerksam machen wollen.«

»Viel Feind, viel Ehr«, zitierte Bertram und freute sich an dem gequälten Gesichtsausdruck seines Redakteurs.

»Alles was recht ist«, wandte Adolphus Mertens ein, »wir haben schon diese Dame ins Blatt genommen, sogar mit Namen im Impressum. Sie schreibt ja recht gut, für eine Frau ...«

»Was soll das denn heißen?« Friedrich Stoltze beugte sich vor. »Wissen Sie überhaupt, wie viele Leute Ihre Zeitung nur lesen, weil sie auf die Kommentare dieser Frau Hufdotter gespannt sind?«

»Nein«, gab Adolphus Mertens zu. »Wie soll man so etwas denn herausbekommen? Wer gäbe denn freiwillig zu, dass er die Feder dieses Blaustrumpfs goutiert? Wenn das so weitergeht, fordert sie noch das Wahlrecht für Frauen. Und dass die Weiber ins Parlament gehören, wie?« Der Chefredakteur lachte, bis er merkte, dass er der Einzige war, dem der Gedanke lächerlich erschien. »Also gut, Herr Geisenheimer«, sagte er schließlich. »Aber sagen Sie nicht, ich hätte Sie nicht gewarnt. Kommen Sie doch morgen in die Redaktion«, wandte er sich an Fritz. »Da besprechen wir alles Nötige. Aber eines sage ich Ihnen gleich. Wechen Ihne Ihre Zeichnunge, da geh ich net ins Gefängnis. Des müssen Sie schon selbst.« Fritz lachte, und Bertram stimmte ein. Nach einem Cognac auf die erzielte Einigung ließen sie Adolphus Mertens mit den Resten seines Abendessens allein.

»Ich glaube nicht, dass er noch viel Appetit haben wird«, bemerkte Fritz beim Verlassen des Lokals.

»Und wenn schon«, gab Bertram zurück. »Er ist ohnehin dick genug. Und irgendwie steigt ihm das gute Essen immer wieder zu Kopf. Er hält sich für unersetzlich. Aber da wäre er der erste Redakteur, der sich gegen den Eigentümer einer Zeitung durchzusetzen vermag.«

Fritz sah ihn prüfend an. »Du weißt schon, was du da sagst?«, fragte er schließlich. »Wenn er zu seiner Überzeugung steht, wirst du ihn entlassen müssen.«

»So habe ich das noch nie gesehen«, gab Bertram zu. »Aber ich weiß auch nicht, ob es wirklich seine Überzeugung wäre oder nur der Versuch, sein gemütliches Nest nicht zu gefährden. Stört es dich, wenn du Gegenwind erfährst bei deinen Karikaturen oder den Gedichten?«

Fritz lachte. »Ich bin ein freier Mann. Wenn ich nicht mehr leben kann von meiner Kunst, dann gehe ich eben fort und finde eine andere Arbeit. Aber dein Mertens, der hat sich eingerichtet. Der bekommt jeden Monat sein Gehalt, der hat vielleicht Familie, wer weiß, wem er verpflichtet ist. Wenn du dem drohst, dann ist das etwas völlig anderes, als wenn du meine Sachen nicht willst. Oder siehst du den Unterschied wirklich nicht?«

Nachdenklich ging Bertram heim. Habe ich Mertens wirklich gedroht? Und was ist schlecht daran, wenn ich eine politische Zeitung mit Biss will? Aber irgendwo hat Fritz schon recht. Ich bin derjenige, der für seine eigenen Überzeugungen erst einmal einstehen muss. Und ich kann nicht erwarten, dass alle gleich unter Hurrageschrei mittun. Mertens ist angewiesen auf mein Geld. Aber ich? Bin ich angewiesen auf ihn oder seine Arbeit? Journalisten gibt es viele. Also ist er von mir abhängig. Dann ist es leicht, ihm zu drohen. Er traut sich ja ohnehin schon kaum, den Mund aufzumachen, wenn ihm etwas nicht passt. Ein schöner Demokrat bin ich geworden. Einer, der es immer nach seiner Mütze haben will. Und bei den *Neuen Nachrichten,* da gelingt es mir ja durchaus. Aber sonst?

Er seufzte und trat nach einem Kieselstein. Vor ihm leuchteten weiße Linien auf den Platten des Bürgersteigs. Kinder hatten einen Hüpfkasten aufgemalt, komplett mit Himmel und Hölle. Bertram strich kurz über den Zinnelefanten und hüpfte dann das Spielfeld entlang. Tatsächlich, es gelang ihm, alle Felder zu erreichen, ohne auf einer der Kreidelinien zu landen. Das muss ein gutes Zeichen sein, beschloss er. Sobald es geht, fahre ich nach Berlin und bespreche die Sache mit Annemie. Sie wird eine Lösung finden, mit der wir alle leben können. Wenn das einer schafft, dann sie!

Glücklich und erschöpft zugleich legte er sich ins Bett. So mache ich das, versicherte er sich selbst. Und wenn dann die Scheidung durch ist, werbe ich um dich, meine Annemie. Ich werbe um dich, wie dich noch kein Mann umworben hat. Mit einem zufriedenen Lächeln schlief er endlich ein.

Am nächsten Morgen begab er sich ins Kontor, um ein paar Dinge zu regeln. »Ich muss wieder für einige Tage nach Berlin«, verkündete er bei der Gelegenheit. »Das hat sich nun leider ganz plötzlich so ergeben.«

Auch im Redaktionsbüro sah er noch kurz vorbei. Dort traf er auf Michael Scherbaum, der sich bereits angeregt mit dem Neuankömmling Fritz unterhielt. Die beiden wünschten ihm eine angenehme Reise, und selbst Adolphus Mertens schien guter Laune zu sein. »Vielleicht haben Sie ja wirklich recht, Herr Geisenheimer, mit dem Fritz, meine ich.« Er strich sich über seine Weste, die um die Knöpfe herum deutlich spannte.

»Vielleicht auch nicht, Herr Mertens«, gab Bertram zu. »Womöglich erweist sich Ihr Weitblick letzten Endes doch als vernünftiger. Wir werden sehen. Und fürchten Sie sich nicht, mir die Meinung zu sagen. Für die habe ich Sie schließlich angestellt.« Er lachte. »Auf jeden Fall bin ich gespannt, was man demnächst in Berlin über unsere *Nachrichten* sagen wird.«

»Solange die Leute es in den Kaffeehäusern sagen und nicht im Zensurbüro, will ich unbesorgt sein«, gab der Chefredakteur zu bedenken. »Aber vielleicht sehe ich wirklich ein bisschen zu schwarz. Jetzt, wo der Krieg vorbei ist und wir wieder ein Reich sind mit einem Kaiser an der Spitze, da wollen wir doch alle nach vorne schauen.«

Sein Wort in Gottes Ohr, dachte Bertram noch im Gehen. Bloß weil vordergründig vieles von dem erreicht ist, wonach sich die fortschrittlichen Kräfte im Land gesehnt haben, sollten wir uns nicht zurücklehnen. Einigkeit ist noch lange nicht gleichbedeutend mit Freiheit. Aber wenigstens fahre ich mit einem guten Gefühl.

Das hielt jedoch nicht allzu lange an. Denn Annemarie ließ sich auch dieses Mal nicht erweichen. »Ich gebe meinen Sohn nicht her. Dann hätte ich ihn damals auch gleich beim Bauern lassen können.«

»Aber das ist doch etwas ganz anderes!«

»Für dich vielleicht, mein Lieber.« Annemarie schüttelte den Kopf. »Ich weiß genau, wie ich meine Söhne erziehen will. Und glaube mir, gerade Karl täte es gar nicht gut, wenn er plötzlich ein Herr wäre, einer, der nur mit dem Finger zu schnippen braucht, und die Dienstboten springen. Ich weiß, das hörst du nicht gerne, aber unser Sohn hat schon so genügend Probleme. Wenn er nicht mehr arbeiten muss, richtig arbeiten, um etwas zu erlangen, dann kommt seine wahre Natur zum Vorschein. Und die ist alles andere als menschenfreundlich.«

Bertram konnte nur noch staunen. Sein Sohn sollte so sein? Doch nicht er, der er von Annemie erzogen worden war. Das gab es doch nicht. Das konnte einfach nicht stimmen. »Ich bin sicher, dass du dich irrst«, brachte er schließlich hervor. »Und es wäre auch zum Besten des Jungen. Als Erbe des Hauses Geisenheimer steht ihm an meiner Seite die Welt offen.«

»Einem Karl Hufdotter auch. Er muss nur die richtigen Türen finden. Und Geld ist nicht das richtige Tor. Nicht für Karl.«

»Ich glaube, du überschätzt das Geld und seine Wichtigkeit«, setzte Bertram nach.

»Ganz im Gegenteil«, beharrte Annemarie. »Du bist es, der es unterschätzt. Weil du immer welches gehabt hast. Du kannst dir ja gar nicht vorstellen, wie es ist, ohne Geld in der Tasche zu leben.« Sie hob abwehrend die Hand. »Ich weiß, dass du dich in der Wohltätigkeit stark engagiert hast, auch wenn du es nie an die große Glocke gehängt hast. Aber ich bleibe dabei. Du weißt nicht, was es bedeutet, reich zu sein, weil du es immer warst.«

»Und was ist falsch daran? Warum soll ich diesen Reichtum meinem Sohn nicht auch gönnen? Bitte erklär es mir«, flehte Bertram.

»Du kennst Karl nicht. Nicht gut genug. Er ist bequem. Nein, faul ist er nicht, das sicher nicht. Aber wenn er die Mittel hat, alles von anderen erledigen zu lassen, dann lehnt er sich zurück und lässt machen. Was ihn das kostet, interessiert ihn nicht. Solange es seinem Vorteil dient.«

Sie versteht mich einfach nicht, haderte Bertram. Sie will mich vielleicht nicht einmal verstehen. Sie hat das Problem mit dem Geld. Nicht ich. Und Karl gewiss auch nicht.

»Aber so kommen wir nicht weiter«, sagte Annemarie. »Du kennst meinen Standpunkt. Für mich ist damit das letzte Wort gesprochen.«

Bertrams Gedanken rasten. Es muss einen Weg geben, dachte er. Es muss einfach. Und tatsächlich fiel ihm etwas ein, was er ihr noch nicht zu bedenken gegeben hatte.

»Es geht doch nicht nur um uns. Es geht auch um Karl. Er ist zwar noch ein Knabe, aber sollten wir ihn nicht wenigstens einmal fragen, was er von der Sache hält?«

Sie sah ihn mit großen Augen an. Damit habe ich ins Schwarze getroffen, dachte er triumphierend. Daran hat sie noch gar nicht gedacht.

»Du hast mir überhaupt nicht zugehört, nicht wahr?« Annemarie klang müde und sehr traurig. »Schade. Ich dachte, du hättest mich verstanden, aber da habe ich mich wohl geirrt.«

Was habe ich denn jetzt schon wieder falsch gemacht?, fragte sich Bertram und fand keine Antwort.

»Ich glaube, es ist wirklich besser, wenn du jetzt gehst«, beschied ihn Annemarie. Gehorsam verließ Bertram ihr Haus. Auf dem Weg ins Hotel grübelte er. Sie hat mir noch nicht einmal erlaubt, dass ich sie küsse, dachte er. Sie ist wirklich wütend. Aber warum nur? Warum soll Karl nicht mitreden dürfen bei seinem eigenen Geschick?

Erst spät schlief er ein. Das Hotelbett schien ihm seltsam leer. Aber ich kann ja schlecht einfach so bei Annemie übernachten. Der Anstand erlaubt so etwas doch nicht. Und Stephanie und Michael sind schon wieder auf Reisen. Da blieb nur das Hotel. Aber gleich morgen gehe ich wieder zu Annemie. Wir müssen eine Lösung finden. Ich gehe sonst noch kaputt daran.

Doch der Türklopfer pochte am nächsten Morgen vergebens. Bertram stand vor dem Haus in der stillen Seitenstraße und wunderte sich. Durch die Vorhänge konnte er nicht erkennen, ob jemand im Haus war. Wieder ließ er den Klopfer gegen die Tür fallen, doch dahinter blieb es still. Endlich trat eine Frau aus dem Haus gegenüber.

»Wen suchen Sie denn?«, fragte sie neugierig. »Die Frau Hufdotter, die ist heute Morgen fortgefahren. Sie hat aber nicht gesagt wohin. Sie hatte jede Menge Gepäck dabei. Das wird sicher kein Tagesausflug, habe ich mir noch gedacht. Aber ich wollte ja nicht neugierig sein.«

Wolltest du nicht, ganz sicher nicht, dachte Bertram. Und du platzt gleich, wenn du die Neuigkeit nicht so schnell wie möglich herumtratschen kannst. Das sehe ich dir doch an. Oh, Annemie. Wie konntest du mir das antun!

16

Ich habe Sie gewarnt, Herr Geisenheimer.« Adolphus Mertens stand wieder einmal im Kontor. »Sagen Sie nicht, ich hätte Sie nicht gewarnt.«

Bertram saß über seinen Büchern. Seit Annemarie verschwunden war, hatte er sich voll und ganz in die Arbeit gestürzt. Er war Risiken eingegangen, die selbst Franz erschreckt hätten, doch es hatte sich ausgezahlt. Das Erbe der Geisenheimer war stetig gewachsen. Aber wofür?, dachte er bei sich. Für wen? Der Erbe ist verschwunden, da kann das Erbe wachsen, so viel es will.

Unwillig sah er auf. »Was ist denn los, Mertens?«, fragte er unwirsch. »Und setzen Sie sich erst einmal. Das ist wirklich äußerst unkomfortabel, so hochschauen zu müssen.«

»Ja, sitzen. Das werde ich tatsächlich müssen, wenn es hart auf hart kommt. Und alles nur wegen Ihres Freundes.«

Nach und nach erfuhr Bertram nun, weshalb der Chefredakteur so aufgeregt war. Gleich am Morgen war die Polizei in der Redaktion aufgetaucht und hatte nach Herrn Demut gefragt. Der war um die Uhrzeit selbstverständlich nicht in den Geschäftsräumen der Zeitung anzutreffen gewesen. Seine Adresse? Die kannte niemand.

»So weit kommt es auch noch, dass wir da genau Buch zu führen haben.« Adolphus Mertens hatte sich endlich hingesetzt. »Jedenfalls ist das eingetroffen, wovor ich schon lange gewarnt habe. Ihr Herr Demut hat es zu weit getrieben. Und nun haben wir den Salat.«

Bertram hielt es nicht im Kontor. Doch wohin er auch kam, in Hotels, Kaffeehäuser, an Zeitungskioske, überall war die Polizei schon gewesen und hatte die aktuelle Ausgabe der *Frankfurter Neuen Nachrichten* beschlagnahmt. Nur in der Äpplerschwemme in Sachsenhausen zog der Wirt noch ein Exemplar unter der Theke hervor. »Der Herr Demut hat auch hier seine Freunde. Und uns hat gefreut, was er wider die hohen Herren in Berlin zu dichten hatte. Was haben wir gelacht! Aber die Zensur versteht eben keinen Spaß.«

Als Bertram endlich wieder zu Hause eintraf, wartete die gerichtliche Vorladung schon auf ihn.

»Sie müssen das verstehen, Herr Geisenheimer«, gab sich der Polizeikommissar verbindlich. »Bei allem Respekt, aber was zu weit geht, geht zu weit. Gut, Sie halten sich ja raus aus dem Tagesgeschäft, sind nur der Herausgeber. Aber das muss ich Ihnen sagen, wenn der Zensor die volle Härte des Gesetzes anwenden wollte, dann müsste ich Sie in Beugehaft nehmen, bis Sie mir sagen, wo wir diesen Herrn Demut finden. Gemeldet in Frankfurt ist er jedenfalls nicht.«

Also hatte Mertens dicht gehalten. Er war doch einer der wenigen, die hier in der Stadt wussten, wie Fritz wirklich hieß. Vorsichtshalber machte Bertram ein betroffenes Gesicht.

»Ich verstehe Sie ja, Herr Kommissar. Gesetz ist Gesetz. Aber, wie soll ich sagen, ein Dichter und ein Zeichner, der ist eben ein Künstler.«

»Aber die Kunst steht nicht über dem Gesetz. Wo kämen wir denn da hin, wenn ich zeichnen könnte, was ich wollte, und mich dann auf die Freiheit der Kunst berufe? Das geht doch geradewegs in die Anarchie. Außerdem kann ich wirklich nicht sehen, was daran Kunst sein soll, hohe und höchste Herrschaften in kurzen Hosen abzubilden. Nur mal so als Beispiel.«

Bismarck als mutwilligen Knaben zu zeichnen, der mit dem Luftgewehr auf die Porzellansammlung der Dame Freiheit ballert, das war vielleicht tatsächlich ein bisschen zu weit aus dem Fenster gelehnt, mein Lieber, dachte Bertram. Aber insgeheim musste er schmunzeln. Ein getroffener Hund bellt, so ist es nun einmal. Nur leider hat dieser spezielle Hund äußerst scharfe Zähne. Und die haben sich jetzt unsere schöne Zeitung geschnappt.

»Ich darf Ihnen ausrichten, dass die Zensurbehörde noch einmal ein Auge zudrücken will. Die heutige Ausgabe bleibt natürlich beschlagnahmt. Aber ansonsten war es das für Sie. Auch der Herr Mertens kann sich beruhigen. Er muss nicht ins Gefängnis. Für den Herrn Demut allerdings sieht es etwas anders aus. Das war bereits das dritte Mal. Sie wissen ja, zwei Warnungen, und dann ist Schluss. Das gilt natürlich auch für die *Frankfurter Neuen Nachrichten.* Betrachten Sie dies als die erste Warnung. Und sehen Sie sich in Zukunft entsprechend vor.«

Mertens wird triumphieren, dachte Bertram auf dem Weg in die Zeitungsredaktion. Und ich kann es ihm nicht einmal verdenken.

Aber der Chefredakteur überraschte seinen Herausgeber.

»Was geschehen ist, ist nun einmal geschehen«, sagte er. »Und nun spricht ganz Frankfurt wieder über unser Blatt. Eine bessere Werbung hätten wir gar nicht bekommen können.«

Bertram stutzte.

»Aber natürlich!«, setzte Adolphus Mertens nach. »Ich lasse von der nächsten Ausgabe gleich eine höhere Auflage drucken. Zu oft können wir uns solche Sperenzchen natürlich nicht leisten. Schon allein wegen der Verwarnungen, da haben wir nicht mehr viel gut. Nach der nächsten Verwarnung fällt ja endgültig der Vorhang. Aber jetzt, jetzt haben wir ein paar Ausgaben lang Oberwasser. Die Demokraten werden die *Nachrichten* schon allein aus dem Grund kaufen, um zu zeigen, dass sie gegen die Zensur sind. Die Konservativen greifen zu, weil sie selbst etwas Pönables in unserem Blatt entdecken wollen, mit dem sie uns anzeigen können. Die Herren Leutnants brauchen Stoff fürs Kasino, und die Damen der Gesellschaft wollen selbstverständlich als Erste Bescheid wissen, wenn es einen Skandal gibt. Alles in allem sollten wir uns bei Herrn Demut also bedanken. Wenn wir nur wüssten, wie wir ihn erreichen können.«

Irrte sich Bertram, oder hatte der Chefredakteur ihm gerade verschwörerisch zugezwinkert?

»Aber wir wollten uns doch die Quartalszahlen ansehen«, fuhr Adolphus Mertens fort. »Darf ich Sie in mein Büro bitten?«

Schon schloss sich die Tür hinter ihnen.

»So, Herr Geisenheimer.« Der Chefredakteur öffnete einen Aktenschrank. »Den haben wir uns verdient nach dem Schreck, was denken Sie?«

Hinter zwei Buchrücken kam eine bauchige Flasche zum Vorschein. Zwei Gläser folgten.

»Das muss wirklich nicht die ganze Redaktion wissen.«

»Was meinen Sie, Herr Mertens?« Unwillkürlich senkte Bertram die Stimme und sprach nun genauso leise wie sein Gegenüber.

»Ich habe Ihnen ja gesagt, dass ich wegen des Herrn Demut nicht ins Gefängnis gehen will. Aber zum Knecht der Zensur lasse ich mich deshalb noch lange nicht machen. Ich wusste, dass wir früher oder später Ärger bekommen würden und habe deshalb nirgendwo vermerkt, dass Fritz Demut nur ein Künstlername ist. Warum sollte ich auch.« Adolphus Mertens nahm einen tiefen Schluck aus seinem Glas.

»Ah, das tut gut. Nun ja, schade, dass wir von Frau Hufdotter nichts mehr gehört haben. Also, ich weiß, ich wollte keinen Frauennamen im Impressum sehen. Aber die Beiträge, die uns Frau Hufdotter geschickt hat, die waren immer sehr gut geschrieben. Auch wenn ich nicht wirklich ihrer Meinung sein konnte. Und ich war keineswegs der Einzige, der ihre Sachen geschätzt hat. Allerdings war dann ja Knall auf Fall Schluss. Ich will lieber gar nicht wissen, was der Grund dafür ist. Jedenfalls hat uns dann der Herr Demut gerettet. Wir hatten ja immer noch einen etwas radikaleren Zungenschlag, sozusagen. Ich frage mich nur, wie es nun weitergehen soll. Einstweilen wird der Herr Demut ja auch nicht wieder auftauchen, wenn er nicht partout hinter Gitter will. Vielleicht hätte er Herrn von Bismarck nicht ganz so spillerige O-Beine anzeichnen sollen.« Der Chefredakteur lachte leise. »Aber gut war das Bild. Ohne Zweifel. Allerdings ist Qualität nichts, was vor dem Zensor schützt. Leider.« Wieder steckte er die Nase ins Glas. Endlich sah er Bertram direkt ins Gesicht.

»Wie soll es nun weitergehen, Herr Geisenheimer? Frau Hufdotter fort, Herr Demut abgetaucht. Haben Sie irgendeine Idee?«

Bertram musste passen. Ich kann doch einem Mertens nicht sagen, dachte er, warum Annemie verschwunden ist. Wie stehe ich denn dann da? Wir brauchen ein neues Thema für die Zeitung. Am besten eines, das weder mit der Frauenfrage zu tun hat noch mit etwas, das uns die Zensur erneut auf den Hals schickt. Aber was nehmen? Berichte aus fernen Ländern? Das haben wir doch schon versucht. Und Michael Scherbaum kann ja nun wirklich gut schreiben. Nur interessieren die alten Amerikageschichten hier niemanden so wirklich. Ihn am allerwenigsten. Etwas ganz Neues muss her. Vielleicht, dachte er, vielleicht.

»Was halten Sie davon, Herr Mertens«, begann er zögernd. »Ich weiß ja nicht, ob wir die Leserschaft dafür haben. Aber wie wäre es mit einer ganz neuen Rubrik?«

Der Chefredakteur sah ihn aufmerksam an.

»Ich erinnere mich, wie ich vor Jahren einmal versucht habe, meiner Frau das Prinzip der Telegrafie zu erklären. Ich bin natürlich kläglich gescheitert.« Bertram grinste schief. »Aber es lag nicht allein an mir. Also, was ich meine, was halten Sie von einer

Seite, oder vielleicht auch nur einer halben …« Ich fasele dummes Zeug, dachte Bertram. Schluss damit.

»Woran ich denke, das wäre etwas, was die neuesten Errungenschaften der Technik für den Laien verständlich erklärt. Wie funktioniert dies, was ist das Prinzip hinter jenem, was gibt es an Neuentdeckungen. Wenn man es recht bedenkt, ist sogar so eine Art der Berichterstattung politisch. Je nachdem, wie man es dreht.«

»Da ist tatsächlich was dran«, stimmte Adolphus Mertens zu. »Ich denke da an die modernen Webstühle. Von den Weberaufständen spricht heute ja niemand mehr. Gut, vielleicht noch in Schlesien. Sei dem, wie es sei. Jede technische Neuerung sorgt dafür, dass sich in der Gesellschaft etwas bewegt. Zum Guten oder zum Schlechten.« Er stellte das Glas ab. »Aber wer soll so etwas schreiben? Wer hat die Zeit dafür, sich stets aufs Neue in eine andere Materie einzuarbeiten?«

Es klopfte. Michael Scherbaum stand in der Tür.

»Du kommst wie gerufen«, rief Bertraum und strahlte ihn an. »Setz dich zu uns, wir haben einen Plan.«

»Den brauchen wir auch«, antwortete der Einbeinige. »Ich sage euch, der Parteivorstand ist nicht gerade erfreut über die Beschlagnahme der Zeitung.«

Bertram machte ein abfälliges Geräusch. »Weißt du was, Michael? Die Herren vom Parteivorstand, die können sich freuen oder nicht. Wem gehört denn die Zeitung? Ich habe noch kein Geld gesehen, das die Herren vom Parteivorstand in unser Blatt investiert hätten.«

Michael Scherbaum sah ihn verdutzt an. Dann begann er zu lachen. »Da ist er ja wieder, der alte Bertram! Ich hatte schon begonnen, mir Sorgen zu machen.« Er deutete auf die Flasche. »Ist da auch noch ein Schluck für mich drin?«, fragte er.

Eilfertig holte Adolphus Mertens ein drittes Glas hinter den Aktendeckeln hervor und schenkte großzügig ein.

»Zum Wohlsein«, prostete er seinen beiden Gästen zu. »Auf weitere Erfolge unserer *Nachrichten.«*

»Wieso weitere Erfolge?«

Rasch erklärte Bertram seinem Freund, dass der Chefredakteur für die kommenden Ausgaben höhere Auflagenzahlen für möglich hielt.

Michael lachte. »Auf die Idee hätten wir also früher kommen sollen. Na, im Nachhinein ist leicht klüger sein.« Er lachte wieder. »Und da komme ich und will euch trösten. Na, ich bin ja ein schöner Held.«

»Womit wolltest du uns denn trösten?« Bertram nahm noch einen Schluck.

»Ich habe mir überlegt, wie wir noch mehr neue Leser an das Blatt binden können. Und da ist mir eingefallen, was sich in den letzten Jahren alles an Fortschritt getan hat. Und nicht nur bei uns. Denkt nur an die Eisenbahn. Die ist noch keine vierzig Jahre alt, und doch gibt es schon Bahnhöfe in der Nachbarschaft praktisch jeder größeren Ansiedlung. Wenn das so weitergeht, hat noch jedes Kuhdorf bald seine eigene Station. Aber was das eigentlich technisch bedeutet, wer weiß das schon? Gut, die Lokomotive, da kommt Dampf oben heraus und hinten schwitzen die Heizer. Aber sonst?«

»Du willst also eine technische Seite«, folgerte Bertram.

»Ja, ganz genau.« Michael klang erfreut, dass er so schnell verstanden worden war.

»Und hast du schon jemanden im Auge, der darüber schreiben soll? Über die Eisenbahn, die Telegrafie und was es nicht alles zu erklären gibt?«

Michael nickte. »Ich natürlich. Die Zeit habe ich. Und ich weiß, wie man fragen muss, damit man einfache Antworten bekommt.« Irritiert blickte er zwischen Bertram und dem Chefredakteur hin und her. »Was schaut ihr denn so komisch? Gefällt euch die Sache etwa nicht?«

»Sie gefällt uns sogar ausnehmend gut, mein Lieber. Und nun höre, warum wir eben nach dir suchen wollten.«

Nach einigem Hin und Her stand schließlich das Gerüst für die neue Seite. Zufrieden ging Bertram nach Hause. Dort erwartete ihn Christabell.

»Es ist etwas geschehen. In Niederrad«, stammelte sie. »Dein Vater.«

Bertram drehte auf dem Absatz um. »Wartet nicht auf mich«, rief er über die Schulter. »Ich weiß nicht, wann ich heimkomme.«

Schon hatte er eine Mietdroschke entdeckt. Der Fahrer war bereit, ihn bis Niederrad zu bringen. »Soll ich dort auf Sie warten?«, fragte er hoffnungsfroh.

»Nein«, antwortete Bertram. »Nur eine einfache Fahrt. Und es eilt.«

»Dann muss ich aber auch etwas für die Leerfahrt zurück kassieren«, behauptete der Kutscher dreist.

Bertram hatte keine Lust auf lange Diskussionen. Er warf dem Mann eine schwere Münze zu. »Das sollte wohl reichen. Sogar für einen Galopp, wenn ich bitten darf.«

Schon setzte sich die Kutsche in Bewegung. Auf der Landstraße ging es schneller und schneller. Aber Bertram konnte es nicht rasch genug gehen. Mit klopfendem Herzen saß er in den Polstern und starrte aus dem Fenster, ohne auf die Landschaft dort draußen zu achten.

»Ich hätte öfter nach ihm sehen sollen«, dachte er. »Lass es bitte nicht zu spät sein, guter Gott.« Geistesabwesend streichelte er über den Zinnelefanten.

Rascher als sonst war Niederrad erreicht.

»Er ist gestern eingeschlafen und heute einfach nicht mehr aufgewacht«, empfing ihn seine Mutter. »Und wir haben es nicht gleich gemerkt. Ich war selbst so müde, ich wollte ihn schlafen lassen. Und dann war es bereits zu spät.« Sie begann zu weinen.

»Ach, Maman.« Bertram legte die Arme um sie. »Du warst so tapfer. All die Jahre. Du weißt doch noch, was der Arzt damals sagte. Er hat dem Vater nicht mehr viel Zeit gegeben. Und dann habt ihr beide doch so lange durchgehalten.«

Mit tränennassen Augen sah ihn Maria Josefa an. »Was blieb uns denn anderes übrig? Aufgeben, das ist für deinen Vater nie infrage gekommen. Und ich? Ich habe damals geschworen, immer für ihn da zu sein. In guten wie in schlechten Tagen.« Sie zog ein Taschentuch aus dem Ärmel und putzte sich umständlich die Nase. »Ich weiß, du hast mir nie so recht glauben wollen, dass dein Vater noch geistig präsent war. Aber ich weiß, dass er nur nicht mehr sprechen konnte. *Mon dieu.* Im Geiste war er völlig klar. Glaube es mir ruhig.«

Bertram nahm seine Mutter wieder in die Arme. »Ich glaube dir, Maman. Du warst gut zu ihm. Und du hast zu ihm gehalten. Jahrein, jahraus. Meine tapfere Maman. Ich bin euch kein guter Sohn gewesen.«

»Sag das nicht, Bertram, ich bitte dich.« Maria Josefa Geisenheimer richtete sich auf. »Du warst uns sogar ein sehr guter Sohn. Wir haben doch gesehen, was du alles auf dich genommen hast für die Firma. Dass deine Ehe nicht glücklich geworden ist, nun ja. Wir haben damals auch mehr aus Vernunft geheiratet. Und dann wurde letztlich doch Liebe daraus. Ganz allmählich. Also haben wir die Hoffnung nie völlig aufgegeben, dass es eines Tages auch bei dir so weit sein würde. Aber Christabell war anscheinend wirklich nicht die Richtige für dich.« Wieder griff sie nach dem Taschentuch und tupfte sich die Augen. »Wir hatten es dir so gewünscht, dass du glücklich wirst. Aber es hat eben nicht sollen sein. Manchmal haben wir uns überlegt, dein Vater und ich, ob es nicht besser wäre, wenn du dich einfach scheiden ließest und noch einmal ganz von vorne anfingest mit der Liebe.« Sie lächelte. »Kannst du dich noch an Tante Lisabeth erinnern und diese Gesellschafterin, die sie hatte? Das wäre eine

Frau für dich gewesen. Geistreich, klug, mutig. Und durchaus in der Lage, dir Paroli zu bieten. Machen wir uns doch nichts vor, sie war alles, was deine Christabell nicht ist und auch nie sein wird. Aber es hat eben nicht sollen sein.«

Bertram staunte. Wenn ich das geahnt hätte, dachte er. »Warum hast du denn nur nie etwas gesagt, Maman?«

»Was hätte ich denn sagen sollen? Junge, du rennst in dein Unglück mit dieser hübschen Larve, nimm doch lieber die Angestellte deiner Tante? Was hätte ich da wohl von dir zu hören bekommen!« Maria Josefa kicherte. »Ich sehe es förmlich vor mir.« Genauso schnell wurde sie wieder ernst. »Dein Vater, der hätte dir das sagen müssen. Aber wie? Ich war doch die Einzige, die verstanden hat, was er sagen wollte. Und jetzt kann ich es ja zugeben. Manchmal habe ich auch nur geraten.« Wieder begann sie zu weinen.

Auch Bertram standen die Tränen in den Augen. Ob aus Trauer um den Vater, aus Mitleid mit der Mutter oder vor Kummer um seine eigenen verschenkten Chancen? Er wusste es nicht zu sagen.

»Wir sind schon zwei schöne Helden«, sagte seine Mutter endlich. »Sitzen da und weinen wie die Kinder, weil der Vater nicht mehr da ist. Er würde lachen, wenn er uns so sähe.«

»Das würde er, Maman. Und dann nähme er das große Glas, randvoll mit Cognac, und tränke uns zu. Bis zur Neige. Und dann ab damit in den Kamin!«

»Mon dieu. Diese abscheulichen russischen Faxen!« Maria Josefa seufzte. »Was habe ich gebettelt, bis er seine Gläser endlich in den Kamin warf und nicht mehr gegen die Wand! Aber ihm hat es einfach Spaß gemacht. Der Tag, an dem ich in meinem eigenen Haus nicht mehr mein eigenes Glas in meinen eigenen Kamin werfen kann, der muss erst noch kommen, hat er immer gesagt. Und dann war er da, dieser Tag. Und dein Vater ist nicht daran gestorben. Ach, wie ich ihn vermisse!«

»Was willst du denn jetzt tun, Maman?«, fragte Bertram zögernd. »Ich weiß, es ist gewiss nicht fein, dich das so frei heraus zu fragen. Ich verstehe es auch, wenn du noch keinen Plan hast. Aber wenn du einen hast, dann verrat ihn mir bitte. Lass mich für dich sorgen, so wie Vater es tun würde, wenn er noch bei uns wäre. Und es noch könnte.«

Nein, Maria Josefa Geisenheimer hatte noch keine Pläne. »Ich glaube, ich werde mir Zeit lassen bei dieser Entscheidung«, sagte sie zögernd. »Ich bin ja auch nicht mehr die Jüngste. Vielleicht werde ich ein bisschen reisen, meine Enkeltöchter besuchen? Aber das hat ja noch Zeit. Ich muss mich erst einmal richtig von deinem Vater verabschieden. Und ich weiß nicht, wie lange ich dazu brauchen werde. Wir müssen uns wohl auch um die Beerdigung kümmern. *Mon dieu,* ich erinnere mich daran, wie er damals auf dem neuen Hauptfriedhof eine Grabstelle ausgesucht hat. Ich will ja nicht neben jedem liegen, hat er gesagt. Und wie recht er hatte! Jetzt wäre es schwierig, noch einen Platz an der Mauer zu bekommen. Reihe in Reihe mit Gott weiß wem, das hätte ihm sicher nicht gefallen.« Sie seufzte. »Ich hätte nicht gedacht, dass es so lange dauern würde. Und gleichzeitig so schnell.« Wieder tupfte sie sich die Augen. »Wie ist es mit dir, Bertram? Du musst doch sicher wieder zurück ins Geschäft?«

Sie sieht so verloren aus, dachte Bertram. Ich bringe es nicht übers Herz, sie jetzt allein zu lassen.

»Heute bleibe ich vorerst hier, wenn du gestattest, Maman. Und morgen sehen wir dann weiter.«

»So haben es dein Vater und ich auch gehalten die letzten Jahre. Wenn wir geahnt hätten, wie lang die Zeit werden würde, wir hätten es sicher nicht geschafft. Aber ein Tag nach dem anderen, das ging. Und ich möchte keinen einzigen davon missen.« Maria Josefa lächelte. »Aber jetzt muss ich mich erst einmal hinlegen. Sag doch bitte der Köchin, dass ich heute nichts mehr brauche. Dir soll sie jedoch ein ordentliches Abendessen richten. Wir sehen uns morgen.« Sie stand auf. »Komm her, mein Junge. Lass dich noch einmal drücken.«

Bertram schlang wieder die Arme um seine Mutter. Wie klein sie ist, staunte er. Und wie zart. Fast wie ein Vogel, den der Wind gleich davonträgt.

»Schlaf gut«, murmelte er. »Bis morgen.«

Er selbst lag noch lange wach. Wieder machte er sich Vorwürfe. Ich hätte wirklich öfter hierherkommen sollen. Vielleicht hätte ich ja auch gelernt, meinen Vater zu verstehen. Aber das Geschäft war mir eben wichtiger. Und die Politik. Und Annemarie, natürlich. Wo die nur stecken mag? Endlich schlief er ein.

In der Frühe wurde er durch einen lang gezogenen Schrei geweckt. Etwas fiel klirrend zu Boden. Schlaftrunken schlug er die Bettdecke zurück und stand auf. Wie klein sein altes Zimmer unter dem Dach doch war! Dabei schien es mir riesig, als ich zum ersten Mal den Sommer bei Tante Lisabeth verbrachte. Er stand gerade über die Waschschüssel gebeugt, als es an seiner Tür klopfte. »Herein!«, rief er.

Der Hausknecht öffnete. »Gnädiger Herr!«, stammelte er. »Die gnädige Frau …« Bertram griff nach dem Morgenmantel und drängte sich durch die Tür. Schon hatte er das Zimmer seiner Mutter erreicht. In der Ecke saß die Köchin schluchzend in einem Lehnstuhl und hatte das Gesicht in der Schürze verborgen. Bertram starrte auf das Bett. Dort lag seine Mutter, die bestickte Bettdecke bis zum Hals hinaufgezogen, ein Spitzenhäubchen auf den weißen Haaren, die Augen weit offen. Schlaff hing ihr Kinn herab.

»Ich, ich habe sie so gefunden, gnädiger Herr«, stotterte die Köchin.

»Schon gut«, murmelte Bertram. »Rufen Sie den Arzt. Und den Pfarrer, denke ich. Und machen Sie das weg.« Er deutete auf das Tablett, das in einer Lache aus Kaffee und Sahne vor dem

Bett lag. Schon war der Hausknecht mit Besen und Aufnehmer zur Stelle.

»Schicken Sie den Arzt zu mir, wenn er kommt«, bat Bertram. »Ich warte in der Bibliothek. Und den Pfarrer, natürlich, den schicken Sie auch zu mir.«

In dem geschmackvoll eingerichteten Raum hatte Bertram keinen Blick für die unzähligen Bücher, die die Wände bedeckten. Er starrte durch das Fenster in den Garten. Der alte Apfelbaum sah merkwürdig kahl und zerzaust aus. Die halbe Krone fehlte. Hatte die Mutter nicht irgendetwas geschrieben von einem Sommergewitter, das den Garten verwüstet hatte? Aber der Baum war wohl schon eine Weile morsch gewesen, hatte sie angemerkt.

»Der Herr Pfarrer ist da«, meldete der Hausknecht nach einer kleinen Ewigkeit, und Bertram ließ bitten.

»Es war wohl Gottes Wille«, begann der Pfarrer.

»Das glaube ich nicht«, fuhr ihm Bertram ins Wort.

»Ich verstehe Ihren Schmerz«, kam die besänftigende Antwort. »Aber sehen Sie es so: Sie hat Ihren Herrn Vater sehr geliebt. Und der Herr, in seiner Barmherzigkeit, hat Ihre Frau Mutter schnell zu sich gerufen, damit die beiden nicht lange voneinander getrennt bleiben.«

Bertram kaute auf seiner Unterlippe und starrte in den Garten hinaus.

»Es ist ungerecht«, brach es schließlich aus ihm heraus. »Endlich hätte sie wieder leben können, unbeschwert, ohne die ständige Sorge um Vater. Was ist daran barmherzig, dass sie nun stirbt, einfach so erlischt, wie eine Kerze?«

»Vielleicht wollte sie ja gar nicht unbeschwert leben. Vielleicht war Ihr Vater der Sauerstoff, den sie zum Brennen brauchte? Wer kann das schon sagen?« Der Pfarrer strich sich über den Talar. »Ich weiß nur, dass sich Ihre Eltern sehr geliebt haben. Solche Ehen gibt es, wo der eine nicht ohne den anderen sein kann. Oder mag. Ich weiß, Herr Geisenheimer, ich kann Ihren Verlust nicht teilen oder gar lindern. Obwohl, wenn Sie mir die Bemerkung gestatten, ich Ihre Eltern gut kennengelernt habe in den letzten Jahren. Ich werde sie von Herzen vermissen. Aber mein Herz hat auch die Gewissheit, dass die beiden nun glücklich sind.«

Bertram schüttelte den Kopf. »Ich wollte ein guter Sohn sein für sie. Für sie da sein, ihr all das geben, worauf sie in den letzten Jahren hat verzichten müssen.«

»Aber vielleicht hat sie ja nichts vermisst, Ihre Frau Mutter?«, erwiderte der Pfarrer sanft. »Wie alt sind Sie, Herr Geisenheimer? Mitte vierzig, nicht wahr?«

Bertram nickte.

»Sie sind noch ein junger Mann, voller Leidenschaft und Wünsche. Ich bin Ihnen zwanzig Lenze voraus und bin doch jünger, deutlich jünger als Ihre Eltern es waren. Glauben Sie mir, die beiden hatten einander. Ihre Eltern haben nicht ernsthaft etwas vermisst.«

Bertram spürte, wie seine Augen feucht wurden. Wie gerne hätte er den Pfarrer beschimpft für seine milden Worte, die ihm den Verlust doch nicht nehmen konnten! Es ist meine Schuld, meine eigene, ganz persönliche Schuld, dass ich nicht weiß, ob sie wirklich nichts vermisst haben. Wie oft habe ich mir vorgenommen, öfter hierherzukommen. Und dann kam doch wieder etwas dazwischen, waren andere Dinge wichtiger. Ich war ein Esel. Und was für einer. Und jetzt ist es zu spät. Ich Hornochse. Wenn doch wenigstens Annemie bei mir wäre. Die würde vermutlich auch noch lachen und sagen ›Entscheide dich. Esel. Oder Hornochse. Beides gleichzeitig ist im Schöpfungsplan nicht vorgesehen‹.

»Es ist und bleibt ungerecht«, beharrte er.

»Nach menschlichem Denken sicher«, sagte der Pfarrer. »Aber das hört eben irgendwann einmal auf. Auch wenn Sie offenbar die Gewissheit Ihrer Eltern, dass irgendetwas nach dem menschlichen Denken kommt, nicht teilen können, schätzen Sie sich doch glücklich, dass Ihre Eltern glauben konnten. Es hat ihnen Kraft gegeben. Und Mut. Jeden Tag aufs Neue.«

»Vor den Tagen fürchte ich mich nicht«, hörte Bertram sich selbst sagen. »Aber die Nächte. Wie übersteht man die, so völlig allein?«

»Eine nach der anderen. So hat es zumindest Ihre Frau Mutter gehalten. Und sie war eine sehr kluge Frau.«

Noch lange nachdem der Pfarrer sich verabschiedet hatte, saß Bertram in der Bibliothek. Seite um Seite blätterte er in dem Band, den er auf dem kleinen Tisch neben der Récamière gefunden hatte. Es dauerte Stunden, bis der Arzt eintraf, aber Bertram hätte nicht sagen können, was es gewesen war, das er gelesen hatte.

»Mein aufrichtiges Beileid«, sagte Doktor Wernicke. »Es tut mir leid, dass ich erst jetzt komme. Aber die Lebenden gehen nun einmal vor.«

»Schon gut«, antwortete Bertram. »Sie hätten ja ohnehin nichts mehr tun können.«

»Das befürchte ich auch.« Doktor Wernicke rührte in dem Kaffee, den die Köchin aufgetragen hatte. »Ihre Frau Mutter war keine gesunde Frau. Ihr Herz, Sie verstehen?«

Bertram sah ihn fragend an.

»Wir wussten schon lange, Ihre Frau Mutter und ich, dass sie auf geborgter Zeit lebte«, sagte Doktor Wernicke. »Aber sie hat sich mit jeder Faser ihres Körpers ans Leben geklammert. So lange mein Mann mich braucht, hat sie mir einmal anvertraut, so lange kann ich einfach nicht gehen.« Der Arzt nahm einen Schluck Kaffee und stellte die Tasse wieder ab. »Es klingt so abgedroschen, von einem gebrochenen Herzen zu sprechen«, sagte er dann. »Lassen Sie sich von niemandem einreden, Ihre Frau Mutter sei daran gestorben. Sie hat einfach losgelassen, als sie wusste, dass sie nicht länger stark sein muss. Und sie hat gewusst, dass es schon bald so weit sein würde. Dass das Herz Ihres Herrn Vaters einfach so stehen bleiben würde, damit hatte ich offen gestanden nicht mehr gerechnet.«

Bertrams Gedanken rasten. Verstand er den Arzt richtig? Der konnte sich nicht erklären, warum der Vater gestorben war, aber für den Tod der Mutter kannte er den Grund? Das will ich lieber gar nicht genauer erfahren, beschloss er. Es ist schon schrecklich genug, beide fast auf einen Schlag zu verlieren. Mehr muss ich nicht wissen. Und mehr will ich auch nicht wissen.

»Gibt es einen guten Bestatter hier in Niederrad?«, fragte er nur. »Einen, der auch Überführungen übernimmt? Oder soll ich einen aus Frankfurt schicken, was meinen Sie?«

Meine Güte, ich weiß doch gar nicht, was alles nötig sein wird. Hoffentlich kennt sich der Bestatter aus. Und warum sieht mich der Arzt so an? Weiß er niemanden? Aber als Arzt ist das doch eher unwahrscheinlich.

»Ja, wir haben einen guten Bestatter hier am Ort«, sagte Doktor Wernicke zögernd. »Und ich glaube, er arbeitet sogar mit jemandem in Frankfurt zusammen. Soll ich ihn gleich rufen lassen? Das wäre wohl das Beste.«

Bertram nickte. In Gedanken erstellte er bereits eine Liste, wer alles benachrichtigt werden musste. Ob Stephanie wohl aus Berlin kommen würde zur Beerdigung? Was für eine Frage. Selbstverständlich würde sie kommen. Und in welche Zeitungen sollte die Traueranzeige? Natürlich ins *Amtsblatt.* Und in die *Frankfurter Neuen Nachrichten.* Aber auch in die *Kreuz-Zeitung?* Oder würde Franz ohnehin eine schalten?

Der Bestatter war deutlich schneller zur Stelle als der Arzt. Bertram fand es wohltuend, dass sich der Mann nach einer gemurmelten Beileidsbekundung gleich den notwendigen Formalitäten widmete.

Am späten Abend kehrte er endlich nach Frankfurt zurück.

Franz erwartete ihn bereits. »Wenn ich irgendetwas für dich tun kann …« Aber Bertram wollte nur noch schlafen.

Endlich im Bett, starrte er noch lange in das dunkle Zimmer. Was ist, wenn ich ebenfalls einfach nicht mehr aufwache?, fragte er sich. Was wird dann aus der Firma? Oder aus Annemie und den Kindern? Und was wohl Christabell anstellen wird, wenn ich nicht mehr bin?

Als es draußen allmählich hell wurde, stand Bertram auf. Genug getrauert, schwor er sich. Ich lasse mich nicht unterkriegen. Gleich nach dem Frühstück ging er in die Redaktion, um eine Traueranzeige in Auftrag geben zu lassen. Adolphus Mertens versprach ihm sogar einen Nachruf. »Immerhin hat Ihr Herr Vater in seiner Weberei eine Schule für die Spulknaben einrichten lassen, als das ringsum noch für eine neumodische Alfanzerei gehalten wurde. Ehre, wem Ehre gebührt.«

Damit hat er vollkommen recht, dachte Bertram. Auf seine Art war Vater doch einer, der allen eine Chance geben wollte. Natürlich war die Schule mehr für die Weberei gedacht, als dass er damit irgendwelche philanthropischen Gedanken verwirklicht hätte. Aber er hat sie immerhin eingerichtet, und das soll nicht vergessen sein.

Einen Tag vor der geplanten Beerdigung kam Stephanie mit ihrer Familie in Frankfurt an. Bertram empfing sie bei ausgesprochen schlechter Laune, die seine Schwester auf die Trauer um die Eltern schob.

Doch dann las auch sie die *Frankfurter Neuen Nachrichten.* »Oh, Bertram«, sagte sie.

Sie hat sie also auch entdeckt, dachte er. Warum muss die Anzeige ausgerechnet in meiner Zeitung erscheinen? Warum muss noch extra Salz in die Wunde? Und warum reagiert Stephanie so, weiß sie etwa auch Bescheid?

»Das muss wirklich schwer für dich sein, Bertie«, sagte seine Schwester mitfühlend. »Das hätte ich nicht von ihr erwartet. Da hätte ich ihr durchaus mehr Format zugetraut.« Bertrams Blick folgte dem Zeigefinger, der auf eine Anzeige tippte. Darin gaben der Abgeordnete der Sozialisten und seine Braut ihre Vermählung bekannt. Annemarie Hufdotter hieß von nun an mit Nachnamen Brausewitz. Ein schlechter Scherz, dachte Bertram. Aber zum Lachen war ihm wahrlich nicht zumute.

17

Michael Scherbaum hinkte zur Tür herein. »Ja, nun schau nicht so, Bertram. Du selbst hast mich lange genug bearbeitet, dass ich mir endlich ein Holzbein anmessen lassen soll. Nun bin ich eben wieder als Zweibeiner unterwegs.«

Bertram lag im Bett, von wo aus er an die Decke gestarrt hatte. Langsam wandte er den Kopf und sah schließlich den Freund an. »Ich grüße dich«, sagte er matt. »Steht dir gut, das Bein. Wir beide sollten tanzen gehen.«

Michael schüttelte nur den Kopf. »Dazu müsstest du erst einmal aus dem Bett, meinst du nicht?«

Er hat recht, es wäre wieder einmal an der Zeit, dachte Bertram, und ich müsste wohl auch mal wieder ins Kontor. Aber ich kann mich einfach nicht aufraffen. Schlimm genug, dass Christabell Michael um einen Besuch gebeten hat. Ich habe ihr ja verboten, nach dem Arzt zu rufen. Doch meinen Freund, den kann ich nicht wegschicken. Mein Pech, dass er neben seiner begnadeten Feder auch noch ein Stethoskop in der Tasche hat. Aber was soll das schon hören? Mein Herz ist in Ordnung. Das redet mir niemand ein, dass Annemie es mir gebrochen hat. Wenn dem so wäre, wie könnte es dann noch schlagen? Die offizielle Geschichte ist, dass ich den Tod meiner Eltern nicht verwinden kann. Schlimm genug, Mitte vierzig, und trägt es nicht wie ein Mann. Annemie war da doch nur das Tüpfelchen auf dem i. Oder etwa nicht? Ich denke schon. Aber ich denke sowieso viel zu viel. Und wie soll ich das abstellen? Mit Wodka etwa, wie Vetter Franz? Der säuft allerdings längst nicht mehr so viel, habe ich mir sagen lassen. Ausgerechnet seine Junker sollen schuld daran sein. Ausgerechnet. Das sind doch auch alles keine Kostverächter. Aber Franz lässt den Wodka stehen. Sagt man. Und er hilft auch wieder im Kontor, solange ich krank bin. Da kann er noch eine Weile helfen. Ich will einfach nicht mehr aufstehen.

Michael Scherbaum setzte sich. »Wenn du nicht mit mir reden willst, ist das in Ordnung. Aber wenn du wissen willst, was mit dir los ist, dann frag mich.«

»Was soll schon los sein mit mir?«, erwiderte Bertram. »Ich krieg einfach den Hintern nicht aus dem Kahn.«

»Und das macht dir keine Sorgen?«

»Sorgen, pah. Es ist doch sowieso alles egal. Ob ich aufstehe oder in Sachsenhausen der Äppler sauer wird. Alles einerlei.«

Michael lachte. »Also, das Letztere würde ich wohl eher in die Rubrik Katastrophenmeldungen einordnen.«

Wider Willen musste auch Bertram grinsen. »Du bist eben kein echter Frankfurter. Sonst würdest du auch mit saurem Äppelwoi zurechtkommen.«

»Das fehlte mir gerade noch. Aber schön, dass du mit mir sprichst. Ich vermisse meinen alten Freund nämlich.«

»Brauchst du nicht. Um mich ist es nicht schade.«

»Ist es doch. Glaub mir. Mit wem soll ich denn sonst Handkäs mit Musik bis zum Abwinken ordern und das Ganze mit ordentlich Äppler hinunterspülen? Fritz Demut scheint ja weiterhin verschollen. Und Adolphus Mertens? Vergiss es. Wenn der schon eine Zwiebel sieht, wird ihm übel. Und was ist schon ein echter Handkäs ohne ordentlich Musik?«

»Lass gut sein, Michael. Wirklich. Ich danke dir, dass du dir die Mühe gemacht hast und vorbeischaust. Aber weißt du …« Bertram schielte nach der Tür. Geschlossen. Gut. »Weißt du, ich mag einfach nicht mehr. Schluss. Aus. Ende.«

»So, so. Du magst nicht mehr. Und da legt sich der Herr Geisenheimer einfach mir nichts, dir nichts ins Bett und wartet darauf, dass die Welt aufhört, sich zu drehen, damit er endlich vom Kinderkarussell absteigen kann. Mensch, Bertram, das hätte ich nicht von dir gedacht.«

Bertram zog an der Decke. »Da siehst du mal. Ich bin eben immer für eine Überraschung gut. Das sagt sogar Franz.«

»Ach ja, der Herr Vetter. Der, den du lieber nie wieder an deine Bücher heranlassen wolltest.«

»An die kommt er ja auch nicht. Dafür habe ich doch den Buchhalter. Obwohl, so wie es aussieht, wird er die Firma wohl doch übernehmen, der Franz. Ich könnte sie ihm auch gleich überschreiben und fertig.«

Michael hieb mit der Faust auf sein Bein. »Au, verflucht. Ich vergesse immer, wie hart das Holz ist.« Er rieb sich die Hand. »Dass du dich gehen lässt, gut, das ist deine Sache, mein Bester. Aber du wolltest doch deinem Sohn alles überlassen. Was ist denn aus dem Plan geworden?«

»Ja, weiß ich denn, wo er steckt und ob er überhaupt einen Kopf fürs Geschäft hat? Er kann sonstwo sein, längst verdorben, gestorben. Was weiß ich. Dass Frauen so grausam sein können!«

»Dein Selbstmitleid dreht mir den Magen um. Hast du schon vergessen, was du von ihr verlangt hast? Ihren Sohn sollte sie hergeben, an eine fremde Frau, die sie nur aus deinen Erzählungen kannte. Und du hast Christabell immer hingestellt, als wäre sie dumm wie Brot. Ich entschuldige mich. Man erntet, was man sät. Dass sie irgendwann die Notbremse gezogen hat, deine Annemarie, das kann ich nur zu gut verstehen.«

»Sie hätte wenigstens ihre Hochzeitsanzeige nicht ausgerechnet in meine Zeitung setzen müssen.«

»Genau. Das hätte sie nicht tun müssen. So hat sie dir aber die Chance gegeben, deinen Sohn zu finden. Und deine Tochter.

Wenn du nur wolltest, versteht sich. Aber du willst ja nicht. Du weißt, wen deine Annemie geheiratet hat. Herrschaftszeiten, einen Abgeordneten. Wenn alle Stricke reißen, schreibst du ihm an die Parlamentsadresse.«

»Ja, glaubst du denn, ich hätte mir das nicht längst alles selbst überlegt?« Bertram zupfte wieder am Saum der Decke. »Im Notfall kann ich sicher herausfinden, wo Karl steckt. Oder Elisabeth. Oder Annemie. Aber ich will einfach nicht mehr. Oder besser, ich kann es nicht. Wenn du wüsstest, wie viel Kraft es mich kostet, aufzustehen und meine Notdurft im Bad zu verrichten! Du ahnst es nicht. Nicht im Geringsten.«

Michaels Augen wurden schmal. »Du kennst mich nicht wirklich. Ich weiß, was Depressionen sind. Glaube mir, mein Freund. Du bist weiß Gott nicht so einzigartig, wie du denkst.« Sachte klopfte er mit den Knöcheln gegen die Prothese. »Und ich bin es auch nicht.«

Wieder starrte Bertram gegen die Zimmerdecke. Wenn die jetzt einfach heruntersauste, dachte er, das wäre es. Rumms und fertig. Hier über diesem Zimmer, da sind doch immer noch die alten Kontorbücher untergebracht. Das wäre ein passendes Ende für einen Kaufmann. Aber die Decke hält. Das Haus ist solide. Wie das Haus Geisenheimer. Nur ich bin es nicht. In mir steckt der Wurm. Der Gewissenswurm.

»Also gut, Bertram. Ich sehe, heute wird das nichts. Aber lass es dir gesagt sein. Ich komme wieder. So einfach wirst du mir nicht davonkommen. Wir sind Freunde. Vergiss das nicht, hörst du?«

Bertram lauschte auf die Schritte. Die Tür quietscht, dachte er. Sollte ich sie ölen lassen? Ach was. Es ist auch egal. Und er hat sie nicht zugemacht hinter sich. Das ist erst recht egal.

Durch den Türspalt vernahm er jetzt ein Murmeln. Christabells Stimme. Wieso die es immer noch bei mir aushält?, wunderte er sich. Sie könnte sich doch ein feines Leben machen, mit ihren Leutnants, hier oder in Heringsdorf oder meinetwegen auch hinterm Mond. Kommt nicht drauf an. Aber sie ist hier.

»Es handelt sich um Depressionen, Christabell. Da kann man nicht viel machen.«

Michael. Der murmelt nicht, dachte er. Vielleicht sollte ich es ja auch hören. Aber mir ist es gleichgültig, welchen Namen er der Sache gibt, die ich habe. Ich habe doch sowieso nichts. Nichts, was ich will. Und Christabell will ich schon gleich gar nicht.

Er seufzte. Jeden Morgen steht sie im Zimmer und fragt, ob ich nicht frühstücken kommen will. Und wenn ich Nein sage, steht sie kurz darauf mit einem Tablett im Zimmer. Mittags das gleiche Spiel. Und am Abend sowieso. Sicher, dazwischen bleibt genug Zeit für die Leutnants. Aber ich glaube, sie verlässt das Haus nur ganz selten. Und wenn sie zurückkommt, steht sie wieder vor meinem Bett und riecht wie vorher. Wütend warf er die Decke von sich, blieb dann aber doch liegen.

»Verdammt«, fluchte er. »Ich will nicht so leben. Aber anders leben, das kann ich einfach nicht. Nicht mehr.«

Wochen vergingen, Monate gar, und Bertram zog sich immer mehr in sich selbst zurück. Endlich hielt es Christabell nicht mehr aus.

»Ich werde ein paar Tage nicht da sein«, verkündete sie ihm eines Morgens.

Bertram sah sie ruhig an. »Geht es nach Heringsdorf?«, fragte er matt. Es interessiert mich im Grunde nicht, dachte er. Nicht ernsthaft.

»Nein«, antwortete Christabell. »Das nicht. Da kannst du ganz beruhigt sein. Aber versprich mir bitte eins«, bat sie. »Wenn du schon nicht ins Leben zurückfinden kannst, während ich fort bin, dann verabschiede dich auch nicht völlig daraus.«

Bertram stutzte. Was meint sie bloß damit?, fragte er sich und fand schließlich selbst die Antwort. »Nein«, sagte er. »Da kannst du beruhigt sein. Das ist nicht mein Weg.«

»Versprichst du mir das?«

Sie macht sich wirklich Sorgen, dachte Bertram. Das hätte ich nicht erwartet. Also gut. Das wenigstens will ich ihr versprechen. Aber seine Lippen blieben stumm. Endlich nickte er.

»Gut. Dann fahre ich jetzt. Ich komme so bald wie möglich wieder.«

Bertram lauschte in das stille Haus hinein. Endlich Ruhe, dachte er. Endlich allein. In der Küche klopfte die Köchin etwas. Der Hausknecht kehrte pfeifend die Terrasse, und aus dem Hof klang das Stimmengewirr der Lehrjungen, Fuhrleute und Verlader. Hat sich was mit Ruhe, korrigierte Bertram sich. Und wirklich allein bin ich ja auch nicht. Ich lasse nur niemanden zu mir. Aber das heißt ja noch lange nicht, dass ich allein bin.

Da klopfte es. »Die Post, Herr.« Der Hausknecht sah sich unsicher um. Bertram winkte ihn näher. »Dort, in den Korb hinein«, befahl er.

»Der Herr Franz hat schon durchgeschaut, ob etwas Geschäftliches dabei ist«, erläuterte der Hausknecht.

»Dann ist es ja gut. Einfach in den Korb. So. Und nun geh.« Bertram drehte sich zum Fenster. Hinter seinem Rücken hörte er, wie sich die Schritte wieder entfernten. Die Tür macht hier wohl keiner mehr zu, ärgerte er sich. Aber was soll ich mich aufregen. Es hat ja doch keinen Zweck. Auf dem Fensterbrett entdeckte er einen kleinen, verschwommenen grauen Fleck. Ich brauche gar nicht nach meinem Kneifer zu suchen, dachte er. Das ist der Zinnelefant. Bei ihrem letzten Besuch hat Stephanie mir erklärt, dass man Elefantenfiguren nicht einfach so aufstellt. Sie müssen aus dem Fenster schauen können. Nur so können sie das Glück empfangen und aufnehmen, das sie wieder abgeben sollen. Wo sie das nur wieder her hat? Von einer ihrer Reisen vermutlich. Woher auch sonst.

Es ist auch gleichgültig, woher sie diese Weisheit hat. Aber vielleicht lag es ja wirklich daran, dass der Elefant mir kein Glück gebracht hat. Jetzt sieht er ständig zum Fenster hinaus. Ob er das Versäumte jemals wieder aufholt?

Das wäre es noch, dachte er. Auf einmal habe ich Glück wie nichts Gutes. Und merke es nicht einmal, weil ich hier zu Bett liege. Er lachte leise. Mit einem Lächeln auf den Lippen schlief er schließlich ein.

Plötzlich schreckte er auf. Er saß in einem Eisenbahnabteil, Christabell gegenüber. Aber die schien ihn nicht wahrzunehmen. Stattdessen plauderte sie angeregt mit einer ältlichen Matrone, die die halbe Sitzbank mit ihrer Leibesfülle einnahm.

»Das finde ich überaus angenehm«, sagte die Dicke gerade. »So ein Damenabteil ist doch eine feine Sache. Man bleibt unter sich und ist nicht fortwährend den Blicken aller ausgesetzt.«

Hat meine Christabell etwa keine Augen?, fragte Bertram, aber er schien so wenig zu hören zu sein, wie die beiden Frauen ihn sehen konnten.

»Nun ja«, meinte Christabell und lächelte, »wenn es einer darauf anlegen wollte, uns zu belästigen, das würde ihm schon gelingen. Auch die Aufschrift ›Damenabteil‹ am Türrahmen würde ihn wohl kaum schrecken.«

»Meinen Sie wirklich?« Die Matrone klang ein wenig ängstlich. »Mein Gott, ist man denn wirklich nirgendwo mehr sicher?«

Du wärest garantiert überall vor mir sicher, dachte er. Aber da fuhr der Zug bereits im Bahnhof ein. Bertram kletterte flugs hinter Christabell aus dem Abteil. Auch hier schien ihn niemand wahrzunehmen. Ich muss wohl träumen, sagte er sich. Aber warum ausgerechnet von Christabell? Was will ich denn von ihr? Und was will sie in Berlin? Auf ihre Leutnants bin ich nun wirklich nicht scharf. Doch obwohl ein paar Uniformierte automatisch Haltung annahmen, als Christabell an ihnen vorbeiging, kümmerte sie sich nicht weiter um sie. Sie folgte dem Dienstmann, der ihr Gepäck auf seiner Sackkarre hatte, zum Droschkenstand. Schon saß sie in der Kutsche, und bevor sich die Tür schloss, war Bertram mit hineingeschlüpft.

»Nur man jut, dat Sie mit Ihre Köffer nich die Pferdebahn nehmen«, sagte der Dienstmann und tippte sich an die Mütze. »Allet verstaut.« Christabell streckte ihm eine Münze hin, und wieder tippte der Dienstmann sich an den Mützenrand. »Na, denn ma en schönen Uffenthalt in Balin, wa?« Christabell lächelte nur. Die Droschke setzte sich in Bewegung. Bertram betrachtete Christabell. Sie sieht ängstlich aus, dachte er. Aufgeregt. Und zugleich ängstlich. Und eine kleine Portion Heimlichtuerei ist auch dabei. Was sie wohl plant?

Endlich machte die Droschke vor einer Pension Halt, in einem Viertel, das Bertram trotz seiner zahlreichen Berlinbesuche nicht kannte. Prüfend sah er sich in dem Haus und dem Zimmer um, in das Christabells Gepäck gebracht wurde. Das sieht wirklich nicht so aus, als wollte sie hier einen ihrer Leutnants treffen, dachte Bertram. Aber sie macht sich stadtfein. Da ist doch etwas im Busch.

Wieder ging es mit einer Kutsche weiter. Diesmal dauerte die Fahrt nicht lang. Vor einem großen Hotel blieb der Fahrer stehen. Wusste ich es doch, knurrte Bertram unhörbar und folgte Christabell in das Gebäude. Doch sie eilte nicht zur Rezeption oder gleich die Treppe hinauf. Sie bog direkt nach rechts ab, in das Restaurant, in dem soeben der Tee serviert wurde. Christabell raunte dem Ober, der den Eingang bewachte, etwas zu. Der machte eilfertig einen Diener. »Hier entlang bitte, gnädige Frau«, sagte er. »Sie werden schon erwartet.«

Also doch, dachte Bertram. Aber warum sollte sie sich auch ändern, bloß weil ich im Bett liege? Er folgte Christabell und dem Ober in eine versteckte Nische. Dort saß Annemarie. Bertram stand mit offenem Mund da.

»Frau Brausewitz«, sagte Christabell, »ich danke Ihnen, dass Sie zu diesem Treffen eingewilligt haben.«

Annemie, dachte Bertram. Meine Annemie. Gut siehst du aus. Die grauen Strähnen stören mich gar nicht. Und du triffst dich also mit Christabell. Gut, dass ich träume, denn so etwas wäre doch undenkbar in der Wirklichkeit.

Annemarie lächelte. »Frau Geisenheimer. Setzen Sie sich doch. Willkommen in Berlin.«

Auch Bertram ließ sich in einen Stuhl plumpsen. Nun saß er zwischen der Frau, die er geheiratet hatte, und der, die er liebte. Immer noch. »Auch wenn du mir so wehgetan hast«, wisperte er, »ich liebe dich noch immer.«

Annemarie drehte den Kopf zur Seite.

»Was ist?«, fragte Christabell.

»Ach, nichts. Für einen Augenblick dachte ich, ich hätte etwas gehört. Aber ich habe mich wohl geirrt.«

Ja siehst du mich denn nicht?, wollte Bertram rufen, ich sitze doch genau hier. Schaust du durch mich hindurch? Anscheinend ja, stellte er resigniert fest. So etwas kann auch nur mir passieren.

»Wie geht es ihm?«, fragte Annemarie schließlich.

Christabell zuckte mit den Schultern. »Unverändert. Es ist, als ob ihm aller Lebensmut abhanden gekommen wäre. Der Arzt spricht von Depressionen. Ich weiß, ich bin keine kluge Frau. Aber mir scheint, als wäre das nur ein schönes Wort für ein und dieselbe Sache.«

»Ist es im Grunde auch«, bestätigte Annemarie sie in ihrer Vermutung.

Der Ober trat wieder an den Tisch. »Was darf ich den Damen bringen?«

Annemarie entschied sich für Tee und Zitronenkuchen, Christabell wählte die Haselnusstorte. Bald stand das Gewünschte auf dem Tisch, und die Damen waren bis auf ihren unsichtbaren Gast wieder allein.

»Nun«, begann Annemarie. »Sie haben mich um dieses Treffen gebeten. Ich gebe zu, ich war im Zweifel. Ich dachte, ich hätte mit diesem Kapitel abgeschlossen. Aber dann spürte ich, dass ich mich geirrt hatte. So leicht legt man die eigene Geschichte eben doch nicht ab.«

Christabell lächelte fein. »Ich habe mir lange überlegt, ob ich mich an Sie wenden sollte. Denn auch ich habe meinen Stolz. Aber ich kann es einfach nicht länger mit ansehen, wie Bertram nach und nach vor die Hunde geht.«

Steht es denn wirklich so schlimm um mich? Bertram erschrak. Erst ihre Bitte, dass ich mir nichts antue, jetzt trifft sie sich mit Annemie. Was soll ich davon nur halten?

»Hat er sich das nicht eigentlich selbst zuzuschreiben? Dass es ihm schlecht geht?« Annemaries Stimme klang bitter. »Er denkt doch im Grunde immer nur an sich. Das musste sich doch irgendwann einmal rächen.«

»Da kann ich Ihnen leider nicht widersprechen. Er ist bisweilen wie ein kleines Kind. Wenn er sich etwas in den Kopf setzt, dann versteht er einfach nicht, dass die Welt anders läuft, als er sich das vorgestellt hat.«

Wie bitte? Bertram war empört. Wer wollte denn unbedingt meinen Karl zu sich holen? Habe ich denn etwas Derartiges verlangt, zur Bedingung gemacht für die Scheidung? Sicher, ich hätte es schön gefunden, wenn er bei mir in die Lehre gegangen wäre. Aber doch nicht unter Zwang!

Annemarie lächelte wieder.

»Ja«, sagte Christabell. »Ich weiß, was Sie denken. Ich wollte Ihren Sohn zu mir holen. Ich wollte eben auch ein Stück abhaben von dem Glückskuchen, den Sie beide gebacken hatten. Ich gebe es ja zu. Aber die Situation ist doch eine ganz andere geworden. Und der Junge ist längst ein junger Mann. Er wird ohnehin bald eigene Wege gehen wollen, wenn er es nicht schon längst tut. Meinen Sie nicht?«

Annemarie rührte schweigend in ihrem Tee. »Das stimmt«, sagte sie nach einer Weile. »Karl ist schon über einundzwanzig. Er kann also selbst bestimmen, was er tun will. Und ich muss Sie warnen. Er ist sehr eigen. Ich habe mein Bestes versucht mit ihm. Aber das hat wohl nicht genügt. Sicher, er beträgt sich anständig. Und er hat durchaus auch einen Kopf fürs Geschäft. Aber tief in ihm drinnen, da steckt etwas, an das kommt man nicht heran. In diesen Kopf lässt er sich einfach nicht hineinsehen.«

»Da ist er ja eigentlich ganz wie sein Vater«, lachte Christabell.

Annemarie blieb ernst. »Wenn Sie sich da mal nicht irren«, sagte sie mit unbewegter Miene. »Ich habe Bertram eigentlich immer ganz gut verstanden. Mit all seinen Eigenheiten. Mit seinem Dickkopf und dieser Art, einen großartigen Plan in allen Einzelheiten auszutüfteln. Und dann aus allen Wolken zu fallen, wenn andere nicht ebenso begeistert waren von seinen Ideen.«

»Aber so sind sie doch alle, die Männer!« Christabell schüttelte den Kopf. »Sie planen und machen und tun und unternehmen werweißwas. Aber dass sie einmal sagten, was sie tun, warum sie es tun oder, Gott behüte!, wie es ihnen dabei geht, das hat doch kaum einer von ihnen gelernt. Sie lesen in der Schule brav ihren Werther und glauben, sie wüssten, was Gefühle sind und wie man sie korrekt ausdrückt. Sie sind doch alle gleich. Und wer den Werther nicht gelesen hat, hat gleich noch viel weniger Ahnung. Was ihn aber nicht daran hindert, Pläne zu schmieden.«

Ich staune, Christabell, dachte Bertram. So kenne ich dich nun wirklich nicht wieder. Auch wenn du eine so schlechte Meinung über die Männer hast, dumm ist sie jedenfalls nicht.

Auch Annemarie sah ein wenig verblüfft drein. »So habe ich das noch nie betrachtet«, sagte sie. »Aber da könnte etwas dran sein.«

»Genauso wenig wie Männer uns Frauen verstehen, verstehen

wir die Männer«, fuhr Christabell fort und versuchte, mit der Gabel einen Kuchenkrümel aufzuspießen. »Vielleicht ist das von der Natur auch gar nicht so gedacht. Gut. Normalerweise durchschauen wir die Männer eben doch. Früher oder später. Auf jeden Fall aber dann, wenn es um etwas geht, das uns wichtig ist. Ich weiß allerdings gar nicht, ob wir es wirklich wollen.« Christabell lachte auf. »Hier rede ich und rede. Und dabei geht es mir überhaupt nicht darum, die Männer zu verstehen. Ich will nur, dass mir meiner nicht unter den Händen verkümmert. Er soll nicht ausgehen wie eine schlechte Kerze. Das hat Bertram nicht verdient.«

Annemarie sieht skeptisch aus, dachte er. Aber es sind schöne Worte, die sie da sagt, meine Christabell.

»Sicher, ich habe meinen Teil dazu beigetragen, dass es ihm schlecht geht. Vielleicht wäre es besser gewesen, wenn ich nicht darauf bestanden hätte, seinen Sohn zu bekommen, wenn ich mich stillschweigend einverstanden erklärt hätte, dass wir uns scheiden lassen? Wer weiß?«

»Das kann im Nachhinein niemand wissen«, sagte Annemarie. »Da hilft auch kein Grübeln mehr.«

»Aber wie soll man das Grübeln bloß abstellen? Bertram kann das jedenfalls nicht.«

Der Ober hatte sich dem Tisch genähert. »Bei den Damen alles in Ordnung? Vielleicht einen kleinen Likör zur Abrundung?«

Merkst du nicht, dass du störst, Junge?, wollte Bertram schon unwillig rufen. Aber die Einzige, die wenigstens kurz so ausgesehen hatte, als könne sie ihn wahrnehmen, antwortete bereits. »Danke, nein.«

Auch Christabell schüttelte den Kopf. »Er kann es wahrscheinlich einfach nicht glauben«, sagte sie. »Zwei Damen, die sich in aller Ruhe unterhalten, ganz ohne Tratsch, ohne Gelächter. Und auch ohne böse Blicke gegeneinander. Das kennt er vermutlich nicht. Und dadurch ist natürlich seine Neugierde geweckt.«

»Oder der Jagdinstinkt«, setzte Annemarie fort. »Wenn da der Unterschied überhaupt so groß ist.«

»Männer«, sagte Christabell, und Annemarie nickte. »Ein Wort nennt die ganze Misere. Aber was machen wir nun mit unserem Bertram?« Annemarie wurde ein bisschen rot. »Verzeihen Sie. Mit Ihrem. Er ist immer noch Ihr Mann.«

Christabell lächelte. »Aber er liebt nun einmal Sie. Da brauchen wir uns nichts vorzumachen. Zum Glück liebe ich ihn nicht wirklich. Ich mag ihn, das ja. Ein bisschen war ich auch in ihn verliebt. Weiß Gott. Zu Anfang jedenfalls. Warum auch nicht? Aber als wir dann verheiratet waren und er seine wahren Gefühle zeigte, das war nun gewisslich nicht schön.«

Ich war wirklich hart zu ihr, dachte Bertram. Aber wenn sie damals schon so vernünftig gewesen wäre, wie sie sich jetzt gibt, wer weiß, was dann geworden wäre?

»Also gut«, sagte Annemarie. »Unser Bertram. Ja, was sollen wir nun mit ihm machen? Die Hosen ordentlich stramm ziehen, das geht wohl nicht mehr in seinem Alter.«

»Ist aber ein prächtiger Gedanke.« Christabell lachte. »Ach, nein. Da kommen wir eindeutig ein paar Jahrzehnte zu spät.«

»Obwohl so etwas angeblich gegen Depressionen helfen soll. Hart anpacken, hart arbeiten lassen. Bis zur Erschöpfung. Dann hört das auch auf mit der Grübelei. Wer wirklich erschöpft ist, will nur noch schlafen. Das sagt auch mein Ludwig.«

»Ach, ja. Sie haben ja noch mehr Kinder.«

Woher weiß sie das alles?, wunderte sich Bertram. Wir waren doch nun wirklich diskret. Dachte ich zumindest bisher.

Aber dieses Rätsel lösten die beiden nicht auf. Stattdessen fuhr Christabell fort: »Ich weiß nicht, was mich geritten hat, Ihren Sohn zu verlangen.«

Annemarie schüttelte den Kopf. »Es ist doch im Grunde

gleich. Ich wollte ihn nicht hergeben. Und nun, da er ein junger Mann ist, macht er mir nur weiter Sorgen. Ich kann ihn nicht ewig schützen. Weder vor den Gefahren dieser Welt noch vor sich selbst.«

Christabell starrte ihr Gegenüber an. »Soll das heißen, was ich glaube, dass es heißen soll?«, fragte sie langsam.

»Sagen wir es mal so«, antwortete Annemarie. »Er ist majorenn. Er kann also selbst über sein Leben bestimmen. Als er einundzwanzig wurde, hat ihm der Anwalt die Kontovollmacht gegeben. Das ist das Geld, das Bertram damals für ihn zurückgelegt hat. Manchmal habe ich das Gefühl, er wohnt nur noch aus reiner Bequemlichkeit bei mir. Bei uns.« Annemarie goss den Rest aus ihrem Teekännchen in die Tasse. »Bisher hat er sich nicht groß nach seinem Vater erkundigt. Auch nicht, als ihm auf einmal das ganze Geld zur Verfügung stand. Aber vielleicht können Sie ihn ja umstimmen.«

»Wenn Sie es gestatten, dann will ich es versuchen. Ich glaube wirklich, dass sein Sohn Bertrams Lebensgeister wieder wecken kann. Wenn er es nur will.«

»Aber genau das ist die Frage«, sagte Annemarie zweifelnd.

Unfug, dachte Bertram. Mein Sohn wird mich wohl sehen wollen. Er ist doch ein Geisenheimer. Ein echter. Und kein eingeheirateter oder einer aus dem Nebenzweig wie der Franz. Na, der wird Augen machen, der Vetter, wenn ich mit Karl in der Tür zum Kontor stehe!

Bertram spürte einen stechenden Schmerz an seinem Fuß. Tränen schossen ihm in die Augen. Wie durch einen Schleier sah er noch, wie sich die beiden Frauen vorsichtig anlächelten. Dann verschwamm alles vor seinen Augen. Ihm wurde schwindlig, und er schloss die Lider.

Als er sie wieder öffnete, fand er sich in seinem Bett.

»Also doch, du bist endlich aufgewacht.« Michael Scherbaum lachte ihn an. Neben dem Freund und Arzt stand ein

Mann in einer chinesischen Jacke und merkwürdig geformten Augen.

»Danke, Herr Kollege. Vielen Dank.« Der Fremde verbeugte sich und steckte eine lange Nadel in ein Etui.

»Gern geschehen«, lispelte der. Dann verbeugte er sich vor Bertram. »Verzeihen Sie unsere rabiate Behandlung, Herr Geisenheimer. Gestatten Sie, dass ich mich vorstelle. Mein Name ist Wang Pu Yi.«

Verwirrt sah Bertram zu Michael Scherbaum. »Herr Wang ist ein Kollege. Aus China. Du warst zwei Tage lang nicht ansprechbar. Weder Riechsalz noch sonst etwas hat dich wecken können. Da habe ich Herrn Wang um Rat gefragt. Und es ist ihm gelungen, dich zurückzuholen. Eine eindrucksvollere Demonstration der Macht der Akupunktur habe ich noch nicht erlebt.«

»Wie fühlen Sie sich, Herr Geisenheimer?«, erkundigte sich der Chinese.

»Tee«, krächzte Bertram. »Ich hätte gerne etwas Tee.«

Ein sehr gutes Zeichen, darin waren sich die beiden Ärzte einig. Nach einer Weile verabschiedete sich Herr Wang, und Michael Scherbaum blieb mit seinem Patienten allein.

»Ich habe mir wirklich Sorgen um dich gemacht, Bertram.« Er klopfte ihm auf die Schulter. »Tu mir so etwas nie wieder an, hörst du?«

»Aber was habe ich denn gemacht?«, fragte Bertram. »Ich bin eingeschlafen, kurz nachdem Christabell gegangen war. So viel weiß ich noch. Aber sonst? Ich habe doch gar nichts gemacht.«

»Irgendetwas wird es schon gewesen sein«, knurrte der Arzt. »Und ganz gleich, was es war. Tu es bitte nie wieder.«

Bertram lachte. »Aber nur, wenn du mir versprichst, dass Herr Wang mich nicht mehr mit seiner Nadel stechen darf. Das war ja vielleicht ein Apparat. Der könnte wahrscheinlich Tote aufwecken, davon bin ich überzeugt.«

Michael blieb ernst. »Ja, was glaubst du denn, wofür wir dich gehalten haben? Kurz vor scheintot, mein Lieber. Nur manchmal haben deine Lippen gezuckt. Aber bis zum Schluss warst du einfach nicht ansprechbar. Und auf einmal hattest du ein seliges Lächeln im Gesicht. So, als ob du die Engel gesehen hättest.«

Soll ich ihm erzählen, was ich tatsächlich gesehen habe? Bertram überlegte. Er ist Arzt. Und mein Freund. Aber er wird mich für komplett verrückt halten, nehme ich an. Also doch wohl besser nicht. Warten wir ab, ob Christabell den Karl wirklich mitbringt. Warten wir es einfach ab. So schwer es mir fällt.

18

Bertram saß am Fenster und sah in den Garten hinaus. Der Vorfrühling ließ bereits die ersten Knospen sprießen. Ich sollte mich freuen, dachte er. Karl ist da, aus ihm ist ein hübscher junger Mann geworden. Aber Annemie habe ich verloren. War es das wirklich wert? Nein, gab er sich selbst die Antwort. Was nutzt mir das viele Geld? Christabell gibt es ja doch nur mit vollen Händen wieder aus. Und Karl hilft ihr gerne dabei. Sei's drum. Ins Grab mitnehmen kann ich es ja doch nicht. Also was soll's. Aber jetzt verstehe ich endlich, was Annemie gemeint hat, als sie davor warnte, Karl zu leicht zu Geld kommen zu lassen. Ich kann wirklich nicht behaupten, dass er es besonders liebt oder achtet, so wie er damit umgeht. Er schätzt es, weil es ihm Dinge verschafft, von denen er früher nur träumen konnte. Dinge. An die hängt er sein Herz, an Schmuck, Pelze, vornehme Kleidung, die auffällt. Er ist ein richtiger Dandy geworden. Ein Dandy als Kaufmann. Wenn Vater das noch erlebt hätte, er wäre an der Welt irre geworden. Unauffällig, mein Junge, unauffällig bleiben, das ist die Devise, hat er immer gesagt. Und Karl? Sieht aus, als sei er auf einer Papageienfarm groß geworden. Aber was macht das schon. Wenn er mir nur kein Rittershaus wird. Und selbst wenn. Ist doch sowieso alles eins. Letzten Endes ist alles einerlei.

Die Leute aber staunten nicht schlecht, als der unauffällige Herr Geisenheimer der Welt auf einmal solch einen Sohn präsentierte. Natürlich gab es Getuschel. Aber das gibt es ja immer.

Und da Christabell sich gern mit Karl in aller Öffentlichkeit sehen ließ, stets bei blendender Laune, hat man eben auch ein freundliches Gesicht gemacht. Und hinter unserem Rücken weitergetratscht. Was kümmern mich die Leute noch. Annemie hatte schon recht, als sie sagte, dass sich die Partei mich als billigen Laufburschen hält. Ich Esel hatte geglaubt, ich müsste mich wie in einem normalen Betrieb eben hochdienen. Das mit dem Dienen hat ja auch gut funktioniert. Aber wo waren sie denn, die sauberen Herren Politiker, als ich sie wirklich gebraucht hätte? Gut, ich wollte ja niemanden sehen und habe außer Michael alle hinausgeworfen. Der blieb als Einziger stur und ließ sich nicht einfach so fortschicken. »Einen alten Krüppel aus dem Haus weisen«, hat er gesagt und den Kopf geschüttelt. »Schäm dich, Bertram.« Aber ich schäme mich nicht. Ich bin nur müde. So unendlich müde. Dabei tue ich weiß Gott nicht viel. Mein Gefühl für Aktien trägt mich, aber das Tagesgeschäft, dafür habe ich meine Leute. Und die schaffen tüchtig. Auch wenn sie sich immer öfter an Karl wenden. Warum auch nicht? Er wird ja doch einmal der Herr im Haus sein. Was er dann macht, wird mich nicht mehr kümmern. Ob Maman dem Vater erzählt hat von all den Unternehmungen, die Franz und ich gestartet haben? Und wenn ja, ob es ihn wohl gefreut hat? Oder juckte es ihn in den Fingern, es selbst zu machen und natürlich besser?

Bertram wandte den Blick vom Fenster. Das sind Gedanken für einen Herbst, schalt er sich selbst. Du solltest wirklich endlich einmal aufstehen und dich wie ein Mann betragen. Kein Wunder, dass dein Sohn wie ein Paradiesvogel herumläuft. Alles, nur nicht so sein wie der fremde Vater, der in der Stube hockt und nur darauf wartet, dass das Leben ihn endlich vergisst.

Er griff nach dem Cognac. Selbst der schmeckt nicht mehr so recht, dachte er. Was ist das nur für ein Leben, das ich führe? Keines. Gar keines. Selbst Christabell findet, dass ich mehr unter die Leute gehen sollte. Dabei vertritt sie mich doch gerne bei gesellschaftlichen Anlässen. Sie und Karl, die schöne Frau Geisenheimer und ihr attraktiver Ziehsohn. Sollen sie doch gehen, wenn sie wollen. Und jetzt Schluss mit dem Grübeln, ermahnte er sich. Dazu bist du nicht auf der Welt.

Draußen stritten sich ein paar Spatzen um die Brocken, die die Köchin ihnen zugeworfen hatte. Bertram lächelte. Echte Frankfurter, dachte er. Lieber streiten, als gar nichts sagen. Vielleicht bin ich ja gar kein echter Frankfurter, sondern gehöre längst nach Niederrad? Hatte Franz damals nicht diese absurde Idee von einem Altershotel? Das wäre es doch noch. Aber nicht mit mir. Ich mag immer noch niemanden sehen.

»Wieder in Gedanken?« Christabells helle Stimme klang durch die geöffnete Zimmertür. »Du wirst dir noch das Hirn zerbrechen an deinen ewigen Grübeleien.« Sie lachte.

Früher hätte ich zurückgeschossen, dass bei ihr ja in dieser Hinsicht keine Gefahr besteht. Früher. Aber seit sie tatsächlich in Berlin war, bei Annemie, wie ich das in meinem Traum gesehen habe, oder was immer das war, seither lasse ich sie in Ruhe. Sie kann ja nichts dafür. Und mit meinem ständigen Druck habe ich es ihr nur unnötig schwer gemacht. Eigentlich, wenn ich ganz ehrlich bin, höre ich sie ganz gerne lachen.

Er stand auf und stellte die Cognacflasche wieder an ihren Platz.

»Du warst einkaufen, nehme ich an?«

»Wir waren. Karl ist mitgegangen. Wir haben dir sogar etwas mitgebracht. Karl hat es ausgesucht. Komm, zeig deinem Vater, was wir gefunden haben.«

Ehe Bertram es sich versah, stand ein kleiner goldener Elefant auf dem Tisch. Christabell und Karl strahlten um die Wette. »Das ist«, sagte Bertram, »das, mir fehlen die Worte.«

»Gelt, da staunst du. Wir haben richtig suchen müssen, bis wir ihn gefunden haben.« Sie klingt rundum glücklich, dachte Bertram. Und es ist ja auch ganz hübsch, das Tier. Wenn auch reichlich kitschig, mit der Schabracke aus roten und grünen Steinen, den hellen Stoßzähnen und den jetschwarzen Augen.

»Alles echt«, fügte Karl hinzu. »Kein Talmi oder Schmu. Gold, Elfenbein, Rubine, Smaragde. Und die Augen sind Opale. Alles echt.«

Aber nicht zu vergleichen mit Stephanies Zinnelefanten, dachte Bertram. Ihr zwei begreift es einfach nicht, dass manche Sachen einen Wert haben, der ihren Geldwert um ein Vielfaches übersteigt. Aber ihr wolltet mir eine Freude machen. Das will ich anerkennen. Oder wolltest du dich womöglich nur einkratzen bei mir, mein Sohn?

Bertram wog den Elefanten in der Hand und sah in Karls vor Aufregung gerötetes Gesicht. Die hellen Augen wirkten fast ein wenig verwaschen, die Knopfnase machte jeden Ansatz von einem römischen Profil zunichte, und der sorgfältig gestutzte hellbraune Schnurrbart sah eher aus wie ein Stückchen Kaninchenfell als wie eine echte Manneszier. Aber gekleidet war Karl wie immer untadelig.

»Du sagst ja gar nichts«, beschwerte sich Christabell. »Freust du dich denn nicht?«

»Doch, doch«, beteuerte Bertram. »Da habt ihr euch sicher viel Mühe gegeben beim Aussuchen. Ich danke euch. Wirklich.« Und wer das Vieh bezahlt, bin natürlich ich, dachte er. Aber immerhin wolltet ihr mir eine Freude machen. Das will ich schon anerkennen.

»Wo habt ihr den denn gefunden? So etwas entdeckt man doch sicher nicht auf der Dippemess.«

»Die ist doch auch noch lange nicht. Wir waren in der Goldgasse, bei den Schmuckhändlern. Karl braucht doch endlich einmal eine ordentliche Uhrkette. Die haben wir auch gefunden. Und eine schöne Uhr gleich dazu.«

»Das klingt nach einem anstrengenden Einkaufsbummel.« Mir fällt einfach nichts ein, was ich mit den beiden bereden könnte, dachte Bertram. Und dann ist es nur natürlich, dass sie mit so einem Elefantenvieh heimkommen. Den hätte ich mir doch mein Lebtag nicht ausgesucht. Viel zu protzig. Und Stephanies Elefanten kann er trotz all seiner Pracht nicht ersetzen. Wenn ihr glaubt, dass ich den mit mir herumtrage, dann ist aber bald ein Reformationsfest fällig. »Der bekommt einen Ehrenplatz«, entschied er. »Gleich hier auf dem Kamin neben der Uhr. Und so, dass er aus dem Fenster schauen kann.« Karl machte ein fragendes Gesicht. »Ja, mein Sohn. Damit ein Glückselefant seine Arbeit tun kann, braucht er den Blick ins Freie. Heißt es. Aber vielleicht ist das ja auch nur ein Aberglaube, wer weiß?« Er zuckte mit den Schultern.

»So, ihr beiden«, warf Christabell ein, »ich lasse euch jetzt erst einmal allein. Meine Einkäufe wollen schließlich auch versorgt sein. Aber das verstehst du ja sicher, dass wir dir den Elefanten als Allererstes präsentieren wollten, nicht wahr?«

Natürlich verstand Bertram, und selbstverständlich bedankte er sich wiederum. Auch wenn es ein selten hässliches Vieh ist, dachte er, ein Kaufmann bewahrt immer den Anstand. Endlich hatte Christabell all ihre Päckchen wieder zusammengeklaubt und war davongegangen. Bertram saß allein mit seinem Sohn im Herrenzimmer und schwieg. Nur das Ticken der Pendule durchbrach die Stille. Karl hielt es nicht lange aus. »Freust du dich wirklich, Vater?«, fragte er unsicher.

»Aber natürlich, Karl. Es ist schön, dass ihr an mich gedacht habt.«

»Der Elefant, weißt du, da habe ich gedacht, als ich dich zum ersten Mal gesehen habe, da hattest du schon diese Zinnfigur. Und da dachte ich eben …« Karl ließ den Satz unbeendet. Er faselt wirres Zeug, dachte Bertram. Er ist jung, und er ist unsicher. Da hilft auch das feinste englische Tuch nichts und auch keine goldene Uhrkette.

»Das freut mich. Auch dass du dich noch an den Zinnelefanten erinnerst.«

»Wir durften ihn immer nur anschauen«, sagte Karl. »Aber nicht mit ihm spielen. Obwohl wir das gerne getan hätten. Aber da bist du eisern geblieben, Vater. Und ich gebe zu, ich habe dich damals dafür gehasst. Zumindest ein bisschen.«

Bertram stutzte. Dass Karl so offen redet, das kenne ich gar nicht von ihm.

»Gewöhnst du dich denn allmählich an uns? Und an Frankfurt?« Es ist mir tatsächlich wichtig, schoss es Bertram durch den Kopf. Und dabei ist mir so vieles andere überhaupt nicht mehr wichtig, schon lange nicht mehr.

»Aber ja«, beteuerte Karl. »Es ist natürlich schon ein ganz anderes Leben als bei der Mutter. Sie hat uns immer knapp gehalten, das habe ich auch gehasst als Kind.«

»Und nun?« Bertram konnte nicht verhindern, dass ein lauernder Ton in seiner Stimme mitschwang. Auf seine Annemie wollte er nichts kommen lassen. Das fehlte noch, dachte er. So ein Rotzlöffel kann ihr doch nicht das Wasser reichen.

»Mittlerweile verstehe ich, was sie wollte. Sie wollte immer unabhängig sein, selbst für sich und ihre Kinder sorgen können. Das achte ich, durchaus. Aber wenn ich dann sehe, wie wir hier leben, dann denke ich schon manchmal, was wäre, wenn ich das alles bereits als Kind hätte haben können?« Karl blies die Wangen auf und stieß dann den Atem aus. »Aber ich will nicht ungerecht sein. Sie hat getan, was sie für richtig hielt. Trotzdem habe ich mir manchmal gewünscht, dass mein Vater mich einfach in seine Reisetasche packen würde und mitnähme.« Er lächelte entschuldigend. »Andere Jungen konnten es nicht abwarten, zu wachsen und groß zu werden. Aber ich habe immer befürchtet, dass ich irgendwann zu schwer für dich werden würde. Oder dass vielleicht die Tasche reißen könnte.« Karl schüttelte nachsichtig den Kopf. »Was für ein hanebüchener, blühender Unsinn, nicht wahr?«

»Entschuldige dich nicht für deine Träume, mein Sohn«, erwiderte Bertram. »Nie und bei niemandem. Keiner sollte sich für seine Träume, die er als Kind hatte, schämen müssen.«

»Aber sie waren so klein. Kinkerlitzchen.«

»Papperlapapp«, sagte Bertram. »Es waren Träume. Nimm sie an und bring sie in dein Leben. Oder schaff dir neue. Wovon träumst du denn jetzt?«

Unwillkürlich griff Karl nach der neuen Uhrkette.

»Nein«, lachte Bertram, »ich meine nicht Dinge. Was willst du in deinem Leben noch erreichen, was sind deine Ziele, was willst du werden?«

Wie er mich ansieht, dachte er. Mein Sohn starrt mich an wie ein hypnotisiertes Kaninchen die Schlange. Hat er etwa Angst, dass ich ihn, wenn er etwas Falsches sagt, zurück zu seiner Mutter schicke? Ich will es ihm ein bisschen leichter machen, entschloss er sich.

»Deine Brüder sind an die Universität gegangen. Der eine ist Arzt, der andere ist unter die Botaniker gegangen. Das hat uns alle ein bisschen überrascht. Aber warum sollte er denn nicht, wenn sein Herz nun einmal daran hängt?« Bertram holte die Cognacflasche wieder hervor und stellte zwei Gläser auf den Tisch. »Aber du, mein Junge. Du willst nicht studieren, habe ich recht?«

»Genau, Vater. Ich will nicht auf Jahre hinaus langweiligen Reden vom Katheder lauschen. Ich will Geschäfte machen. So wie du.«

Da fehlt dir aber noch einiges, mein Junge, dachte Bertram. Geschäfte machen, das hat mit Geld verdienen und zusammenhalten zu tun, aber nur am Rande und als Notwendigkeit mit dem Ausgeben. Ob du das jemals lernen wirst?

»Hm«, machte Bertram nachdenklich. »Ich bin damals als Stift in das Geschäft eingetreten. Mein Vater dachte nicht daran, mir eine Sonderstellung zu geben, nur weil ich sein Sohn war.«

Er wird gleich ganz blass, dachte er. Damit hat mein guter

Karl nicht gerechnet. Er will nicht Kaufmann werden, er will Kaufmann *sein.* Und den Unterschied, den versteht er einfach nicht. Noch nicht. Das will ich wenigstens hoffen.

»Für einen Lehrling bist du allerdings ein bisschen alt, möchte ich meinen.« Karl sackte vor Erleichterung fast in sich zusammen. »Da müssen wir einen anderen Weg finden. In den letzten Monaten hast du ja ins Geschäft hineinschnuppern können. Gibt es denn einen Bereich, der dich besonders interessiert?« Vielleicht kommen wir ja so auf einen grünen Zweig. Zu hoffen wäre es ja.

Karl kratzte sich hinter dem Ohr. »Spontan fällt mir da einiges ein. Bis auf die Zeitung. Der Journalismus ist einfach nicht das Meine.« Bertram hatte schon länger den Verdacht, dass sein Sohn nicht gerade gerne las. Ob es daran lag? »Gut, Zeitung machen, das ist nicht jedermanns Sache.«

»Wenn es doch bloß nicht so viel mit der Politik zu tun hätte«, sagte Karl leise, »dann wäre mir schon wohler. Politiker reden heute so und entscheiden morgen anders. Das ist mir einfach zu unbeständig. Und wer steht nachher vor Gericht, wenn es Spitz auf Knopf kommt? Doch nicht die Politiker. Erinnere dich, die Zeitung ist doch auch schon beschlagnahmt worden, wie ich gehört habe. Und das wegen eines dummen Bildchens. Wenn die Herrschaften von der Zensur Ernst gemacht hätten, wärest du dafür sogar ins Gefängnis gewandert.«

»Ich doch nicht«, versuchte Bertram seinen Sohn zu beruhigen. »Wozu haben wir denn einen Chefredakteur?« Er lachte. »Wenn ich mir einen Adolphus Mertens hinter schwedischen Gardinen vorstelle, als Verteidiger der Meinungsfreiheit, das ist wirklich ein zu komischer Gedanke.«

»Ich kann da nicht ernsthaft lachen. Aber vielleicht liegt es einfach daran, dass mir die Zeitungswelt fremd bleibt. Tag für Tag geschieht genau so viel, dass es keine weißen Stellen auf den Seiten gibt. Das hat mich schon immer verwundert.«

Mir scheint, mein Junge, du verbringst ein bisschen zu viel Zeit mit Christabell, dachte Bertram. Oder spielst du nur den Naiven?

»Gut«, sagte er. »Also keine Zeitung. Dann wären da noch die Weberei in Niederrad und der Tuchhandel. Mit feinen Stoffen kennst du dich ja aus, wenn ich dich so anschaue.« Aber auch dieser Geschäftszweig interessierte Karl nicht sonderlich.

»Obwohl, die Sache mit dem Import und dem Export, die finde ich durchaus spannend. Vielleicht weniger wegen des Reisens, aber all die schönen Dinge aus der Ferne, die könnten mir gefallen.«

Die schönen Dinge, dachte Bertram, die haben es dir angetan. Mit denen umgibst du dich ja recht gerne. »Also gut«, sagte er. »Wir können es ja einmal damit versuchen. Oder wie wäre es mit dem Börsengeschäft?«

Aber Karl blieb dabei. Die schönen Dinge, die sollten es sein. Der Aktienhandel war ihm zu abstrakt. »Schöne Sachen«, sagte er, »die werden doch immer gekauft. Selbst wenn es Krieg gibt. Was der Himmel und Bismarck verhüten mögen.« Mein Sohn glaubt an Bismarck. Bertram stöhnte innerlich auf. Kein Wunder, dass er hin und wieder doch ein wenig fremdelt. Das Haus Geisenheimer ist und bleibt nun einmal demokratisch.

»Und wie willst du es anstellen, dass die Leute die schönen Dinge ausgerechnet bei dir kaufen?«

»Nun, ich denke, der Name Geisenheimer hat einen guten Klang.« Karl sah sehr zufrieden aus. Als Hufdotter hätte er es vermutlich tatsächlich etwas schwerer gehabt, dachte Bertram. Aber natürlich habe ich ihm meinen Namen gegeben, als ich ihn als meinen Sohn anerkannt habe. Und er hat ihn ohne Zögern angenommen.

»Aber mit dem Namen allein kommst du trotzdem noch nicht besonders weit«, drängte Bertram. »Was ist es, was deine schönen Dinge von den schönen Dingen anderer Händler unterscheidet?«

Karl verzog das Gesicht. »So wir du ›schöne Dinge‹ sagst, klingt es, als wolltest du dich über mich lustig machen, Vater.«

»Aber keineswegs. Ich finde den Ausdruck sogar sehr gut. Selbst wenn er beim ersten Hören etwas beliebig klingt. Schöne Dinge mag doch wirklich ein jeder. Und jeder findet irgendetwas schön. Das kann eine Uhrkette sein oder ein goldener Elefant. Oder ganz etwas anderes.«

Karl lächelte beruhigt. »Also. Schöne Dinge. Wenn es mir gelingt, dass die Leute zuerst an Geisenheimer denken, wenn sie ein Geschenk suchen, sich neu einrichten wollen oder einfach etwas Schönes haben wollen, dann habe ich gewonnen.«

»Ja, das stimmt«, pflichtete ihm Bertram bei. »Aber das Wie, das darfst du dabei nicht vergessen.«

»Das Wie, das muss ich wohl erst noch lernen«, gab Karl zu. »Aber das kann ja nicht so schwer sein. Mit den richtigen Kontakten sollte es mir gelingen.«

»Aha«, sagte Bertram. »Da kommen wir der Sache schon näher. Kontakte sind das A und O im Geschäft. Bei Kunden, bei Kollegen, bei der Konkurrenz, bei den Zulieferern. Wer ein Netz hat mit vielen Knoten, der fängt die meisten Fische. Und wer nur eine einzige Angel auswirft, der geht des Abends bisweilen hungrig heim.«

»Ich glaube nicht, dass ich meine Kontakte in der Politik suchen will«, antwortete Karl. »Damit das funktioniert, muss ich schon jemand sein. Einen Niemand, den nutzen sie nur aus.«

Autsch, dachte Bertram. Das saß. Und dabei wusstest du überhaupt nicht, dass du einen Schlag gegen mich geführt hast, mein Junge.

»Vielleicht ginge es in einem Verein, für den Anfang. Ich habe ja nicht gedient, das fällt also genauso weg wie die Burschenschafterei. Aber Vereine, die schießen gerade wie Pilze aus dem Boden. Wie da den richtigen finden? Und vor allen Dingen, wie der Politik aus dem Weg gehen?«

Hast du etwa Angst vor Politikern, mein Junge? Bertram hütete sich, die Frage laut auszusprechen. Es war selten genug, dass er so vertraut mit Karl sprechen konnte, da hieß es aufpassen, was man wann wie sagt.

»Wie steht es denn mit deiner Stimme?«

Karl runzelte die Stirn.

»Na, ich meine, wie wäre es mit einem Gesangsverein. Das sind ja längst nicht mehr Tarnabende von politischen Zirkeln. In einem Männergesangsverein sind geschäftliche Kontakte schnell geknüpft. Und Spaß macht es obendrein.«

Karl wurde tatsächlich ein bisschen rot. »Ich bin leider völlig unmusikalisch«, gestand er. »Ich kann zwar durchaus einen Abend in der Oper genießen oder ein Konzert. Aber ein musikalisches Gehör, das habe ich nicht. Einzelheiten höre ich nicht, es ist alles nur ein einziger großer Klang. Nett, aber auch nicht mehr. Selbst wenn die Darsteller sich auf der Bühne allesamt gegenseitig meucheln. Oder der Tenor feurigste Liebesschwüre röhrt. Es ist mir alles einerlei. Ich genieße den Abend ganz einfach als Ganzes. Aber viel verstehen tu ich von der Sache nicht. Und singen? Das wage ich noch nicht einmal im Bad. Sonst erschreckt sich mein Spiegelbild.« Er lachte verlegen.

Da tun sich ja Abgründe auf, dachte Bertram. Du kannst eigentlich fast nicht mein Sohn sein, Karl. Wir sind so völlig verschieden, da muss sich Mutter Natur doch irgendwie geirrt haben.

»Halten wir fest. Du brauchst ein solides Kontaktnetz. Militär und Burschenschafter fallen aus. Genau wie die Politik. Musik als verbindendes Element geht auch nicht. Sport vielleicht?«

Aber Karl winkte ab.

»Dann gibt es nur noch eines. Du musst dich in der Stadt engagieren. Nicht politisch im Sinne von Reich und Parlament. Sondern in einer der vielen Bürgerinitiativen. Wenn es die nicht gäbe in Frankfurt, wäre der Eiserne Steg beispielsweise immer noch nicht gebaut.«

»Ich könnte natürlich auch immer noch heiraten«, warf Karl ein. »Oder mich zumindest auf dem Heiratsmarkt etwas umsehen. Da würde ich doch wohl wahrgenommen werden, was meinst du?«

Wenn du wie ein Papagei ausstaffiert auf Brautschau gehst, ganz sicher, dachte Bertram. Ich werde mich hüten, zu erwähnen, dass meine Hochzeit, die ich so vernünftig geplant hatte, mir ganz und gar nicht die erhoffte Rendite eingebracht hat. Vielleicht ist der Heiratsmarkt aber tatsächlich erst einmal das Beste für dich, mein Junge. Zu den Freimaurern will ich dich nämlich lieber noch nicht mitnehmen. Erst wenn ich sicher bin, wer du wirklich bist.

»Welcher du am besten den Hof machst und welcher nur schöne Augen«, sagte er schließlich, »das kann ich dir allerdings nicht sagen. Dazu kenne ich mich selbst viel zu wenig aus. Und das hat mich auch einfach nie so recht interessiert. Aber Christabell, die weiß Bescheid. Und wie!«

Und tatsächlich, Christabell Geisenheimer war nur zu gerne bereit, ihren hübschen Ziehsohn in die Frankfurter Gesellschaft einzuführen. Dass Bertram derweil lieber zu Hause saß, kümmerte sie nicht. »Es ist einfach nicht das Seine«, sagte sie sich. »Und wenn er lieber allein sein will, dann bitte, soll er es so haben.«

Doch zunächst ging es erst einmal zum Schneider. »Ein Dandy«, sagte sie, »gut und schön. Aber ein Dandy ist und bleibt ein Junggeselle. Der nimmt keine, und ihn nimmt auch keine. Und so gehen die Jahre durchs Land, bis aus dem Junggesellen ein alter Hagestolz geworden ist.«

Wehmütig betrachtete Karl seine seidenen Hemden in ihren leuchtenden Farben. »Das war es dann wohl mit euch«, verabschiedete er sich. »Zumindest fürs Erste.«

»Genau«, sagte Christabell. »Es ist und bleibt ein Heiratsmarkt. Und da wird die Ware am besten so präsentiert, dass die Käufer gar nicht anders können als zugreifen.«

Karl lachte. »Aber wer ist denn in diesem Fall der Käufer? Das Fräulein Braut? Oder ihre Eltern?«

Genau, dachte Bertram. Du fängst ja tatsächlich an, das Spiel zu begreifen. Und das wird dir als Kaufmann nur nützlich sein.

»Ich habe immer geglaubt, der Wurm muss dem Fisch schmecken«, beklagte sich Karl, »aber so einfach scheint die Sache doch nicht zu sein.«

Christabell blieb eisern. »Fort mit dem Dandy. Auf den fliegen ja doch nur Backfische. Und alte Männer.« Sie zog eine Augenbraue hoch. »Wenn du Letztere bevorzugst, dann lass es mich besser frühzeitig wissen.«

Diese Worte verschlugen Karl die Sprache.

»Na, ist doch wahr«, verteidigte sich Christabell. »Es gibt genügend Ehen, in denen der Freund des Hauses nicht der Hausfreund der Ehefrau ist. Man spricht nicht über solche Dinge. Aber man weiß doch darüber Bescheid.«

»Da könnt ihr ganz beruhigt sein«, platzte es aus Karl heraus. »Ich bin keiner von diesen Urningen oder wie sie sich nennen. Ganz bestimmt nicht.«

»Dann ist es ja gut«, erwiderte Christabell. »Glaube mir, mein Junge, es wäre ja gar nicht so schlimm, wenn es so wäre. Ich kenne zwei Ehepaare, hier, mitten in Frankfurt, die so gut miteinander befreundet sind, dass man sogar gemeinsam in Urlaub fährt. Nur Nachwuchs, der will und will sich nicht einstellen. Ihr wisst schon.« Nun war es an Christabell, ein wenig rot zu werden. »Sei dem, wie es sei. Sag mir, was für ein Bräutchen hättest du denn gerne?«

»Mal sehen«, ging Karl auf den leichten Ton ein und hielt den rechten Zeigefinger an den linken Daumen. »Erstens, sie soll hübsch sein. Ich will, dass wir ein hübsches Paar abgeben.« Er reckte den linken Zeigefinger und ließ den rechten zur nächsten Fingerkuppe springen. »Zweitens. Eine ordentliche Mitgift kann nicht schaden, möchte ich meinen.« Er grinste und fasste sich an den Mittelfinger. »Drittens, die Familie soll angesehen sein. Nicht dass ich mich gesellschaftlich unmöglich mache, noch bevor ich das Parkett überhaupt betreten habe.« Der Zeigefinger wanderte zum Ringfinger. Aber jetzt, dachte Bertram. Jetzt kommt doch langsam das Wesentliche. »Viertens. Sie sollte nicht zu viele Brüder haben. Sonst werde ich der Familie immer nur der junge Schwiegersohn bleiben. Schwestern, die darf sie gerne haben. Aber nicht zu viele, und möglichst keine hässlichen. Sonst muss ich die nachher noch mit durchfüttern.« Karl packte seinen kleinen Finger mit festem Griff. »Und fünftens. Sie soll aus einer gesunden Familie stammen. Nicht dass es da plötzlich böse Überraschungen gibt.«

Ich fasse es nicht, dachte Bertram. Er ist wirklich so oberflächlich. Kein Wunder, dass er sich mit Christabell so gut versteht.

»Und was ist mit ihrer Persönlichkeit?«, fragte er zögernd. »Das sind doch alles nur Äußerlichkeiten und schmückendes Beiwerk. Schöne Dinge, sozusagen. Wie soll sie selbst denn sein?«

Karl sah ihn verständnislos an.

»Willst du eine Kluge, eine Witzige, eine Geistreiche? Eine, die so schön musiziert, dass selbst du es erkennst? Soll sie malen können, Gedichte schreiben, eine Amazone sein, die zur Jagd reitet? Karl, zu ihr selbst, da fällt dir überhaupt nichts ein?«

Der junge Mann zuckte mit den Schultern. »Sicher, das ist ja alles schön, wenn es Übereinstimmungen gibt. Aber während ich im Geschäft bin, kann meine Frau doch ihr Steckenpferd pflegen, worin auch immer das besteht. Darauf muss doch nicht die Ehe aufbauen, dass das zusammenpasst, der Tag hat doch viele Stunden.«

Kopfschüttelnd gab Bertram es auf. Vielleicht will er mich einfach nicht verstehen, dachte er. Und vor Christabell kann ich ihm doch unmöglich sagen, wie sehr es mich geschmerzt hat, dass mit ihr so wenig Gemeinsamkeit möglich war. Das wäre herzlos. Und ich habe den Verdacht, dass er es noch nicht einmal verstünde.

»Wisst ihr was, ihr beiden?«, sagte er. »Plant ihr mal schön. Ich habe das Gefühl, dass meine Ideen so gar nicht zu eurem Konzept passen. Das müssen sie ja auch nicht. Es geht um deine Ehe, Karl. Dir muss sie angemessen werden.«

Karl und Christabell waren es ganz zufrieden, die Erforschung des Heiratsmarktes zu zweit in Angriff zu nehmen. Ein paar klug verteilte Hinweise, und schon regnete es Einladungen an den jungen Herrn Geisenheimer. Dass ihn niemand in Frankfurt hatte aufwachsen sehen, was machte das schon? Der Name bürgt für Qualität, dachte sich so mancher Vater mit Töchtern im heiratsfähigen Alter. So manche Mutter sah die gute Figur, die Karl in seinem Frack machte, und seufzte. Ob Landpartie oder Opernpremiere, auf den jungen Geisenheimer konnte man zählen. Er sorgte für gute Laune, reichte den Damen stets galant den Arm und hatte auch sonst recht ansprechende Manieren. Selbst auf dem Tanzparkett machte er Eindruck.

Dass sein Vater nicht mitkam, störte niemanden. Zwar ließ sich Bertram nun wieder häufiger bei den Freimaurern blicken, aber ansonsten hielt er sich der Gesellschaft fern. »Es ist einfach nicht mehr meine Welt«, pflegte er zu sagen, und niemand kam auf die Idee, nachzufragen.

Karl durchtanzte auf leichtem Fuß den Sommer und den Herbst. Endlich nahte die Ballsaison, während der traditionsgemäß die interessanteren Hochzeiten arrangiert wurden. Alles sah gespannt auf den jungen Geisenheimer. Mit welcher würde er wohl den ersten Tanz machen? Welche träfe man wohl an, wenn man wie zufällig hinter die gleichen verschwiegenen Bosketten träte, hinter die man ihn hatte verschwinden sehen? Wer stiege mit geröteten Wangen und glänzenden Augen in die Kutsche, deren Schlag er galant aufhielt? Aber Karl legte sich nicht fest. Eröffnete er mit der einen den Ball, konnte sie allenfalls sicher sein, dass sie nicht den letzten Walzer mit ihm drehen würde. Und was die Bosketten betraf, da ließ sich der junge Geisenheimer genauso wenig erwischen wie am Kutschenschlag.

»Du könntest mir einen Gefallen tun«, bat ihn Christabell eines Abends beim Abendessen, als der Neujahrsball der Frankfurter Kaufherrenschaft bereits recht nahe gerückt war. »Es geht um meine Nichte. Zephyrina heißt sie.«

»Was ist denn mit ihr?«

Ich hasse es, wenn sie so tun, als sei ich gar nicht anwesend, dachte Bertram. Aber vielleicht hassen sie es auch, dass ich das Ballgeschwätz so gar nicht mitmache. Wer weiß das schon.

»Sie hat keinen Ballherrn. Da gab es zwar diesen völlig unstandesgemäßen Leutnant, der Zephyrina den Hof machte, aber als ihr Vater ihm gesteckt hat, dass er für ihn niemals die Heiratskaution hinterlegen würde, hat er sich schnell zurückgezogen. Und nun sitzt Zephyrina also da, weint sich die Augen aus dem Kopf nach ihrem Leutnant, und der Lümmel schmollt. Kein Anstand im Leib. Den Ball hätte er ihr wirklich gönnen können. Aber so sind sie nun mal, die Leutnants.« Christabell zog eine Schnute, als müsste sie in eine saure Zitrone beißen.

»Ausgerechnet die kleine Zephyrina? Die steht ohne Ballherrn da? Das kann ich einfach nicht glauben. Dieser Leutnant ist wirklich ein ausgemachter Esel. Natürlich stehe ich zur Verfügung, Ehrensache. Und wenn mir dein Nichtchen ein bisschen Schutz gewähren will vor all den hoffnungsfrohen Bräutchen, will ich mehr als zufrieden sein. Ich habe es nämlich mittlerweile satt, auf dem Markt als ein besonders schönes, begehrenswertes Ding zu gelten.«

So, so, dachte Bertram. Du hast das Spiel also schon über. Und vor lauter Selbstmitleid siehst du gar nicht, wie zufrieden Christabell auf einmal aussieht. Du armer Junge, du bist ihr nicht im Geringsten gewachsen. Christabell nicht. Und ihrer Nichte vermutlich dreimal nicht.

Es kam, wie Bertram es vermutet hatte. Auf der Neujahrsredoute hatten Karl und Zephyrina nur Augen füreinander. Hinter vorgehaltenen Fächern begann das Tuscheln. Und selbst im Herrensalon gaben die Zigarren Rauchzeichen. Doch Bertram kümmerte sich ebenso wenig darum, wie es sein Karl und Christabells Nichte taten. Während Bertram endlich wieder einmal unbeschwert den Abend genoss, standen sein Sohn und Zephyrina auf einem Balkon und zählten die Sterne.

»Wie viele siehst du?«, fragte sie. »Zwei mehr als du«, antwortete er und zog sie an sich. Zephyrina ließ ihren Fächer sinken und schloss die Lider. Sanft drückte er ihr einen Kuss auf das linke Auge. »Das ist der eine Stern.« Dann küsste er das rechte. »Und das ist der andere.«

Sie öffnete die Lider und strahlte ihn an. »Sag ich doch. Zwei Sterne mehr als du siehst.«

Zephyrina kicherte und schlug spielerisch mit dem Fächer nach ihm. »Das sagst du doch zu allen, gib es ruhig zu.«

»Stimmt«, gestand Karl. »Aber bei dir meine ich es ernst.«

»Und das sagst du zweifellos auch allen.« Ihre Stimme klang ein wenig empört.

»Aber natürlich.« Karl lachte. »Himmel, was glaubt ihr Mädchen denn eigentlich? Muss jeder Mann ein Dichter sein? Wir sind hier auf dem Ball der Kaufherrenschaft.«

Zephyrina stimmte in sein Lachen ein. »Du hast recht«, sagte sie. »Es ist schon ein albernes Spiel. Aber es macht Spaß. Lass uns noch einmal die Sterne zählen. Aber diesmal wird nicht geschummelt, mein Lieber.«

19

1888

»Als ich dich das letzte Mal gesehen habe, hast du mir die Ohren vollgejammert, dass du deinen Sohn nicht bekommst. Und jetzt hast du ihn, sogar glücklich verheiratet wird er bald sein, und du bist immer noch nicht zufrieden. Bertram, Bertram, dir kann man es einfach nicht recht machen.« Friedrich Stoltze hob sein Äpplerglas. »Awwer darum kei Feindschaft net«, sagte er. »Es ist schön, dich wiederzusehen.«

»Fritz, du altes Lästermaul«, sagte Bertram und stieß mit seinem Glas an. »Haben sie dich immer noch nicht hoppgenommen? Dabei bist du mit deiner *Frankfurter Latern* immer noch so politisch wie damals, als sie deinetwegen meine Zeitung beschlagnahmt haben.«

»Ei freilisch. Ich saache es dir in aller Demut.« Fritz lachte. »Sie hädde mich gern hobbgenomme, die Preusse, die Nassauische und all die annere. Awwer hier in Frankfurt, da verstehen sie eben einen guten Spaß. Ich weiß, sogar der Bürgermeister liest meine *Krebbel- und Warme Broedscher Zeitung.* Und er lacht sich regelmäßig krumm, wenn ich die Preußen wieder einmal durch den Dreck ziehe. Wenigstens haben sie mir nichts anhängen können, als sie gegen die Sozialisten angingen. Ich bin eben ein Demokrat durch und durch. Ohne soziales Türschild.«

Bertram lachte. Das tut gut, dachte er. Viel zu lange habe ich mich im Haus versteckt. Äppler und Handkäs schmecken eben auswärts immer besser als daheim.

»Nun lass mal hören, wie es dir ergangen ist«, verlangte Fritz. »Der Herr Geisenheimer ist bettlägerig, er will niemanden sehen, er lässt danken, aber er empfängt niemanden. So ging das monatelang. Bis ich mal wieder für eine Weile aus der Stadt verschwunden bin. Nun ja. Du kennst ja mich und meine Gründe. Und als ich zurückkam, da war vom Herrn Geisenheimer zwar immer noch die Rede, aber er hieß auf einmal Karl, hatte eine Kartoffelnase und berlinerte nicht zu knapp. Aber mein Freund war und blieb in der Versenkung verschwunden.«

Bertram zuckte mit den Schultern. »Du hast ja recht«, sagte er. »Ich habe mich wirklich mehr als rar gemacht.«

»Schwamm drüber«, kommandierte Fritz großzügig. »Es gibt für alles Gründe. Auch wenn die bisweilen wie dumme Ausreden wirken.«

Bertram winkte dem Wirt. »Aber nicht mit der Musik gespart!«, warnte er. »Ei was!«, gab der zurück. »Wenn der Sohn vom aale Rewwstockwirt zu mir kommt, dann lass ich mich doch nicht lumpen! Wer hat denn den Demokraten das Haus geöffnet? Ebe. Die Runde geht aufs Haus, meine Herren.«

Das ließen sich Bertram und Fritz nicht zweimal sagen. Und wie in alten Zeiten konnte Bertram zwischen Apfelwein und eingelegtem Käse dem Freund seine Sorgen erzählen.

Doch Friedrich Stoltze kannte kein Mitleid. »Selbst schuld«, sagte er. »Wer sich ins Bett legt, kommt darin um. Oder er zeugt Söhne. Das kommt unterm Strich zwar aufs Gleiche heraus, aber das Letztere macht einfach mehr Spaß.«

Bertram ließ sein Glas auf die Tischplatte krachen. »Herrgottnocheins. Nimm mich doch bitte einmal ernst.«

»Nein, mein Bester«, gab der Dichter zurück. »Genau das mache ich nicht. Das tun schon viel zu viele. Dich eingeschlossen. Wenn du nicht in der Lage bist, dich selbst auf die leichte Schulter zu nehmen, wie sollst du es denn dann mit dem Rest der Welt schaffen?«

»Du bist wirklich unverbesserlich.« Wider Willen musste Bertram lachen. »Aber ich würde deinen Rat trotzdem gerne hören.«

Fritz seufzte. »Lass mich raten, was ich dir raten soll. Dein Sohn, den du so herbeigesehnt hast, spurt nicht. Du siehst dein Lebenswerk schwinden. Stimmt's, oder habe ich recht?«

Bertram nickte.

»Ich bin eben ein Genie«, sagte Fritz. »Und nun kommt der geniale Rat. Nichts. Nichts sollst du tun. Rein gar nichts. Und warum? Fünf Jahre hast du ihn gewähren lassen. Wenn du jetzt dreinschlägst, wirst du ungerecht. Und wer weiß, vielleicht siehst du einfach noch nicht die Ernte, die er gerade sät.«

»Vielleicht sehe ich sie auch nur allzu gut«, seufzte Bertram. »Wir hatten doch Ideale, seine Mutter und ich. Aber er? Er will schöne Dinge statt schöner Ideen. Er hängt sein Herz an Sachen, nicht an Menschen. Und mir zerreißt es das Herz.«

»Na und?«, fragte Fritz ungerührt. »Wenn ihn die Ideen nicht überzeugen konnten, vielleicht waren sie dann einfach nicht die richtigen. Für ihn jedenfalls nicht. Du verstehst dich als Demokrat, aber deinen Willen, den willst du doch allen aufzwingen. Lass ihn, sage ich dir. Du wirst dich nie ändern, oder? Was also bringt dich auf den Gedanken, du könntest deinen Sohn ändern? Deinen Sohn, den du, mit Verlaub, erst am Ende seiner Erziehung bei dir aufgenommen hast. Du hättest ihn nach deinen Vorstellungen formen können, solange er ein Kind war. Und das auch nur vielleicht. Möglicherweise hättest du ihn einfach auch nur verbiegen können. Aber jetzt, da er ein erwachsener Mann ist? Vergiss es, sage ich dir. Vergiss es. Und trink.«

Im Grunde hat er ja recht, dachte Bertram. Ich habe ihm doch faktisch das Ruder übergeben. Jetzt ist das Handelshaus sein Schiff. Soll er doch Schiffbruch erleiden, wenn es nicht anders geht.

»Wie alt bist du eigentlich, Bertram?« Fritz sah ihn über den Rand seines Glases an. »Jahrgang '28, stimmt's? Wach auf, mein Alter. Du wirst sechzig in diesem Sommer. Sechzig. Was willst du denn noch erreichen? Noch einmal eine Firma aufbauen, wie damals in Amerika? Oder ein Haus Geisenheimer retten, wie damals, als dein Vater beinahe seinem Schlagfluss erlag? Kannst du es wirklich nicht einfach einmal gut sein lassen?« Fritz schüttelte theatralisch seine Löwenmähne. »In deiner Haut möchte ich wirklich nicht stecken, Bertram. Das muss eine furchtbare Last sein, sich immer und überall bereithalten zu wollen, um einzugreifen. Egal ob es verlangt wird oder nicht.«

Das habe ich wohl gebraucht, dachte Bertram. Einen, der mir den Kopf wäscht und von allen Flausen befreit. Ich wollte doch, dass Karl einmal alles erbt. Was macht es dann, wenn er jetzt schon alles lenkt? Ich glaube, ich sehe ihn immer noch als den Buben in kurzen Hosen, der begehrlich auf meinen Zinnelefanten starrt, sich aber nicht traut, mich um ihn zu bitten.

»Lass uns ein Stück spazieren gehen«, bat er. »Wie in alten Zeiten.«

»Das doch bitte nicht. Wenn ich mich recht entsinne, hast du mir bei unserer ersten Begegnung vor die Schuhe … Na ja, Schwamm drüber.« Fritz lachte. »Aber ein Spaziergang wird auch mir sicherlich guttun.«

Wie früher führte sie ihr Weg zu der Uferpromenade unter den Linden am Main entlang.

»Sag mal, Fritz, du bist doch älter als ich. Ein Dutzend Jahre, wenn ich mich recht entsinne. Wie kommt es, dass ausgerechnet du es bist, der mir sagt, ich solle doch kürzer treten in meinem Alter?«

Friedrich Stoltze lachte leise. »Genau aus dem Grund, weil ich der Ältere bin. Ich weiß, wie ich mit sechzig war, wie mir zumute war. Und ich wünschte mir damals, ich hätte mein Leben mehr genießen können. Aber ich musste ja politisieren und die

Preußen necken. Und im Grunde wollte ich auch genau so leben, wie ich mein Leben gelebt habe. Die erste evangelisch-katholische Mischehe, die in Frankfurt gesegnet wurde. Und meine Braut schwanger mit unserem dritten Kind.« Fritz seufzte. »Glaube mir, Bertram. Ich will keine einzige Minute meines Lebens missen. Kannst du denn das Gleiche von deinem sagen?«

Bertram schwieg grüblerisch.

»Eben«, sagte Fritz trocken. »Da liegt doch der Hase im Pfeffer. Wenn du es in deinem Alter noch schaffst, zufrieden mit dir selbst zu sein, dann sind dir die anderen auch entsprechend gleichgültig, wie es richtig ist.« Er trat einen Kiesel quer über den Weg. Mit einem leisen Glucksen plumpste der Stein in den Main.

»Ungefähr hier war es«, sagte er. »Hier habe ich einmal einen kleinen Jungen aus dem Wasser gefischt. Der hatte sich ausgerechnet die Stelle ausgesucht, um in den Main zu fallen, an der ich den Sonnenuntergang malen wollte. Kurz danach habe ich die Landschaftsmalerei aufgegeben und mich auf die Karikaturen spezialisiert. Manchmal frage ich mich, was wohl aus dem Jungen geworden ist.«

Ein Arzt ist er geworden, wollte Bertram schon rufen. Aber welcher von Annemies Söhnen war es noch gewesen, der damals im Main gelandet war? Zögernd sagte er: »Arzt. Oder Botaniker. Eins von beidem.«

Fritz lachte. »Du hast Ideen«, sagte er. »Und ich nenne mich Dichter. So etwas.«

»Aber es stimmt«, wandte Bertram ein. »Es waren Annemies Söhne, damals am Main. Und der eine ist Arzt geworden. Der andere Botaniker. Was ist die Welt doch klein.«

»Stimmt.« Friedrich Stoltze rieb sich den Bart. »Tu nur einmal etwas Gutes in deinem Leben, ein einziges Mal. Es holt dich immer wieder ein. Gnadenlos.« Er lachte. »Ich glaube, darauf brauche ich noch einen Äppler. Aber du, Bertram, du gehst jetzt heim, hörst du?« Er packte den Freund an der Schulter und schüttelte ihn leicht. »Und wenn du morgen ausgeschlafen hast, dann stehst du gefälligst auf und fängst endlich an, dein Leben zu genießen. Ist das klar?«

Bertram versuchte es tatsächlich nach Kräften, aber ganz so einfach war die Sache nun mal nicht. Sei es, dass Christabell und Karl das Haus mit schönen Dingen füllten, die Bertram einfach nur kitschig fand, sei es, dass Karl eines Morgens verkündete, er wolle die Schule in der Weberei schließen. Immer wieder stieß sich Bertram an etwas, worüber es ihm schwerfiel, den Mund zu halten. Dabei hat Fritz doch recht, dachte er. Ich habe ihm alles überlassen und mich ins Bett gelegt. Selbst schuld. Wie man sich bettet, so liegt man eben. Was kann Karl dafür, dass ich nun doch lieber wieder aufstehen möchte? Gar nichts kann er dafür. Aber diese Elefantenfüße als Übertöpfe für die Blumen, die sind und bleiben hässlich. Auch wenn sie teuer sind.

Auch in Zephyrina fand er keine Unterstützung. Sie freute sich wie ein Kind auf die Hochzeit, die im Herbst stattfinden sollte. Und sie leckte sich die Lippen wie eine Katze, wenn sie Karl ansah. Was erwarte ich denn?, fragte sich Bertram. Sie ist Christabells Nichte. Gut, ein bisschen Grütze, die hat sie schon im Kopf. Dumm ist sie nicht. Und an meine Annemie reicht ohnehin keine heran.

»Ach, Annemie«, seufzte er bisweilen, wenn er sich allein im Herrenzimmer wusste. »Gut, dass du nicht erleben musst, wie sich unser Karl aufführt. Du hast wieder einmal in allem recht gehabt. Er ist einfach nicht souverän, wenn es ums Geld geht. Und es kann mir niemand erzählen, dass das allein daran liegt, dass er als Kind eben keines hatte, um den Umgang mit Geld zu lernen. Die Sache mit der Schulschließung habe ich ihm ja gerade noch ausreden können. Und auf der anderen Seite wirft er das Geld mit beiden Händen zum Fenster hinaus, ohne sich die Mühe zu machen, sie wenigstens zu öffnen. Er hat zwar stets ein ungeheures Glück mit seinen Unternehmungen, aber ich sehe nicht, dass er echte Rücklagen bildet. Nun gut. Das ändert sich vielleicht, wenn er erst einmal selbst Vater geworden ist. Wollen wir das zumindest hoffen.

Kurz vor Beginn der Sommerferien sprach Karl noch einmal das Thema mit der Schule in der Weberei an. »Sie hat ihre Notwendigkeit gehabt, das will ich nicht bestreiten«, begann er seine Argumentation. »Aber es gehen doch auch längst nicht mehr nur die Spulknaben zum Unterricht. Und ich sehe wirklich nicht ein, warum ich, warum wir der Stadt Niederrad eine Schule finanzieren sollen. Wir zahlen doch schon Steuern, und das nicht zu knapp.«

»Als Unternehmer hast du nun einmal eine Verpflichtung der Gesellschaft gegenüber«, sagte Bertram. »Und sei es, dass man sich an dir ein Beispiel nehmen können soll.«

»Ach, Vater.« Karl rollte mit den Augen. »Der Unternehmer als Vater und Beschützer seiner Angestellten und die ganze Stadt als Familie, das ist doch längst ein antiquierter Gedanke. Ein Unternehmer ist heute in erster Linie Geschäftsmann. Und wenn sich für ihn etwas nicht rechnet, dann stößt er es ab.«

»Das musste ich auch erst lernen, dass sich nicht alles in eine Kosten-Nutzen-Rechnung pressen lässt«, sagte Bertram sanft. »Es gibt Faktoren, die geben zwar die Rahmenbedingungen vor, aber mit der eigentlichen Rechnung haben sie nichts zu tun.«

»Sagt wer?« Karl reckte angriffslustig das Kinn. »Wir zahlen Steuern in Niederrad. Wir schaffen Arbeit. Wir zahlen gute Löhne. Und was bekommen wir zurück? Wir dürfen auch noch die Schule finanzieren? Da passt doch etwas ganz deutlich nicht zusammen.«

»Vergisst du nicht etwas dabei?« Bertram lächelte. »Wirft die Weberei nicht einen recht ordentlichen Gewinn ab? Und zwar Jahr für Jahr? Und haben wir nicht einen exzellenten Ruf als ein anständiger Arbeitgeber, der für seine Weber eintritt und gut für sie sorgt?«

»Gewiss. Aber trotzdem, unter dem Strich stimmt die Rechnung einfach nicht. Wer das nicht sehen will …« Karl beendete den Satz nicht.

Es ist aussichtslos, dachte Bertram. Sobald er Geld wittert, wird er unempfänglich für den Reiz der Verantwortung. Und das hat er gewiss nicht von seiner Mutter. Von mir allerdings auch nicht. Woher kommt das also?

»Ich werde den Leuten in Niederrad ein Geschäft vorschlagen«, verkündete Karl. »Sie können meinetwegen die Schule übernehmen. Sie bekommen das Gebäude und die gesamte Einrichtung überlassen. Aber den Lehrer, den sollen sie gefälligst selbst bezahlen. Ich finde, das ist ein guter Kompromiss.«

»Das ist ganz und gar kein Kompromiss, noch nicht einmal ein fauler«, ereiferte sich Bertram. »Der Bau der Schule ist längst amortisiert, die Einrichtung abgeschrieben. Keinen müden Heller kostet sie dich. Bis auf den Lehrer. Aber damit der eingestellt wurde, haben die Weber damals auf einen Teil ihres Lohnes verzichtet. Hast du dich nie gefragt, warum ihr Lohn immer abgerundet wird?«

»Nein, warum auch.« Karl schien sich nicht einmal dafür zu schämen. »Und die Schule muss trotzdem aus den Büchern. So oder so.«

»Ich frage mich langsam, warum du darauf so sehr pochst«, sagte Bertram zögernd. »Sie macht so einen geringen Posten aus in unserer Gesamtbuchhaltung. Wir geben mehr für Wein aus pro Jahr als für diese Schule. Also, heraus mit der Sprache. Was stört dich so daran?«

Nach kurzem Zögern antwortete Karl. »Es ist einfach nicht ordentlich. Da ist die Weberei. Dort wird gearbeitet. Eine Schule gehört da einfach nicht hin. Und erzähl mir nicht, sie binde die Arbeiter an unser Unternehmen. Wenn sie morgen irgendwo bessere Bedingungen antreffen, sind sie schneller fort, als du Schuljunge sagen kannst. Da hält sie auch kein Pauker zurück, der nach der Nachtschicht noch etwas Wissen in die Spulknaben trichtern soll.«

»Wenn ich dich recht verstehe, willst du, dass die Weberei nichts als Weberei ist. Ein reiner Arbeitsort also. Wer fertig ist mit seiner Schicht, soll verschwinden, ist es so?«

»Ja, so ungefähr. Ich habe es eben gerne, wenn Ordnung herrscht.«

»Aber was ist denn unordentlich daran, wenn alles unter einem Dach ist? Eigentlich fehlt doch nur noch eine Kantine, in der wir den Arbeitern das Essen verkaufen. Und vielleicht noch ein Kindergarten für die ganz Kleinen.« Bertram lachte. So entsetzt hatte er Karl schon lange nicht mehr gesehen.

»Ich sage es nur ungern, mein Sohn, aber es ist einfach nicht die Art der Geisenheimer, den Profit über alles zu stellen. Mein Vater wollte immer das Gesamtbild betrachten, und so habe auch ich es gehalten. Selbst Vetter Franz denkt so und nicht anders. Was ist es, das diese Sichtweise für dich so inakzeptabel macht?«

»Ich weiß gar nicht, wo ich ansetzen soll mit meiner Erklärung«, begann Karl. »Wir schreiben das Jahr 1888. Entweder sind wir ein modernes Unternehmen, das mit der Zeit geht, oder wir gehen unter. Der Konkurrenzkampf heutzutage ist mörderisch. Ich bin froh, dass ich mit meinen schönen Dingen eine echte Marktlücke gefunden habe. Aber die anderen schlafen nicht. Es wird immer schwerer, ein lukratives Unternehmen zu führen. Die Zeiten, da man bei einer guten Zigarre und Champagner den Markt unter sich aufteilte, im Rauchsalon bei der Redoute, die sind passé.«

»Sind sie nicht«, antwortete Bertram hitzig. »Sie lassen dich nur einfach nicht mitspielen. Noch nicht. Sie wollen erst, dass du dich beweist. Für die anderen bist du ein Preuße. Dem kann man nur mit Misstrauen begegnen. Aber du vergisst das eben immer wieder. Vielleicht, weil es für dich völlig normal ist, dass du ein Preuße bist. Aber hier in Frankfurt ist es das eben nicht. Und glaube mir, du machst dir keine Freunde, wenn du mit deinem Berliner Ton jeden Raum zum Kasernenhof machst.«

Sprachlos starrte Karl seinen Vater an. »Wenn das so ist …«, sagte er endlich, stand auf und verließ das Zimmer.

Das war ein Fehler, dachte Bertram. Ich hätte es ihm anders beibringen müssen, schonender. Aber wie hätte ich das anstellen sollen?

Schon war Karl wieder zurückgekehrt, ein Kassenbuch in der Hand.

»Gut«, sagte er, »ich bin ein Preuße. Aber vielleicht braucht es einen ordentlichen Preußen, damit ihr aus eurem Schlendrian aufwacht. Sieh dir das bitte einmal an.«

Mit wenigen Zahlenbeispielen bewies Karl seinem Vater, dass sich bei der Zeitung deutlich Kosten einsparen ließen. »Zum Beispiel das Papier. Nimm ein bisschen preiswertere Qualität, und schon hast du pro Ausgabe ein schönes Sümmchen gespart. Weißt du überhaupt, welche Menge Papier für eine Auflage draufgeht? Eine kleine Formatänderung, und schon fällt viel weniger Verschnitt an. Natürlich sind das preußische Sitten. Ich gebe es gern zu. Aber die Zeitung ist nur eines von vielen Beispielen. Überall in der Firma wird Geld verschwendet. Die ganze Maschinerie leckt. Und es ist nicht Öl, das heraustropft, sondern bares Geld. Ich sage dir, das Unternehmen Geisenheimer braucht den Preußen. Aber wenn das so weitergeht, frage ich mich, ob der Preuße sich den Geisenheimer noch länger leisten kann.«

Hoffentlich meint er das nicht ernsthaft so, wie es in meinen Ohren geklungen hat, dachte Bertram. Aber ich beiße mir lieber die Zunge ab, als noch ein Wort zu der Sache zu sagen.

»In einem Punkt gebe ich dir allerdings recht, Vater.« Karl lächelte schief. »Der Schulmeister wird tatsächlich vom Lohn der Arbeiter bezahlt. Und das wissen sie auch. Wenn wir also den Unterricht abschaffen, werden sie das verlorene Geld einfordern.

Dann würde uns die Schule in der Tat etwas kosten. Und zwar nicht zu knapp. Wer hat die Arbeiter eigentlich überredet, dass alle etwas zum Lehrergehalt beitragen statt nur diejenigen, die Kinder haben? Das ist genial. Unter dieser Bedingung bin ich selbstverständlich auch für die Fortsetzung des Unterrichts.«

Er wird es sein Lebtag nicht verstehen, dachte Bertram. Das Wort Solidarität findet sich nicht in seinem Wortschatz. Aber so manches, was seinen Teil zum Profit beiträgt, lässt sich einfach nicht in Geld messen. Arbeiter, die sich ernst genommen fühlen, die wissen, dass man sich um sie und um das Wohl ihrer Kinder kümmert, arbeiten nun mal besser. Es geschehen weniger Unfälle, der Materialverschleiß ist geringer, und, und, und. Aber wie soll ich dir das nur klarmachen? Dazu müsste ich ja die Arbeiter erst aufwiegeln. Und das steht nun wirklich nicht dafür.

Ach, Fritz, dachte er. Das mit dem Heraushalten aus dem Geschäft, das ist nun wirklich keine einfache Sache. Erst recht nicht, weil mir die Arbeiter so sehr am Herzen liegen. Und Karl hat in dieser Hinsicht leider kein Herz.

Nachdenklich ging er an diesem Abend wieder einmal zu den Freimaurern. Und auch wenn er wie ein lange vermisster Bruder begrüßt wurde, so richtig wohl fühlte er sich nicht mehr in der Mitte seiner Brüder. Ich kenne praktisch niemanden mehr, dachte er auf dem Heimweg. Ich habe es einfach zu lange schleifen lassen. Wie so vieles. Aber wenigstens sind die Ideale hier noch intakt. Auch wenn es immer wieder einmal Zwist gibt zwischen einzelnen Logenbrüdern. Aber mit ein bisschen gutem Willen lässt sich doch jeder Streit aus der Welt schaffen.

Nur im eigenen Haus gelingt es mir nicht. Aber je mehr ich mich aus der Firma zurückziehe, desto weniger habe ich das Gefühl, im eigenen Haus zu leben. Kein Wunder, dass es mich wieder in die Äpplerstuben treibt, zu den Arbeitern und den Demokraten. Da bin ich wenigstens vor Karl sicher. Der würde doch im Leben nicht in eine Arbeiterkneipe gehen. An dem ist wirklich ein rechter Junker verloren gegangen.

Allein schon wie er die Lehrjungen anfährt. Als wäre er selbst niemals in seinem Leben jung gewesen. Und dass er nicht auch irgendwann einmal als Stift angefangen hat und sich von dort hocharbeiten musste, das merkt man einfach. Es war ein Fehler, ihm an meinem Geburtstag alles zu überschreiben und mich ganz aus der Firma zurückzuziehen. Noch nicht einmal die Zeitung habe ich behalten. Noch läuft es ja gut. Das steht außer Frage. Er weiß, was er tut, immerhin. Und manchmal nimmt er meinen Rat sogar dankend an. Aber das sei ihm auch geraten. Wenn er so weitermacht mit seiner preußischen Art, dann laufen ihm die Leute noch in Scharen davon. Wundern würde es mich jedenfalls nicht. Aber ich fange nicht noch einmal davon an, dass er sich zusammenreißen soll. Dafür ist er viel zu sehr Preuße, als dass ich ihn daran erinnern dürfte.

Sein Haus war hell erleuchtet. Typisch, dachte er, den Kindern die Schule streichen wollen, aber daheim Festbeleuchtung. Das ist es, was mich stört. Die einzige Verantwortung, die er fühlt, ist die dem eigenen Wohlergehen gegenüber. Alles andere ist Nebensache und hat nichts zu bedeuten, wenn es darauf ankommt. Und ganz gleich, was Fritz sagt, diese Einstellung widerstrebt mir zutiefst. Es tut mir weh, ihm so zuzusehen. Auch wenn er nicht bei mir aufgewachsen ist, Karl ist nun einmal mein Sohn. Und es gibt Momente, in denen schäme ich mich regelrecht für ihn.

»Da bist du ja«, empfing Christabell ihn. »Wir haben uns schon gewundert, wo du bleibst.« Im Salon saßen Karl und Zephyrina. Sie sehen aus, als hätten sie sich die Zeit nicht allzu lang werden lassen, dachte Bertram. Ach, sie sind eben jung. Und sie scheinen ja ganz glücklich miteinander zu sein. Ich frage mich nur, warum sie Karl immer »mein Sterngucker« nennt. Aber es geht mich ja nichts an.

»Ihr habt auf mich gewartet?«, fragte er.

»Ja«, antwortete Karl. »Wir haben uns nämlich Gedanken zu unserer Hochzeitsreise gemacht. Wohin es gehen soll. Zunächst hatten wir an Italien gedacht, oder vielleicht Griechenland. Aber da fahren ja immer alle hin. Ich verstehe gar nicht, was so romantisch an Venedig sein soll. Aber nun ja, wem's gefällt.«

»Mir würde es schon gefallen«, meldete sich Zephyrina. »Wenn du nur dabei bist.« Sie strahlte Karl an.

»Ja, du«, sagte der. »Dir gefällt doch alles, wenn ich nur dabei bin.«

Zephyrina schmollte. »Du nimmst mich nicht ernst«, beklagte sie sich.

Karl lachte. »Natürlich nicht, du Kindskopf«, sagte er und klang beinahe zärtlich. »Dazu heiraten wir doch nicht, um einander ernst zu nehmen. Spaß wollen wir haben, und den nicht zu knapp.«

Und genau in diesem Punkt irrst du dich gewaltig, mein Junge, dachte Bertram. Nur wer sich gegenseitig ernst nimmt, hat Spaß miteinander und aneinander.

»Jedenfalls wollten wir dich fragen, was du von einer Amerikafahrt hältst«, sagte Christabell. »Als Hochzeitsreise. Das müsste doch schon gewaltigen Eindruck machen, meinst du nicht?«

»Eine Hochzeitsreise, um Eindruck zu schinden?« Bertram konnte nur den Kopf schütteln. Das war gewiss nicht seine Welt. »Wenn ihr meint. Ich dachte, es ginge darum, gemeinsam schöne Erinnerungen zu haben, einander kennenzulernen, und das fern von den Augen der lieben Verwandtschaft. Aber ihr wollt also nach Amerika, und das einzig für das Renommee? Nun, wenn ihr meint.«

»Na ja«, sagte Karl. »Ich repräsentiere immerhin das Haus Geisenheimer.«

Das tust du nicht, dachte Bertram. Du wärest es gern, das Haus Geisenheimer. Aber bis dich Frankfurt wirklich akzeptiert, das wird noch dauern. Und dazu braucht es mehr als eine Fahrt mit dem Dampfschiff über den Atlantik.

»Herrschaften, es ist fast vierzig Jahre her, dass ich selbst dort war. Ich kann euch keine Empfehlungen aussprechen, was ihr euch anschauen sollt oder wen ihr unbedingt kennenlernen müsst. Wenn Michael Scherbaum in der Stadt wäre, den könntet ihr fragen. Der hat seine Kontakte nicht hinter sich gelassen wie ich damals.«

Karl zog einen Flunsch. Ich weiß ja, dass du ihn nicht sonderlich magst, dachte Bertram. Aber ganz so deutlich brauchst du mir das auch nicht zu zeigen. Er ist immerhin einer der wenigen Freunde, die mir noch geblieben sind.

»Wo steckt er denn eigentlich?«, fragte Christabell. »Ich habe ihn wirklich lange nicht mehr gesehen.«

»In China ist er«, antwortete Bertram. »Vor ein paar Wochen ist ein Brief von ihm eingetroffen. Er ist mit diesem Herrn Wang unterwegs. Sie wollen nach Tibet, wo auch immer das liegen mag. Jedenfalls in den Bergen. Und das mit einem Holzbein. Aber er lässt sich ja durch so gut wie nichts aufhalten.« Bertram lächelte. »Den hättet ihr fragen können. Ich glaube jedenfalls nicht, dass Vetter Franz sich besser auskennt.«

Diesmal war es Zephyrina, die ein Gesicht zog.

»Den magst du nicht«, sagte Karl. »Ich weiß. Aber er ist ein cleverer Geschäftsmann. Von dem könnte ich eine Menge lernen.«

Und von mir nicht, wie?, dachte Bertram. Von mir nimmst du ja lieber keinen Rat an, wenn es sich irgendwie vermeiden lässt. Manchmal glaube ich, im Grunde deines Herzens hasst du mich. Den eigenen Vater.

»Nein«, sagte Karl. »Als Geschäftsmann ist er sicher ein Ass. Aber er weiß leider auch nicht mehr als wir, was gerade von Bedeutung ist in der Gesellschaft da drüben. Ich habe ihn schon gefragt.«

So, so, statt zu mir zu kommen fragst du also lieber ihn, dachte Bertram. Das tut schon weh. Du lässt wirklich keine Gelegenheit aus, mir einen Stich zu versetzen. Und manchmal denke ich, du tust es noch nicht einmal mit Absicht. Es passiert ganz automatisch. Als hätte es überhaupt nichts mit mir zu tun. Dabei ist es durchaus persönlich, mein Junge. Gib es einfach zu. Wenn du es schaffen würdest, ehrlich zu sein, wäre es auch für mich einfacher, dich mehr als nur oberflächlich zu mögen. Hoffentlich enttäuschst du deine Zephyrina nicht. So wie du mich enttäuscht hast.

20

Bist du dir auch sicher, dass du das willst, Karl?«

Christabell klingt kläglich, dachte Bertram. Was haben die beiden nur wieder miteinander ausgeheckt? Nichts, was sie sonderlich erfreut, wenn ich von ihrer Stimme auf ihre Stimmung schließe. Er räkelte sich in seinem Liegestuhl unter dem alten Apfelbaum und versuchte, einen Blick auf die Terrasse an der Rückseite des Hauses zu erhaschen. Tatsächlich. Christabell und Karl. Er hielt ein Blatt Papier in der Hand. Sicher hat es wieder irgendetwas mit der Hochzeit zu tun, dachte er. Langsam übertreiben sie es wirklich, die beiden. Selbst Zephyrina wird die Sache allmählich unheimlich, will mir scheinen. Und mich fragt zum Glück niemand nach meiner Meinung. Noch nicht einmal zahlen muss ich. Abgesehen davon, dass die Brauteltern das Fest ausrichten, wie es sich gehört, habe ich ja auch nichts mehr mit der Firma zu schaffen. Ich bin Privatier und sonst nichts. Ganz wie Fritz es mir geraten hat.

»Sie ist schließlich meine Mutter«, sagte Karl gerade in seinem schnarrenden Preußenton, der viel weiter trug als der weiche Singsang der Frankfurter. Bertram stutzte. Hat er etwa allen Ernstes Annemie eingeladen? Und sie hat zugesagt? Das wäre ja … Hastig stand er auf und ging zum Haus.

»Du kommst gerade recht«, empfing ihn Christabell. »Karl will Annemarie einladen. Zur Hochzeit. Was sagst du dazu?«

»Dir scheint es ja offensichtlich nicht zu gefallen«, sagte Bertram zögernd.

Christabell lachte auf.

»Meinst du etwa, das schickt sich? Deinen Sohn anzuerkennen und ihm deinen Namen zu geben, das ist das Eine. Aber dass ich unter meinem Dach die Hochzeit des Erben der Geisenheimer gemeinsam mit der ehemaligen Geliebten meines Mannes feiern soll, das geht wohl doch ein bisschen weit, findest du nicht?«

»Niemand sagt etwas davon, dass wir hier feiern«, erklärte Karl und sah hilflos drein.

»Halt bloß dei Gosch.« Christabell flüsterte es fast. »Ich habe mich wirklich bemüht, dir Stil und Lebensart beizubringen. Aber jetzt merke ich, es fehlt am grundlegenden Anstand.« Sie drehte sich schroff um und ging ins Haus.

Mit hängenden Armen sah Karl ihr nach. »Was hat sie denn nur?«, fragte er. »Es war doch bloß eine Frage. Sie hätte einfach Nein sagen können. Aber nein, Drama, Drama, Drama. Weiber.« Er schnalzte abschätzig mit der Zunge.

»Sprich nicht so über sie. Ich bitte dich.« Bertram legte Karl die Hand auf den Unterarm. »Natürlich ist sie verletzt. Verstehst du das wirklich nicht?«

»Nein«, sagte Karl. »Sie ist nun einmal meine Mutter. Da ist es doch wohl verständlich, dass ich sie bei meiner Hochzeit dabeihaben möchte.«

»Natürlich«, sagte Bertram beschwichtigend. »Aber es ist eben nicht üblich, dass eine Frau der Geliebten ihres Mannes gesellschaftlich begegnen muss. Auch nicht, wenn der Sohn der Geliebten seit Jahren in ihrem Haus wohnt.«

»Aber sie hatte doch auch einen … ich meine, also …« Karl blickte seinen Vater verlegen an.

»Keine Bange. Ich weiß Bescheid. Aber das ändert nichts an der Sache. Und ich musste ihren Galan ja auch nicht bei einem offiziellen Familienfest begrüßen.«

Karl sah immer noch so aus, als ob er nicht wirklich verstehen könne, was er mit seiner Frage angerichtet hatte.

»Aber ich bin doch nicht vom Himmel gefallen«, sagte er schließlich. »Einen erwachsenen Sohn gibt es doch nicht im Import-Export-Handel. Wer denken kann, weiß also längst Bescheid. Und da regt sie sich dermaßen auf?«

»Ach, Karl. Bescheid wissen und mit der Nase drauf gestoßen zu werden, das sind zwei Paar Schuhe.«

Karl seufzte. »Also werde ich sie eben nicht einladen. Schade. Ich hatte mich schon so darauf gefreut, ihr zu zeigen, was aus ihrem Jungen geworden ist. Der Kontakt ist ja doch ziemlich eingeschlafen die letzten Jahre.«

Vielleicht will sie ja auch einfach nichts mehr mit dir zu tun haben, nachdem du so schnell bereit warst, in mein Haus zu kommen, dachte Bertram. Sie ist zwar durchaus nicht nachtragend, aber wer unbedingt hinaus will aus ihrem Herzen, dem legt sie keine Steine in den Weg.

»Aber ich verstehe trotzdem nicht, weshalb Christabell sich so aufregt.«

Und ich verstehe nicht, warum du es in all der Zeit nie geschafft hast, sie Mutter zu nennen. Oder Maman. Oder irgendein anderes liebevolles Wort. Nein, ihr beide habt euch von Anfang an geeinigt, was sie für eine Rolle einnehmen sollte. Und dabei seid ihr dann auch geblieben. Vielleicht wäre ihr Annemie etwas willkommener, wenn du ihr von Zeit zu Zeit das Gefühl geben könntest, dass sie zumindest Mutterstatt an dir vertreten hat. Aber wenn ich das ihnen gegenüber so äußere, haben wir bald zwei Schmollköpfe im Haus. Das tut ja nun wirklich nicht not.

»Sie wird sich wieder beruhigen«, sagte Bertram. »Früher oder später tut sie es ja immer. Aber es wäre trotzdem gut, wenn du zu ihr gehen würdest und dich entschuldigst.«

Karl schob rebellisch die Unterlippe vor. Wie ein ertappter Schuljunge, dachte Bertram.

»Das sehe ich gar nicht ein. Es war eine einfache Frage, die ich ihr gestellt habe. Wenn sie sich derartig darüber aufregt, dann soll sie sehen, wo sie mit ihrem Zorn bleibt«, beschied er. »Ich habe damit nichts zu tun.«

Bertram sah ihn zweifelnd an.

»Na, ist doch wahr. Kann ich etwas dafür, dass die beiden vor langer Zeit Rivalinnen um deine Gunst waren? Im Grunde geht mich das noch nicht einmal etwas an, wenn ich es recht bedenke. Also, warum sollte ich mir darum einen Kopf machen?« Karl lachte selbstgefällig. »Schließlich habe ich doch schon einen. Und der genügt mir vollkommen.«

Solange du ihn durchsetzen kannst, dachte Bertram. Wenn es dir einmal nicht gelingt, dann wünschst du dir doch nichts sehnlicher als einen zweiten Kopf, mit dem du alle Hindernisse aus dem Weg räumen kannst.

»Weißt du was, mein Junge?«, sagte er ruhig. »Ich glaube, in dieser Sache kommt es gar nicht so sehr auf dich an. Oder zumindest nur insofern, als du Christabell wehgetan hast. Alles andere ist Nebensache. Geh einfach zu ihr, entschuldige dich dafür, dass du ihre Gefühle verletzt hast, und dann ist gut.«

»Aber ich habe doch nur eine ganz einfache Frage gestellt. Man wird doch noch fragen dürfen!« Nun war auch Karl wütend. »Wenn etwas ist, ich bin im Kontor.«

Und das am Sonntag, dachte Bertram. Die Geschäfte sollten niemals Zufluchtsort für einen Mann sein. Flucht bedeutet nämlich immer Schwäche. Aber gut. Wenn mein lieber Herr Sohn es nicht fertigbringt, dann gehe eben ich zu Christabell.

»Er hat tatsächlich nicht gewusst, was er da fragt«, stellte Bertram fest, und seine Frau nickte.

»Manchmal ist er von erschreckender Naivität«, sagte sie. »Er hat es eben nicht früh genug gelernt, sich auf dem gesellschaftlichen Parkett zu bewegen. Über die Folgen dessen brauchen wir uns nicht zu wundern.«

Bitte wirf ihr nicht vor, sie hätte meinen Sohn schlecht erzogen, flehte Bertram innerlich. Sie hat wirklich alles versucht. Aus den beiden anderen sind doch richtige Prachtkerle geworden. Und was die über ihre kleine Schwester sagen, klingt ebenfalls sehr gut. Sie schreiben ja leider eher selten etwas über Elisabeth. Wenn sie denn überhaupt einmal einen Brief schicken. Aber gut, sie führen eben ihr eigenes Leben. Das Problem ist jedenfalls nicht Annemie. Es ist Karl selbst. Vielleicht hat das Geld tatsächlich seinen Charakter verdorben. Oder aber da war von vornherein nie viel, was zu verderben war. Es mag schon hart erscheinen, so etwas über den eigenen Sohn zu denken. Aber wenn es doch nun mal wahr ist?

»Ich habe nachgedacht«, verkündete Christabell. »Ich werde sie nicht ausladen. So viel bin ich ihr ja tatsächlich schuldig. Immerhin hat sie ihn uns geschickt. Auch wenn Karl längst alt genug war und selbst entscheiden konnte. Also gut, sei's drum. Wenn sie kommt, kommt sie eben. Aber eine Einladung, von mir persönlich, die kann sich Karl in die Haare schmieren.«

Bertram lachte. »Da schmiert er allerdings schon genügend hinein, meinst du nicht? Unser Junge ist tatsächlich nicht wenig eitel. Gut, dass du ihm seinerzeit die Dandy-Allüren ausgetrieben hast. Auch wenn er immer noch ein bisschen stolziert wie der Hahn auf dem Hühnerhof, wenigstens ist er kein Pfau mehr.«

Christabell lächelte. »Ja«, sagte sie. »Das Äußere ist mir ganz gut gelungen. Aber in sein Herz, da bin ich leider nicht vorgedrungen. Hoffentlich gelingt es Zephyrina, unserem Sommerwindchen.«

»Na, da muss sie aber deutlich stärker auftreten. Eine laue Brise wird wohl kaum reichen.« Bertram zwinkerte Christabell zu. Die lächelte wieder.

»Wer weiß?«, meinte sie. »Vielleicht ist es gerade die leichte Brise, die bei ihm die Tür aufgehen lässt. Gegen einen Sturm ist er gewappnet. Aber so ein Sommerwind, nach dem sehnt man sich doch oft genug und lässt ihn bereitwillig zur Tür herein.«

»Und schon hat es einem den Hut davongetragen.« Vor seinem inneren Auge sah Bertram Karl, wie der einem davonrollenden Strohhut hinterhereilte. Fast hätte er ihn erwischt, als wieder eine Bö ihr Spiel mit der Kopfbedeckung trieb. Endlich verlor Karl die Geduld und trat auf die Krempe. Wetten, dass das ein echter Panama wäre? Und trotzdem ginge Karl nicht sorgfältig mit ihm um. Sobald er die Geduld mit einer Sache verliert, wird er unberechenbar. Hoffentlich fordert ihn Zephyrina nicht allzu oft heraus.

»Ich glaube fast, deine Nichte könnte ihn wirklich zähmen. Wenn sie es denn will. Ich werde nicht recht schlau aus ihr, das muss ich gestehen.«

»Das müssen wir auch nicht, schätze ich. Sie gefällt Karl. Und er gefällt ihr. Alles andere müssen sie untereinander abmachen. Da sollten wir uns nicht einmischen.«

In diesem Punkt konnte Bertram ihr nur zustimmen.

»Wie ist die Sache eigentlich für dich?«, fragte Christabell. »Wie siehst du es, sollte Annemarie deiner Meinung nach dabei sein?«

Bertram hob hilflos die Schultern. »Ich weiß es nicht. So jung ist Karl ja nun auch nicht mehr. Aber eine Mutter ist nun einmal eine Mutter. Da beißt die Maus keinen Faden ab. Auch wenn du ihn aufgenommen hast, als wäre er dein eigener Sohn.«

Er strich sich über den Bart. »Das Ganze ist natürlich eine delikate Angelegenheit. Ganz gleich wie wir es handhaben, getratscht wird allemal. Das steht fest. Und wir können ja nicht gut sagen ›Leute, komm nicht zum Fest, sondern nur in die Kirche, da ist wenigstens Ruhe.‹ Zumindest während der Predigt werden sie das Tuscheln schon lassen.«

»Genau. Entweder ganz oder gar nicht. Halbe Sachen gibt es bei uns nicht. Und mal ganz abgesehen von der Vorgeschichte, die unerfreulich genug ist.« Für einen Augenblick hatte Christabells Stimme hart geklungen, aber schon hatte sie sich wieder gefangen. »Sie ist doch mit diesem Sozialisten verheiratet. Soll der etwa auch beim Fest herumstolzieren? Was macht denn das für einen Eindruck? Ich glaube, daran hat Karl noch überhaupt nicht gedacht.«

Bertram wollte schon etwas einwenden, aber sie hob abwehrend die Hand.

»Ich weiß«, sagte sie, »dir ist jeder Gast willkommen, unabhängig davon, auf welcher Seite sein Herz schlägt. Aber wenn du deine Parteikarriere noch nicht endgültig abgeschrieben hast, dann sollte es wirklich nicht so aussehen, als machtest du dich mit den Sozialdemokraten gemein. Ich verstehe sowieso nicht, wo da der Unterschied ist. Sozial, sozialistisch, heute so, morgen so. Es gibt schließlich Gesetze dagegen.«

Gegen die Parteien, ja, dachte Bertram. Wer sich als Einzelkandidat zum Sozialismus bekennt, kann immer noch ins Parlament gewählt werden und ist dort gegen Verfolgung immun. Aber wir wollen nicht zu weit abschweifen.

»Lassen wir einfach alles auf uns zukommen«, schlug er vor. »Ich denke, sie wird genügend Taktgefühl besitzen und nicht ohne Einladung bei den offiziellen Feierlichkeiten auftauchen. Und wenn sie sich diskret verhält, ist das wieder eine andere Sache.«

»Wir könnten ihr wohl auch kaum verbieten, sich mit Karl zu treffen«, meinte Christabell. »Nicht in seinem Alter.« Fast wie nebenher fragte sie: »Und wie ist es mit dir? Willst du sie sehen?«

Vorsicht, Bertram, ermahnte er sich. Nun heißt es aufpassen. Sie hat dich aus deiner Depression geholt, mehr als einmal. Sie hat ihre Leutnants weggeschickt. Sie hat deinen Sohn in ihrem Haus akzeptiert. Sei einfach vorsichtig. Mit allem, was du jetzt sagst.

»Nun ja«, begann er zögernd. »Ich müsste lügen, wenn ich sagen wollte, dass ich mich nicht freuen würde, sie zu sehen. Sie ist und bleibt nun einmal die einzige Frau, die mich regelmäßig im Schach geschlagen hat.«

Christabell lächelte fein. Sie ist nervös, dachte Bertram. Das sehe ich doch. Für sie ist es von großer Wichtigkeit, was ich jetzt sage. Vielleicht ist sogar entscheidend, was ich *nicht* sage.

»Sie ist verheiratet. Und sie würde nie etwas hinter dem Rücken ihres Mannes beginnen.« Mist, dachte Bertram. Das kann ihr doch nicht gefallen. Wie war das noch mit den Leutnants in Heringsdorf? Schwamm drüber. Neuer Text.

»Ich glaube nicht, dass Karls Hochzeit der richtige Rahmen wäre für eine Aussprache. Dass die allerdings längst fällig ist, daran glaube ich fest. Aber sicher nicht im Rahmen einer Heirat, auf die ganz Frankfurt schaut.«

Irre ich mich, oder entspannt sie sich tatsächlich?, fragte er sich.

»Wenn sie morgen hier vor mir stünde und sagte, komm, wir fangen noch einmal von vorne an? Ich weiß nicht, Christabell. Ich bin sechzig Jahre alt. Eine *amour fou* ist ja gut und schön, aber ich glaube, ich bin tatsächlich zu alt, um mich aus Liebe zum Narren zu machen.«

Christabell lächelte, und Bertram fiel ein Stein vom Herzen. Geschafft, dachte er. Obwohl ich mir noch nicht einmal wirklich sicher bin. Vielleicht ginge ich ja doch mit. Die Firma könnte mich diesmal wenigstens nicht halten. Nicht mehr. Die bekommt sowieso immer mehr das Gesicht von Karl. Es versteckt sich nur noch ein bisschen hinter den schönen Dingen.

Unwillkürlich fuhr er sich mit der Hand wieder einmal in die Westentasche. Dort steckte immer noch der alte Zinnelefant.

»Warten wir also ab, ob sie wirklich kommt, auch ohne Einladung.« Und wenn sie nicht nur kommt, sondern auch ›komm mit‹ zu mir sagt, dann ist das für mich nichts weiter als der Knabentraum, den sich ein alter Mann noch einmal gönnen mag.

»Ich setze auf ihren Anstand«, sagte Bertram noch einmal voller Überzeugung.

Allerdings spielte Annemarie dann doch eine völlig andere

Karte als Trumpf aus. Am Vorabend der Hochzeit, als das Paar sich in einem Frankfurter Hotel mit den Freunden traf, stand sie auf einmal vor der Haustür.

Nein. Sie war nicht gekommen, um ihrem Sohn zur Hochzeit alles Gute zu wünschen. »Der ist aus meinem Leben gegangen, ohne sich einmal umzublicken. Soll er meinetwegen glücklich werden, wenn er es vermag. Aber ich habe nichts mehr damit zu tun.«

Sie hat sich nicht einmal umarmen lassen von mir, dachte Bertram. Sie ist gekommen, um mir endgültig eine Lektion zu erteilen. Und wie früher stehe ich vor ihr da wie ein dummer Schuljunge.

»Setzen wir uns doch.« Bertram hatte sie ins Herrenzimmer geführt. In Christabells Salon kann und will ich sie nicht bringen, dachte er. Ich weiß doch, dass es meine Frau schon genug verletzt, Annemie unter unserem Dach zu wissen. Das hat doch Gründe, dass sie sich nicht blicken lässt. Bestimmt sitzt sie in ihrem Boudoir und wartet händeringend darauf, dass sie die Tür endlich gehen hört. Aber sei's drum, es ist Annemie. Sie ist endlich zu mir gekommen. Ich werde sie nicht fortweisen, ganz gewiss nicht. Und ganz gleich, was sie zu sagen hat.

Aber es war nicht mehr die Annemie Hufdotter, die er gekannt hatte, die ihm nun gegenübersaß. Zu lange schon war sie Annemarie Brausewitz, verheiratet mit einem der wenigen sozialistischen Abgeordneten Berlins.

»Ich hatte wirklich mehr von dir erwartet, Bertram«, sagte sie in vorwurfsvollem Ton. »Wo ist er geblieben, der demokratische Feuerkopf? Was hast du mit deinen Idealen gemacht? Verkauft hast du sie, wie es scheint. Ans Kapital. Und dem hat sich auch unser Sohn mehr als bereitwillig geopfert. Nun gut. Ich wusste ja schon lange, was für ein Charakter er ist. Bei ihm hat mich das nicht allzu sehr überrascht. Aber du, Bertram? Von dir habe ich nun wirklich mehr erwartet.«

Verdattert saß Bertram in seinem Sessel. Eben hatte er sich noch gefreut, dass er seine Annemie wenn schon nicht wiederhatte, so doch noch einmal sehen und sprechen konnte. Und jetzt dieser Vorwurf? Er verstand die Welt nicht mehr.

»Glaube ja nicht, ich sei eigens deinetwegen nach Frankfurt gekommen. Oder wegen Karl. So wichtig seid ihr mir beileibe nicht. Nicht mehr. Ich bin auf dem Weg zu einem Sozialistentreffen in Wiesbaden. Und unterwegs habe ich davon gehört.«

Wovon denn nur will sie gehört haben, fragte sich Bertram. Ich habe wirklich keinen blassen Schimmer, wovon sie spricht.

»Ich habe damals sehr gerne für die *Frankfurter Neuen Nachrichten* geschrieben. Jetzt aber schäme ich mich fast dafür.«

»Moment, immer langsam«, sagte Bertram endlich. »Ich verstehe einfach nicht, was du von mir willst.«

»Dass du dich wenigstens schämst!« Annemie flüsterte fast, und doch klang es wie ein Schrei.

»Aber wofür denn nur?«

Endlich drang nun die Erkenntnis zu ihr durch, dass Bertram tatsächlich nicht wusste, wovon sie sprach.

»Es geht um die *Nachrichten.* Die Kursänderung hätte radikaler ja nun wirklich nicht sein können.«

Bertram zuckte mit den Schultern. Er hatte es schon eine Weile aufgegeben, die Zeitung aufmerksam zu lesen. Lass einfach alles, hatte ihm Fritz nicht genau das empfohlen? Und nun war es anscheinend doch falsch gewesen.

»Du hattest wirklich keine Ahnung?«, fragte sie zweifelnd.

Bertram schüttelte den Kopf. »Karl führt seit dem Sommer die Geschäfte. Und die *Nachrichten* sind nun mal Teil der Firma.«

»Gut, dann will ich dir verraten, was los ist. Dein Herr Geisenheimer junior hat offensichtlich beschlossen, dass Bismarck doch ein feiner Mann ist. Und alle, die das in der Redaktion nicht mittragen wollten, durften ihren Hut nehmen. Selbst der alte Mertens. Seither weht ein anderer Wind durch die Zeitung. Es gibt keine Ausgabe, in der nicht gegen die Sozialdemokratie gehetzt wird, noch schärfere Gesetze gefordert werden, und, und, und. Hattest du wirklich keine Ahnung von alledem?«

Er schüttelte nur stumm und ungläubig den Kopf.

»Das will ich dir sogar glauben. Allerdings ist das ja noch verantwortungsloser, als ich befürchtet hatte. Du musst doch mitbekommen haben, wie Karl denkt. Warum hast du nicht wenigstens die Zeitung behalten? Es gibt so wenig wirklich freie und unabhängige Blätter in Deutschland. Und jetzt ist es schon wieder eines weniger. Die *Frankfurter Neuen Nachrichten* gehören nämlich eindeutig nicht mehr dazu.«

Das hat Karl geplant, schoss es Bertram durch den Kopf. Von langer Hand hat er es vorbereitet. Und mit dem Hin und Her wegen der Schule in Niederrad hat er mich abgelenkt. Ich war so beschäftigt damit, den Spulknaben den Unterricht zu bewahren, dass ich mich um nichts anderes mehr gekümmert habe. Da habe ich nun den Salat. Er spürte, wie ihm die Tränen der Verzweiflung in die Augen schossen.

»Ach, Annemie«, sagte er kläglich.

»Nein, mein Bester«, erwiderte sie. »Es ist vorbei mit ›ach, Annemie‹. Ein Mann, der so verantwortungslos mit seinen eigenen Idealen umgeht, der alles, wofür er gearbeitet hat, mit einem Federstrich aufgibt und sich um nichts mehr kümmert, der hat kein Recht, mich noch ein einziges Mal Annemie zu nennen.« Sie stand auf, und Bertram fuhr ebenfalls hoch. »Danke, spar dir deine Mühe. Ich finde meinen Weg selbst.« Schon schloss sich die Tür hinter ihr, und Bertram war allein.

Tränenblind ließ er sich wieder in den Sessel fallen.

»Ich Esel«, sagte er. »Ich hirnverbrannter Hornochse.« Seine Finger tasteten nach dem Zinnelefanten in der Westentasche. Mit der anderen Hand wischte er sich über die Augen. Der erste

Blick fiel auf das Kaminsims, auf dem immer noch der goldene Elefant thronte, den sein Sohn ihm geschenkt hatte. Das Tier machte einen höhnischen Eindruck, wie es ihm den Rüssel entgegenreckte. Bertram spürte, wie ihm das Blut in den Schläfen pochte. Er rief nach Christabell. Endlich stand sie im Türrahmen und sah sich lauernd um.

»Ja«, sagte er. »Sie ist fort. Und diesmal für immer, fürchte ich.«

»Was wollte sie denn?« Ihre Stimme klingt mitleidig, dachte er. Das ist schon eine komische Ehe, die ich führe. Die Gattin tröstet mich über den Abschied von der ehemaligen Geliebten hinweg. Das ist doch eine Farce sondersgleichen.

»Sie hat mir kräftig die Leviten gelesen. Ich habe doch Karl alles überschrieben. Und er hatte anscheinend nichts Besseres zu tun, als die Zeitung komplett umzukrempeln, und nun haben wir also ein Blatt, das den Sozialdemokraten noch ärger gesinnt ist als Bismarck persönlich. Und ich Esel habe es noch nicht einmal mitbekommen.«

Christabell schüttelte nur den Kopf.

»Ihr Männer und eure ewige, elende Politik«, sagte sie. »Ist es nicht völlig gleichgültig, wer unter dem Kaiser regiert? Hauptsache ist doch, alle haben genug zu essen und es herrscht Friede. Mehr muss eine Regierung doch überhaupt nicht leisten. Egal, ob sie sich rot oder schwarz nennt. Meinetwegen könnten sie sich auch mit Punkten ausstatten oder grün lackieren oder sonst eine Farbe wählen. Ich verstehe wirklich nicht, was die ganze Aufregung soll.«

Nein, dachte Bertram. Das kannst du wahrlich nicht verstehen. Das wäre zu viel verlangt. Deine Welt ist das nicht. Geh du nur weiter zur Redoute und sorge dafür, dass die Gästeliste für die Hochzeit den Glanz unseres Hauses mehrt. Wenn man es aber genau nimmt, ist das wohl auch eine Art Politik. Allerdings keine, die Annemie interessiert.

Er griff nach der Cognacflasche.

»Lass uns darauf trinken, dass mit der Hochzeit alles glatt läuft. Und dass ich es schaffe, mich zusammenzureißen, wenn mir mein feiner Herr Sohn wieder über den Weg läuft.«

Mit einem Zug leerte Bertram das Glas und warf es dann in den Kamin. *»Nastrovje«,* murmelte er. »Franz würde sich ins Fäustchen lachen, wenn er sich noch im Geschäft engagierte. Aber er überlässt es ja mittlerweile auch lieber Jüngeren, auch er ist alt geworden.«

Christabell betrachtete die Glasscherben.

»Ich habe nie verstanden, warum man in deiner Familie immer die Gläser zerschmeißen muss. Aber ich habe mich damit arrangiert. Oder besser gesagt, ich habe mich damit abgefunden.«

»Und genau das werde ich wohl auch müssen«, sagte Bertram. »Mich abfinden mit Karl und wie er ist. Entweder das, oder noch einmal alles daransetzen, um das Ruder wieder herumzureißen.« Er fühlte sich unendlich müde. Für einen Machtkampf mit seinem Sohn fehlten ihm die Kräfte, das spürte er genau. »Aber unter einem Dach will ich jedenfalls nicht länger mit ihm wohnen. Wenn die beiden von der Hochzeitsreise zurück sind, werde ich nach Niederrad ziehen. Und nun frage ich dich, Christabell, kommst du mit?«

Die hatte mittlerweile den Goldelefanten in die Hand genommen. »Ich weiß nicht genau«, sagte sie langsam. »Eigentlich mag ich Karl ja. Und seine schönen Dinge gefallen mir ja auch. Und auch Zephyrina. Mit der komme ich gut zurecht. Solch eine Entscheidung kann ich nicht so einfach übers Knie brechen. Lass uns doch ein anderes Mal darüber reden, einverstanden?«

Endlich stand der Elefant wieder auf dem Kaminsims. »Nach draußen muss er schauen, richtig? Sonst bringt er kein Glück. Das hast du doch gesagt.« Sie rückte die Figur ein wenig zurecht.

»Lass uns erst einmal die Hochzeit hinter uns bringen«, bat sie, und Bertram nickte.

»Übrigens ist die Entscheidung gefallen. Was die Hochzeitsreise betrifft.«

Ich kenne doch ihre Art, abrupt das Thema zu wechseln, wenn ihr etwas unangenehm ist, dachte Bertram. Warum bin ich jetzt bloß trotzdem wieder überrascht?

»Zugegeben, ich habe mich nicht mehr weiter für die Reisepläne interessiert«, sagte er. »Also, wohin wollen sie denn nun, unsere Flitterwöchner?«

»Einmal um die Welt, das wollen sie. Mit dem Dampfschiff nach Amerika, dann quer durchs Land mit der Eisenbahn bis nach Kalifornien. Und von dort aus nach China und Indien. Und dann über Land nach Konstantinopel. Anschließend mit dem Orient-Express zurück nach Hause. Na, was sagst du?«

Sie ist auch noch stolz darauf, dachte Bertram. »Von wem stammt denn die Idee?«

»Von Karl natürlich. Er liebt das Bahnfahren. Und Zephyrina ist schon ganz aufgeregt.«

»Sei ehrlich, Christabell. Es ist der Luxus, der Karl lockt, nicht sein Interesse für die Erweiterung der Bahnstrecke bis Konstantinopel. Aber es ist gut. Sollen die zwei halt fahren. Rund um den Globus von mir aus. Umso mehr Zeit haben wir, den Umzug zu planen.«

Christabells Augen wurden schmal, aber sie sagte nichts darauf. Das wird noch ein hartes Stück Arbeit werden, sie zu überzeugen, dachte Bertram. Sieht sie denn nicht, wie sehr es mir widerstrebt, das Haus zu teilen mit einem, der den Arbeitern ihren Heller nicht gönnt, aber selbst eine Luxustour durch die ganze Welt unternimmt? Nein. Sie sieht es nicht, natürlich nicht. Sie sieht die schönen Dinge und spielt mit goldenen Elefanten, das ist alles.

»Sieh her«, sagte sie und streckte ihm die Tierfigur entgegen.

Die Rubine glitzerten dunkel. »So wird die Tischdekoration bei der Hochzeitstafel aussehen. Ein Tier für jedes Land, durch das sie kommen. Und alles aus Gold. Da werden sie noch lange von sprechen, die Frankfurter.«

Das werden sie, in der Tat, dachte Bertram. Aber ich, ich sage jetzt besser gar nichts.

21

Bertram betrachtete prüfend sein Gesicht im Spiegel. Ein gepflegter Bart macht mindestens so viel Arbeit wie ein glatt rasiertes Kinn, dachte er. Mindestens. Aber wenn ich etwas erreichen will, dann muss ich den Leuten zeigen, was sie sehen wollen.

Es klopfte an der Tür, und schon streckte Fritz seine Löwenmähne herein. »Bist du so weit? Sie warten.«

Das hätte ich mir nicht träumen lassen, dass ich auf meine alten Tage doch noch einmal so richtig in die Politik einsteigen würde, dachte er. Aber wenn Karl die Zeitung um hundertachtzig Grad dreht, dann steige ich eben für die Demokraten in den Ring. Wenn sie mich denn lassen.

Im Auswahlkomitee der Partei saßen zwei seiner Logenbrüder. Deren Stimmen habe ich doch sicher, dachte er. Jetzt noch die anderen drei. Und dann komme ich auf die Liste für die nächste Wahl.

Aber ganz so einfach machten sie es ihm dann doch nicht.

»Herr Geisenheimer«, war eine der Fragen, »wer garantiert uns denn, dass Sie sich nicht wieder einfach ins Bett legen, wenn Sie Kummer haben?«

»Und wenn Sie die Nase voll haben, verkaufen Sie dann wieder alles oder überschreiben es Ihrem Sohn, und wir stehen da?«, fragte ein Zweiter.

»Ich wüsste gerne, wie Sie zu Bismarck stehen und zu seinem Kampf gegen die Sozialdemokratie. Ach was. Sagen Sie uns frei heraus, wie viel Sozialismus steckt eigentlich in Ihnen?«

»So unangenehm habe ich mir die Sache nicht vorgestellt«, vertraute er während der Pause seinem Freund Friedrich Stoltze an. »Ich habe tatsächlich geglaubt, meine bisherige Arbeit für die Partei spräche für mich.«

»Das tut sie ja auch«, beruhigte ihn Fritz. »Du bist einer der Gründer. Das vergessen sie schon nicht. Aber was du offensichtlich vergisst, ist die Tatsache, dass dieses Auswahlkomitee für die Mitglieder auch ein Sprungbrett darstellt. Jeder Einzelne von ihnen muss sich ebenfalls erst einmal profilieren. Und selbst wenn du sie alle überzeugst, bleiben immer noch die Parteimitglieder. Da hat jedes einzelne seine eigene Agenda. Von den Wählern ganz zu schweigen.«

Bertram seufzte. Die Pause war vorüber.

Wieder prasselten die Fragen auf ihn ein. Aber er verkaufte sich so gut er nur konnte. Das Verkaufen habe ich doch von der Pike auf gelernt, beruhigte er sich in Gedanken. Es wird schon schiefgehen.

Tatsächlich schaffte es Bertram am Ende auf die Liste der Leute, aus denen die Parteimitglieder schließlich ihre Kandidaten für die nächste Parlamentswahl küren sollten.

»Ich habe nichts anderes von dir erwartet«, raunte Fritz ihm zu. »Und mit deinen einundsechzig Lenzen bist du ja bei Weitem nicht der Älteste unter den Kandidaten.«

»Ja, es sieht ganz gut aus«, pflichtete Bertram ihm bei. »Gut, an Lettershagen und Siepel, da komme ich wohl nicht vorbei. Aber wenn man von den beiden mal absieht, habe ich durchaus gute Chancen.«

Fritz allerdings warnte. »Allzu sicher solltest du dich nicht fühlen. Es ist und bleibt eine heikle Angelegenheit. Vor allen Dingen hat das Auswahlkomitee so früh getagt, dass bis zur Entscheidung sehr viel Zeit bleibt. Da musst du dich im Gespräch halten, ohne dass sie deiner überdrüssig werden. Und ohne eigene Zeitung im Rücken ist das natürlich nicht so einfach.«

»Erinnere mich nicht daran«, flehte Bertram. »Ich war wirklich ein Esel, dass ich mich von Karl dermaßen habe einlullen lassen. Er wollte das Blatt unter der Hand verkaufen, das hat letztendlich hinter den ganzen Umwälzungen gesteckt. Und den neuen Eigentümern war ich schlicht suspekt. Auch wegen meiner Freundschaft zu dir.«

Fritz hob das Glas. Er trank einen Schluck und verzog das Gesicht. »Ein schreckliches Stöffsche, das deine Partei ausschenkt. Hoffentlich habt ihr bald ein Programm und eine Liste, die leichter verdaulich sind.«

Bertram lachte. »Hier dauert es nicht mehr lange. Lass uns anschließend nach Sachsenhausen gehen. Handkäs mit Musik und Äppler ist doch immer noch das ehrlichste Programm.«

Erst spät in der Nacht kam Bertram zurück nach Hause. Den Umzug hatte er einstweilen aufgeschoben.

»Es kommt darauf an, zu zeigen, dass du dich arrangieren kannst, Bertram«, hatte Fritz geraten. »Wer mit dem eigenen Sohn nicht in Frieden leben kann, der ist nicht gerade der beste Kandidat für einen Parteiposten. Und nur über den kommst du ins Parlament. Da kannst du dann streiten nach Herzenslust. Aber vorher musst du dich eben zusammenreißen.«

Und das tat Bertram. Christabell schien es mehr als zufrieden, in der Stadt wohnen zu bleiben. Und mit dem Gut in Niederrad hatte Bertram auch schon Pläne.

»Was hältst du davon?«, fragte er Fritz eines Abends, als er wieder einmal mit ihm in Sachsenhausen zusammensaß. »Franz wollte vor vielen Jahren aus dem Gut eine Art Altershotel machen. Ich war damals vehement dagegen. Kürzlich ist mir das wieder eingefallen, und ich muss sagen, mittlerweile gefällt mir die Idee sogar recht gut. Nur will ich eben keine Luxusresidenz daraus machen.«

»Nun komm schon zur Sache!«, mahnte Friedrich Stoltze ihn und schob sich ein Stück Käse in den Mund. Sorgfältig klaubte er sich die heruntergepurzelten Zwiebelschnitze von der Weste.

»Karl will und will nicht einsehen, dass er mit seinem ständigen Druck auf die Arbeiter sich selbst eine Grube gräbt. Er presst und presst, als wären sie Zitronen, aus denen man noch den letzen Tropfen Saft holen möchte. Aber was ist, wenn die Leute alt sind? Dann lässt er sie fallen. Und bei den Löhnen, die er zahlt, wird kaum einer genügend Rücklagen gebildet haben. Da habe ich mir gedacht, eine Stiftung wäre die Lösung. Eine Stiftung mit Sitz in Niederrad. Die baut dann das Gut um. Für Alte, Bedürftige und Gebrechliche. Die Luft dort draußen auf dem Land ist gut, die Leute sind in der vertrauten Umgebung, und ihre Familien, die sich nicht um sie kümmern können, weil sie ja arbeiten müssen, können sie dort problemlos besuchen, ohne weite Wege auf sich nehmen zu müssen. Nun, was meinst du, Fritz? Was hältst du von der Idee?«

»Was ich davon halte? Einfach genial finde ich das«, rief er aufrecht begeistert. »Und für deine Kandidatur bei der Partei wird dir das bestimmt nicht schaden. Du hast nun einmal den Ruf weg, ein Kapitalist zu sein. Wenn du jetzt diese Stiftung gründest, gereicht dir das nur zum Vorteil, das ist sowieso eine gute Sache. Aber so, wie Karl gestrickt ist, wird er dich bluten lassen, wenn du das Gut haben willst, so viel ist auch klar.«

»Eben nicht«, antwortete Bertram. »Das Haus hat ja allein Tante Lisabeth gehört. Es war nie in Firmenbesitz. Rechtlich gehört es also mir, und die einzigen Kosten, die mir entstehen werden, betreffen den Umbau. Da will ich mich nicht lumpen lassen, das verspreche ich dir. Jeder Bewohner soll sein eigenes Zimmer haben. Und wenn es um ein altes Ehepaar geht, dann will ich es selbstverständlich nicht trennen. Wenn sie einander ertragen wollen, dann sollen sie es auch dürfen.«

Fritz lachte. »Ich glaube, das formulierst du besser noch einmal um. Deine Partei setzt sich schließlich neben der Demokratie für die traditionellen Werte ein. Da kannst du nicht über eine so edle Einrichtung wie die Ehe spotten.«

»Stimmt«, gab Bertram zu. »Selbst du hast dich damals kirchlich trauen lassen, ich erinnere mich.«

Schneller als gedacht, nahm das Haus für die Alten in Niederrad Gestalt an. Und Bertram konnte sich kaum mehr retten vor guten Ratschlägen.

»Vergessen Sie die Kapelle nicht«, bat der Pfarrer. »Zur Andacht, natürlich. Und wo viele alte Menschen sind, wird auch viel gestorben. Da ist eine Kapelle im Haus doch viel würdiger für die Aufbahrung. Und die alten Leutchen müssen nicht so weit wandern, wenn sie Abschied nehmen wollen.«

Bertram versprach, sich die Sache durch den Kopf gehen zu lassen.

»Sparen Sie nicht an der Kücheneinrichtung«, riet der Wirt des Äpplerlokals. »Täglich drei Mahlzeiten für das ganze Haus, dazu braucht es Platz.«

Aber den größten Vogel schoss am Ende doch Fritz ab. »Weißt du, was noch fehlt? Ein Tanzsaal.«

Bertram stutzte. Die Kapelle verstand er ja, und die Sache mit der Küche noch besser. Aber ein Tanzsaal, wozu sollte der gut sein?

»Ja, glaubst du denn, alte Menschen wollen nicht gerne feiern? Und am besten lässt du auch gleich eine kleine Bühne mit einbauen. Auch alte Arbeiter wünschen sich Unterhaltung und Zerstreuung. Vielleicht nicht gerade große Opern, aber ein Lustspiel dann und wann, das wäre es doch.«

Bertram schüttelte den Kopf. So hatte er sich das nicht vorgestellt mit der Stiftung. Er wollte doch den Kopf frei haben für die Politik, und nun hing er schon wieder in Detailfragen fest. Wenn doch nur Michael hier wäre, dachte er. Der könnte so etwas spielend organisieren. Aber der Freund war immer noch in Asien unterwegs. »Ich komme erst nächstes Jahr wieder«, hatte er geschrieben. »Dann steht dein Altersheim hoffentlich schon. Aber was hältst du davon, wenn du mir dort ein Zimmer reservierst? Alte Leute sind doch froh, wenn ein Arzt im Haus ist. Und ich bin ja nun auch selbst nicht mehr der Jüngste.«

Bertram sorgte also dafür, dass für Michael Scherbaum drei Zimmer im Erdgeschoss reserviert wurden. »Das eine kann er dann für die Ordination benutzen. Die Idee mit dem Arzt im Haus ist im Übrigen ganz fantastisch. Dass ich darauf nicht selbst gekommen bin?«

»Wie soll das Heim eigentlich heißen?«, fragte der zukünftige Verwalter, den Bertram nach langer Suche in den Rängen der Wohltätigkeitsanstalt der Freimaurer gefunden hatte. »*Zur Wohltätigkeit* vielleicht, und Sie binden das Haus in die Arbeit der Anstalt ein?«

Aber Fritz riet davon ab. »Nicht überall in Deutschland weiß man Bescheid, wer die Freimaurer eigentlich sind. Es gibt viele Vorurteile. Das fällt dir, politisch gesehen, schneller auf die Füße, als du Sokrates sagen kannst. Wie wäre es denn mit *Bertram-Geisenheimer-Haus* als Namen?«

»Du spinnst«, sagte Bertram. »Ich setze mir doch nicht mein eigenes Denkmal und benenne es sogar nach mir. Das fehlte gerade noch. Nein, das ist so gar nicht meine Art. Und nach Annemie darf ich es ganz gewiss nicht benennen. Auch wenn sie mir mittlerweile die Sache mit der Zeitung verziehen hat.«

Er grübelte lange vor sich hin. Und dann hatte er plötzlich die Antwort. »*Lisabeth-Geisenheimer-Stift* wird es heißen. So machen wir das. Tante Lisabeth war tief verwurzelt in Niederrad. Und in ihrem Andenken soll das Heim fortan existieren.«

Nachdem auch diese Frage endlich geklärt war, stürzte sich Bertram nun ernsthaft auf seine Parteikarriere.

»Ich trete deinem Verein immer noch nicht bei«, hatte Fritz verkündet. »Auf meine alten Tage will ich mich nicht mehr politisch festlegen lassen. Aber dir helfe ich selbstverständlich gerne.« Und schon kam er mit einer langen Liste an, auf der er zahlreiche Notizen zusammengetragen hatte.

»Ich habe zunächst einmal die Kandidaten sortiert«, sagte er. »Um die auf diesem Blatt hier brauchst du dich nicht zu kümmern. Das sind die großen Namen, an denen du sowieso nicht vorbeiziehen kannst. Und du solltest dich tatsächlich nicht um sie kümmern. Nicht dass es nachher heißt, der Geisenheimer reitet auf dem und dem seinen Rockschößen, nehmen wir lieber einen unabhängigen Kandidaten.«

Bertram konnte nur staunend den Kopf schütteln. »Wenn du es jemals ernsthaft betrieben hättest mit der Politik, ich glaube, du wärest bis nach ganz oben gekommen«, sagte er.

»Wenn du meinst«, antwortete Friedrich Stoltze. »Aber den Preis, den wäre es mir nicht wert gewesen. Und denk daran, ich bin nicht ernsthaft gesellschaftsfähig. Nur hier in Frankfurt duldet man einen so bunten Hund wie mich. Protestantisch-katholische Mischehe und die Braut mit dem dritten Kind schwanger. Du erinnerst dich? Nein, mein Bester. Wir bauen dich jetzt auf als Kandidaten. Und dann sehen wir zu, was daraus wird.«

Auch ohne die großen Namen auf dem gesonderten Blatt blieb viel zu tun. Über jeden der anderen Kandidaten wusste Fritz etwas zu sagen. Bertram passte es nicht, dass er in die kleinen Skandälchen, die geplatzten Intrigen und Ränke eingeweiht wurde.

»Das geht mich nichts an«, wehrte er ab. »Davon will ich gar nichts wissen.«

Aber Fritz bestand darauf, dass sein Freund Bescheid wusste. »Du glaubst doch wohl nicht, dass sie nicht ihrerseits alles gegen dich verwenden werden, dessen sie habhaft werden können? Und gib es zu, finden könnten sie eine ganze Menge. Eine ehemalige Geliebte, die jetzt mit einem Sozialisten verheiratet ist. Ein Sohn, der erst als Erwachsener in Frankfurt auftaucht. Oder der Schmu mit den Zeitungen, dass dir schon einmal zur selben Zeit zwei Blätter mit zwei völlig verschiedenen politischen Ausrichtungen gehörten. Das alles ist Munition. Glaube mir, bis zur Entscheidung wird von diesem explosiven Material viel verballert werden. Und wenn einem die Munition ausgeht, dann besorgt er sich flugs neue. Aus Luft und einem kleinen bisschen Dreck kann man ganz beachtliche Kugeln drehen.«

Maulend fügte sich Bertram dem Unvermeidlichen. »Was ist eigentlich mit dem hier?«, fragte er schließlich und tippte auf den Namen Adolf Sabor.

»Das ist die große Frage. Ich habe einfach nichts über ihn herausbekommen können. Er ist wie ein großer schwarzer Sack, den du in der Dunkelheit durchsuchst. Nichts zu finden. Aber du kannst sicher sein, je schwärzer der Sack, desto größer ist die Wahrscheinlichkeit, dass er etwas verbirgt. Es fragt sich eben nur was.«

»Keine Ahnung«, sagte Bertram. »Du bist hier der Experte.«

»Also, einer wie Rittershaus ist er nicht. So viel ist sicher. Dazu kennt man ihn in den einschlägigen Häusern zu gut. Aber auch wieder nicht gut genug. Er scheint eben ein ganz normaler Mann zu sein.« Fritz grinste. »Nun ja. Recht gut bestückt soll er sein. Und noch nicht einmal beschnitten. So viel habe ich wenigstens in Erfahrung bringen können.«

»Du Ferkel«, lachte Bertram. »Aber gut zu wissen. Obwohl es mich persönlich auch nicht stören würde, wenn er ein Mosaischer wäre. Was soll's. Hauptsache, er huldigt nicht wie Karl dem Gott Mammon.«

»Das tut er gewiss nicht. Er hat eine kleine Rente, war früher Schulmeister, irgendwo im Thüringischen. Eisenach, glaube ich. Aber auch daher ist nichts Nachteiliges über ihn verlautet worden.«

»Dann lass uns erst einmal die anderen durchgehen«, schlug Bertram vor. »Das ist Arbeit genug.« Er stöhnte. »Vielleicht kommt uns ja noch der Zufall zu Hilfe.«

Und der Zufall trat dann tatsächlich sogar früher ein, als erwartet. »Wir haben auf dem Dachboden ein paar alte Koffer gefunden«, schrieb der Bauverwalter. »Vielleicht sind ja Erinnerungsstücke darin. Die wollte ich nicht einfach so fortwerfen. Darf ich sie Ihnen senden?«

Ein paar Tage später standen fünf kleine Koffer vor Bertram. »Abgeschlossen, allesamt«, musste er feststellen.

Aber Fritz wusste sogleich Rat. »Deine Frau soll dir eine Haarnadel geben«, sagte er. »Und dann lass mich mal machen.«

Tatsächlich brachte der Dichter die Koffer dazu, sich zu öffnen. »Sag mir keiner, ein Verseschmied tauge nichts für den Alltag«, lobte er sich stolz.

»Du wirst mir langsam unheimlich«, lachte Bertram. »Kein Wunder, dass dich Bismarck fürchtet. Mit dem Talent hielte dich doch kein Gefängnis lange.«

»Verschrei es nicht«, bat Fritz lachend. »Und nun lass mich einmal sehen.«

Viel war es nicht, was die kleinen Behältnisse preisgaben. »Alte Kleider, vermutlich von Tante Lisabeth. Und ein Packen Briefe, in einer blassblauen Frauenhandschrift.« Bertram legte sie achtlos beiseite. »Es gibt Dinge, die sollte kein fremdes Auge lesen. Schon gar nicht Jahrzehnte später.«

Der vierte Koffer brachte ein paar angelaufene Schmuckstücke zum Vorschein. »Diese Kette erkenne ich wieder«, sagte Bertram. »Die hat Tante Lisabeth oft getragen. Aber ich glaube, der fünfte Koffer, der gehört eigentlich Annemie.«

Er enthielt Bücher und Broschüren. »Sogar ein Druck des Kommunistischen Manifests. Respekt«, sagte Fritz und blätterte darin. »Holla.« Er pfiff durch die Zähne.

»Was denn?«, fragte Bertram. Wortlos hielt im Fritz eine angegilbte Visitenkarte hin. »Eine sehr interessante Lektüre«, las Bertram. »Möge sie Ihnen, werte Frau Hufdotter, gedeihlich sein.« Die Unterschrift war nicht zu entziffern. Bertram drehte die Karte um. »Holla«, sagte nun auch er.

»Genau, mein Bester. Der Sack war eben doch nicht schwarz genug.«

Bertram starrte seinen Freund lange fassungslos an.

»Nein«, sagte er schließlich. »Das machen wir nicht. So tief will ich nicht sinken. Die Karte ist mindestens dreißig Jahre alt. Wenn nicht noch älter.«

»Wie du meinst.« Fritz zuckte mit den Schultern. »Aber du wirst es noch bereuen.«

»Kann sein«, sagte Bertram. »Kann gut sein. Aber so etwas mache ich einfach nicht.«

Und dann war sie endlich gekommen, die Vorabstimmung, in der die Parteimitglieder ihre Kandidaten festlegen sollten. Es gab kaum Überraschungen.

»Ich habe es dir ja gesagt«, triumphierte Fritz. »Genau die Namen, die ich dir genannt habe. Aber du bist auch dabei. Und Sabor. Bereust du es schon?«

»Nein, niemals.« Bertram blieb dabei.

»Das war ohnehin erst die Vorabstimmung. Nächste Woche legen sie die Liste fest. Jetzt seid ihr noch fünfzig. So viele Mandate bekommt dein Verein nie. Maximal dreißig Plätze hat die endgültige Liste. Das wird eng. Vielleicht brauchen wir die Karte ja doch. Hast du sie denn noch?«

»Ja, sicher«, sagte Bertram. »Aber nicht mehr lange.«

Mit großen Schritten durchmaß er den Saal, in dem die Abstimmung stattgefunden hatte. Hatte er nicht gerade gesehen, wie Adolf Sabor auf einen der Balkone getreten war? Rasch folgte er ihm.

Der Kandidat hatte sich gerade eine Zigarre angezündet. »Herr Geisenheimer«, grüßte er ihn freundlich und abwartend.

»Ich wollte die Gelegenheit nutzen«, sagte Bertram, »zu einem Gespräch unter vier Augen.«

Adolf Sabor musterte ihn. »Ja?«, sagte er. »Wie Sie sehen, sind wir allein. Was kann ich also für Sie tun?«

»Nichts, Herr Sabor. Ich wollte Ihnen nur etwas geben.« Bertrams Fingerspitzen glitten an dem Zinnelefanten vorbei in die

Westentasche. »Hier«, sagte er. »Das war's auch schon von meiner Seite. Keine Sorge, es weiß sonst niemand davon. Und das bleibt auch so, wenn es nach mir geht. Einen schönen Abend wünsche ich Ihnen noch.« Rasch verließ er den Balkon.

»Komm«, sagte er zu Fritz. »Wir gehen.«

»Du hast sie ihm gegeben.« Friedrich Stoltze klang amüsiert. »Du bist wirklich ein unverbesserlicher Idealist. Ich bin stolz darauf, dass du mein Freund bist.«

»Und ich bin dankbar für deine Freundschaft«, antwortete Bertram. »Aber ich wäre dir noch dankbarer, wenn du mich jetzt sofort zum nächsten Handkäs bringst.«

Lachend gingen die beiden Männer durch die laue Nacht. Erst in den frühen Morgenstunden trennten sich ihre Wege.

»Denk daran, Bertram«, mahnte Fritz zum Abschied, »du hast noch eine Woche Zeit. Nutze sie gut.« Er hustete.

»Das klingt nicht gut.« Bertram war besorgt.

»Na, du machst mir Spaß. Ich übe seit Wochen jede Nacht das Husten. Und du sagst, das klingt nicht gut?« Lachend rang Fritz nach Atem. »Aber ich glaube, ich lege mich wirklich besser ein paar Tage ins Bett. Keine Sorge. Zur nächsten Abstimmung bin ich wieder auf dem Damm.«

Aber das war er nicht. Der Husten entwickelte sich rasch zu Fieber und einer lebensgefährlichen Rippenfellentzündung. Bertram musste den Rest seines parteiinternen Wahlkampfs allein bestreiten. Aber daran lag es nicht, sagte er sich, als die Ergebnisse bekannt gegeben wurden. Daran lag es bestimmt nicht.

Sabor hat mit einer Stimme Vorsprung gewonnen. Mit einer einzigen Stimme. Er ist auf der Liste. Und ich bin es nicht. Wie bringe ich das nur Fritz bei?, dachte Bertram. Er hat doch so große Hoffnungen auf mich gesetzt. Ob er sich von dem Fieber allerdings noch einmal erholt, das steht ohnehin in den Sternen. Wenn Fritz es überlebt, übersteht er auch diese Niederlage. Und Christabell kann die Politik ohnedies nicht leiden. Wir sind wieder einmal weiter voneinander entfernt, als wir es waren, bevor Karl ins Haus kam. Sie wird den Parlamentssitz nicht vermissen. Und wenn ich ehrlich bin, ich auch nicht. Mit Annemie, ja, mit ihr an meiner Seite, da wäre es wohl etwas geworden. Aber sie kommt auch nicht wieder. Da bin ich mir ganz sicher.

Bertram sah sich um. Niemand wollte ihm in die Augen schauen, das spürte er genau. Was will ich eigentlich noch hier, fragte er sich. Es wird Zeit, dass ich gehe. Aber mit Anstand. Ein Geisenheimer verliert auch einmal. Aber er verliert mit Anstand.

Bertram ging soeben auf Adolf Sabor zu. Dessen Gesicht war zu einer Maske erstarrt. Meine Beine fühlen sich steif an, dachte Bertram. Ich muss doch aussehen wie ein Storch im Salat. Aber niemand machte eine abfällige Bemerkung. Die Parteimitglieder und ihre Gäste bildeten wie von Zauberhand eine Gasse und machten ihm den Weg frei. Ich muss nur geradeaus gehen, sagte er sich. Einfach Schritt für Schritt für Schritt. Auch wenn es mir verdammt schwerfällt. Endlich war er bei dem Sieger der Stichwahl angekommen. Die Männer, die Adolf Sabor eben noch umringt hatten, machten ihm Platz.

»Ich gratuliere«, hörte Bertram sich sagen. »Machen Sie das Beste daraus. Und vertreten Sie die Sache gut im Parlament.«

Dankbar schüttelte ihm der Wahlsieger die Hand. Seine Finger sind schweißnass, dachte Bertram. Ob er befürchtet hat, dass ich ihn im letzten Moment doch verrate?

Das hätte ich niemals fertiggebracht, sagte er sich.

»Was werden Sie jetzt tun, Herr Geisenheimer?«, erkundigte sich Sabor bei ihm.

»Ach, da gibt es schon das eine oder andere«, sagte Bertram leichthin. »Ein Geisenheimer hat immer ein paar Alternativen auf Lager, wenn ein Plan scheitert.« Er lachte, und es hörte sich nicht einmal gekünstelt an.

Endlich ließ der Sieger seine Hand los. Bertram unterdrückte den Wunsch, sich die Finger an seiner Hose trocken zu reiben.

»Also, noch einmal alles Gute«, sagte er und ging davon. Wieder bildeten die Umstehenden eine Gasse. Niemand hielt ihn auf, niemand wollte mit ihm sprechen.

Sie wissen wahrscheinlich einfach nicht, was sie sagen sollen, schoss es ihm durch den Kopf. Und vielleicht wollen sie auch nicht, dass man sie mit dem Verlierer sieht.

Vor der Garderobe stand eine Traube von Festbesuchern. Bertram ging an ihnen vorbei und stieg die große Freitreppe hinunter. Auch hier drängten sich die Menschen. Und wieder sprach ihn niemand an. Dann stand Bertram auf dem Römer. Niemand kümmerte sich um ihn. Keiner hatte auf ihn gewartet. Wie ein Automat setzte Bertram einen Fuß vor den anderen. Schon war er am Mainufer angelangt.

Es ist kalt, dachte er. So kalt wie damals auf dem Schiff. Unwillkürlich suchten seine Finger die Westentasche. Ja, da steckte er, Stephanies Glückselefant. »Du hast dich nach Kräften bemüht, mein Guter«, murmelte er. »Immer und immer wieder. Aber es hat nun mal nicht sollen sein. Manchmal helfen auch die besten Träume nichts. Nicht mehr.«

Mit schleppenden Schritten ging er die Mainpromenade entlang, im Schatten der sorgfältig gestutzten Linden, die erst im Frühling wieder mit ihrem klebrigen Saft andere Spazierwege nahelegen würden. Auf der breiten Uferstraße rasselten immer noch Kutschen, die zum Fest im Römer eilten. Er wandte ihnen den Rücken zu und starrte in die dunklen Fluten.

»So eilen Sie doch!«, drängte Annemarie den Kutscher.

»Wechen Ihne Ihre Hast bring ich meine Viecher noch lang net um, Fraa!«, lautete die patzige Antwort. »Und da sin mer doch aaa schon.«

Eilig nestelte Annemarie ein paar Münzen aus ihrem Retikül und lief dann die Treppen hinauf in den Festsaal. Dort drängte sich wieder einmal ganz Frankfurt oder was sich dafür hielt.

Champagner und Äppler flossen in Strömen, um das Büffet herum standen die Hungrigen in dichten Reihen. Annemarie ließ ihren Blick schweifen. Nirgends entdeckte sie Bertram. Selbst in das Rauchzimmer hatte sie geschaut, aber auch im dichten Zigarrenqualm konnte sie den Gesuchten nicht finden. Schließlich fragte sie flüchtige Bekannte nach ihm, aber niemand wusste ihr etwas Genaues zu sagen.

»Der wird schon irgendwo stecken. Der Geisenheimer ist doch kein schlechter Verlierer, sicher sitzt er irgendwo und plant schon den nächsten Coup.«

»Vielleicht inspiziert er auch noch schnell das Feuerwerk. Kommen Sie doch mit auf den Balkon, es geht gleich los. Das sollten Sie sich nicht entgehen lassen!«

Aber auch dort war ihr Bertram nicht zu finden. Müde lehnte sich Annemarie an die Brüstung. Sie hatte nicht mehr die Kraft, sich durch die Menschenmenge aus dem Römer hinauszudrängen und weiterzusuchen. Irgendwo würde er schon stecken. Spätestens morgen finde ich ihn, dachte sie. Und dann machen wir endlich gemeinsame Pläne. Ohne Familienrücksichten. Ohne Handelsverträge. Und ganz bestimmt ohne Politik. Aber heute Abend will ich keine Pläne mehr schmieden. Das Feuerwerk schaue ich mir noch an, und dann geht es heim ins Bett. Ich bin doch kein Backfisch mehr, der sich kindlich daran erfreut, dass schon der Morgen graut, bevor der Ball vorbei ist. Dankend nahm sie ein Champagnerglas entgegen, das ihr der junge Bethmann galant reichte, und prostete ihm zu.

Während Annemarie unter den Kristalllüstern nach Bertram suchte, wanderte der ziellos am dunklen Mainufer entlang, bis endlich der Eiserne Steg vor ihm auftauchte. Wie magisch angezogen betrat er die Brücke. Über der Mitte des Mains blieb er stehen. Die dunklen Fluten unter ihm flüsterten ihm zu.

»Lass uns dich wärmen, wisperten sie, »hier, in unserem weichen Bett. Hier gibt es keine Politik, kein Hasten, kein Rennen. Wir wiegen dich, wir bringen dich heim. Hier stößt du nicht gegen Mauern, hier hindert dich kein Balken und kein Riegel mehr. Komm zu uns, wir schenken dir endlich Ruhe.«

Wie im Traum lehnte Bertram an dem Geländer, blickte hinab und setzte sich schließlich auf die Brüstung. Das Mondlicht verwandelte das Mainwasser in flüssiges Silber.

»Ja«, murmelte Bertram. Seine Hand umschloss wieder den Glückselefanten, der nur ein wenig dunkler war als die lockenden Wellen. »Damit ist wohl alles gesagt.« Weit lehnte er sich vor und immer weiter.

Durch die Nacht klang der Ruf einer Amsel, die das leise Platschen geweckt hatte. Aber schon wurde der Vogel durch ein lautes Krachen und Zischen übertönt. Das Feuerwerk hatte begonnen.